신 동 엽

申 東 曄

글누림 작가총서

신동엽

사랑과 혁명의 시인

김응교 엮음

머리말

사랑과 혁명의 시인

"내 인생을
시로 장식해 봤으면
내 인생을 사랑으로 채워 봤으면
내 인생을 혁명으로 불질러 봤으면
세월은 흐른다
그렇다고 서둘고 싶진 않다"

—신동엽, 「서둘고 싶지 않다」, 1962

그의 시가 너무 소중하기에, 지칠 때마다 가끔 그의 생가에 가곤 합니다. 본래 초가였는데 관리하기 까다로워 기와를 올렸다는 생가는 그리 넓지 않지만, 마루에 앉아 그의 시를 몇 편 낭송하다 보면, 시인의 영혼이 나지막이 살아나곤 합니다. 시인 신동엽의 삶과 문학은 그야말로, 시로 장식되었고, 사랑으로 채워졌으며, 혁명으로 태워졌던 알맹이였습니다. 그래서 이 책의 부제를 '사랑과 혁명의 시인'으로 했습니다.

1980년대 중반 편자가 신동엽 시인에 관해 석사논문을 쓸 때, 연구 논문은 강형철 선생의 석사논문 뿐이었습니다. 그런데 이제는 1990년대 이후 탁월한 연구 논문만을 모아도 몇 권의 단행본이 될 만치 신동엽 시인은 한국현대시 연구에서 빼놓을 수 없는 종요로운 작가가 되었습니다. 당대 최고의 시인이라는 찬사가 무색하게, 시나브로 잊혀져 갔지만, 양극화 시대에 그의 시는 다시 읽히고 있습니다. 이 책은 신동엽 시인이 서거하고 30주기를 기념하여 1999년에 구중서·강형철 편으로 출판된『민족시인 신동엽』(소명출판) 이후의 성과, 즉 2000년 이후의 연구 중 뛰어난 논문만을 선정해 엮은 논문집입니다. 글을 허락해주신 선생님들께 감사드립니다.

모자란 편자에게 신동엽 연구는 평생의 과제입니다. 신동엽 시에 관해 석사 논문을 썼고, 인물전『민족시인 신동엽』(사계절, 1994), 사진자료로 펴낸 평전『시인 신동엽』(현암사, 2005)에 이어서 이번에 여러 선생님들의 논문을 엮어 냅니다. 다양한 논문들은 서로 다른 시각을 보여주고 있으며, 때로는 큰 '차이'를 보여주며 어긋납니다. 그 '차이'에서 우리는 신동엽 시를 보는 다양한 시각을 만날 수 있기에, 그 '차이'를 있는 그대로 편집해 보았습니다.

또한 지난 2년간 편자는 2012년 봄에 개관할 부여 신동엽 문학관에 전시될 유품을 선정하고 해설문 쓰는 일을 했습니다. 이 모든 과정에 '신동엽 학회' 연구자 선생님들이 가장 큰 힘이 되었습니다. 인병선 사모님과 신동엽 학회의 구중서 회장님, 강형철 부회장님, 정우영 부회장님, 이민호 선생님과 함께, 최종천, 박상률, 김수미, 고명철, 고봉준, 임태훈, 노지영, 이대성, 홍승희 선생님께 감사드립니다. 이 책은 그의 문학을 아끼는 분들의 마음이 모아진 성과이며, 저는 마지막 심부름을 했을 뿐입니다. 다음으로 저에게 남은 과업은, 첫째 신동엽 정전(正典)

확정을 위해 전집을 다시 검토하는 일이며, 마지막으로『신동엽 평전』
을 내는 일입니다.

　이제 신동엽 시인의 시「좋은 언어」의 한 구절로 희망을 나누며 책
을 엽니다. 시인이 "서둘고 싶진 않다"고 했듯이, 우리가 바라는 세상
이 좋은 언어로 채워지기를 바랍니다.

　　때는 와요
　　우리들이 조용히 눈으로만
　　이야기할 때
　　하지만
　　그때까진
　　좋은 언어로 이 세상을
　　채워야 해요

　　　　　　　　　　　　　　　　　2011년 9월 29일
　　　　　　　　　　　　　　　　　김응교 손모아.

차 례

제 3 부 | 신동엽 시와 민족주의 그리고 세계문학

제 4 부 | 부 록

제 1 부
신동엽 삶과 연구사

새롭게 확장되는 신동엽

시인 신동엽이 서거하고 40주기가 지났다. 30주기였던 1999년에 강형철 편 『민족시인 신동엽』(소명출판)이 출판되어 1999년까지의 신동엽에 관한 논문과 비평을 잘 소개하고 있다. 이 책을 보면 신동엽은 1960년대 별격(別格)의 시인으로 소중히 읽혀 왔다는 것을 확인할 수 있다.

이 책에 나온 1999년까지의 연구를 분류하자면, 첫째 신동엽 시의 민족주의적 성향을 분석한 글,[1] 둘째 동양적 세계관에서 분석한 글,[2] 셋째 그의 서사시·오페레타·시극 등을 별항으로 분석한 글,[3] 넷째 형식

---

* 김응교 / 숙명여자대학교 교양교육원 교수

1) 조태일, 「신동엽론」, 『창작과 비평』, 1973 가을.
　　채광석, 「민족시인 신동엽」, 『한국문학의 현단계·Ⅲ』, 창작과비평사, 1984.
2) 김종철, 「신동엽의 道家的 想像力」, 『창작과 비평』, 1989 봄.
3) 김우창, 「신동엽의 『금강』에 대하여」, 『창작과 비평』, 1968 봄.
　　김응교, 구중서·강형철 편, 「신동엽 시의 장르적 특성」, 『민족시인 신동엽』, 소명출판, 1999.

적 특질에 주목한 글4)을 볼 수 있다. 그런데 이 네 가지 항목들은 엄밀한 의미에서 내재분석에 기초하기보다는, '민족시인'이라는 이미 주어진 평가를 전제로 하고 이루어져 왔기에, 내용면에서 서로 겹쳐져 있다. 결국 내용사회학적인 측면에서 신동엽 시를 '민족주의적 성향'으로 분석한 글이 많다는 것을 확인할 수 있다. 이러한 연구는 편향은 당시 시대적인 요구에 따른 경향도 있고, 또한 신동엽 시인과 삶을 같이 했던 근친의 연구자들이 작품과 객관적 거리를 두지 못할 까닭도 있을 것이다. 그런데 바로 그러한 내용사회학적인 의미가 신동엽 시인의 이미지를 고착시키고 있고, 더욱 넓게 신동엽을 읽지 못하게 하는 단단한 껍데기를 이루고 있다. 물론 이제까지 강조해온 의미가 덜 중요하다는 것은 아니다. 문제는 신동엽에게서 새로운 의미를 '발견'해 온 것이 아니라, '동어반복적 비평'이 적지 않았다는 것이다.

2000년대에 들어 신동엽 연구는 이제까지 없었던 다양한 방법으로 진행되고 있다. 이 글은 2000년대 이후의 신동엽 연구에 대한 보고서다. 10년간의 신동엽 연구를 분석하고, 이후 신동엽 시 연구가 어떠한 방향으로 향해야 할지 생각해 보려 한다.

1. 비판이 요구하는 반성적 고찰

앞서 논란이라고 한 것도 바로 내용사회학적인 측면에 대한 반발이라

---

4) 김창완, 『신동엽 시 연구』, 시와시학사, 1995.
강형철, 구중서·강형철 편, 「신동엽 시의 텍스트 연구―「이야기 하는 쟁기꾼의 대지」를 중심으로」, 『민족시인 신동엽』, 소명출판, 1999.

고 해야 할 것이다.

시를 분석하는 독해는 쉬운 행위가 아니다. 독자의 주체적 판단은 애독자가 갖추어야 할 덕목의 하나겠지만, 취향과 판단은 별개의 범주이다. 자기 취향이나 이념 성향에 맞는 작품을 문학적 성취도와 별개로 비평적 관용을 베푸는 습성이 우리 문학사에 있어 왔다는 것을 인정해야 한다. 시대적 탄압이나 강제에 의한 부자유 체험이나 사회 운동 이력이 시인 평가에서 한몫을 차지한다고 할 수 있다. 이육사, 윤동주, 김지하 등이 일종의 숭상(崇尙)을 받아온 경우다.

여기에 신동엽 비판자들은 신동엽 역시 이러한 흐름에서 과장되었다고 비판한다. 신동엽 시에 대한 비판은 개별적인 지적이 없었던 것은 아니지만, 이동하, 유종호, 신형기 등을 통해 포괄적으로 이루어졌다. 이러한 논문들은 일단 평가받으면 과대평가되고 신비화 되어 가는 한국문학사의 한 경향에 대한 지적일 수도 있다.

먼저 이동하[5]는 신동엽 시에 나타나는 여성상에 대단히 비판하면서, "신동엽의 여성관은 유구한 역사를 가진 남성들의 여성 억압적 논리 가운데 하나를 아무런 반성 없이 되풀이한 데 불과하다"고 지적했다. 이러한 지적은 1980년대 민중시에 대한 비판으로 이어지면서 "오늘날의 많은 민중시들 역시 여성 억압적 사고나 관념적 역사인식, 반성 없는 농본 주의적 성향의 고수 등등의 문제점으로부터 자유롭지 못"하다는 점을 강조한다.

또한 유종호[6]는 신동엽의 40주기를 기념하는 행사장에서 "나는 신동

5) 이동하, 「신동엽론–역사관과 여성관」, 『한국현대시인연구』, 민음사, 1989.
6) 유종호, 「뒤돌아 보는 예언자」, 대산문화재단·민족문학작가회의 공동주최 자료

원시공동체에서 시작하는 거대담론에 대해 회의적이다. (…중략…) 그는 뒤돌아보는 예언자로 임했지만 많은 동시대인들과 같이 역사의 행방을 전혀 알아차리지 못했다. 그가 통탄해마지 않았던 반 조각 조국이 한 세대 안에 <u>농경사회에서 세계자본이 지배하는 산업사회로 변모하리라는 것을 예측하지 못하였다. 외세를 물리치고 농본주의적 전원국가를 건설하련다는 동남아시아 약소국의 혁명적 실험이 참담하고 황당한 인간도 살극으로 끝나는 것을 다행히도 그는 보지 못하였다</u>"(밑줄―인용자)고 지적했다. 이 글에서 유종호는 신동엽이 꿈꾸는 세계가 '농본사회'이고, 그것을 킬링필드를 연상시키는 '동남아시아 약소국의 혁명적 실험', '황당한 인간도살극'으로 연결시키고 있다.

과연 신동엽이 꿈꾸던 세계는 황당한 인간도살극으로 끝날 농본사회였을까.

물론 이러한 지적에 대해 반론이 가능하다. 첫째, 이동하나 유종호 모두 농본주의적인 것을 지적하고 있는데, 신동엽이 농본사회를 꿈꾸었는지 짚어봐야 한다. 또한 그것이 과연 과거회귀적인 것인지, 오히려 생태학적으로 문제가 되고 전지국적 과제가 아닌지 따져봐야 할 것이다. 오늘날 지구의 '생태학 복원'을 위해 국제사회와 모든 인문학이 방향을 잡고 있는 것을 볼 때, 신동엽의 시각은 오히려 선견지명이 있다는 것이다.

둘째, 신동엽이 "세계자본이 지배하는 산업사회로 변모하리라는 것을

집, 『신동엽문학 심포지엄』, 1999. 3. 26.

예측하지 못하였다"고 한 유종호의 지적은 오독(誤讀)이다. 신동엽은 오히려 자본주의 역사의 흐름을 너무도 정확히 파악했고, 국제사회의 교역 속에서 부품화되어 가는 인간의 비루한 삶을 직시하고 있었다. 현재 비정규직과 양극화 문제가 심각한 상황에서 신동엽의 지적은 오히려 지금이야말로 유효한 것이다.

셋째, 게다가 신동엽 시인이 의도했던 사회가 캄보디아의 인민사회가 아닌가에 대한 생각은 유종호 선생이 신동엽 시정신을 잘못 이해한 것이다. 신동엽은 사회주의자가 아니었다. 청소년 시기부터 생태적으로 노자와 아나키즘에 경도되어 있었고, 전주사범 시절에 사회주의 좌파 계열 학생에게 린치를 당한 경험도 있다. 또한 신동엽이 꿈꾸는 세계는 그의 「산문시.1」에 그려져 있다.

스칸디나비아라든가 뭐라구 하는 고장에서는 아름다운 석양 대통령이라고 하는 직업을 가진 아저씨가 꽃리본 단 딸아이의 손 이끌고 백화점 거리 칫솔 사러 나온단다. 탄광 퇴근하는 鑛夫들의 작업복 뒷주머니마다엔 기름 묻은 책 하이덱커 럿셀 헤밍웨이 莊子 휴가여행 떠나는 국무총리 서울역 삼등대합실 매표구 앞을 뙤약볕 흡쓰며 줄지어 서 있을 때 그걸 본 서울역장 기쁘시겠오라는 인사 한마디 남길 뿐 평화스러이 자기 사무실문 열고 들어가더란다. 남해에서 북강까지 넘실대는 물결 동해에서 서해까지 팔랑대는 꽃밭 땅에서 하늘로 치솟는 무지개빛 분수 이름은 잊었지만 뭐라고가 불리우는 그 중립국에선 하나에서 백까지가 다 대학 나온 농민들 추럭을 두 대씩이나 가지고 대리석 별장에서 산다지만 대통령 이름은 잘 몰라도 새이름 꽃이름 지휘자이름 극작가이름은 훤하더란다 애당초 어느쪽 패거리에도 총쏘는 야만엔 가담치 않기로 작정한 그 知性 그래서 어린이들은 사람 죽이는 시늉을 아니하고도 아름다운 놀이 꽃동산처럼 풍요로운 나라, 억만금을 준대도 싫었다 자기네 포도밭은 사람 상처내는 미사일기지도 땡크기지도 들어올 수 없소 끝끝내 사나이나라 배짱 지킨 국민들, 반도의 달밤 무너진 성터가의 입맞춤이며 푸짐한 타작소리 춤 思素뿐 하늘로 가는 길가엔 황토빛 노을 물든 석양 大統領이라고 하는 직함을 가진 신사가 자전거 꽁무니에 막거리병을 싣고 삼십리 시골길 시인의 집을 놀러 가더란다.

—신동엽, 「산문시.1」, 『월간문학』, 1968. 11 창간호

신동엽이 그리는 유토피아 의식에 관한 논문과 평론이 있으나, 그가 바라는 세상이 가장 구체적으로 표현된 이 작품이 좀처럼 주목되지 않은 것은 의아한 일이다. 이 시는 1968년 박정희 정권 때, 신동엽 시인이 작고하기 1년 전에 발표된 작품이다.

‘스칸디나비아’라는 북유럽 지명이 명기되어 있다. 대통령의 상징이 극대화 되었던 시기에 신동엽은 일시적인 직업 정도로 인식되는 북유럽 사회민주주의를 제도를 제시하고 있다. 유종호 선생이 예로 든 캄보디아 같은 사회가 아니다. 고통스럽게 살아갈 것 같은 광부들도 하이데거 릴케 등을 읽으며 삶을 누리고, 포도밭 주인들이 대통령을 기억하지 못할 정도로 자신에게 주어진 삶에만 충실한 모습, 뙤약볕을 쬐며 서민용 삼등열차를 기다리는 국무총리에게 굽실거리지 않는 역장은 자기 일에 충실하다.

이 시에서 신동엽이 자본주의를 거부하거나, 아시아적 ‘농본사회’를 꿈꾸었다는 흔적은 어디에도 찾아볼 수 없다. 신동엽 사상의 근간이 되어온 노장 사상에서 보듯이, 이 시 역시 무위자연(無爲自然)의 사상으로, 권력이 물처럼 흘러가 함께 나누는 세상을 그리고 있다. 그러한 세상을

위해 '총쏘는 야만', '어린이들이 사람 죽이는 시늉', '미사일 기지', '탱크 기지'로 의미되는 부정적 요소를 '배짱을 지킨 국민들'은 거부한다. 진정한 풍요로움은 사색으로만 가능하다는 인식을 드러낸 것으로 보인다. 신동엽은 물질적인 풍요도 중요하게 생각했으나 그 이전에 진정 인간다운 삶과 나눔의 공동체를 그리워했던 것이다. 그리고 그 가능성이 나타난 지역을 신동엽은 북유럽[7]으로 보고 있다.

2. 정전 확정과 전기 구성의 필요성

신동엽은 과연 과대평가되고 있는 것일까? 신동엽이 추구했던, 식민적 질곡에서 벗어나려는 탈식민주의(postcolonialism)적 담론은 모두 폐기되어야 하는 것일까?

신동엽의 유토피아에 대한 비평은 실증적 통계적 자료를 통해, 또한 다른 시인들과의 비교 속에서, 적정성 있는 답을 내릴 수 있을 것이다. 따라서 이러한 지적은 곧바로 신동엽을 반성적으로 다시 읽게 한다. 신동엽 시의 높낮이에 대한 재고(再考)와 경이로운 깊이에 대한 반성적 분석이 필요하다고 생각한다.

---

7) 북유럽의 사회민주주의를 대안 사회로 본 사상가는 신동엽뿐만 아니라, 여러 사상가가 있다. 그중 리영희 선생이 대표적이다. "1985년에는 독일 연방 교회 사회과학연구소(FEST)에서 머물며 독일 사회를 보며, 보다 훌륭한 제도가 인류에 의해서 실현될 때까지는 북유럽 국가와 독일처럼 남한(한국)도 사회주의를 공인하고, 사회주의 정당이 자본주의 정당과 공존하면서 경쟁하는 정치, 즉 사회민주주의로 발전해야 한다는 생각을 갖게 되었어요."(리영희 지음·임헌영 옮김, 『대화』, 한길사, 2005, 609면.

신동엽 시인의 평가를 과대평가라는 앞선 지적들을 필자는 의미 깊게 받아들이고자 한다. 이러한 비판을 반대로 신동엽 시에서 '과소평가'된 부분을 드러내보라는 지적으로 받아들이고자 한다. 우리가 상식으로 알고 있는 '신동엽 시에 대한 상식'이 상식이 아니라, 그보다 더 한층 나아간 '진실의 아름다움'이 있다는 것을 다시 찾아내야 할 것이다. 세인의 주목도, 비평적 조명도 좀처럼 받지 못한 대목을 연구해야 할 것이다.

필자는 신동엽 시의 정전(正典, canon) 작업이 가장 시급히 요청된다고 다시 지적한다. 가령, 해방 후 월북한 시인들에 대한 언급이 금지됨으로써, 정지용, 김기림, 백석, 이용악, 오장환, 임화 등의 작품에 대한 정전 분석이 시급히 필요하듯이, 신동엽 시의 정전 확정 문제는 오늘날 하나의 숙제가 되고 있다.

1975년 6월에 『신동엽 시 전집』이 출간되었지만, 한 달 만인 7월에 박정희 군사 정권은 이 책을 긴급조치 9호 위반으로 판매 금지시킨다. 이후 이 책은 복사하여 제본된 형태로 읽혔고, 5년이 지난 1980년 4월에 다시 출판된다. 그렇지만 강형철이 박사학위 논문에서 지적했듯이, 그의 등단작부터 재고가 요청되는 상황이다.

그리고 제1회 신동엽 학회 창립학술대회에서 김응교[8]가 발표했듯이, 이 전집에 나온 가장 첫 시 「진달래 산천」부터 신동엽이 수정하여 시집 『아사녀』에 발표한 시가 아니라, 시집에 발표하기 전인 『조선일보』 판본이 실려 있어 문제가 아닐 수 없다. 전집에 나온 약력은 여러 군데

---

8) 김응교, 「시집 『아사녀』와 '낙지발'—시인 신동엽 연구(5)」, 영남대학교 민족문화연구소, 『민족문화논총』, 제43집, 1999. 12. 30.

맞지 않다. 정전이 아닌 시, 정전이 되기 이전의 발표작을 분석한 석박 사학위 논문이 이어지고 있는 형편이다.

수정되지 않은 작품 혹은 신문사의 검열을 통해 40여행이 잘려나간『조 선일보』발표작을 보고 신동엽 시가 공소하다느니, 해석이 잘 안된다느 니, 오해가 생긴다. 가령, 「이야기 하는 쟁기꾼의 大地」에 관해 신동엽 은 이렇게 기록했다.

제3부의 장시 「이야기 하는 쟁기꾼의 大地」는 1995년도 1월 3일자 조선일보에 신춘문예작품이라는 감목으로 발표되었던 작품이다. 당시 이 시는 심사위원들 사이에 그리고 신문사측과의 사이에 이르는바 어려 운 문제가 개입되어 있었다는 이야기로, 지상에 나타날 때 군데 군데 20여행이 삭제되어 있었다. 그것을 보완했다.[9]

발표작 이후 시인이 직접 교정 본 단행본이 있다면, 당연히 첫 단행 본에 실린 작품이 정전이 된다. 따라서 시집『아사녀』등이 정전 그대 로 출판되어야 하는 것이다. 당연히『신동엽 전집』도 원본 확인 작업을 거쳐 다시 정전을 확정해야 한다.

아울러 신동엽 시인의 삶에 대한 연구[10]도 있었다. 신동엽의 삶에 대 한 분석은 아직 초기상태라고 할 수 있겠다. 더욱 자료를 모으고 분석 해야 할 항목이다.

---

9) 신동엽 시집『아사녀』, 문학사, 1963, 122면.
10) 김응교,『시인 신동엽』, 현암사, 2005.
  김응교, 「히라야마 야키치, 신동엽과 회상의 시학」, 민족문학사학회,『민족문학 사연구』30호, 소명출판, 2006. 5. 1.

3. 형식주의, 정신분석학 등 새로운 해석

권혁웅[11])은 신동엽 시에 나타난 비유적 특성에서 환유(換喩)와 제유(提喩)에 관해 분석한다. 이 논문에서 권혁웅은 신동엽의 시에는 은유법이 있지만 그 효과는 미약하며, 환유법과 제유법이 중요한 역할을 한다고 파악한다. 그는 이 수사학을 중심으로 신동엽 시인의 시를 분석한 것은 의미 깊다고 생각한다. 또한 신동엽 시에서 지시사의 역할을 밝힌 김홍수의 논문[12])도 주목된다.

이민호[13])는 신동엽의 사상인 원수성, 차수성, 귀수성에 대한 견해를 영화 <아바타>와 대비하여 과거·현재·미래가 한 순간에 함께 존재하는 의미를 밝혀내었는데, 이것은 그 의미가 깊다. 먼저 이민호는 유종호의 신동엽 비판을 거론하며, 신동엽은 과거로 캄보디아 같은 농촌사회로 회귀하려는 것이 목표가 아니라, 생태공동체로 향해야 한다는 미래적 지향성을 갖고 있다고 반박한다. 이민호는 신동엽을 비판하는 유종호의 글에는 신동엽의 사상이 안 드러나고 오히려 유종호 선생의 휴머니즘과 근대적 편견이 드러난다고 지적한다. 또한 신동엽의 시는 영화 <아바타>는 주류에 대한 담론이 아니라 소수자(The minority)에 초점을 맞추고 있다는 점을 조명하고 있다. 결국 신동엽의 시도는 결코 과거지

---

11) 권혁웅, 「신동엽 시의 환유와 제유」, 한국근대문학회, 『한국근대문학연구』, 제1권 2호(통권 제2호), 2000. 12.
12) 김홍수, 「신동엽 시에서 지시사의 한정 지시와 강조 기능」, 국어문학회, 『국어문학』, 제47집, 2009. 8.
13) 이민호, 「신동엽의 '생명공동체'와 영화 <아바타>」, 신동엽 학회, 『신동엽 문학제 문학심포지엄』, 부여, 2010. 4.

향이 아니라, 생명공동체를 향한 미래지향이라는 점을 드러내고 있다.

또한 장르 연구에서 서정시·서사시·시극 등에 집중된 신동엽 시 연구는 이제 '산문가 신동엽'이라는 시각에서 다시 조명을 받고 있다. 하상일[14]이 신동엽 산문을 통해 그의 비평정신을 분석하는 것은 기대가 된다 하겠다. 이러한 시도들은 신동엽의 산문을 시작품의 해석을 위한 부수적인 잡문(雜文)으로 여겨온 경향을 전복시킨다. 신동엽 산문 독해를 통해, 시에서 잘 드러나지 않았던 수수께끼 같은 그늘이 드러나고, 그의 시에 숨겨진 보다 복합적인 주름이 두 편의 논문을 통해 밝혀지리라 기대한다. 이렇게 다양한 연구들[15]을 통해 신동엽 시는 새롭게 읽혀질 것이다.

4. '신동엽 문화콘텐츠'에 대한 분석

신동엽 시만큼 영상·시극·노래 등 문화콘텐츠의 가능성을 풍성히 가진 시인도 드물 것이다. 신동엽은 서정시, 서사시, 장시, 시극은 물론 오페레타와 라디오 대본에 이르기까지 시 장르의 가능성을 최대한 실험한 시인이다.

이에 대한 여러 자료들이 있으나, 시 분석에 연구가 집중되어 있어, 신동엽 시인의 다양한 장르 실험에 대한 연구가 확대되고 있지 않다.

---

14) 하상일, 「신동엽의 문학사상과 비평의식」, 신동엽 학회 자료집 『새롭게 확장되는 신동엽 : 아시아·산문·소리』, 2010. 11. 12.
15) 이경수, 「'국가'를 통해 본 김수영과 신동엽의 시」, 한국근대문학회, 『한국근대 문학연구』, 제6권 제1호(통권 제11호), 2005. 4.

서사시 『금강』을 뮤지컬로 만든 문화콘텐츠에 대한 유족의 증언16)도 있으며 자료화면 등 연구할 대상이 적지 않다. 강상대17)는 서사시 『금강』에 대한 문화콘텐츠의 가능성을 분석했다.

2010년 가을 학술대회에서 임태훈18)이 발표한 논문은 신동엽이 라디오 대본을 썼다는 의미에 대해 그 배경사를 분석하고 있다. 임태훈은 1960년대 스피커를 통해 마을로 전해지는 라디오 방송이 어떤 역할을 했는지 분석하고, 그 시각에서 김수영과 신동엽 시를 분석한다.

신동엽에 대한 문화콘텐츠로 주목해야 할 것은 새로 열릴 '신동엽 문학관'이다. '신동엽 문학관'은 건축회사 이로제(승효상 대표)에 의해 2010년 12월 현재 2012년 3월경 완공을 목표로 건설되고 있다.

필자는 신동엽 문학관의 내부 전시시설 선정을 맡아, 2010년 4월경부터 수만 장의 사진 자료 파일이 들어있는 외장하드를 내용별로 분류하고, 전시할 섹션에 따라, 그리고 전시물 하나 하나에 설명문을 다는 일을 했다. 때로는 유족 그리고 건축회사 설계 담당자와 함께 양평 황순원 문학관 등 몇 군데 문학관을 견학하여 전시 방법을 상의하기도 했다.

문학관 건립과 전시물 선정과 전시는, '유족↔건축가↔전시물 선정자'라는 세 입장이 섬세하게 대화하며, 계획되고 진행하여, 완성해야 할 인내를 요구하는 쉽지 않은 작업이다.

---

16) 서유상, 「[인병선 여사 인터뷰] "남쪽에는 '미제국주의' 문화만 있는 줄 알았는데…"-<금강> 공연 후 기립박수」, 『민족21』 통권 제53호, 2005. 8.

17) 강상대, 「서사시 『금강』의 문화콘텐츠 개발에 관한 연구」, 한국콘텐츠학회, 『한국콘텐츠학회논문지』, 제6권 제7호, 2006. 7.

18) 임태훈, 「'국가의 사운드스케이프'와 소음 속의 시인」, 신동엽 학회 자료집 『새롭게 확장되는 신동엽 : 아시아·산문·소리』, 2010. 11. 12.

입구에 "인생을 시로 장식해 봤으면/ 내 인생을 사랑으로 채워 봤으면/ 내 인생을 혁명으로 불질러 봤으면/ 세월은 흐른다/ 그렇다고 서둘고 싶진 않다"(신동엽, 「서둘고 싶지 않다」)는 도입부(intro)로 시작될 이 문학관은 '전시와 소리와 영상을 통해 시가 흐르는 공간'으로 계획되었다.

신동엽 문학관 조감도

10월부터 현재(2011년 8월)까지 매달 1~3회씩 선정 작업 회의를 하면서, 건축 사무실측과 회의를 하고 있으면, 12월말에 전시 모형(mock-up)을 제작하여 보려 한다. 그리고 2011년 9월 컴퓨터그래픽으로 전시물에 대한 가상전시를 시행하고, 10월 현재 실재 전시 작업을 계획 중이다. 2011년 12월부터 내부 전시 설비를 실시할 계획이다. 1차 전시 작업이 끝나면 필자 역시 현장에 가서 전시 상태를 확인할 예정이다.

이 일이 끝나면 '신동엽 문학관 전시에 대한 보고서'를 작성할 예정이다. '신동엽 문화콘텐츠'에 대한 다양하고 입체적인 시도를 통해 신동엽 문학은 새롭게 이어질 것이다.

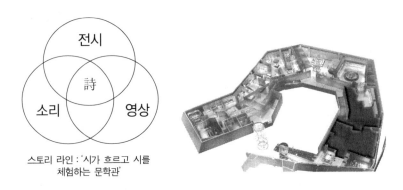

스토리 라인 : '시가 흐르고 시를
체험하는 문학관'

5. 결론—세계문학과 신동엽

보르메오 매듭을 통해 보자면 신동엽은 정본확정과 전기구성, 새로운 해석, 문화콘텐츠로 다시 구성되어야 할 것이다. 이를 통해 신동엽이 새롭게 대중에게 다가서리라 기대해본다.

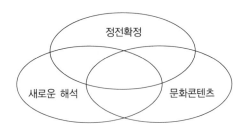

이렇게 체계적인 신동엽 연구가 이루어지면서, 자연스럽게 신동엽 시

인을 세계문학의 시각에서 살피는 작업이 가능할 것이다.

신동엽 시선집이 외국어로 번역된 것은 일본어가 처음이다. 강순(姜舜)이 번역한 신동엽 시선집 『抜け殻は立ち去れ』(梨花書房, 1979)을 통해 신동엽이 한국문학의 대표적 문인임을 일본에 알린 번역서다. 김응교[19]는 이 시집을 검토하여, 버스 정류장을 가르키는 "서시오판"(「종로오가」)을 주소지로 알고 "서시오반(西市五班)"으로 번역한 오역(誤譯), 무기뿐만 아니라 인간의 모든 부정한 욕망을 상징하는 "쇠붙이"(「껍데기는 가라」)를 단순히 "무기(武器)"로 번역하여 상징적 단어를 직유적 차원으로 축소시킨 의역, 여러 문장을 지나친 산문투로 번역한 대목을 지적했다. 그러나 신동엽 시를 일본어로 전면에 알린 이 번역서로 인해 일본에 신동엽 시인이 알려지고 이에 관한 평론이 이어지고 있는 것은 소중한 결실이라 할 수 있다.

무엇보다도 파블로 네루다의 서사시집 『우리 모두의 노래』와 신동엽의 서사시 『금강』을 비교한 송병선[20]의 논문은 신동엽 연구가 나아가야 할 하나의 방향성을 제시하고 있다. 송병선은 이 글에서 두 서사시는 에즈라 파운드가 1909년에 지적한대로 "개인의 입을 통하여 서술된 한 국가의 이야기"지만, 그 시적 효과는 국가적 차원을 뛰어넘어 인간에 대한 세계 보편적인 사랑을 추구하는 서사시로 평가했다. 특히 이번

---

19) 金應教, 「申東曄の詩＜鐘路五街＞＜脱殼は立ち去れ＞と日本語譯：韓國現代詩人(2)」, 『語研フォ-ラム』, 稻田大學語學教育研究所, 2001. 3. 한글 번역은 김응교, 「신동엽 시 「종로5가」, 「껍데기는 가라」와 일본어역」, 『사회적 상상력과 한국시』, 소명출판, 2002에 실려 있다.
20) 송병선, 「민중 서사시의 미학과 침묵의 언어」, 세계문학비교학회, 『세계문학비교연구』 제9집, 2003. 10.

2010년 3차 신동엽 학술대회에서 고명철[21])이 신동엽 시와 산문에 나타나는 제주도와 아시아의 의미를 통해, 고원을 꿈꾸는 신동엽을 살펴보는 것은 의미 깊다.

언젠가 신동엽 학술대회는 세계문학 속의 시인 비교 연구를 해도 의미 깊은 연구가 나오리라 생각한다. 가령 앞서 있었던 '신동엽과 파블로 네루다', '신동엽과 일본의 쓰보이 시게지', '신동엽과 팔레스타인 문학' 등 인간을 향한 작가들의 열망, 포스트 콜로리얼리즘을 극복하려던 작가들의 노력과 의미들을 비교해볼 수 있을 것이다. 신동엽의 시들은 이렇게 다양한 시각의 해석을 우리 곁에서 기다리고 있다.

출전 : 『전경인 어문연구』 창간호, 신동엽 학회, 2010. 12. 30.

---

21) 고명철, 「신동엽과 아시아, 대지의 상상력」, 신동엽 학회 자료집 『새롭게 확장되는 신동엽 : 아시아 · 산문 · 소리』, 2010. 11. 12.

히라야마 야키치, 신동엽과 회상의 시학

1. 서론

한 시인의 작품을 잘 이해하기 위해 그의 삶을 살펴보는 것은 중요하다. 신동엽의 삶은 경악스러울 정도로 한국 현대사와 맞물려 있다. 게다가 그의 시는 시대적 요청에 의해 과도히 엄호되거나 비판되어, '민족시인'이라는 규격화된 이미지로 규정되었다. 그리고 그 본질과 상관없이 고정관념식의 수식이나 비판이 늘 되풀이 되어 왔다. 게다가 이제까지 자료의 미공개로 인해, 일차문서를 연구할 수 없었고, 아울러 전기적 사실이 많이 틀린 채 연구되어 왔다. 그러던 차에 필자는 그의 중요한 전기 자료를 볼 수 있었다.

1) 60년 간 보관된 자료

필자는 1988년 4월 신동엽(申東曄, 1930~1969) 시인의 부여 생가에 가서 그의 자필을 처음 보았다. 시인의 부친 신연순 옹은 필자에게 신동엽 시인이 썼던 편지와 글을 몇 편 보여주셨다. 이후 1993년 『신동엽』(사계절, 1994)에 실릴 자료를 위해 부인 인병선 여사를 찾아갔을 때 댁에서 신동엽의 앨범과 시인이 즐겨 읽던 시집들을 보았던 것이 그에 관해 보았던 자료의 전부였다.

그 후 2005년 9월 여름, 10쇄 출판을 계기로 『신동엽』을 거의 새로 쓰다시피 하여, 출판된 개정판을 드리려고 인병선 여사를 찾아 갔다. 바로 그날, 필자는 한 시인의 연구자로서 행복한 체험을 했다. 필자에게 여사께서 시인의 유고 자료를 모두 보여주신 것이다. 모든 자료는 여러 박스에 분류되어 담겨 있었는데, 오랫동안 보관해오던 자료들을 이제 사진 자료집 형식으로 공개하고 싶다고 하셨다. 시인의 자료가 정리되어 있는 방에서, 오래 묵어 빛바랜 원고가 부서질까 긴장하면서 검토했으나 워낙 방대한 자료들이라 버겁기만 했다. 특히 신동엽과 인병선, 두 연인이 교환했던 1950년대의 편지를 읽으면서 밤을 꼬박 새울 수밖에 없었다. 며칠간 자료를 검토해 본 뒤, 1차로 사진 자료를 편집하여 『시인 신동엽』(현암사, 2005)[1]을 내게 되었다.

---

1) 이 책 판권에는 2005년 12월 30일로 출판일이 쓰여 있으나, 실은 2006년 3월 초에 출판되었고 3월 7일에 출판기념회를 했다. 실제 출판일과 달리 2005년 12월 30일이라고 표기한 이유는, 이 책의 제작비 일부를 부여군이 지원했고, 그 사업 기간이 2005년까지로 되어 있었기 때문이었다.

사실 한국문학사에서 작가의 가족들이 작가의 사후 그 자료를 귀중히 보관하다가 공개한 예는 그리 많지 않다. 유족이 그 유고나 자료를 잘 보관하여 공개한 예는『윤동주 자필 시고전집』(왕신영·심원섭·오오무라 마스오·윤인석 편, 민음사, 1999)이나『파인 김동환 탄생 100주년 기념－작고문인 48인의 육필 서한집』(김영식 편, 민연, 2001),『박용철 전집』(박용철, 깊은샘, 2004) 정도가 있을 뿐이다. 신동엽 시인의 사진 자료집은 연구사적으로도 중요한 가치가 있고, 한국문단에 귀감이 되는 결실이기에 여기에 그 과정을 간단히 기록해둔다. 시인의 자료는 세 단계에 걸쳐 보관되어 왔다.

첫째, 어린 시절 자료는 부친 신연순 옹께서 노력했던 결실이다. 소학교 모든 학년의 성적표와 부모에게 보내는 통신문, 학교 입시 공문까지 남아 있는 것은 부친 신연순 옹의 꼼꼼한 성격 덕이다. 1980년대까지 사법서사 일을 해왔던 신연순 옹은 글씨를 잘 썼고 기억력이 비상했다. 필자는 1988년에 94세의 신연순 옹을 부여 신동엽 생가에서 만났다. 그날 밤 그는 서너 시간을 쉬지 않고 끊임없이 아들에 대한 정보를 풀어놓았는데, 역사적 사실이나 내용을 정확하게 기억하고 있었다.

둘째, 신동엽 시인 자신이 얼마나 치밀하게 자료를 모아 왔는지, 그의 결곡함을 느낄 수 있다. 그는 창작 노트와 습작 노트, 그리고 원고, 발표 원문까지 모두 보관해 두고 있었다. 창작 노트→습작 노트→집필 원고→발표된 원문을 비교 연구하면, 뼈를 깎는 산고(産苦)의 과정을 명료하게 볼 수 있는 자료들이다. 미공개된 방송극과 시극 원고도 그대로 보관되어 있다. 게다가 발표 후에 신동엽은 그 반응에 대한 신문 스크랩 등도 보관해 두었다. 서사시『금강』의 창작 노트와 원고 원본도 남아 있어, 전문적인 원본 연구를 기다리고 있다.

셋째, 자료를 보관해 온 가장 큰 공헌자는 짚풀문화 연구가 인병선 시인이다. 사회주의자였던 아버지 인정식 교수는 여사가 15세 소녀였을 때 월북하고, 이후 병든 시인과 온갖 어려움을 겪으며 살림을 꾸렸지만, 결혼한 지 12년 만에 남편과 사별하는 아픔을 겪었다. 이후 딸 하나와 아들 둘을 온갖 허드렛일을 하며 키웠건만, 큰아들(현재 서울의대 교수)이 노동운동에 참여하여 고초를 겪는 등 이 땅의 현대사가 훑고 지나간 고된 태풍을 신기할 정도로 빠짐없이 겪어 온 설움 많은 여인이다. 그러한 상황에서 이렇게 자료를 모아 왔다는 것은 경이롭다는 말 외에 달리 형용할 길이 없다. 인 여사는 신문, 잡지 기사를 모두 스크랩해 놓았고, 사진은 모두 슬라이드로 만들어 놓았고, 또한 원고 원본은 비닐 파일에 넣어 테이프로 봉해 놓고 박스에 분류해 놓고서, 자신의 연구실 바로 옆방에 귀하게 보관해 왔던 것이다. 그 자료들이 개인소장을 넘어 겨레 문화의 재산으로서 지금 후대에 전승되어야 할 문헌자료임을 여사는 정확히 알고 계셨다. 산성지질인 1차 자료들은 60여 년이 지난 것도 있다. 따라서 시간이 지날수록 훼손되거나 멸실되거나, 혹은 천재지변 외에도 각종 위험 부담을 생각하지 않을 수 없는 것이었다.

2) 유년시절의 재구성

첫째, 어린 시절 자료를 통해 신동엽 시인의 어린 시절을 재구성하려 한다. 사람들은 모든 사자(死者)를 과거 속으로 묻어 버린다. 필자는 신동엽을 미래 앞에 살리고 싶었다. 하지만 이번 책의 사진 자료를 우선

하기로 했기에 제한된 매수에 모든 것을 담아낼 수 없었다. 『시인 신동엽』(2005)을 위해 필자는 300매 정도를 집필했다. 그 중 신동엽의 어린 시절에 대해서는 40매 정도 집필했는데, 이 정도로는 그의 유년시절이 갖는 의미를 서술할 수 없었다. 필자는 현재 『시인 신동엽 평전』을 집필하고 있는데, 다시 시인의 유년시절을 집중적으로 연구하여야 했다. 따라서 부득이 『시인 신동엽』의 내용과 겹치는 부분이 있음을 밝힌다.

둘째, 이 연구를 통해 이제까지 신동엽 시인에 대해 잘못된 정보가 수정될 것이다. 그의 초등교육 입학 시기라든지 세세한 약력들이 지금까지 틀린 상태로 이어져 왔었다. 또한 앞서 신동엽의 등단작 「이야기하는 쟁기꾼의 대지」가 강형철의 서지학적 연구[2]를 통해 복원된 바도 있거니와, 이번 자료 공개를 통해 『신동엽 전집』(1975)에 대한 서지학적 검토가 뒤따라야 할 것이다.

셋째, 시인의 어린 시절에 대한 연구를 통해, 그가 시에 담아냈던 식민지 일본에 대한 회고, 이웃의 궁핍한 풍경들이 보다 확연하게 되살아날 것이다. 신동엽 시인이 살아온 삶의 문을 열면, 그의 작품을 보는 눈이 새로워진다. 이제 침묵하고 있던 그의 생애에 수굿이 귀를 열어 주길 바란다. 그의 삶을 만나고, 다시 그의 작품을 읽을 때 돌연 상상력의 융기를 체험하는 순간이 있기를 바란다.

---

2) 강형철, 「신동엽 시 연구」, 숭실대 박사논문, 1999.

2. 정서적 조국 백제

꼭 그런 것은 아니지만 사람에 따라서는 태어난 공간과 태어난 시기가 그의 운명을 결정하는 경우가 있다. 시인 신동엽이 바로 그러하다. 그가 부여에서 태어나고 1930년 일제강점기에 태어난 사실은 그의 삶에 결정적인 동기를 준다.

그가 태어난 해는 만주사변 1년 전이기도 하다. 그는 태평양전쟁 시절 배고픈 학생 시절을 보내고, 한국전쟁 때는 군인의 신분으로 죽음의 고비를 넘겼다. 지루한 식민지 시절과 두 번의 전쟁, 그리고 혁명을 겪으면서 그는 역사의 흉측한 내장을 들여다보았다. 시인 신동엽은 세계사의 거센 파도와 곡절 많은 현대사 속에서 역사적 존재로 거듭났다.

한때 부여는 고구려·백제·신라 삼국 중에서도 가장 찬란한 문화를 꽃피운 백제의 도읍지였다. 지금도 부여에는 온화하고 부드러운 백제의 향기가 곳곳에 남아 있다. 부여 한가운데에 흐르는 금강은 백제의 젖줄이자 대동맥이다. 이 강을 따라 중국문화가 들어오고, 백제문화는 일본으로 전파되었다.

백제의 도읍 부여읍 가운데에 동남리라는 마을이 자리하고 있다. 이 마을을 조금 벗어나면 초록으로 눈부신 금강 물줄기가 넉넉하게 흐르고, 야트막한 산등선은 어머니가 아이를 안은 것처럼 참으로 포근한 분위기를 자아낸다. 바로 이 마을, 충남 부여읍 동남리가 큰 시인을 만들었다. 백제의 도읍이던 이곳에서 우리는 시인의 탄생, 신동엽 시의 기원(起源)을 묻는다. 서둘러 말하자면 동엽은 부여에서 태어남으로 평생 그의 정서적인 조국은 백제가 되었다. 서사시 『금강』을 착상하는 동기에도 "어느해/ 여름 錦江변을 소요하다/ 나는 하늘을 봤다"(제3장)고 표현했듯이, 부여의 금강은 그의 상상력의 젖줄과 같은 동기를 주곤 한다. 그에게 백제는 "천오백년, 별로/ 오랜 세월이/ 아니다"(5장)라고 고백된다. "어제 진/ 백제 때 꽃구름/ 비단 치맛폭 끄을던/ 그 봄하늘의/ 바람소리여"로 표현되듯이, 그에게 백제는 바로 '어제'처럼 가깝기만 하다. 백제가 이토록 가깝게 느껴지는 이유는 특별한 까닭이 있기 때문이다.

> 우리들에게도
> 생활의 時代는 있었다.
>
> 백제의 달밤이 지나갔다,
> 고구려의 치맛자락이 지나갔다,
>
> (…중략…)
>
> 앞마을 뒷마을은
> 한 식구,
> 두레로 노동을 교환하고
> 쌀과 떡, 무명과 꽃밭
> 아침 저녁 나누었다,
>
> 가을이면 迎鼓, 舞天,
> 겨울이면 씨름, 윷놀이,
> 오 지금도 살아 있는 그 흥겨운
> 農樂이여.

(…중략…)

半島는,
평등한 勞動과 평등한 分配,
능력에 따라 일하고
필요에 따라 分配,
그 위에 百姓들의
祝祭가 자라났다.

— 『금강』 6장에서

신동엽에게 백제는 "생활의 시대"를 상징하는 고향이다. 그의 생가에서 걸어서 15분 정도 걸릴 백제 정림사지 5층 석탑의 달밤을 연상시키는 구절(백제의 달밤)이나, 고구려 고분 벽화의 춤추는 여인네를 연상시키는 구절(고구려의 치맛자락)을 볼 때, 우리는 시인이 백제와 고구려를 단지 풋솜씨로 표현하고 있지 않음을 알 수 있다. 삼국시대의 세 나라 중에 신라는 "백제, 고구려 칠 때/ 唐나라 군대를"(6장) 끌어들였기에, 동엽은 신라보다 백제와 고구려를 중요하게 생각했다. 그는 그 시대는 "지주도 없었고/ 관리도, 은행주도, 특권층도 없었"던 무권위주의시대였다고 생각했다. 동엽에게 그 시대는 부여의 영고, 동예의 무천이 있었던, "평등한 노동과 평등한 분배"가 있는 축제의 시대였다. 다만 그 시대를 "王은/ 百姓들의 가슴에 단/ 꽃,// 군대는,/ 백성의 고용한/ 문지기"로 표현하는 등 지나치게 낭만적인 평화공동체로 회상하는 데에 논쟁이 있을 수 있다. 그래서 '원시공동체에 대한 검토되지 않은 성급한 믿음'[3]

---

3) 유종호, 「뒤돌아보는 예언자」, 『서정적 진실을 찾아서』, 민음사, 2001, 121~129면.

을 지적받기도 한다. 하지만 여기에서 필자가 주목하고 싶은 점은 동엽의 혁명적 낭만주의에 관한 것이 아니라, 신동엽 시의 착상 동기에는 늘 백제가 놓여 있다는 점이다. 또한 『금강』의 남주인공 신하늬가 고구려 땅 출신이고, 여주인공 인진아가 백제 땅 출신으로 설정된 것만을 보아도 동엽이 얼마나 백제를 자신의 정서적 조국으로 삼고 있는지를 알 수 있다.

> 우스운 인연이군요
> 고구려의 밭,
> 백제의 씨,
>
> ―『금강』 11장에서

동엽의 시에 등장하는 백제는 국가로서의 백제가 아니라, 평화공동체를 상징하는 정서적인 조국인 백제였다. 이 이야기를 하자면 우리는 80년 전으로 거슬러 올라가야 한다.

신동엽은 1930년 8월 18일, 가난한 농부 신연순(申淵淳)과 어머니 김영희 사이에서 1남 4녀 중 장남으로 태어났다. 어머니 김영희는 신연순의 둘째 부인이다. 첫째 부인은 딸 신동희와 아들 하나를 낳고 젊은 나이에 세상을 떠났다. 그런데 그 아들이 겨우 돌을 넘기고 죽은 까닭에, 둘째 부인의 아들로 태어난 동엽은 아버지에 이어 2대 독자로 태어난 셈이 되었다. 동엽에게는 위로 배다른 누이 신동희(申東姬, 1928년생), 아래로 여동생 4명이 있었다.

3. 동엽의 성적표

1938년 동엽은 여덟 살에 '부여 공립 진죠[尋常]소학교'에 입학한다. '진죠소학교'란 지금의 초등학교에 해당하는 일본의 학제로, 1942년에 폐지되고 '국민학교'로 불리기 시작한다. 진죠소학교는 당시 일반적인 학제로 가령 아나키스트 오스기 사카에[大杉榮]도 진죠소학교를 다녔다.[4]

놀랍게도 이 시기의 신동엽을 연구할 수 있는 사진과 자료가 비교적 많이 남아 있다. 특히 동엽의 소학교 성적표가 1학년부터 5학년까지 온전히 보관되어 있다는 점은 매우 흥미롭다.[5] 성적표와 시인의 작품과 무슨 관계가 있을까. 물론 직접적인 관계가 없을 수도 있다. 그렇지만 성적표든 어떠한 자료든 시인의 작품을 분석하는데 도움이 될 만한 정보를 얻을 수 있다면 모두 검토해보아야 한다고 필자는 생각한다. 일본에서는 지금도 성적표를 통신부(通信簿)라고 하는데, 동엽의 통신부를 보면 신동엽의 어린 시절에 대해 몇 가지 중요한 사실을 확인할 수 있다.

첫째, 신동엽의 성적표 공개를 통해 그의 초등학교 입학 년도가 1938년임을 확인했다. 1939년(쇼와 14년) 3월 31일에 발행된, 1938년도 1학년 성적표를 보면, 신동엽은 1938년 4월 1일부터 부여공립진죠소학교를 다녔다는 것을 확인할 수 있다. 문제는 많은 자료들이 틀린 연보를 되풀이하고 있다는 사실이다.

---

4) 오스기 사카에, 김응교·윤영수 역, 『오스기 사카에 자서전』, 실천문학사, 2005, 35면.
5) 시인의 부인 인병선 여사에게 허락을 얻어 이 논문에서는 4학년 성적표만을 공개하기로 했다.

『신동엽 전집』(창작과비평사, 1975)의 연보에는 "1930년(1세) 8월 18일 충남 부여읍 동남리에서 신연순씨 장남으로 태어남"이라는 기록 이후 건너뛰어, "1942년(13세) 부여국민학교 졸업(2001, 434면)"으로 쓰여 있다. 이후의 자료는 모두『신동엽 전집』의 틀린 연보에 나온 졸업 년도를 계산하여 앞뒤 말이 맞지 않는 전기를 서술하고 있다. 윤재걸은 「한반도의 민족시인」(1983)이라는 신동엽 평전을 최초로 발표했다.

> 1937년 그가 여덟살 되던 해, 그도 동네아이들과 부여국민학교에 입학을 하게 된다. 동네 아이들과 뛰놀면서 보여줬던 동엽의 영특함은 국민학교에 입학하고부터 본격적으로 드러나기 시작했다. 아버지를 닮아 조그만 체구였지만, 그는 늘 1등의 자리를 놓치지 않았다.[6] (강조는 인용자)

윤재걸에 이어 성민엽도 「신동엽평전」(1984)에서 1937년 초등학교 입학으로 썼다.

> 신동엽의 어린 시절이 구체적으로 어떠했는지에 대해서는 거의 알 길이 없다. 유일한 출처라 할 부친 신연순 옹도 신동엽이 국민학교에 입학하기 전까지에 대해서는 거의 언급이 없다. (…중략…) 1937년 신동엽은 부여국민학교에 입학한다. 이때부터 신동엽의 특출한 면모가 드러나기 시작한다. 아니, 이 진술은 옳지 않다. 그것은 특출함이라기보다는 어느 때 어느 곳에나 꼭 있게 마련인 수재로서의 면모에 지나지 않는다고 말해져야 한다. 신동엽은 뛰어난 머리로 국민학교 6년 간 계속 1등의 자리를 놓치지 않았다.[7]

---

6) 윤재걸, 「평전―한반도의 민족시인」, 『신동엽』, 온누리, 1983, 238면.

두 평전에는 1937년에 부여국민학교를 입학했다고 했으나, 1937년이 아니라, 1938년에 부여진죠소학교를 입학한다. 또한 신동엽의 성적표를 보면 1942년도는 5학년이었고, 1944년 3월 22일에 부여국민학교를 졸업하면서 받은 상장8)이 지금도 보관되어 있다. 따라서 "1942년 부여국민학교 졸업"으로 쓰여 있는『신동엽 전집』약력은 수정되어야 한다.

두 평전은 모두 동엽이 "국민학교 6년 간 계속 1등을 차지했다"고 하고 있으나 이 또한 과장된 것이다. 성적표를 보면 우등생이기는 했으나 6년 간 계속 1등은 아니었다. 시인의 부친 신연순 옹의 인터뷰에 근거한 내용이 많은데, 1988년 필자가 신연순 옹을 만났을 때 윤재걸이나 성민엽의 평전에 서술된 내용을 암송하듯 말하여 놀란 바 있다. 부친의 인터뷰에 기댄 두 가지 평전의 장점은 곧 단점으로도 연결된다. 신연순 옹의 말은 귀한 아들을 자긍하여 사실이 과장된 부분이 몇 군데 있다. 필자 역시 정확한 실증적 자료 검토 없이 논문9)에서 잘못된 연보를 그대로 따른 것은 연구자로서 중요한 실수라고 생각한다.

이러한 실수로 인해 이 책들 이후 거의 모든 자료와 인터넷 자료들은 틀린 연보를 수록하고 있다.

---

7) 성민엽, 「신동엽 평전」,『껍데기는 가라—신동엽 시선집 · 평전』, 문학세계사, 1984, 16면.
8) 김응교 글, 인병선 유물 보존 · 공개 · 고증,『시인 신동엽』, 현암사, 2005, 27면.
9) 김응교, 「신동엽 시 연구—장르적 특성을 중심으로」, 연세대 석사논문, 1987, 9면.

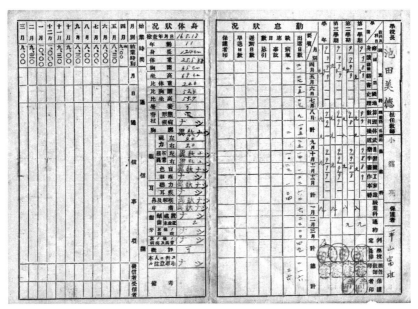
1941년도 4학년 성적표(1942년 3월 31일 발행) 안면

둘째, 어린 동엽은 성실한 모범생이었으나 건강한 편은 아니었다는 것을 성적표를 통해 확인할 수 있다. 성적표를 보면, 동엽이 2학년 때부터 늘 상위등급을 차지했다는 것을 알 수 있다. 또한 4학년 2학기 때 반장, 5학년 1학기 때는 부반장을 했다는 수여증이 보관되어 있다.

지금도 일본은 1학기가 한국과 달리 매년 4월 1일에 시작된다. 그래서 전년도 성적은 다음 연도 3월 31일에 발행된다. 1939년 3월 31일에 발행된 1938년도 1학년 성적표를 보면, 그는 1학기 6/80(80명 중 6등), 2학기 3/77(77명 중 3등), 3학기 4/77, 4학기 7/77로 늘 상위권을 유지한 것을 볼 수 있다. 또 2학년 때는 1학기 2/77, 1/78, 2/77, 2/77로 역시 상위권을 유지하고 있었다. 이후 성적표에는 석차가 나오지 않아 확인할 수 없다. 또한 2학년 성적표 등에 쉬거나 게으름을 피우거나 하지 않고 학업에 힘썼다는 '정근(精勤)' 도장이 찍혀 있어, 그가 얼마나 모범생이었던가를 쉽게 알 수 있다

다만, 동엽의 성적표에는 병으로 결석했다고 기록된 날이 잦다. 동엽이 어릴 적부터 그리 건강하지 않았던 것을 짐작할 수 있는 대목이다. 특히, 위의 4학년 성적표를 보면 결석한 날이 적지 않다. 10월에는 10일, 11월에는 23일이나 결석하여 단 하루만 출석한 것으로 써 있다. 성적표 안면의 왼쪽에 신체 상황을 보면, "이상없음[異常ナシ]"이라고 쓰여 있으나, 총출석일 316일 중에 36일이나 병가(病暇)로 결석한 것으로 기록되어 있다.

이러한 병가를 다만 신동엽 개인의 일로만 생각할 수 있을까? 일본 식민지시대, 더욱이 동엽이 태어난 1930년은 일본이 중국에 싸움을 건 만주사변이 일어나기 1년 전으로, 일제는 바야흐로 조선에 있는 모든 것을 긁어 가무기를 만들던 시절이다. 숟가락, 젓가락마저 빼앗겨야 하는 식민지의 기막힌 현실은 동남리도 예외가 아니었다. 마을 사람들은 농사를 주로 지었지만 수확물은 일본에 강제로 다 빼앗겨 쌀은 구경조차 하기 어려웠고, 사람들은 대부분 콩죽으로 끼니를 때웠다.

동엽의 집도 밥을 배불리 먹을 수 있는 형편이 못 되었다. 그 때문에 그는 1년에도 여러 날 병가를 얻곤 했을 것이다. 동엽이 어려서부터 허약한 이유는 어머니가 동엽을 임신했을 때부터 제대로 배를 채우지 못했기 때문이라고 한다.[10]

---

10) 1988년 4월, 시인의 부친 신연순 옹의 증언. 이후 특별한 설명이 없는 부분은

엎친 데 덮친 격으로 동엽이 아홉 살이 되던 1939년에는 큰 가뭄까지 겹쳐 몇 달 동안 비 한 방울 내리지 않았다. 아이들이 물놀이 하던 금강은 물이 말라 강바닥까지 드러났고, 미꾸라지가 뛰놀던 논물도 바싹 말라 논바닥이 쩍쩍 갈라졌다. 먹을 것이 없어 어린아이건 늙은이건 쓰디쓴 풀로 죽을 쑤어 먹을 수밖에 없었다. 그의 시에는 군데군데 가난한 1930년대의 풍경이 담겨져 있다.

내 고향은
강 언덕에 있었다.
해마다 봄이 오면
피어나는 가난.

지금도
흰 물 내려다보이는 언덕
무너진 토방가선
시퍼런 풀줄기 우그려넣고 있을
아, 죄 없이 눈만 큰 어린것들.

— 신동엽, 「4월은 갈아엎는 달」(『조선일보』, 1966. 4)에서

굶주려본 사람은 알리라,
하루 이틀도 아니고
한 해 두 해도 아니고
철들면서부터
그 지루한

이 증언에 의한 것이다.

30년, 50년을
굶주려 본 사람은
알리라

굶주린 아들 딸애들의
그, 흰 죽사발 같은
눈동자를,
죄지은 사람처럼
기껏 속으로나 눈물 흘리며
바라본 적이 있은
사람은 알리라

—『금강』(1968) 7장에서

　아이들은 입에 대기도 싫은 풀죽을 억지로 먹어야 했다. 동엽은 굶주린 "흰 죽사발 같은 눈동자"를 늘상 보며 생활했다. 당시에는 초가집 옆을 지나다 보면 쇠여물을 끓이는 무쇠 솥에다 풀죽을 쑤는 아낙네를 흔히 볼 수 있었다. 더욱이 그의 시에는 어린 동생이 죽었던 아픈 흔적이 담겨 있다.

봄이 가고 여름이 오면 부황 든 보리죽
툇마루 아래 빈 토끼집엔, 어린 동생
머리 쥐어 뜯으며
쓰러져 있었다.
(…중략…)
벌거벗은 내 고향 마을엔
봄, 갈, 여름, 가난과 학대만이 나부끼고 있었다.

—신동엽, 「주린 땅의 지도원리」(『사상계』, 1963. 11)에서

"툇마루 아래 빈 토끼집엔, 어린 동생/ 머리 쥐어 뜯으며/ 쓰러져 있었다"는 구절은 자못 충격적이기까지 하다. 그런데 그의 전기적 사실을 검토해보면, 이러한 묘사는 다만 상상의 결과가 아닌 실제적인 상황이었음을 확인할 수 있다. 신동엽의 어머니는 동엽 밑으로 아이를 여덟이나 낳았지만 모두 딸이었고, 그 중 넷은 어려서 죽었다. 동엽의 누이동생이 4명이나 죽은 것은 당시 우리나라는 일본의 식민지로 몹시 가난한 데다가 의료 기술이라고 할 만한 것이 없었기 때문이다. 그래서 어린아이들은 작은 병치레만 해도 목숨을 잃는 일이 많았다. 그렇게 죽어가는 아이들을 보고 그는 "뼈를,/ 깎아 먹일 수 있다면/ 천개의 뼈라도 깎아 먹여주고/ 싶은,/ 그 아픔을/ 맛본 사람은 알리라"(『금강』 7장)고 쓰면서, 이다지도 참담한 풍경을 이렇게 회고했다.

> 내 고향 사람들은 봄이 오면 새파란 풀을 씹는다. 큰 가마솥에 자운영·사풀·말풀을 썰어 넣어 삶아가지고 거기다 소금, 기름을 쳐서 세 살찌리고, 칠순 할아버지도 콧물 흘리며 우그려 넣는다. 마침내 눈이 먼다. 그리고 홍수가 온다. 홍수는 장독, 상사발, 짚신짝, 네 기중, 그리고 너무나 훌륭했던 인생체념으로 말미암아 저항하지 않았던 이 자연의 아들 딸을 실어 달아나 버린다.
>
> ― 신동엽, 「나의 설계 ― 서둘고 싶지 않다」, 『동아일보』, 1962. 6. 5

어린 동엽은 굶주림과 홍수가 번갈아 휩쓸고 지나가는 궁핍한 땅에서 가끔 누나와 함께 찬이나 국거리로 쓸 만한 나물을 뜯으러 들녘과 산자락을 쏘다니곤 했다. 동엽은 나물을 뜯으러 다니면서 동희 누나에게 더덕·돌나물·달래·딱쥐를 비롯해 삽주·원추리 등 수많은 풀 이름을 배웠다. 물론 산에는 누나뿐 아니라 동네 아주머니들이 함께 올라 나물을 뜯었다. 그때의 기억을 동엽은 「여자의 삶」에 생생하게 되살린다.

> 그리고 나는 보았지
> 송홧가루는 날리는데, 들과 산
> 허연 걸레쪽처럼 널리어
> 나무 뿌리 풀뿌리 뜯으며
> 젊은 날을 보내던
> 엄마여,
> 누나여,

— 신동엽, 「여자의 삶」 중 36연, 『여성동아』, 1969. 1월호

흰 옷 입은 사람들이 들과 산에서 허리를 굽히고 나무뿌리며 풀뿌리 뜯는 모습을 "허연 걸레쪽처럼 널리어" 하고 표현한 것을 보면, 그 풍경이 시인에게 그리 아름답게 보이지는 않았던 모양이다.

이 인용 앞에 "여자는 집/ 집이다, 여자는/ 남자는 바람, 씨를 나르는 바람/ 여자는 집, 누워있는 집"(22연)이라는 시 구절이 나온다. 여기서 여자는 "누워있는 집"이라는 한 구절을 들어 "꼼짝도 못한 채 한 자리에서 붙박여 남자라는 이름의 바람이 찾아주기를 기다리고만 있어야 한단 말인가"[11] 하고 비평을 받기도 했다. 이동하는 신동엽의 역사관은 여성 억압적이고 반성 없는 농본주의적 성향이라고 결론짓는다. 이렇게 시의 한 구절만 떼어서 시인 전체의 세계관을 부정하는 것은 쉬운 일이다. 그러나 마찬가지 방법으로 그러한 논리는 같은 시의 다른 한 대목의 인

---

11) 이동하, 「신동엽론 — 역사관과 여성관」, 『한국현대시연구』, 민음사, 1989.

용으로 가볍게 바뀔 수 있다. "선택하는 자유는 저한테 있습니다/ 좋은 씨 받아서/ 좋은 신성 가꿔보고 싶습니다"(13연)라는 구절은 이동하의 견해와 반대로 여성의 자율성을 강조해 표현한 구절로 그 평가가 달라질 수 있다.

시인은 다시 여자의 상징을 확장시켜서, 옥바라지 하는 여자, 풀뿌리 뜯으며 가난 속에 살아가는 여자, 맨발로 삼십리 길을 뛰는 한국 여인네를 말한다. 이러한 대목에서 위의 인용된 시 구절(36연)이 나온다. 결국 위의 인용 구절은 절망하고 숙명적인 여인을 표현하는 것이 아니다. 오히려 극한 상황에서도 평화를 일구어 내는 대지(大地)의 모성(母性)을 지닌 '위대한 어머니(Great Mother)'를 표현하기 위한 시 구절이다. 어린 시절을 바라보는 그의 시에는 이렇게 낙관적인 극복의 의지가 발휘되곤 한다.

신동엽은 그의 어린 시절뿐만 아니라, 조선과 고구려를 넘어 상고시대의 옛날까지 펼쳐내 보인다. 재미있는 것은 그가 어린 시절과 아주 먼 과거를 '그 옛날'이 아니라 아주 가까운 생활 이야기와 함께 극적으로 살려 낸다는 점이다. 그의 '옛날이야기'는 단지 과거로 돌아가자는 회고주의가 아니라, '오늘과 내일을 여는 옛날'이다. 그래서 그의 시는 '과거의 읽을거리(reading of the past)'가 아니라, '내일을 위한 잠언(aphorism for tomorrow)'이 된다.

4. 히라야마 야키치와 전쟁놀이

셋째, 성적표를 통해 우리는 파시즘시대에 들어선 일제의 식민지 교

육을 볼 수 있다. 이 성적표 가운데서 특이한 점은 1940년 3학년 성적 표부터 그 첫 장에 천황에게 충성을 강요하기 위해 1937년 10월에 제정 된 '황국신민의 서사[皇國臣民ノ誓詞]'가 적힌 점이다. 1938년 1월 이후 모 든 잡지에는 '황국신민의 서사'를 게재하도록 하여 이를 실행하지 않는 잡지는 불온 문서 취급을 받았다.

이 맹세는 아동용과 일반용 두 가지로 만들어졌는데, 초등 정도의 학 교와 각종 유소년 단체의 인쇄물에는 빠짐없이 첫 면에 이것을 게재해 야 했다.

一、私共ハ大日本帝國ノ臣民デアリマス
二、私共ハ心ヲ合ハセテ天皇陛下ニ忠義ヲ盡シマス
三、私共ハ忍苦鍛鍊シテ立派ナ强イ國民トナリマス

1. 우리들은 대일본제국의 신민입니다.
2. 우리들은 마음을 합하여 천황 폐하에게 충의를 다합니다.
3. 우리들은 인고단련하여 훌륭하고 강한 국민이 되겠습니다.

— 「황국신민의 서사」(번역은 인용자)

아동용 황국신민의 맹세는 어른용에 비해, 구어체인 '~습니다[~ます]' 체로 하여 읽기 쉬운 문장으로 고쳐져 있다. 이 가운데 세 번째 "훌륭하 고 강한 국민이 되겠습니다."라는 내용은 어린이를 한 개인으로 보는 것이 아니라, 이미 군국주의의 "강한 국민"이 되어야 하는 예비 군인으 로 본 것이다. 이미 이 시기 전에 유년학교라 하여 15세부터 19세 사이 의 소년을 군대식으로 키우는 제도가 있었다.[12] 실제로 태평양전쟁 말

기에 이르면 15세부터 19세가량의 소년들로 이루어진 소년유격대가 잠수복을 입고, 적함 밑바닥을 기뢰(機雷)가 달린 창으로 박아 폭파시키려 했던, 소년병 '복동(伏童)'[13]도 있었다.

일제는 아동까지도 군사적인 필요에 따라 동원할 수 있도록 아동을 "국민"으로 호명한다. 일제는 점차 "국민"이라는 단어와 그 이데올로기를 강조하면서, 1942년에 부여공립 '진죠소학교'를 부여공립 '국민학교'로 이름을 바꾼다. 이때 신동엽은 지금의 반장에 해당하는 애국반 반장이 된다.

넷째, 이 성적표에서 신동엽의 창씨가 "히라야마 야키치"였음을 확인하게 된다. 일제는 조선인을 "강한 국민"으로 통합시키기 위해 1939년 11월에 조선민사령(朝鮮民事令)을 발표하여, 1940년 2월부터 조선인 모두가 이름을 일본식으로 바꾸어야 한다는 창씨개명(創氏改名)을 시행한다. 일본식으로 이름을 바꾸지 않으면, 아이들은 각급 학교의 입학과 진학을 거부당했고 질책을 받아야 했다. 행정기관에서는 이름을 바꾸지 않은 자의 민원 사무를 취급하지 않았으며, 식량과 물자 배급을 받을 수 없는 등 무차별한 차별이 가해졌다.[14]

---

12) 오스기 사카에, 김응교·윤영수 역, 『오스기 사카에 자서전』, 실천문학사, 2005, 111~148면.
13) 김응교, 「야스쿠니와 사카모토 료마」, 『창작과비평』, 2004 봄, 397면.
14) 宮田節子·金英達·梁泰昊, 『創始改名』, 東京 : 明石書店, 1992, 104~108면.

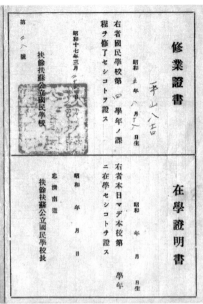

1941년도 4학년 성적표(1942년 3월 31일 발행) 바깥면

　어쩔 수 없이 부친 신연순은 아들에게 일본식 이름을 지어준다. 1941
년 3월 31일에 발행된 1940년도 2학년 성적표에는 신동엽의 성씨인 "신
(申)" 씨가 "히라야마[平山]"로 바뀌어 있다. 창씨개명이 시행된 지 막 1
개월이 지난 때라 미처 이름까지 일본식으로 바꾸지는 못하고 "히라야
마 동엽[平山東曄]"으로 쓰여 있다. "동엽"이라는 이름만이라도 지키고
싶은 부친의 바람이 있었는지 모르나 확인할 길은 없다. 그런데 "동엽"
이라는 한자는 일본어로 읽기 어렵고, 특히 "엽(曄)"자는 근대 이후 일본
어에서 거의 쓰지 않는 한자이다. 그래서인지 이후 동엽의 이름은 완전
히 일본식으로 바뀌어 "히라야마 야키치[平山八吉]"로 쓰여 있다. "야키
치"라는 이름은 '8가지 좋은 복'이라는 뜻으로 에도시대 때 일본 평민

에게 흔한 이름이다.

일제는 조선인을 제국의 '국민'으로 만들기 위해 성씨만 바꾼 것이 아니라 철저하게 일본식 교육을 강요했다. 어린 동엽이 일본 야마토[大和]정신의 상징인 머리띠 '히노마루 노 하치마키[日の丸の鉢卷]'를 묶고 검도 자세를 취하고 있는 사진도 남아 있다. 오늘날 민족 시인으로 불리는 신동엽의 이미지와는 전혀 다른 파격적인 사진이다.

오른쪽이 어린 신동엽이다

그러나 당시에는 그리 놀라운 풍경이 아니었다. 이 사진을 보고 신동엽이 친일을 했다고 한다면 그야말로 몰역사적이고 무분별한 태도다. 오히려 우리는 이 사진에서 군국주의가 한 아이에게 강요한 '국가의 폭력'을 볼 수 있다.

> 우리도 자라서 어서 자라서
> 소원의 군인이 되겠습니다
> 굳센 일본 병정이 되겠습니다
>
> ― 이원수, 「지원병을 보내며」[15]

라는 동시처럼, 당시 제국주의 일본은 군대시 놀이를 통해 아이들을 병정으로 의식화시켰다. 그들에게 아동은 장차 일본의 군인이 될 존재였다. 그래서 아이들을 황국 병정으로 의식화하는 놀이와 노래는 아주 일

---

15) 이원수, 「지원병을 보내며」, 『반도노광』, 1942. 8, 37면.

반적인 교육 프로그램이었다. 그 당시 국민학교령 제10조는 아이들에게 "강인한 체력과 왕성한 정신력이 국방에 필요한 까닭을 스스로 깨닫도록 가르칠 것"을 요구하고 있다. 특히 규칙적인 라디오 체조, 검도, 병정놀이 등은 필수적인 교육 프로그램이었다. 당시 이찬이 아이들의 눈싸움을 그린 시 「아이들 놀이」(『국민문학』, 1944. 2)를 보면 마지막 연에서 "모든 것을 참는 우리 전쟁의 길/ 이미 이 아이들 속에 있나니!"라며 병정놀이의 의미16)를 묘사하고 있다. 황국국민을 위한 '국가 이념'을 반복적으로 확산시키면서 '대일본을 빛낼 일꾼'을 강조했던 시대였던 것이다.

신동엽이 검도 자세를 취한 이 사진에서, 어린 동엽의 긴장된 표정에서, 우리는 역설적으로 일본 제국주의의 상흔(傷痕)을 엿본다. 그래서 동엽의 어린 시절에는 "쇠방울소리 뿌리면서/ 순사의 자전거가 아득한 길을 사라지는"(『금강』 1장) 풍경이 새겨져 있다. 이러한 상처가 깊었기 때문에 신동엽이 민족적 주체성을 탐구하고 나아가 동학(東學)을 연구하며, 서사시 『금강』을 쓸 수 있었을 것이다.

5. 내지성지참배의 파시즘 교육

1942년 4월 1일 동엽이 5학년 때 일본인 교장은 '특별한 애'라고 칭찬하면서 조선 아이로서는 유일하게 신동엽을 뽑아 일본 여행의 기회를 준다. 가난하기 이를 데 없던 신동엽은 여행을 떠나기 어려웠으나, 민백

---

16) 김응교, 「이찬의 일본어 시와 친일시」, 『현대문학의 연구』, 한국문학연구학회, 2005. 3, 320면.

기라는 선생의 여러 도움을 받아 일본을 다녀왔다고 한다. 동엽의 아버지는 일본에 갈 때 입을 새 옷은 집에서 알아서 준비하라는 말에 잠시 걱정했다. 이때는 일제가 전쟁을 치르던 때로 모든 학교는 군대식 교육을 하였고, 누런 빛깔을 띤 푸른 국방색 옷을 입도록 하였다. 아버지는 부여읍에 있는 어느 가게 주인을 찾아 통사정한 끝에, 주인이 깊이 숨겨 둔 옷감 한 벌을 겨우겨우 얻어 여행 떠날 채비를 마칠 수 있었다.

1942년 4월 13일 대전에서 출발하여 15일 간 일본 각지를 여행한 이른바 '내지성지참배(內地聖地參拜)'란, 어린 학생들을 일본의 충실한 '국민'으로 만들기 위한 문화 교육의 하나였다. 당시는 가까운 산이나 들을 오랜 시간 행군하면서 "굳센 일본 정신"을 기르는 교육 프로그램이 많았다.

> 신동아건설의 빛나는 싸움을 돕는 제2세 국민의 몸을 튼튼히 하기 위하여 일본적십자사 조선소년적십자단에서는 『소년소녀총동원』 운동을 한바탕 일으키기로 하였답니다. …… 올부터는 더좋은 산과 바닷가를 찾아가서 굳센 일본 정신을 기르기로 하였답니다.[17] (강조는 인용자)

위 글에서 보듯 당시 잡지에는 일본인 아동과 조선인 아동이 함께 행군하는 프로그램에 대한 글이 많았다. 하지만 이것은 놀고 쉬는 소풍이 아니었다. 이러한 행군은 "신동아건설의 빛나는 싸움을 돕는" 것이고, "굳센 일본 정신을 기르기" 위한 것이었다.

신동엽이 일본 여행 중에 찍은 단체 사진은 현재 5장이 보관되어 있

---

17) 『소년』, 1939. 5, 35면.

다. 이 사진들을 보면 '내지성지참배'의 성격을 보다 분명히 알 수 있다. 먼저 3장의 사진은 이들이 관서지방의 나라(奈良)와 교토를 집중적으로 다녔다는 것을 보여준다. 다음 사진의 배경은 나라(奈良)에 있는 높이 56.4미터의 5층탑(五層塔)이다. 이 탑은 일본의 쇼토쿠(聖德) 태자 시대에 건립한 호류지(법륭사, 法隆寺)에 있다. 이것은 현존하는 세계 최고의 목조 건축물로 1993년 유네스코 세계문화유산으로 지정될 정도로 일본에서는 유서가 깊다. 사실 이 절의 건축기법은 중국이 아닌 한반도에서 온 아스카[飛鳥] 건축의 실체를 보여 주는 좋은 예이기도 하다. 이 5층탑은 공교롭게도 신동엽 생가에서 가까운 부여 석탑을 빼닮은 것으로 유명하다. 하지만 일본은 이 탑을 일본 고대문화의 자랑으로 삼는다. 1878년(메이지 11년)에는 이 절에 가장 많은 고대유물을 보관하는 '호류사 보물관'을 건립했다.

처음 쇼토쿠 태자가 불교를 숭상하는 차원에서 건립한 탑이, 나중에는 그 자체가 신앙의 대상이 되었다. 이 탑 주변에는 지금도 1만 마리가 넘는 사슴이 사람을 전혀 두려워하지 않고 다니는데, 이것이 이 탑의 신비스러운 분위기를 더욱 강조한다. 나아가 나라[奈良]의 수많은 사슴은 일본 고대사의 신비성을 더욱 매혹적으로 만든다. 지금도 나라에는 사슴들이 사람을 겁내지 않고 다니는데 신동엽이 찍은 단체 사진에도 사슴 몇 마리가 함께 찍혀 있다. 이런 점을 생각할 때 일제가 아이들을 데리고 나라를 방문한 것은 단순 여행이라기보다는 아이들에게 신비한 일본 정신의 근원을 가르치기 위함이었다.

나라의 법륭사 5층탑 앞에서 단체 사진, 앞줄 왼쪽에서 5번째가 신동엽

　이들은 관동지역 도쿄로 와서, 천황궁과 야스쿠니신사 앞에서도 단체
사진을 찍었는데, 현재 2장의 사진이 확인되었다. 야스쿠니신사는 일본
의 군국주의 정신을 신격화(神格化)하는 장소[18]로, 전쟁에 나가는 군인들
은 야스쿠니신사에서 전사한 선배 영혼을 추모하고 전쟁터에 나갔다.
또 참배단은 바로 천황이 사는 황거(皇居)의 니쥬바시[二重橋]를 배경으로
사진을 찍었다. 만세일계(萬世一係)라는 천황은 일본사회 체계에서 정점
을 상징하는 존재이다. 니쥬바시가 있는 광장은 군국주의시대에 모든
군대를 모아 제국정신을 무장시켜 내보내는 행사가 행해지던 곳이다.

---

18) 김응교, 「야스쿠니와 사카모토 료마」, 『창작과비평』, 2004 봄.

동엽이 참여한 여행은 조선에 있는 학생들을 '내지(內地)'인 일본에 데려가서 잘 먹이고 잘 입혀 "일본은 이렇게 좋은 나라"라는 단순한 생각을 심어 주는 것만이 목적이 아니다. 그것을 넘어 이 여행은 일본 정신의 근원인 고대사·천황·군국주의를 체계적으로 교육시키는 교육 프로그램이었다. 이 여행이 얼마나 계획적이고 체계적으로 이루어진 참배였는가 하는 것은, 아이들이 입은 군복과 신동엽이 있는 위치로도 한 단면을 볼 수 있다. 신동엽은 모든 사진에서 맨 앞줄 왼쪽에서 두 번째나 다섯 번째 사이에 앉아 있다. 사진을 찍을 때도 고정된 자리가 있을 정도로 여행은 엄격했던 것이다.

어린 동엽은 참배단과 함께 일본의 고대 도시와 천황궁, 야스쿠니신사를 방문하고 보름 만에 돌아온다. 귀국 도중 아슬아슬한 일이 있었다. 동엽이 탄 관부연락선이 부산에 도착한 것은 오전이었는데, 그 날 오후에 오던 연락선은 미군 잠수함의 공격을 받아 침몰되어 많은 학생이 사망한 것이다.

동엽은 이듬해 봄 1944년 3월 22일에 소학교를 졸업한다. 이때 동엽은 표창장인 '선장장(選奬狀)'을 받는다. 당시에 모범학생은 상장과 함께 금전출납부 한 부를 받았다. 신동엽이 받은 선장장에는 이렇게 쓰여 있다.

> 일상생활에서 선량하고 공부하면서 일을 싫어하지 않고 집안 일에도 열심으로 특별하여, 이로써 충청남도 아동장학자금에서 금전출납부 한 책을 수여함.

지금까지의 자료로 보았을 때 동엽은 「황국신민의 서사」에 따른 모범적인 제국의 학생이었다. 그러나 그는 순사가 지나가고 난 뒤 누이와 "새야 새야 파랑새야/ 녹두밭에 앉지 마라/ 녹두꽃이 떨어지면/ 청포장수 울고 간다"(『금강』 1장)를 부르며 동학운동에 대해 어느 정도 알고 있었으며, 정오가 되면 그 하늘 아래 오포가 울리며 "일 많이 한 사람 밥 많이 먹고/ 일하지 않은 사람 밥 먹지 마라"(『금강』 1장)는 스피커 소리를 들으며 자라야 했다. 가난하고 궁핍한 일상생활을 드러내는 그의 작품은, 그가 모범적인 제국의 아들이었음을 강변하는 성적표 등의 기록과는 다르다.

부모님의 원에 따라 학교는 모범생으로 다니면서, 조선(朝鮮)이란 그에게 어렴풋한 옛 나라 이름에 불과하고, 오히려 대일본제국이 그에게 확실한 조국이었는지도 모른다. 남아 있는 자료만으로 보면 그는 식민지 시대의 여느 학생과 달라 보이지 않는다. 그저 착실한 우등생이었다.

그가 모범적으로 살아온 현실이 그리 자랑스러운 역사가 아니라는 사실을 깨닫는 데에는 많은 시간이 필요했을 것이다. 어린 그가 모범적으로 살았던 제국의 현실을, 나이가 들면서 깨달았을 때, 그의 실망감은 적대적 불쾌감을 동반하고 있다.

일본에선
首腦會談이 열렸다.

『쑥대밭 돼버리면
어때,

차라리, 할 수 있으면

초토로 만들어버리렴아,

本土에서
반쯤 移民시키케

그래서, 그 동학당인가
농민군인가 씨 말려버린 담에,
흥정하는 거야, 王族과,

料理상은 이미,
받아놓은 요리상, 하하하.』

—『금강』 제23장

　그의 시에서 일본에 대해 써놓은 구절은 그리 많지 않다. 그래서 그의 일본관을 여러 자료를 통해 평가하기는 쉽지 않다. 바로 그러기 때문에, 위처럼 일본에 대해 언급한 드문 구절은 도드라져 보인다. 동학농민전쟁에 개입하는 일본 위정자를 풍자적으로 그린 위 인용문에 이어 신동엽은 일본인들이 조선인을 죽이고, 코를 떼어 가 만든 코 무덤 이야기를 하며, "일찍이/ 식인종이었던/ 섬나라"라며 부정적인 평가를 내린다. 그리고 조선인의 머리를 버려두고 코만 베어,

　　실로 꿰서
　　코를 가지고 가면
　　일본 天皇 이하
　　大臣들이

코날을 헤어서
조선사람 코 열 개에
쌀 두 가마
무명 두 필을 상급했다던가,

가죽은
더 비쌌다,
人皮,
구두 만들려고?
더 큰 충성으로 보였겠지, 사람가죽
한 장에 비단 세 필,

— 『금강』 제23장

받았다고 서술하고 있다. 이렇게 그의 일본관은 극도로 부정적이다. 그가 모범적으로 살아온 일본 제국체제에 반항하는 것이다. 그의 모범적인 어린 시절은 어쩌면 그에게 자랑보다는 수치였는지 모른다. 보다 중요한 것은 그의 이러한 저항의식은 다만 일본으로만 끝나는 것이 아니라, 이후에도 계속 이어지고 있는 "인간의 만행"을 고발하고 있다는 점이다. 그러면서도 그에게 당시의 역사는 가난과 수탈의 역사인 동시에 "가슴 두근거리는 큰 역사"(『금강』 1장)였다.

6. 맺음말

신동엽은 상장을 받고 소학교를 졸업하지만 너무도 가난했기에 바로 상급학교로의 진학이 어려워 1년 간 휴학을 한다. 안타까운 사정을 안 당시 담임선생 김종익(나중에 국회의원이 됨) 씨는 신동엽에게 전주 사범에 시험을 치도록 권한다. 시험은 2월 18일부터 20일까지 사흘 동안 계속되었다. 이때 김종익 씨는 전주 사범학교에 15명의 학생을 추천했으나 그 가운데 동엽만이 합격했다. 1945년 4월부터 신동엽은 전주 사범에서 공부할 수 있었다. 이렇게 해서 이후 동엽의 전주사범 시절은 시작된다. 이후 전주사범 시절의 동엽에 대해서는 다음 글에서 살펴보려 한다.

이 글에서 필자는 부여에서 태어난 시인 신동엽의 탄생부터 전주사범 입학 시기까지 성적표와 사진과 인터뷰 등을 엮어 보면서, 신동엽 시의 기원(起源)을 살펴보았다. 그리고 그의 '부여 공립 진죠소학교' 성적표를 통해 그의 유년 시절을 살펴보았다.

첫째, 신동엽의 성적표를 통해, 그의 초등학교 입학 년도가 지금까지 1937년으로 알려진 것과는 달리, 1938년 4월 1일부터 부여공립진죠소학교를 다녔다는 것을 지적했다.

둘째, 신동엽이 6년 간 모범학생이었다는 것이 성적표와 상장과 부반장 등의 직급 임명장을 통해 충분히 알 수 있으나, 동엽이 결석하는 날이 잦았다는 것을 확인했다. 이러한 병가는 그의 가난한 삶과도 연결된다고 설명했고, 그의 동생이 이러한 궁핍함 때문에 일찍 죽기도 했다. 그 자신이 약하고 궁핍했기에, 그의 시에는 가난한 이웃들의 고통이 잘 드러나고 있다. 그에게 어린 시절의 시적 회상이란, 가난한 사람들에 대한 고통스러운 회상이면서도, 정서적 조국인 백제 부여를 향한 마치 모성 회귀 본능과도 같은 따스한 회상이기도 하다. 따라서 가난한 유년

시절은 시에서 비극적으로만 묘사되지 않고, 극한 상황에서도 평화를 일구어 내는 대지의 모성을 지닌 '위대한 어머니(Great Mother)'를 표현하고 있다.

셋째, 성적표를 통해 우리는 파시즘시대에 들어선 일제의 식민지 교육을 목도했다. 1940년 3학년 성적표부터 그 첫장에 '황국신민의 서사'가 적힌 점에 주목하였고, 신동엽은 이러한 교육 이념에 따라 자란 '국민'의 아들이었음을 보았다.

넷째, 신동엽의 창씨가 "히라야마 야키치"였다는 사실을 확인하였다. 아울러 신동엽이 검도 자세를 취하고 있는 사진을 보며, 철저하게 일본식 교육을 받았다는 것을 추측해 보았다. 우리는 이 사진에서 군국주의가 한 아이에게 강요한 '국가의 폭력'을 볼 수 있다.

다섯째, 신동엽이 1942년 4월 13일부터 15일 간 이른바 '내지성지참배'를 통해, 일본 정신을 배우는 과정에 참여했었음을 보았다. 철저하게 일본식 교육을 받았던 그가 커가면서 민족을 깨닫고, 일본에 대해 극도의 적개감을 갖고 있었으며, 이러한 적개감은 아직도 인간이 인간을 죽이는 비인륜적 만행을 고발하는 데에도 표현되고 있었다.

아직도 너무 많은 신동엽의 1차 자료들이 박스 안에서 빛을 기다리고 있다. 빠른 시간 내에 사진판 자필 전집이 출판되어 신동엽 시에 대한 서지학적 연구가 뒤따르기를 기대해본다. 또한 신동엽의 정신을 계승하고 넘어서는 위대한 시인이 많이 탄생하기를 고대해본다.

출전 : 『민족문학사연구』, 소명출판, 2006. 4.

제 2 부
신동엽 시에 대한 새로운 분석

신동엽 시의 환유와 제유

1. 환유와 제유의 특성

신동엽 시에 나타난 비유적 특성을 살펴보고자 한다. 신동엽의 시에서는 환유와 제유가 수다하게 활용되는데, 이를 지적한 연구가 전무한 실정이다. 먼저 환유와 제유에 관해 간단히 살핀다.

환유는 은유와 마찬가지로 하나가 다른 하나를 대체하는 수사법이지만, 은유와 달리 둘 사이에 공통부분을 갖지 않는다. '서울'로 '대한민국의 정부 대변인'을 대신하는 경우, 이 둘 사이에는 공통의 의미소가 없으나 "실용적 관계, 즉 동일한 사회적 문맥"이 있다. 그래서 "환유는 항상 실용적 동기에 근거한다"[1] 곧 사회적으로 일반화된 문맥을 따라, 긴

---

* 권혁웅 / 한양여자대학교 문예창작과 교수

목록이 압축하여 제시되는 것이다. '톨스토이'로 '톨스토이가 쓴 책'을, '자동차'로 '자동차를 연주하는 운전자'를 지칭하는 것은, 그 사회적 연상의 통로가 언중(言衆)에 이미 익숙하게 되어 있을 때에만 가능한 일이다. 다시 말해 환유가 생성되는 조건은 자동화(自動化)된 연상의 방식에 있다고 말할 수 있다. 환유의 특징으로 흔히 언급되는 것이 인접성인데, 이 용어는 환유가 문법적 인접성에서 의미적 인접성으로 전이되었을 때에 생성된다는 것을 암시해준다. 또한 환유가 자동화된 연상에서 발생한다는 것은 환유에 의미 생산의 기능보다는 관습적인 의미 소비의 기능이 우선함을 암시해준다.

반면 제유 관계에 있는 두 사물은 상위 / 하위 관계에 놓여 있다. 전통적인 제유는 "부분으로 전체를('오십 개의 배' 대신에 '오십 개의 닻'을), 전체로 부분을('봄' 대신에 '미소짓는 해[年]'를), 종으로 유를('암살자' 대신에 '살인자'를), 유로 종을('인간' 대신에 '피조물'을), 재료의 이름으로 만들어진 사물을 대신하는 것" 등을 이른다.[2] 부분이 전체를, 전체가 부분을 대신하므로 제유는 흔히 사실주의적인 재현의 기능을 갖는다.[3] 흔히 제유의 특

---

1) 위르겐 링크, 고규진 외 역, 『기호와 문학』, 민음사, 1994, 219~220면.

2) J. Kreuzer, *Eliments of Poetry*, Mcmillan Company, 1995, p.106.

3) 버크는 제유를 '재현'이란 용어로 대체할 수 있다고 말했다. 제유는 부분으로 전체를 재현하거나 전체로 부분을 재현한다. 소우주microcosm와 대우주macrocosm가 동일하다는 형이상학적 주장, 사회 기구가 전체를 대표한다는 정치 이론, 사물의 성질을 감각을 통해 판단하는 인식의 방식, 작품의 내용이 실제 세계를 드러낸다고 보는 예술적 시각이 제유적 재현의 개념을 나타내고 있다(케네스 버크, 석경징 외 편, 「네 가지 비유법」, 『현대 서술이론의 흐름』, 솔, 1997 참조). 야콥슨은 환유를 사실주의적인 문학의 특성이라 지적하였는데(Jakobson, *Language in Literature*, edit. by Kristina Pomoraka & Stephen Rudy. Harvard Univ. Press, 1987, p.90), 이는 사실 제유적인 특성을 이르는 말이다. 제유에 환유를 포함하여 논의

징을 지칭하는 포괄성은 이러한 재현적 기능을 이르는 말이기도 하다.

제유는 구조적인 체계 내에서 발생하는 것이며, 환유는 외적인 사물들 사이에서 발생하는 것이다.[4] 한 시인은 제유를 통하여 사회와 개인의 관계를 드러내는 구조적 사고를, 환유를 통하여 외적인 사물을 접속하는 관습적 사고를 시의 문맥에 포함할 수 있다. 제유와 환유를 구별하여 기술하는 것은 특정 시인의 세계를 이해하는 데에 유용하다.

신동엽 시에서 제유와 환유를 지적한 연구는 찾아보기 어렵다. 신동엽의 시에 대한 연구는 대개 주제론이나 시사적 의미와의 관련 아래서 주로 이루어졌다.[5] 신동엽 시의 비유적 특성은 이미지 연구에서 간헐적

한 한 것이며, 둘의 속성을 다시 나누면 사실주의적인 특성은 환유가 아니라 제유에 속하게 된다.

4) 정원용, 『은유와 환유』, 신지서원, 1996, 164~165면. "주장하고자 하는 것은 제유적 관계는 구조적이고 환유적 관계는 외적extrinsic이라는 것이다. 즉 특정 사항과 그 사항에 속한 부분들, 또 특정 사항들 간의 관계를 말한다. (중략) 예를 들어 '바퀴들'이란 자동차에 대한 제유이지만 경주 운전자가 '바퀴'라는 별명을 갖게 되면 그것은 환유이다. 전자의 경우 '특정' 사항은 자동차이고 바퀴는 그것의 일부, 전체에 대한 부분으로써 자동차에 구조적으로 관련된 것이다. 후자의 경우 바퀴가 특정사항이고 또 다른 특정사항은 운전자와 외적으로 연관되어 있다."

5) 신동엽의 시에 대한 기존의 연구를 네 가지로 분류할 수 있다.
첫째, 신동엽의 시세계를 그의 민족주의적 성향이나 동양적 세계관에 비추어 분석한 연구(김영무, 「알맹이의 역사를 위하여」, 『문화비평』, 1970 봄 ; 신익호, 「신동엽론」, 『국어국문학』, 전북대 국문과, 1985 ; 심종철, 「신동엽의 道家的 想像力」, 『창작과 비평』, 1989 봄 ; 강은교, 「신동엽 연구」, 『국어국문학』(9집), 동아대 국문과, 1989 ; 이동하, 「신동엽론－역사관과 여성관」, 『한국현대시인연구』, 민음사, 1989 ; 서익환, 「신동엽의 시세계와 휴머니즘」, 『한양여전 논문집』(14집), 1991 ; 조해옥, 「신동엽 연구」, 고려대 석사논문, 1992 ; 박지영, 「유기체적 세계관과 유토피아 의식」, 민족문학사연구소 편, 『1960년대 문학연구』, 깊은샘, 1988 ; 오윤정, 「신동엽 시 연구」, 서강대 석사논문, 1997 ; 김윤태, 「신동엽 문학과 중립의 사상」, 『실

으로 나타날 뿐이다. 이 이미지들을 유별하는 가장 큰 특성이 제유와 환유에 있다고 생각된다. 반복적으로 신동엽 시에 드러나는 시어들의 목록을 작성하면, 신동엽의 시가 크게 두 계열로 나뉜다는 것을 알 수 있다. 이 두 계열의 목록들을 환유와 제유로 적절하게 기술할 수 있다. 김창완은 신동엽 시의 이미지를 '대지 이미지', '신체 이미지' '식물 이미지', '광물 이미지', '천체 이미지'로 나누었는데,[6] 이 가운데 신체 이미지는 제유로, 광물 이미지는 환유로 나타난다. 또 대지 이미지는 신체 이미지와 관련되어서만 은유적으로 드러나므로, 이 셋은 제유와 환유로 설명된다. 식물과 천체 이미지가 시의 배경과 상황을 이루는 것이라 간주하면, 신동엽 시의 이미지 계열은 제유와 환유의 목록에 포섭된다는 것을 알 수 있다.

천문학』, 1999 봄). 둘째, 신동엽 시의 사회사적, 시사적 의의를 검토한 연구(조남익, 「신동엽론」, 『시의 오솔길』, 세운문화사, 1973 ; 채광석, 「민족시인 신동엽」, 『한국문학의 현단계 Ⅲ』, 창작과비평사, 1984). 셋째, 그의 서사시, 오페레타, 시극 등을 별항으로 분석한 연구(김우창, 「신동엽의 『금강』에 대하여」, 『창작과 비평』, 1968 봄 ; 김주연, 「시에서의 참여문제」, 『상황과 인간』, 박우사, 1969 ; 이가림, 「만남과 同情」, 『시인』, 1969 8 ; 조태일, 「신동엽론」, 『창작과 비평』, 1973 가을 ; 최유찬, 「『금강』의 서술양식과 역사의식」, 『리얼리즘 이론과 실제 비평』, 두리, 1992 ; 민병욱, 「신동엽의 서사시세계와 서사정신」, 『한국 서사시와 서사시인 연구』, 태학사, 1998 ; 강형철, 「신동엽 시의 텍스트 연구―「이야기하는 쟁기꾼의 대지」를 중심으로」, 구중서・강형철 편, 『민족시인 신동엽』, 소명출판, 1999 ; 홍기삼, 「신동엽론」, 앞의 책). 넷째, 신동엽 시의 형식적 특질에 주목한 연구(아래 김창완, 『신동엽 시 연구』, 시와시학사, 1995 ; 김응교, 「신동엽 시의 장르적 특성」, 『민족시인 신동엽』, 앞의 책)가 그것이다. 첫째에서 셋째 항의 연구는 상호 겹치는데, 엄밀한 내재분석에 기초하기보다는, 당대 사회사상이나 시인의 사상적 기반에 논거를 두는 경우가 많다. 넷째 항의 연구는 소략한 편이다.
6) 김창완, 앞의 책, 109~144면. 신동엽 시의 이미지를 검토한 연구로 정귀련, 「신동엽 시 이미지 연구」, 동아대 석사논문, 1987이 있다.

김응교는 시 네 편을 텍스트로 하여, 각 장르에서 내용과 형식이 어떤 관련을 맺는가를 검토하고는, 시에 나타나는 대상들을 신동엽의 시론에 따라 각각 원수성(原數性), 차수성(次數性), 귀수성(歸數性) 세계를 보여주는 것으로 유별하였다.[7] 원수성 세계와 귀수성 세계는 실상 다른 세계가 아니므로, 둘은 통합될 수 있다. 그렇다면 이 시들에서 나타나는 대상은 긍정적 계열(원수, 귀수성 세계의 대상)과 부정적 계열의 둘로 이분(二分)되는 셈이다. 이런 대립적 구성의 핵심에 놓인 것이 제유와 환유인 것이다. 본론에서 상세히 검토하기로 하겠다.

2. 신동엽 시의 환유

신동엽의 시에서 환유는 의미론적으로 이항대립을 이루고 있는 지점에서 발생한다. 이 경우 하나의 대상(계열)은 상반(相反)된 다른 대상(계열)을 불러온다. 신동엽은 상반된 두 계열체를 지시하는 방법으로 제유와 환유를 즐겨 썼는데, 활용빈도로 보면 대체적으로 제유를 긍정적인 계열체에, 환유를 부정적인 계열체에 적용하였다.

이항대립적 연상체계는 어느 정도는 관습적인 체계이다. 하나가 대척의 자리에 놓인 다른 하나와 반드시 연관되어야 하기 때문이다. 환유가 자동화된 연상의 소산이므로, 상반된 계열체를 드러내고자 하는 자동화된 구성은 환유적 사고를 확장한 구성의 방식이다. 신동엽의 시에서는 대개 양극적인 두 대상이 배열되는데, 주로 부정적 어사들에서 환유가

---

7) 김응교, 앞의 책, 625면.

보인다.

누가 하늘을 보았다 하는가
누가 구름 송이 없이 맑은
하늘을 보았다 하는가.

네가 본 건, 먹구름
그걸 하늘로 알고
일생(一生)을 살아갔다.

네가 본 건, 지붕 덮은
쇠항아리,
그걸 하늘로 알고
일생을 살아갔다.

닦아라, 사람들아
네 마음속 구름
찢어라, 사람들아
네 머리 덮은 쇠항아리.

아침 저녁
네 마음속 구름을 닦고
티 없이 맑은 영원(永遠)의 하늘
볼 수 있는 사람은

외경(畏敬)을
알리라

아침 저녁
네 머리 위 쇠항아릴 찢고
티 없이 맑은 구원(久遠)의 하늘
마실 수 있는 사람은

연민(憐憫)을
알리라
차마 삼가서
발걸음도 조심
마음 아모리며.

서럽게
아 엄숙한 세상을
서럽게
눈물 흘려

살아 가리라
누가 하늘을 보았다 하는가,
누가 구름 한 자락 없이 맑은
하늘을 보았다 하는가.

──「누가 하늘을 보았다 하는가」 전문(84~85면)[8]

    시는 도발적인 어법으로 시작된다. 우리는 "쇠항아리"에 비유되는 "먹구름" 아래서 살았을 뿐, 온전한 하늘을 한 번도 보지 못하고 살아왔다. "구름 한 송이 없이 맑은 하늘"을 누구도 보지 못했다. 구름이 꽂으

---

8) 본문에 인용한 면수는 『신동엽 시전집』, 창작과비평사, 1975의 면수이다.

로 비유되었으니 본래의 하늘이 맑은 수면과 같은 속성을 갖고 있음을 알 수 있다. 사람들은 먹구름만을 하늘로 알고 살아갔을 뿐이다. 먹구름은 3연에서 "지붕 덮은/ 쇠항아리"로 은유된다. 이 은유는 신동엽이 자주 쓰는 "쇠붙이"라는 환유에서 연유한 것이다.[9] 둥근 모양은 어쨌든 유지되고 있지만 그것은 사람들을 가둬 옥죄는 것일 뿐, 하늘이 아니었다. 그래서 화자의 강한 청원이 생겨난다. 구름을 닦고 항아리를 찢어버려라. 그러면 "티없이 맑은 영원(永遠)의 하늘", "티없이 맑은 구원(久遠)의 하늘"을 볼 수 있을 것이다. 이 하늘은 사람들로 하여금 "외경"과 "연민"을 알게 해준다. 외경은 하늘을 존중하고 사람살이의 바른 질서를 내면화시켜주는 마음의 원리이며, 연민은 더불어 사는 이들을 사랑하게 해주는 마음의 원리이다. 땅의 일에 사로잡혀 일신(一身)의 안녕만을 구하지 말아야 한다. 영원한 하늘을 본 이들은 제 자신을 공동체의 이상에 맞추어 살아갈 줄 안다. "차마 삼가서/ 발걸음도 조심/ 마음 아모리며", 그렇게 정직하고 조신한 자세를 갖추어가는 것이다. "이 엄숙한 세상을" "서럽게" 살아가는 일은 하늘을 본 자들만이 가질 수 있는 삶의 자세이다. "서럽게/ 눈물 흘"리는 일은, 그런 외경과 연민이 벅찬 감격을 수반하는 것임을 보여준다. 그래서 "살아가리라"는 다짐과, "누가 하늘을 보았다 하는가"라는 설의는 동시적인 것이다.

신동엽의 시에서 흔히 봄은 내면에서 분출하는 생명력의 표상이다.

9) "쇠붙이"가 '금속 일반'을 가리킨다면 무기의 제유이고, '쇳조각'을 의미한다면 무기를 통해 침탈자들을 나타내는 환유이다. 신동엽이 쇠붙이로 무기를 지칭할 쓸 때에는 '쇠로 만든 무섭고 거대한 무기'란 의미가 아니라, '쇳조각과 같이 보잘것없는 것'이란 내포로 이야기한다. 그러므로 쇠붙이를 무기의 환유로 보아야 한다. 이는 신동엽 시의 환유 체계가 부정의 대상을 나타낸다는 전제에도 부합하는 해석이다.

A   봄은
     남해에서도 북녘에서도
     오지 않는다.

B   너그럽고
     빛나는
     봄의 그 눈짓은,
     제주에서 두만까지
     우리가 디딘
     아름다운 논밭에서 움튼다.

A   겨울은,
     바다와 대륙 밖에서
     그 매운 눈보라 몰고 왔지만

B   이제 올
     너그러운 봄은, 삼천리 마을마다
     우리들 가슴 속에서
     움트리라.

A   움터서,
     강산을 덮은 그 미움의 쇠붙이들,

B   눈녹이듯 흐물흐물
     녹여버리겠지.

                    —「봄은」 전문(71~72면)

　신동엽은 이 시에서 상반된 두 언술 영역의 교체로 시를 구성하였다. A에서는 부정의 언술들이, B에서는 긍정의 언술들이 배열되어 있다. 신동엽은 이 시에서 A를 긍정하고 B를 부정하는 어법으로 시종하는데, 이런 구성은 신동엽 시의 전형적인 예이다. 봄은 "남해"와 "북녘"에서 오지 않는다. 남해와 북녘은 우리의 땅덩이 바깥이니, 외세에 대한 환유임을 쉽게 짐작할 수 있다. 봄은 "우리가 디딘 아름다운 논밭", 그러니까 우리 삶의 현장에서 싹이 돋듯 움트는 것이다. "눈짓"은 새싹을 은유한 것인데, 이를 통해 신동엽이 아름다운 민중의 모습을 제유했다고 보아도 된다. "눈짓"→눈(=사람 전체)라는 연상이 숨겨져 있기 때문이다. 아름다운 계절은 밖에서 주어지는 것이 아니다. 씨를 뿌려 곡식을 짓듯이, 우리는 그 계절을 우리 안에서 적극적으로 만들어가야 한다. 3연 2행의 "바다"와 "대륙 밖"은 1연의 "남해"와 "북녘"을 바꾸어 말한 것이다. 사실 "남해"에서 "매운 눈보라"가 오는 것은 아니므로, "겨울"이 단순한 계절이 아니라는 것을 다시 한 번 알겠다. 다시, 봄이 우리 안에서 시작된다는 진술이 이어진다. 앞에서 "아름다운 논밭"이 실은 "우리들 가슴 속"이었던 것이다. 그 봄은 "강산을 덮은 미움의 쇠붙이들"을 "호물호물 녹여버"린다. 외세의 침탈 도구들을 환유하는 쇠붙이는 봄의 기운에 금속으로서의 제 속성을 잃고 아지랑이가 오르듯 김을 내며 녹아버린다. 신동엽은 이 시에서 너그러움과 빛남이 잔인함과 비정함을 이길 것이리라는 희망을 이야기하였다. 이 시에 나오는 제유와 환유의 목록을 간추려 본다.

계열	봄에 속한 것	겨울에 속한 것
제유적 대상	눈짓, 논밭, 기슴 속	
환유적 대상		남해(바다), 북녘(대륙), 눈보라, 쇠붙이들

껍데기는 가라.
사월(四月)도 알맹이만 남고
껍데기는 가라.

껍데기는 가라.
동학년(東學年) 곰나루의, 그 아우성만 살고
껍데기는 가라.

그리하여, 다시
껍데기는 가라.
이곳에선, 두 가슴과 그곳까지 내논
아사달 아사녀가
중립(中立)의 초례청 앞에 서서
부끄럼 빛내며
맞절할지니

껍데기는 가라.
한라(漢拏)에서 백두(白頭)까지
향그러운 흙가슴만 남고
그, 모오든 쇠붙이는 가라.

ㅡ「껍데기는 가라」 전문(67면)

"껍데기"는 모든 비본질적인 것, 비순수한 것을 아울러 이르는 말이
다.「삼월(三月)」에서 말한 "껍질",「주린 땅의 지도원리(指導原理)」에서 말

한 "두드러기", "딱지", "면사포", "낙지발"과 같은 환유적 목록들이 바로 껍데기이다. 신동엽이 이 시어를 앞으로 내세운 것은 "껍데기"란 말이 주는 강한 어감이 선동적인 문체와 잘 어울리기 때문이라고 생각된다.[10] 1~3연에는 껍데기와 상반되는 어사들이 등장한다. 사월의 "알맹이"는 4·19 혁명의 정신이며, 동학년 곰나루의 "아우성"은 동학 혁명의 정신이다. 혁명 주체의 "아우성"으로 혁명의 본질을 지시하는 이 환유는 모든 억압과 수탈의 주체에 대한 항거의 정신을 보여준다. 3연의 "그리하여" 앞뒤에 놓인 동일한 시행이 이 명령의 절대성을 암시한다. "껍데기는 가라"는 명령어법은 제 자신을 명령의 근거이자 결론으로 삼는다. "아사달", "아사녀"는 참된 민중을 대표하는 제유적 인물들이다. 이들은 분단된 조국의 양측을 대표하는 인물들이 되기도 한다. 이들이 "두 가슴과 그곳까지" 내놓은 것은, 본원적인 결합에 대한 열망 때문이다. "중립(中立)의 초례청"은 양극적인 외세를 배격하고 균형과 절제를 찾으려는 장소로 이해된다.[11] 그러므로 "부끄러움"은 본원적인 만남에

---

10) 「껍데기는 가라」가 가진 소리-뜻(음운적 의미)과 어조에 관한 상세한 분석은 졸저, 『시론』, 문학동네, 2010, 472~474면 참조.

11) 백낙청은 중립이 "'중도' '중용' 등 어떤 궁극적인 덕성과 진리의 길을 뜻하고 있다"고 말했으며(백낙청, 「살아있는 신동엽」, 『민족시인 신동엽』, 소명출판, 1999, 20면), 조태일은 "핵심, 정상, 근원, 집중, 순수 등의 여러 의미가 뭉뚱그려진 이 '중립'은 바로 영원한 생명의 힘을 나타내주고 있으며 영원한 민중적인 힘을 뜻한다고도 말할 수 있다"고 했다(조태일, 「신동엽론」, 앞의 책, 110면). 박지영은 1960년대 한반도 중립화 논의와 연결지어, 중립화가 현실적으로는 실현 불가능한 것이었으나, 내재화된 신념과 유토피아라는 보편적 의미로 남았다고 보았다(박지영, 「유기체적 세계관과 유토피아 의식-신동엽론」, 민족문학사연구소, 『1960년대 문학연구』, 깊은샘, 1998, 421면). 김윤태 역시 '중립'을 현실적 의미로 해석하여, 자주통일과 민중 주체성, 생명사상과 근대성 비판이라는 중심

수반되는 어떤 설렘과 기쁨에서 비롯된 것이라 보아야 한다. 4연에서, "껍데기"는 "그 모오든 쇠붙이"로 환유되고, "알맹이"와 "아우성"은 "향그러운 흙가슴"으로 제유된다. 결국 껍데기는 증오와 공격성을, 흙가슴은 사랑과 진정성을 제 속성으로 하고 있었던 셈이다.

이 시의 수미상관적 성격은 구성적 안정성을 보장하는 장치이자, 내용의 적실성을 담보하는 방식이다. 이런 구성이 신동엽의 시가 가진 선언적(宣言的) 특징을 잘 보여준다. 신동엽은 수미상관적 구성을 즐겨 썼는데, 대체로 이런 구성을 통해 시를 지으면, 시는 그 주장만으로도 완결성을 갖게 된다. 머리에서 제시된 주장은 몇 번의 변주를 거쳐 도도하게 이어지다가 결말에서 다시금 수렴, 반복된다. "그 모오든"이란 표현은 어조를 존중하여 격렬하고 장중하게 읽어야 한다. 신동엽은 남겨야 할 것과 제거해야 할 것을 구분하고 전자와 후자를 집약적으로 표현한 어사들을 마지막에 배치하여, 시적 효과를 극대화하고자 하였다.

신동엽 시의 환유는 이처럼 상반되는 두 대상을 접속하는 곳에서 드러난다. 신동엽은 두 개의 이항대립적 지점을 설정하고, 대상들이 이 지점에 수렴되게끔 시를 구성하였다. 신동엽 시에서 수사적인 비유를 검토하면, 대체로 은유는 극히 제한적으로 쓰였고, 제유는 긍정적 지점에서, 환유는 부정적 지점에서 관찰된다. 이와 같은 구성의 방식으로 신동엽의 거의 모든 시를 설명할 수 있다.

어로 설명하였다(김윤태, 「신동엽 문학과 '중립'의 사상」, 『민족시인 신동엽』, 205~215면 참조).

환유는 관습적 사고를 받아들인다. 전언을 축약하되, 축약의 방식이 관습적인 연상을 허용할 때 환유가 생성된다. 신동엽 시의 구성이 이항 대립적 시선에서 자유로울 수 없는 것은 이런 환유적 사고를 구성에 투영한 데 원인이 있다.[12] 신동엽의 시는 비슷한 전언들로 짜여져 있어서 다양한 독법을 허락하지 않는다. 동일한 환유와 제유가 수다한 시에서 관찰되는 것이다. 이 점이 신동엽 시의 약점이라 지적할 수도 있겠으나, 그 대신 전언의 강렬함이 보장되는 것은 장점이라 할 수도 있겠다. 실제로 신동엽의 시에서는 전언들의 자율성보다는 전언 자체의 기능성이 강조된다.

3. 신동엽 시의 제유

> 너의 눈은
> 밤 깊은 얼굴 앞에
> 빛나고 있었다.
>
> 그 빛나는 눈을
> 나는 아직
> 잊을 수가 없다.

---

12) 홍정선이 이런 선악의 도식성을 비판했다. 홍정선, 「신동엽의 '껍데기는 가라'」, 정한모·김재홍 편, 『한국 대표시 평설』, 문학세계사, 1983, 507~513면. 조해옥 역시 신동엽 시에 갈등이 없음을 비판했다. 조해옥, 「신동엽 연구」, 고려대 대학원 석사논문, 1992, 52면 참조.

검은 바람은
앞서 간 사람들의
쓸쓸한 혼(魂)을
갈갈이 찢어
꽃 풀무 치어 오고

波濤는,
너의 얼굴 위에
너의 어깨 위에 그리고 너의 가슴 위에
마냥 쏟아지고 있었다.

너는 말이 없고,
귀가 없고, 봄(視)도 없이
다만 억천만 쏟아지는 폭동을 헤치며

고고(孤孤)히
눈을 뜨고
걸어가고 있었다.

(중략)
그 아름다운,
빛나는 눈을
나는 아직도 잊을 수가 없다.

조용한,
아무것도 말하지 않는,
다만 사랑하는
생각하는, 그 눈은

그 밤의 주검 거리를
걸어가고 있었다.

—「빛나는 눈동자」 부분(32~33면)

　1연의 "밤 깊은 얼굴"은 어두운 얼굴을 말한 것이다. 밤이 흔히 암담
한 상황을 드러내는 표상이라는 것은 주지의 사실이다. 따라서 이 구절
은 "어두운" 현실과, 그 속에서도 타오르는 나의 의욕과 희망을 대립시
켜 놓은 구절이다. 눈은 "너"를 대신하는 제유이다. 밤 깊은 곳에서 빛
나는 눈이므로, 눈은 별이라는 은유를 내장하고 있기도 하다. 한편 "밤
깊은 얼굴"은 부당한 권력의 실체를 보여주는 것인데, 시가 전개되면서
"검은 바람", "파도", "폭동", "폭우", "주검 거리", "수천 수백만의 아우
성" 등으로 계속 변주되어 간다. 3연의 "검은 바람"은 "앞서 간 사람들"
곧 선인(先人)들을 죽였고, 4연의 "파도"는 너의 얼굴과 어깨, 가슴에 쏟
아져 내리고 있으므로, 둘 다 부당한 권력의 행사를 뜻한다고 하겠다.
얼굴과 어깨, 가슴이 파도와 어둠에 휩쓸렸으므로 5연에서 너의 눈, 코,
입이 지워진 셈이다. 네가 "말이 없고/ 귀가 없고/ 봄(視)도 없"다고 말한
것은 이런 사정이 있어서다. "억천만 쏟아지는 폭동"은 파도가 거세게
몰아치는 형국을 형용한 것이지만 너를 억압하는 힘 자체를 말한다고
할 수도 있겠다. 그런 소란 가운데에서도 너의 눈은 진정한 사랑으로
빛나고 있다.

　인용한 마지막 부분을 보면, "빛나는 눈"이 "너"의 전체를 제유하고
있음이 분명하다. 이 시에서는 너를 "눈"으로 나타냈음에도 불구하고,
너의 모습이 여전히 모호하게 형상화되어 있다. 아마도 "너"가 단일한

존재가 아니라, 시인의 희망을 두루 모은 이상적 전체(全體)이기 때문일 것이다. 이런 점이 신동엽이 활용한 제유의 약점이다. 부분적 언술이 전체 언술을 형상화할 때, 각각의 언술들이 그 구체성을 잃고 일반적 전언에 포함되는 것이다.[13)]

1 백화점(百貨店) 충계를
   비 뿌리는 오후, 내려오던 다리.

2 스카아트 속을
   한가한 미풍(微風)은 왕래하고 있었지만
   깜정 힐 위 중력(重力)을 주면서
   가벼운 오뇌 속삭이고 있었다.

3 언제부터 시작되어
   너희들의, 걸음은
   어데까지 가고 있는 걸까.

4 희끗희끗 눈발 날릴 때
   중학교 원서 접수시키러 구멍가게 골목
   종종치던 종아리.

5 송화강(松花江) 끝에서도 왔다
   구름 같은 흙먼지,

---

13) 김종철이 신동엽 시의 상투성과 추상성을 비판하였다(김종철, 「신동엽의 시와 道家的 想像力」, 『민족시인 신동엽』, 소명출판, 1999, 74면 참조). 신동엽의 시가 가진 추상성이 바로 일반화된 제유에서 비롯된 것이며, 상투어들의 잦은 출몰은 환유 탓이라 생각된다.

아세아 대륙 누우런 벌판을
군화(軍靴) 묶고 행진하던 발과 다리,
지금은 어데 갔을까.

6   꽃 피는 남국(南國)
부드러운 모래밭 해안(海岸)에 배가 닿으면
부지런히 신무기(新武器)를 싣고 뛰어내리던
이유(理由)없는 발톱.

7   보리밭을 밟고 있었다,
물방아 위에도 있었다.
해수욕장(海水浴場)에선
그 싱싱한 허벅다리 사이로
태양(太陽)이 지고.

8   깎아놓은 유리창 위 비는 내리고
넘치는 가슴덩이
찰떡같이 몸부림은 흐느낄 때,
노래하고 싶었다.
뱀같이, 열반(涅槃)같이, 경련하다 급기야
나른하게 죽어 뻗던 그 흰 다리.

9   다리,
너를 보면
빛나는 여름
우뢰소리 들으며 산맥(山脈)을 넘던
낭만,

10   나리꽃 동산에 전쟁은 가고
      채소밭 가운데 섰던
      국적(國籍) 모를, 두 개의 무릎뼈에도
      눈은 없었다.

11   어머니를 불렀지.
      집행장(執行場) 문앞
      엉버티었지, 안 가겠다고
      있는 힘 다하여 안간힘하며
      마지막 땀 흘리던
      연약한 다리여.

12   밀회(密會)도 실어 날렀지,
      착취로 기름진 아랫배,
      음모로 반짝이던 골통들도 실어날랐지,
      그리고 눈은 없어도
      링 위에선 멋있게 그놈의 턱을 걸어찼다.

13   다들 남의 등 어깨위로 올라갔지만
      아직 너만은 땅을 버리지 못했구나
      넌 우리네 조국
      넌 하층구조(下層構造)
      내 한(恨)을 실어오고 또 실어간다.

14   백악관 귀빈실 주단위에도 있었어,
      대영제국 궁전 금의자(金椅子) 아래에도 있었어,
      종로 삼가(三街) 창녀(娼女) 아랫목에도 있었지,
      발바닥

코 없는 너를 보면
눈물이 날 밖에.

15   강산은 좋은데
이쁜 다리들은 털난 딸라들이
다 자셔놔서 없다.

16   일어서야지,
양말 신은 발톱 흉물 떨고 와
논밭 위 세워 논, 억지 있으면
비벼 꺼야지,
열번 부러져도 그 사랑
발은 다시 일으켜세우기 위하여 있는 것,
발은 인류(人類)에의 길
멎고 멎음을 증명하기 위하여 있는 것,
다리는, 절름거리며 보리수 언덕 그 미소(微笑)를 찾아가려 나
왔다.

17   다시 전화(戰火는) 가고
쓰러진 폐허
함박눈도 쏟아지는데
어데서 나왔을까, 너는 또
뚜벅뚜벅 걸어오고 있었다.

—「발」 전문(58~61면)

신동엽은 17연 80행으로 이루어진 이 시를, "발"로 인간을 제유하는
시행들로 가득 채웠다. 각 연들에서 제시된 "발"의 주인은 각양각색의

사람들이다. 1~2연에서 백화점 층계를 내려오는 다리는 젊은 여성의 다리여서, 보는 이로 하여금 "가벼운 오뇌"를 불러일으킨다. 젊은이들은 제 걸음의 끝을 모른다. "너희들의, 걸음은/ 어데까지 가고 있는 걸까"라는 3연의 의문은 그들에게 마련된 길이 그리 우호적이지 않을 것임을 암시한다. 4연에서는 "중학교 시절", 원서를 접수하기 위해 서성대던 아이를 불러 세운다. 5연의 "발과 다리"는 일제시대, 중국대륙을 진군하던 독립군들의 발과 다리이다. 지금 젊은이들에게서는 그런 기개를 찾아보기 어렵다는 생각이, 그들이 "지금은 어데 갔을까"라는 궁금증을 낳았을 것이다. 6연에서, 지금껏 이야기하던 발을 "발톱"으로 바꾼 것은, "부지런히 신무기를 신고 뛰어내리던" 이들이 침략군이어서 발톱이라는 공격성으로 제유하는 것이 적절했기 때문이다. 그러므로 사람 ⊃ 발 ⊃ "발톱"으로의 극단적인 압축은 외세에 대한 정서적 반응이 야기한 결과이다. 7연은 다시 "남국(南國)" 곧 남한의 일반풍경이다. "보리밭"과 "물방아"가 노동이나 밀회의 장소이고, "해수욕장"이 유희의 장소이니, 이곳들이 젊음의 아름다움이 발산되는 장소라 보아도 무리가 없다. 8연에서, "넘치는 가슴덩이/ 찰떡같이 몸부림은 흐느낄 때", "뱀같이, 열반같이, 경련하다 급기야/ 나른하게 죽어 뻗던 그 흰 다리"를 말한 것은 성교행위를 묘사한 것이 분명하다. 그렇다면 8연의 상상은 7연에서 자연스럽게 유추된 것일 수도 있으나, 6연과 15연을 보면, 침략자들에게 능욕당하는 이 땅의 현실을 우의적(寓意的)으로 드러낸 것이라 볼 수도 있다. 9연의 다리는 "우뢰소리 들으며 산맥을 넘던" 다리이니, 어떤 건강함의 징표일 것이다. 10연의 다리는 "국적"을 알 수 없다고 한 것으로 보아, 전쟁 중에 피아(彼我)의 식별도 없이 죽어서 버려진 사람의 다리이다.

"발"을 "무릎뼈"로 바꾸어 제유한 것은, '무릎을 꿇다'와 같은 관용적 표현을 염두에 두어서다. 망자는 죽음에 굴복하여, "채소밭 가운데" 버려졌다. 이 죽음이 11연에서 사형 집행장에서의 죽음을 불러온다. "안간힘하며/ 마지막 땀 흘리던/ 연약한 다리여"라는 부름에는 연민이 어려 있다.

12~13연에 와서야, 화자가 "다리"나 "발"로 사람을 제유한 까닭이 밝혀진다. "착취로 기름진 아랫배"나 "음모로 반짝이던 골통"도 몸의 일부분이다. 다리는 아무 불평 없이 그것들을 실어 날랐다. 모두가 육신을 이루는 것들이지만, "아랫배"나 "골통"으로 제유된 인간들은 부유한 자들이거나 세도가들일 것이고, 묵묵히 이들을 위하는 "다리"는 일반 백성일 것이다. 백성들은 "땅을 버리지 못"한 채 살아가는데, 이때의 땅은 낮고 천함을 나타내는 아랫자리이기도 하고, 경천애인(敬天愛人)하는 원리이기도 하며, 먹고살기 위한 삶의 터전이기도 하다. 그래서 화자는 발을 일러 "넌 우리네 조국/ 넌 하층구조(下層構造)"라 부른다. 우리네 "한"은 이렇게 오고 간다. 14연에서 "백악관 귀빈실"이나 "대영제국 궁전"은 외세, 권세를 보여주는 환유적 공간이다. 반면 "종로 삼가 창녀"는 가장 비천한 백성을 대표하기에, "발"이 아니라 "발바닥"으로 제유되었다. "코 없는 너"는 아마도 신발이나 버선코가 닳아버린 모습을 형용하는 듯 하다. 15연에 와서, 화자의 비판은 좀더 직접성을 띤다. "이쁜 다리"가 미인을 제유하고, "털난 딸라"가 흉칙한 외국인들을 환유한다. 신동엽이 긍정적인 대상에 내적인 비유체계인 제유를, 부정적인 대상에 외적인 비유체계인 환유를 즐겨 쓴다는 것은 앞에서도 지적한 바 있다. 16연에서 화자의 목소리는 의지적이다. "양말 신은 발톱"들이 거드름을 피우며, "논밭 위에" 제 소유물임을 알리기 위해 세웠던 푯말 따위는 없

애 버릴 것이다. 발이 "다시 일으켜 세우기 위하여 있는 것"이듯, 이제는 어떤 좌절도 용인하지 않을 것이다. 백성들만이 참된 연대를 이룰 수 있으므로, "발은 인류에의 길"이다. 이제 "보리수 언덕"에서 깨달음의 "미소"를 지었던 석가모니처럼 다리는 참된 웃음을 찾을 것이다. 17 연은 황폐한 현실에서 새로운 길을 떠나는 이의 모습을 제시하였다.

발이나 다리, 부분적으로는 발톱이나 아랫배, 머리 등으로 제유된 많은 이들에 시인의 강조점이 놓여 있으므로, 이 시가 제유적 일반화의 방식으로 쓰였다고 말할 수 있다. 시를 읽어가면서 일반화의 대상을 짐작하는 것은 독자의 몫인데, 이로 인해 신동엽의 시는 드러난 구조로 숨겨진 구조를 이야기하는 이중 구조를 갖는다.

신동엽 시의 제유는 이처럼 부분적인 언술로 전체의 언술을 드러내는 곳에서 관찰된다. 신동엽은 특히 몸의 일부로 인물 전체를 드러내는 제유를 즐겨 썼는데, 이렇게 드러난 인물은 이상적 전체라 할 만한 속성들을 갖는다. 신동엽의 제유가 긍정적 계열체들로 나타나는 것은 이런 이유에서이다.

4. 신동엽 시의 비유적 특성

신동엽은 시작(詩作)의 전 시기에 걸쳐 환유와 제유를 적극적으로 활용하여 시를 썼다. 신동엽에게서 환유는 주로 부정의 대상에서 발견되는데, 이는 환유가 갖는 이질적 속성을 구성에 투영한 결과라 하겠다. 반면 제유는 주로 긍정의 대상에서 관찰된다. 이 역시 일반화된 제유가 갖는 포괄적 속성을 구성에 투영한 결과라 볼 수 있다. 시적 대상들에 이항대립의 자리를 부여하면 전언이 매우 강렬해진다. 참과 거짓, 긍정과 부정, 정의와 불의가 이 지점에서 갈려져 나간다. 신동엽의 시에서 환유는 이항대립의 지점에서 후자의 자리를 드러내는 데 매우 효과적으로 쓰였다. 이와 같은 방식은 선동적인 문체와 잘 어울린다. 반면 제유는 전자의 자리를 드러내는 데 효과적이다. 일반화의 방식에 의해 이상적인 전체상을 그려내기가 수월한 까닭이다. 일반화의 방식 역시 선동적인 문체에 잘 어울린다. 신동엽 시의 화자는 흔히 격렬한 공격성과 열정적인 사랑을 토로하곤 했다. 이 경우, 공격성을 드러내는 비유적 방식이 환유에서 비롯된 것이며, 사랑을 토로하는 방식이 제유에서 비롯된 것임을 짐작하기는 그리 어렵지 않다.14) 제유의 경우 신동엽은 신체 일부로 전체로서의 우리를 나타내거나, 특정 인물로 우리 민족 전체를 나타냈으며, 환유의 경우 침탈자들의 도구(사물)로 침탈자들을 나타냈다. 이런 예들은 무수해서, 신동엽 시의 거의 전편에서 이런 예를 찾을 수 있다고 해도 좋을 정도이다. 신동엽은 이처럼 환유와 제유를 활용하여 자신의 시적 세계를 구축하였다.

출전 :『한국근대문학연구』제1권 제2호(통권 제2호), 한국근대문학회, 2000. 12.

---

14) 신동엽의 시에서 은유는 거의 활용되지 않는다. 물론 은유로 간주할 수 있는 구절이 없지 않으나, 이런 은유에 담긴 내포는 매우 빈약하여, 시어를 수식하는 일차적 기능밖에 하고 있지 못하다. 신동엽의 시가 가진 선언적(宣言的)인 성격에서 비롯된 것이다. 선언적인 발언은 대개 독자보다는 청자를 필요로 하는 법이어서, 일반화된 전언으로 구성된다. 선언적인 발언을 하는 화자는 표현을 돌보기보다는 전언의 강렬함에 집중하고, 교묘히 꾸미기보다는 직설적으로 토로하고자 한다. 시 자체의 구조에서 파생되는 은유적 언술이 선언에서 배제되는 것은 이런 이유에서이다. 신동엽은 환유가 가진 자동화(自動化)된 연상, 제유가 가진 일반화된 연상을 받아들였으나, 은유가 가진 연상의 풍요로움은 거의 활용하지 않았다.

신동엽의 '생명공동체'와 영화 '아바타'

1. 킬링필드와 판도라

1960년대는 구한말 한국 역사의 전철을 밟고 있다. 이승만 독재의 몰락과 박정희 군사 정권의 등장은 19세기 왕조의 몰락과 식민주의 파시즘의 등장을 판에 박은 듯하다. 그 사이에 민주주의라는 새로운 가치가 비집고 싹을 내밀고 있다. 그러나 그것은 의사(擬似) 민주주의에 지나지 않는다. 그러므로 1960년대 문단에서 불붙은 일련의 '순수-참여'논쟁은 우리의 현실을 제대로 인식하지 못한 '서구흉내내기'에 불과하다. 당대 가장 첨예한 현실문제는 한일협정체결(1965)과 베트남파병(1964~1973), 한미행정협정(1966)이었다. 신동엽만이 이와 같은 한국의 종속적 현실을 정

---

* 이민호 / 서강대학교 국어국문학과 교수

확히 파악하고 온몸으로 반응하였다. 이처럼 돌이켜보면 신동엽이 '민족'이라는 명제를 관념적으로 갖게 된 것이 아니기에 그가 고민했던 '민족'문제를 오늘날 거추장스럽게 여기는 것은 정당하지 않다. 1960년대 종속적 상황은 여전히 오늘 우리의 현실이기 때문이다.

이러한 측면에서 신동엽 시의 유토피아적 욕망은 쉽게 읽힌다. 오로지 외세를 물리친 주체적 시공간의 간절한 추구가 아니겠는가? 1960년대 신동엽과 동시대를 살았던 유종호의 다음과 같은 언급은 우리가 신동엽의 사유를 어떻게 추적할 수 있는지 소중한 실마리를 제공하고 있다.

> 나는 신동엽이 포용하고 있던 혁명적 낙관주의 혹은 낭만주의나 소외 없고 착취 없는 원시공동체에서 시작하는 거대담론에 대해서 회의적이다 …중략… 그는 뒤돌아보는 예언자로 임했지만 많은 동시대인들과 같이 역사의 행방을 전혀 알아차리지 못하였다. 그가 통탄해 마지않았던 반 조각 조국이 한 세대 안에 농경사회에서 세계자본이 지배하는 산업사회로 변모하리라는 것을 예측하지 못하였다. 외세를 물리치고 농본주의적 전원국가를 건설하려는 동남 아시아 약소국의 혁명적 실험이 참담하고 황당한 인간도살극으로 끝나는 것을 다행히도 그는 보지 못하였다.(밑줄-논자)[1]

유종호가 이 글을 쓴 때는 20세기가 종언을 고하고 새 천년을 맞이하는 순간이었다. 신동엽이 목격하지 못했던 킬링필드[2]의 비극에 몸서리

---

1) 유종호, 「뒤돌아보는 예언자」, 『서정적 진실을 찾아서』, 민음사, 2002, 129면.
2) 1975년에서 1979년 사이, 민주 캄푸차시기에 캄보디아의 군벌 샐로스 사르가 이끄는 크메르 루즈가 저지른 학살. 전 인구 700만 명 중 200만 명을 학살했다고 전한다.

쳤을 그의 휴머니즘[3]이 세기말적 상황에서 눈부시다. 그러나 이 글 속에 신동엽은 존재하지 않는다. 오직 유종호의 세계관이 전부다. 신동엽이 추구한 세계를 '원시', '농경', '전원'이라는 기호 속에 너무나 쉽게 가두어 놓았다. 조국 근대화의 시각에서 이 기호들은 곧 '미개'와 '야만'으로 읽힐 따름이다. 이 역시 유종호의 시각이다. 이 신역사주의적 태도, 즉 신동엽의 시 속에 한국 근대화의 역사를 개입시켜 다시금 킬링필드의 텍스트로 역사화시킨 재주를 우리도 따라해 보자. 그러므로 신동엽이 바라본 미래는 신동엽의 시 속에서 찾는 것이 아니라 오늘날 우리가 갖고 있는 역사의식을 그의 시 속에 투영함으로써 역사화된 텍스트 '오늘'에서 보게 될 것이다.

그런 측면에서 영화 '아바타'는 생태학적 원시주의를 표명하는 것처럼 보이지만, 놀랍게도 근대화 추종자의 착종(錯綜)을 드러내어 무색하게 한다. 제임스 카메론이 감독한 '아바타'의 줄거리는 다음과 같다.

하반신이 마비된 전직 해병대원 주인공 제이크 설리는 '옵티늄' 자원 채굴 프로젝트인 <아바타>프로그램에 참여 한다. '판도라' 행성에는 원시인의 몸과 정신을 가진 '나비(Na' vi)'족이 살면서 자신의 숲을 지킨다. 영성과 신비한 힘이 지배하는 숲은 지구의 가이아처럼 자신의 품안에 있는 생명과 존재들을 돌보고 있다. 이 세계에서 숲과 '나비(Na' vi)'족 그리고 동식물들은 분리할 수 없는 한 몸의 존재들이다. 주인공은 '나비(Na' vi)'족의 외형에 인간의 의식을 주입해서 원격조종이 가능한

---

3) 정작 유종호는 「인간부재−한국문학에 있어서의 휴머니즘」, 사상계, 1962. 9와 「오열하는 휴머니즘−한 끄리쉐에의 의혹」, 한국일보, 1961. 1. 1에서 도식적인 휴머니즘을 통렬히 비판한다.

새로운 생명체 <아바타>의 몸을 입고 '나비(Na' vi)'족에 침투한다. 임무수행 중 '나비(Na' vi)'족의 여전사 '네이티리'를 만난 제이크는 그녀의 도움으로 새로운 세상의 가치와 능력을 배우면서 심신양면의 모험과 도전 속에서 '네이티리'를 사랑하게 된다. 제이크는 행성 '판도라'의 운명을 결정하는 인간의 기계문명과 '나비(Na' vi)'족의 자연문명이 충돌하는 대규모전투에서 새로운 세계의 가치와 문화를 수호하는 영웅으로 거듭나게 된다.[4]

이 한편의 영화를 통해 소박하게도 정작 '킬링필드'의 인간도살극을 자행하는 주체는 자연문명의 공동체를 추구하는 측이 아니라 다국적 기업, 제국주의로 표상되는 기계문명이라는 사실이 드러난다. '킬링필드'의 비극을 옹호할 근거는 없다. 그러나 자본의 풍요와 새로운 문화를 앞세운 산업자본주의와 제국주의가 자행한 셀 수 없는 전쟁과 폭력은 '킬링필드'의 비극을 상쇄하고도 쓰나미처럼 넘친다.

텍스트의 내재적 엄결성을 고구하는 신비평의 세례를 받은 비평가의 눈에는 신동엽의 시와 제임스 카메론 감독의 영화는 엉성하기 짝이 없다. 더구나 역사와 민중의 현실을 끊임없이 수용하고 표출하는 역동적 움직임에 어찌할 바를 모른다. 너무도 이념적이기 때문이다. 그들이 이데올로기에서 어떤 식으로든 자유로웠던 때가 한 번도 없었음에도 적나라한 진실 앞에서 오히려 분노를 키울 뿐이다. 그러므로 신동엽이 지향하는 공동체 앞에 '원시'라는 또 다른 이데올로기를 붙여 폄하하려는 의도를 모를 사람은 없을 것이다. 마찬가지로 영화 '아바타'의 공동체가

---

4) 김백겸, 「시와 '아바타(Avata)'」, 문학마당, 2010 봄, 243~244면.

'판도라'인 것은 유치해보이지만 의미심장하다. 신화의 메시지처럼 '판도라'는 진실이 밝혀질까 누군가는 두려움과 공포에 떨지만, 또 누군가는 저 밑바닥에 자리한 희망에 벅차기 때문이다. 그렇다면 신동엽의 전경인(全耕人)의 공동체가 야만과 미개의 '원시공동체'라 불릴 이유는 없다. 오히려 '생명공동체'라 함이 마땅하다.

신동엽의 예언자적 지성을 '뒤돌아보는 예언자'로 명명한 것은 적확하다. 하지만 '되돌아보는(retrospective)' 행위는 단지 회상이라는 심리학적 능력으로 축소되는 것이 아니다. 신동엽의 역사적 기억은 베르그송[5]이 말하는 '지속으로의 시간'이기 때문이다. 스위치를 올리거나 내림으로써 간헐적으로 작동하는 깜빡 회상이 아니라 '끊임없이 성장하는 연속'이다. 신동엽이 기억하는 과거의 실재는 '자동적으로 진화하는 깊고 생산적인 무의식이며, 미래로 스며들어가는, 나아가면서 계속 팽창하는 과거의 연속적 과정'이다. 우리는 삶 속에서, 혹은 역사 속에서 새로운 순간을 맞이할 때마다 그를 맞이하기 때문이다.

신동엽이 살았던 1960년대의 역동적인 시적 이미지들은 논리적으로 소진되었다. 그러나 오늘날 포스트모던의 형식, 즉 '아바타'의 영화 형식 속에서 만나게 되는 것은 신기한 일이다. 그만큼 '시간' 혹은 '기억' 나아가 '역사'라는 것은 새로운 조건과 맥락 속에서 계속 되살아나는 것이 분명하다. 그러므로 신동엽의 시와 제임스 카메론의 영화를 함께 놓는 것이 느닷없는 일은 아니리라 믿는다.

---

5) 키스 안셀 피어슨, 이정우 옮김, 『싹트는 생명―들뢰즈의 차이와 반복』, 산해, 2005, 75면.

'이미지'의 연속이라는 측면에서 시와 영화는 만난다. 그리고 눈에 보이는 공간에 갇히지 않고 초월하여 시간의 자율성 속에서 새로운 공간을 생성한다. 과거와 현재와 미래 속에 공존하는 이 새로운 공간에서 무엇이 '묘사'되었고, 어떤 '이야기'가 있으며, 어떻게 '사유'해야 하는가6) 살펴보도록 하자.

2. 읽히기 위하여-새로운 실재의 창조

지난 2009년 말 개봉된 영화 '아바타'를 열에 서넛은 보았을 것이다.

---

6) 들뢰즈는 '묘사, 서사, 사유'의 주제를 '가독기호, 시간기호, 정신기호'로 정의한다. '가독기호'는 '읽어야 할' 이미지이며, '시간기호'는 '이야기꾸미기' 행위를 통한 변신행위이며, '정신기호'는 '사유의 형식'이다(데이비드 노먼 로드윅, 김지훈 옮김, 「시간과 기억, 질서들과 역량들」, 『질 들뢰즈의 시간기계』, 그린비, 2005).

아이들 등살에 떠밀렸건 입소문을 따랐건 보고 난 후 모두 한 마디 할 줄 아는 비평가였다. 그처럼 이 영화의 이미지는 쉽게 읽힌다. 위 사진은 영혼의 나무를 중심으로 판도라 행성의 주민들이 모여 혼연일체가 되는 광경이다. 조상의 소리를 들을 수 있으니 산자와 죽은 자가 서로 소통하여 시간의 벽을 허물었고, 여럿이면서도 하나와 같이 느끼고 움직이니 공간의 경계를 넘어 삶의 균형을 이루고 있다. 그런 측면에서 판도라 행성의 '나비(Na' vi)' 공동체는 종교를 넘어 신화적이다. 이 이미지에서 사회주의자는 '원시공산사회'를 보고, 생태주의자는 '자연공동체'를 보고, 종교인들은 영원불멸의 '낙원'을 보고, 제3세계인들은 제국주의가 침탈하기 전 '고토'를 보고, 도시빈민들은 재개발 이전의 '산동네'를 본다. 이는 모두 자신의 경험 속에 자리하고 있는 어떤 대상을 아날로지 한 것이다. 쉽게 읽힌 이유가 아닐까?

영화 속 공동체는 보는 이에 따라 변주되고 있다. 원시공산사회에서 환경공동체로 낙원으로 삶의 현장으로 끊임없이 하나의 대상을 없애고 새로운 대상으로 바뀌고 있다. 이러한 전치(轉置/displace)는 언제나 새로운 대상, 즉 '개념'을 암시하고 있다. 그러므로 영화 속 이미지는 보는 것이 아니라 읽는 것이다. 나아가 '읽히기 위하여' 기다리고 있다. 영화 '아바타'에서 경구처럼 던지는 말이 있다. "I See You."다. 우리말로 "그대가 보입니다."로 바꿀 수 있는 이 말은 '나비'족의 인사말이다. 특히 영화 속에서 캡슐 속에 있던 제이크가 구사일생 살아나 네이티리와 조우하였을 때 나눈 말로 관객의 눈길을 끈 장면에서 나온다. 인사말로, 생사를 가르는 말로, '본다'는 말은 충분하지 않다. 그 말은 "그대를 읽었습니다."라고 '읽힌다'. 즉 "당신을 헤아립니다."라고. 그러므로 단순히 '본다'는 것은 대상을 제대로 읽는 것이 아님이 분명하다. 영화가 묘사하고 있는 이미지는 보이는 대상으로 상상인지, 실재인지, 물리적인지, 정신적인지 구별할 수 없다. 이 혼동은 오히려 상상 속에 자리하고 실재를 파괴한다. 유종호가 신동엽의 시에서 그저 '킬링필드'를 보았던 것처럼. 보이는 것을 보았다고 한 것을 탓할 필요는 없다. 그러나 영화 속 공동체가 상상 속 이미지를 통해 모든 실재를 창조하고 있음을 읽어야 할 것이다. 신동엽의 '생명공동체' 또한 새롭게 읽히기 위하여 지금도 우리가 쉽게 본 대상을 지우고 거기에 새로운 실재를 바꾸어 놓고 있다.

> 우리들은 하늘을 봤다.
> 1960년 4월
> 歷史를 짓눌던, 검은 구름 장을 찢고
> 永遠의 얼굴을 보았다.
>
> —『금강, 서화 2』에서

　서사시『금강』은 "우리들은 하늘을 봤다."로 시작한다. 이 말은 '나비' 족의 인사 "I See You."처럼, 우리에게 신동엽이 읽은 대상을 함께 읽을 수 있다는 가능성을 열어놓고 있다. '영원의 얼굴'은 '읽히기 위하여' 신동엽이 우리에게 던져준 대상이미지이다. 이것을 그냥 보아서는 제대로 읽은 것이 아니다. 신동엽이 묘사하는 상상적 '얼굴'은 우리가 경험한 얼굴들을 지우거나 파괴하려 든다. 왜냐하면 그 파괴적 묘사를 통하지 않고는 우리가 실재를 깨닫지 못하기 때문이다. 다음 시들처럼 신동엽이 묘사하는 하늘은 이곳저곳에서 실재를 창조하고 있다.

1860년 4월 5일
기름 흐르는 신록의 감나무 그늘 아래서
水雲은,
하늘을 봤다.
바위 찍은 감격, 永遠의
빛나는 하늘.

―「제2장」에서

어느 해
여름 錦江변을 소요하다
나는 하늘을 봤다.

빛나는 눈동자.
너의 눈은
밤 깊은 얼굴 앞에
빛나고 있었다.

―「제3장」에서

하느는 하늘을 봤다
永遠의 하늘,
내것도,
네것도 없이,
거기 영원의 하늘이
흘러가고 있었다.

―「제9장」에서

무엇을 보았는가
李朝 5 백 년, 억울하게만

살아온 농민들이
처음으로 자기 주먹을 보았는가, 이제야
자기의 얼굴
자기의 가슴을 보았는가.

—「제14장」에서

우리들은 보았어. 永遠의 하늘,
우리들은 만졌어 永遠의 江물, 그리고 쪼갰어,
돌 속의 사랑. 돌 속의 하늘.

—「제22장」에서

그러나
노동자의 홍수 속에 묻혀
그 少年은 보이지 않았다.

—「후화, 1」에서

'수운'과 '나'와 '하늬'와 '농민'과 '우리'는 '보는 주체'로서 하나다. '나비'족이 영원의 나무에 깃들은 대모신 '에이와'와 접목된 것처럼 말이다. 신동엽이 묘사하는 '영원의 하늘'을 통해 모든 주체들은 하나가 된다. 시 속에 개입된 몇 개의 역사적 시간과 인물과 사건의 편린을 들어 그것은 '민족주의'나 '평등주의'에 불과한 것이 아니냐고 본다면, 제대로 읽지 못한 것이다. 신동엽이 묘사하는 대상은 하나의 총체적인 결정체와 같다. 어느 한 부분의 유기성을 가지고 논리화한다면 너무나 쉽게 읽히고 만다. 그러나 신동엽의 묘사 대상은 시간과 공간을 초월하여 어제 보았던 그것이 아닌가하고 생각하는 순간 재빨리 다른 대상으로 바뀌어 새로워진다. 종로5가에서 헤어진 '소년'의 존재성은 그런 것이다. 보이지 않지만, 과거와 현재에 경험한 대상을 통해 그 대상을 부수고 미래에 존재한다. 이처럼 신동엽이 상상하는 과거와 그가 체험한 현재는 오늘 우리가 사는 시공간 속에서 새롭게 창조되어 실재한다. 신동엽이 놓친 '소년'이 오늘 수없이 존재하기 때문이다.

3. 타자-되기 : 아직 없는 민중의 창안

시간은 지속적 흐름으로 연속하지 않는다. 시간은 "지나가는 현재와 보존되는 과거와 비결정적 미래로 끊임없이 나뉜다."[7] 그럼에도 불구하고 시간은 공존한다. 그것은 현재의 역할에서 비롯된다. 현재는 과거에 시간의 일부를 보존하고 나머지를 미래로 보낸다. 각각의 공간에 시간을 보내는 작업은 인물을 통해 이루어진다. 그렇다면 어떻게 동시에 한 인물이 존재할 수 있는가? 이것을 해결하는 방식이 바로 '아바타'의 설정이다.

'아바타(Avata)'는 '분신(分身)', '화신(化身)'을 뜻하는 말로 원래 산스크리트어 '아바따라(Avataara)'에서 유래한 말이다. 아바따라는 '내려오다'라는 뜻을 지닌 동사 '아바뜨르(ava-tr)'의 명사형으로, 신이 지상에 강림함 또는 강림한 신의 화신을 뜻한다. 산스크리트 '아바타라'는 힌디어에서 '아바따르'로 발음되는데, '아바타'는 힌디어 '아바따르'에서 맨끝의 '르' 발음이 탈락된 형태이다.[8]

---

7) 키스 안셀 피어슨, 이정우 옮김, 앞의 책, 157면.

이처럼 아바타는 현실세계와 가상공간에 동시에 존재함으로써 과거와 현재의 시간 고리를 연결한다.

영화에서 '아바타'를 통해 만든 이야기는 남자 주인공 제이크 설리의 새로운 탄생이다. 아바타 프로그램은 인간이 숨 쉴 수 없는 판도라별에서 인간이 생존하는 것을 가능하게 했으며, 하반신이 마비된 제이크 설리에게 새로운 몸과 정신을 갖게 했다. 이 두 주체의 관계는 실재와 상상처럼 어느 정도 인식 가능하다. 제이크는 아바타를 통해서 현재에 존재하면서도 장애를 갖고 있는 과거의 자신도 함께 보존하고 있다.

영화의 초반부는 판도라의 자원 채굴을 강행하는 언옵타늄 프로젝트 책임자 파커 셀프리지와 마일즈 퀴리츠 대령을 중심으로 이야기가 진행된다. 이 무대에 판도라의 원주민은 없다. 영화 후반으로 가면서 '나비'족이 주도하는 무대가 마련된다. 이러한 이야기의 전환을 이끈 것은 '토루크 막토'이다. 그는 '나비'족의 역사 속에서 몇 차례 존재했지만, 아직 없는 미래에 오는 영웅이다. 제이크의 화신 아바타가 '토루크 막토'가

8) 두산백과사전.

됨으로써 소수집단인 '나비'족이 무대의 주인공이 된다. 영화는 제이크가 영혼의 나무 아래에서 아바타와 완전히 동화되면서 진정한 '나비'족 일원이 되는 것으로 끝을 맺는다. 이 일련의 이야기는 '타자−되기'를 표현하는 것이라 할 수 있다.

시도 시인의 자기 실현의 과정이라는 측면에서 시인의 아바타일 지도 모른다.[9] 신동엽은 서사시 『금강』에서 '신하늬'라는 자신의 아바타를 설정함으로써 이야기의 계열을 만든다. 유종호도 신동엽의 아바타를 언급한다. "(신동엽은) 혁명의 도래를 의심치 않는 예언자의 시각으로 좌절된 혁명의 서곡을 소급해서 재구성하며 분노하고 아파하고 절규하고 간구한다. 이 과정에서 솟아난 인물이 신하늬라는 허구적 인물이다. 그는 뒤돌아보는 예언자의 혁명적 양심이자 전략적 브레인이며 현재에서 과거로 밀파한 공작원이자 그림자 같은 분신이다."[10] 이 언급은 영화 '아바타'의 군산복합체의 책임자 파커 샐프리지의 언술이다. 실제 영화 속에서 주인공 제이크는 아바타 프로그램에 따라 '나비'족에 밀파된 공작원이다. 그에게 끊임없이 공작원의 임무를 주지시켰던 파커 샐프리지를 생각한다면 이 언급 또한 신동엽이 공작원임을 각인시키려는 교술적 의지가 강하게 배어 있다.

신동엽이 꾸민 이야기 속에서 민중은 재현되지 않는다. 패배에 길들여진 주체들만이 존재한다. 그렇지만 그것이 안타까워 신동엽이 '분노하고, 아파하고, 절규하고, 간구'했다기보다는 아직 존재하지 않는 민중

---

9) 김백겸, 앞의 글, 249~250면.
10) 유종호, 앞의 글, 2002, 124면.

을 예감하도록 슬픔으로 이끌고 있을 뿐이다. 신하늬는 분명 현재적 인물이다. 과거로 자유롭게 개입할 수 있는 현재의 시간에 머물고 있는 신동엽의 아바타이기 때문이다.

> 가는 곳마다
> 都市와 마을
> 마을과 漁村이
> 쑥대밭 되던 폭격,
>
> (…중략…)
>
> 내 친구
> 철이 누난
> 부엌 앞에서 보리방아 찧다
> 날아갔어,
>
> 순이와
> 순이 엄만
> 콩밭 매다, 아름다운 코
> 흙에 박았지,
>
> 그 여름
> 우리들은 쫓겨다녔다,

—「제25장」에서

판도라별의 '나비'족이 지구인들에게 무참히 폭격당하던 장면이 고스란히 신동엽의 시 속에 중첩된다. 이처럼 신동엽과 제임스 카메론이 꾸민 이야기는 모두 민중의 역사를 상상하도록 요구한다. 이는 '타자-되기'[11]의 집단적 의지의 표현을 요구한다. 그래서 '나비'족은 '영혼의 나무' 아래서 하나의 민중으로 결집돼 폭력적 침략 세력을 물리친다. 신동엽이 꾸민 이야기도 마찬가지다. 끊임없는 외세의 침탈 속에서 민중은 주체로서 존재하지 못했지만, '영원의 하늘' 아래서 새로운 민중을 창안해 냄으로써 미래를 기약한다. 바로 아기 하늬의 등장이다.

> 황폐한
> 땅에도 아침은 온다,
> 아득한 平野에 새벽이 열리면
> 어디서라 없이 들려오는 가벼운 휘파람소리,
>
> (…중략…)
>
> 진아는
> 아들을 낳았다,
> 복슬복슬한
> 아기 하늬,
>
> (…중략…)
> 꽃노을
> 아름답게 물든 저녁나절
> 웬 낯선 청년 하나가 산에서 내려와

---

11) '타자-되기'는 견딜 수 없는 상황에 민감한 무리나 민중에서 출현한다. 그 같은 상황에서 이들은 보상적 힘으로서의 전략을 함께 발전시킬 수 있다. 따라서 타자-되기는 소수집단의 과정이다(데이비드 노먼 로드윅, 앞의 책, 304~305면).

뚜벅뚜벅
刑場의 중앙 향해
걸어 들어갔다,

—「제26장」에서

　'아기 하늬'는 영화 '아바타' 속 '나비'족으로 재생한 제이크와 상동적이다. '토루쿠 막토'처럼 새로운 영웅 '아기 하늬'는 신하늬의 분신이기도 하지만 과거에 몇 차례 존재했던 전봉준과 같은 인물의 화신이기도 하다. 이는 한 인물을 통해 민중의 과거와 현재와 미래를 동시에 충족시키는 상상력이다. 마찬가지로 '아기 하늬'의 탄생과 함께 신동엽의 아바타 '하늬'는 동시에 형장의 이슬로 사라진다. 그러나 그의 죽음은 끝이 아니다. 역사라는 시간 속에서 새롭게 창안돼 주체로 등장하고 있다. 신동엽이 엮은 이 집단적 상상력이 생명을 거스르는 비극적 결과를 초래할 수 있는가? 시간 속에서 죽음을 극복하는 방법은 끊임없는 '타자−되기'였다. 신동엽은 역사를 조정하는 파괴자가 아니라 역사의 숨결 속에서 '영원'을 꿈꾸는 창조자일 뿐이다.

4. 되돌아가는 것은 생성되는 것이다.

　영화 '아바타'는 도래할 미래의 어떤 상황이기도 하지만, 우리의 기억 속에서 끊임없이 과거로 돌아간다. 미래 어느 날 판도라별에서 일어난 사건들은 과거 지구라는 별에서 수 없이 반복되었던 폭력의 역사를 담고 있다. 어느 것이 상상이고 어느 것이 실재인지 구별할 수 없으며, 실제 구별할 필요도 없다. 관객은 영화를 보면서 오직 '참'과 '거짓'만을 구분한다. 관객에게 이러한 능력을 갖도록 한 것은 제임스 카메론 감독의 사유의 역량이라 할 수 있다. 이 정신적 기호의 핵심은 '열림'에 있다. 왜곡된 실재를 통해 보여주는 상상의 세계가 실재를 더 핍진하게 그려낼 수 있는 힘이다.

신동엽의 시는 더 먼 과거로 회귀한다. 가고자 하면 인류 생명의 근원까지 가고자 한다. '영원의 하늘'을 보고자 하는 이 되돌아감의 행위는 미래와 더 가까워지려는 역설적 사유의 역량이다. 만약 그의 시에서 실재와 상상을 구분하려 한다면 너무도 손쉬운 일이다. 영화 '아바타'의 상상된 세계가 현실을 왜곡한다고 비난하는 세력이 있다. 그들은 아마 추한 자신의 모습이 상상된 세계 속에서 더 도드라지는 것을 목격했을 것이다. 마찬가지로 신동엽의 시에서 단절된 시간의 양상을 조립하면서 얻게 되는 것은 참혹한 죽음의 현실뿐이다. 과거를 향해 열려진 미래의 역사를 신동엽은 꿈꾸었다. 거기에 '영원'이라는 '생명'의 인자가 작동하고 있다.

제임스 카메론 감독이 소수적 영화를 지향했듯이, 신동엽도 소수적 문학을 추구했다. 이는 주류를 배제하고 제거하려는 것이 아니라 끊임없이 해체되는 소수의 복원을 통해 공존의 미래를 상정했기 때문이다.

출전 : 『전경인 어문연구』 창간호, 신동엽 학회, 2010. 12. 30.

신동엽 시 「종로5가」·「껍데기는 가라」와 일본어역*

1. 번역

번역(飜譯)이란 무엇인가. 단순히 한 언어를 다른 언어로 바꾸는 작업일까. 요즘은 한글을 일본어로 번역하려 할 때, 혹은 그 반대의 경우에도 컴퓨터로 간단히 옮겨놓을 수 있는 시대이다. 가령, 신문 기사는 어

---

* 이 글은 필자의 일본어 논문(「申東曄の詩 「鍾路五街」, 「脫穀は立ち去れ」と日本語譯」, 『語研フォーラム』, 14號, 早稻田大學語學敎育硏究所, 2001. 3)을 한국어로 번역한 글이다. 필자의 다른 일본어 논문도 그렇지만, 이 글도 일본어로 쓸 때 와세다대학의 오오무라 마스오[大村益夫] 교수께서 지적해주시고 교정해주셨다. 이 글에서, 일본어 원문에 원래 있던 "전경인 정신"에 대해 소개한 대목은 바로 앞의 글과 내용이 겹침으로 생략했고, 번역에 대한 내용과 몇 군데 설명을 보충했다.

느 정도 의미를 전달할 수 있는 기계적인 번역이 가능하다. 그러나 그 것은 '문자 치환'의 단계일 뿐이다. 소설이나 시를 컴퓨터 번역 프로그램으로 완벽하게 번역할 수는 없다. 두 가지 언어의 커다란 차이점을 극복하기 위해서는, 간단치 않은 배려와 조작이 필요하다. 정확히 번역하려면 글자를 번역하는 '문자 치환' 단계를 넘어, 그 작품이 나올 수 있었던 배경과 토양을 섬세하게 이해해야 제대로 된 번역을 할 수 있다. 그래서 소위 '문화의 번역'이라고 하는 과정을 포함해서, 넓은 의미에서 문화나 정신사를 이해하지 못하면 정확한 번역이란 애당초 불가능하다. 따라서 "두 개의 언어와 문화가 정면충돌하는 번역이란, 이문화접촉(異文化接觸)의 최전선"[1]이다. 그래서 우리는 먼저 작품을 통해 작품을 생산해낸 문화와 만나고, 작가 정신과 만나게 되는 것이다. 중요한 것은, 여러 가지 번역 개념 중에, 도대체 어떠한 번역이 만들어져 어떠한 영향을 독자에게 주었는가를 아는 것이다. 그것을 위해서, 먼저 많은 언어문화에서 어떠한 번역의 기준이 있는가를 아는 것은 넓은 시야를 가진 이문화(異文化) 이해를 위해서 무엇보다도 필요한 자세이다.[2]

그 중에서도, 시를 번역한다는 것은 더더욱 간단한 문제가 아니다. 바른 번역이 문자의 치환이 아닌 '문화의 번역'이듯, 시를 번역하기 위해서는 한 시인의 사상을 정확히 이해해야 하는 '시 정신의 번역'이어야 할 때가 많다. 요즘 원시를 읽으려는 이들을 위해 대역시(對譯詩) 형태로 출판되는 경우가 많고, 따라서 소심한 직역을 지향하곤 한다. 그런데,

---

1) 川本皓嗣, 井上健一, 『翻譯の方法』, 東京大學出版會, 1997. '문화의 번역'에 대해서는 197~290면을 참조하기 바람.
2) 大澤吉博, 「正しい翻譯とは」, 위의 책, 141면.

과연 시인의 깊은 사상을 이해하지 못하고 단순한 직역으로 시인의 뜻을 전할 수 있을지, 필자는 의문부호를 달고 싶다. 물론 타국(他國)의 독자들에게 그들의 문화에 따라 이해할 수 있도록 하기 위해 '의도적 오역'을 하는 경우도 있으나, 그것도 한 시인의 깊은 사상을 충분히 체득한 뒤에 행해야 할 번역일 것이다.

이 글은 일본어로 번역된 신동엽 시에 대해 검토해 보면서, 아울러 시를 번역하려고 할 때, 먼저 무엇을 해야 하는가를 생각해 보려는 글이다. 먼저, 이 글에서 검토의 대상이 되는 시를 일본어로 번역한 역자에게 이해를 바란다. 우리의 문화유산, 그것도 시를 외국에 소개하려고 하는 시도는 그것이 어느 나라말로 행해지든 대단한 노력이므로, 당연히 번역자에게 경의를 표해야 한다고 필자는 생각한다. 그러나 예의의 문제와 번역이 옳은가 그른가를 가늠하는 것은 또 다른 문제일 것이다. 신동엽의 시를 번역하려고 할 때는 특히 「시인정신론(詩人精神論)」을 제대로 이해하는 것이 무척 중요하다. 그것을 이해해야, 그의 중요한 상징이나 이미지를 이해할 수 있다고 필자는 생각하며, 또한 한 단어 한 단어 정확히 번역할 수 있다고 생각한다. 신동엽의 시를 일본어로 번역한 번역자에게 깊은 이해를 바라면서, 일본에 소개된 신동엽의 시를 검토해 본다.

2. 일본에 소개된 신동엽

한국에서 신동엽(1930~1969)의 시에 관한 연구는, 조금씩 본격적인 연

구단계에 접근해가고 있다. 다만, 아직 연구대상과의 시차가 짧은 것에
도 이유가 있는 것도 이유일 수 있으나, 지금까지 그에 대한 평가가 대
부분 그의 신념만 지나치게 강조하여, 그의 문학성을 평가하지 않거나
균형있고 구체적인 작품연구를 경시해 온 경향도 있다. 최근 한국에서
신동엽 시인 30주기를 기념하여 학술논문집 『민족시인 신동엽』(소명출판,
1999)이 출판되었지만, 일본에서의 신동엽에 관한 연구는 특별한 성과가
없는 상황이다.

　1976년 김소운(金素雲)에 의해 몇 편의 신동엽 시가 번역되었다. 김소
운은 「그 가을[その秋]」·「아니오[いいえ]」·「원추리[忘れ草]」(『現代韓國文學
選集』 第五卷, 冬樹社, 1976)를 번역 소개했다. 이후, 시집으로 소개된 것은
『현대한국시선(現代韓國詩選)』이라는 시리즈 중 한 권으로 번역 출판된 『껍
데기는 가라[脫殼は立ち去れ]』(姜舜 역, 梨花書房, 1979. 7)가 처음이다. 시리즈
『현대한국시선』의 기획의 변(辯)을 보면, 이 시리즈가 겨냥하고 있는 바
를 알 수 있다.

　　현대 한국 시인의식은, 민중의 의식을 반영하고 있다. 현대의 한국시
　를 앎으로써, 우리들은 한국 사회의 현실과 꿈을, 그 깊은 저류에서 응
　시할 수 있을 것이다.3)

　이처럼 이 시리즈는 한국의 현대시 중에서 민중의식 혹은 "한국 사회
의 현실과 꿈"을 반영하고 있는 시인의 중요한 시를 선정하여 한 권씩
출판했다. 이 시리즈에 포함된 시인 및 시집은, 신동엽 외에 신경림(申庚

---

3) 申東曄詩集, 『脫殼は立ち去れ』, 梨花書房, 1979, 238면.

林) 『농무(農舞)』, 김수영(金洙暎) 『거대한 뿌리[巨大な根]』, 조태일(趙泰一) 『국토(國土·他)』, 이성부(李盛夫) 『우리들의 양식[われらの糧·他]』이다. 다섯 사람 모두 1970년대의 이른바 '참여문학(參與文學)'의 대표적인 시인들이었다. 이 시리즈가 출판된 당시, 전후 한국에 대한 일본인의 이미지는 독재체제국가 혹은 독재체제에 대항하는 민중운동이 활발한 곳으로 새겨져 있다. 이즈음은 일본에 『김지하 작품집(金芝河 作品集)』(Ⅰ·Ⅱ, 1976) 등 참여문학 작품이 집중적으로 소개된 시기였다. 생각해 보면, 위에 인용했던 기획의 변은 단순히 시리즈를 소개하는 머리말이 아니라, 당시 일본인이 한국문화를 보는 이미지의 일부분을 나타내고 있다.[4] 이와 같은 분위기에서 신동엽이라고 하는 이미지도 앙가주망의 시인, 이른바 참여 작가로서 강조되어 소개되었던 것이다. 일본에서 출판된 신동엽 시집 『껍데기는 가라』에는 그의 중요한 시와 가장 중요한 평론 「시인정신론」(1961), 그리고 김수영·박두진의 평이 수록되어 있다.

다음으로, 신동엽에 관해 소개한 책은 변재수(卞宰洙)의 『남조선 시인 군상[南朝鮮の詩人群像]』(三一書房, 1996)이다. 이 책에 소개된 시인의 이름을

---

4) 1970년대 일본에서 한국문학은 '김지하의 시대'였다고들 한다. 하지만 김지하뿐만이 아니라, 한국문학에의 관심이 이전보다 대단히 높아져, 많은 책이 출판되었다. 중요한 책으로는 서울에서 출판된 일본어 잡지 『韓國文藝』(1976~80?), 그리고 『조선문학(朝鮮文學-紹介と硏究)』에 실린 작품 중에서 뽑아 2권의 단행본으로 정리된 『現代朝鮮文學選』(1973~1974), 중요한 번역으로는 오오무라 마스오[人村益夫]가 번역한 김윤식(金允植)의 『상처와 극복[傷痕と克服]』(원제목 『한일문학의 관련양상[韓日文學の關聯樣相]』, 1975)과, 임종국(林鍾國)의 『親日文學論』(1976) 등이 있다. 이처럼 김지하뿐만 아니라, 한국문학에 관한 단행본이 적지 않게 출판된 시기가 1970년대였다. 이에 관해서는 아래 논문을 참조 바란다. 大村益夫, 「日本における朝鮮現代文學の研究·紹介小史」, 『靑丘學術論集』, 第2集, 1992. 3. 10, 308~309면).

들어보면, 신동엽·문익환·신경림·문병란·최하림·이성부·정희
성·김남주·강은교·송기원·고정희·하종오·박노해 등이다. 이름만
보아도 알 수 있듯이, 이 평론집은 민주와 한반도의 통일에 대한 바람
과 과제라고 하는 관점에서 한국의 참여시인을 소개하는 책이다. 이후,
오오무라 마스오[大村益夫]가 번역한 신동엽의 시 「서울[ソウル]」(『詩で學ぶ
朝鮮の心』, 靑丘文化社, 1998)이 있다.

한국에서 신동엽에 관한 학술적인 성과로 인정될 만한 것은 약 40편
정도가 있다. 신동엽 시인 30주기 학술논문집인 『민족시인 신동엽』(1999)
에 중요한 논문이 실려 있다. 연구사를 검토해 볼 때, 아직 객관적인 자
료를 정리한 전기연구가 부족한 점, 그리고 그에 관한 시인론과 작품론
은 대부분 문학사회학의 입장에서 취급되어져 그의 문학성에 관한 연구
가 부족한 점을 문제로 지적할 수 있을 것이다. 아쉽게도, 그에 관한 연
구는 부분을 채택해 전체로 해석하는 오류(誤謬)를 범하고 있는 것이다.
번역의 경우는 더욱 심각한 경우도 있다. 직역(直譯)을 우선으로 할 때,
시인의 깊은 정신이 단순화될 수도 있는 것이다.

3. 「종로5가(鍾路五街)」의 경우

이제 신동엽의 시에서, 사회적인 세계인식을 시에 담아낸 예를 보도
록 하자. 거칠지만 그의 시를 두 가지로 나누어 보도록 하자. 첫째는,
'극소적(極所的)인 소재'를 통해 현실의 전체상(全體像)과 동일시하는 오해
를 극복하기 위해 전형적(典型的)인 소재를 선택한 서사시 혹은 장시이

다. 둘째는, 현실구조의 본질적인 모순을 인식하여 그것을 상징적으로 지적한 상징시로서 나눌 수 있겠다. 전자처럼 전형적인 소재를 담고 현실의 모습을 담아낸 대표적인 시로는 「종로5가(鍾路五街)」가 있다.

이슬비 오는 날.
종로 5가 서시오판 옆에서
낯선 少年이 나를 붙들고 東大門을 물었다.

밤 열한시 반,
통금에 쫓기는 群像 속에서 죄 없이
크고 맑기만 한 그 소년의 눈동자와
내 도시락 보자기가 비에 젖고 있었다.

국민학교를 갓 나왔을까.
새로 사 신은 운동환 벗어 품고
그 소년의 등허리선 먼 길 떠나 온 고구마가
흙묻은 얼굴들을 맞부비며 저희끼리 비에 젖고 있었다.

충청북도 보은 俗離山, 아니면
전라남도 해남땅 漁村 말씨였을까.
나는 가로수 하나를 걷다 되돌아섰다.
그러나 노동자의 홍수 속에 묻혀 그 소년은 보이지 않았다.

그렇지.
눈녹이 바람이 부는 질척질척한 겨울날.
宗廟 담을 끼고 돌다가 나는 보았어.

그의 누나였을까.
부은 한쪽 눈의 娼女가 양지쪽 기대 앉아
속내의 바람으로, 때 묻은 긴 편지 읽고 있었지.

그리고 언젠가 보았지.
세종로 고층건물 공사장,
자갈지게 등짐하던 勞動者 하나이
허리를 다쳐 쓰러져 있었지.
그 소년의 아버지였을까.
半島의 하늘 높이서 太陽이 쏟아지고,
싸늘한 땀방울 뿜어 낸 이마엔 세 줄기 강물,
대륙의 섬나라의
그리고 또 오늘 저 새로운 銀行國의
물결이 딩굴고 있었다.

남은 것이 없었다.
나날이 허물어져 가는 그나마 토방 한 칸.
봄이면 쑥, 여름이면 나무뿌리, 가을이면 타작마당을 휩쓰는 빈 바람.
변한 것은 없었다.
李朝 오백 년은 끝나지 않았다.

옛날 같으면 北間島라고 갔지.
기껏해야 뻐스길 삼백리 서울로 왔지.
고층건물 침대 속 누워 肥料廣告만 뿌리는 그머리 마을,
또 무슨 넉살 꾸미기 위해 짓는지도 모를 빌딩 공사장,
도시락 차고 왔지.

이슬비 오는 날,

낯선 소년이 나를 붙들고 東大門을 물었다.
그 소년의 죄없이 크고 맑기만한 눈동자엔 밤이 내리고
노동으로 지친 나의 가슴에선 도시락 보자기가
비에 젖고 있었다.

—「鍾路五街」 전문(『東西春秋』, 1967.6)

이 시는, 국민학교를 갓 나온 듯한 소년이 종로5가에 서서 비에 젖어 있는 화자(話者)에게 동대문이 어디인가 묻는 질문에서 시작한다. 이 소년은 "봄이 가고 여름이 오면 부황 든 보리죽 툇마루 아래 빈 토끼집"에 "머리 쥐어뜯으며 쓰러져 있는"(「주린 땅의 지도원리」) 어린 동생일 수도 있고, "눈이 오는 날" "쓰레기 통을 뒤"지다 미군의 총에 맞아 죽은 어린 소년일 수도 있다. 중요한 것은 이 소년에게 "맑고 큰" 눈동자가 있고, 시인은 이 소년을 빌려 모순된 사회를 딛고 대두하는 민중세력의 씨앗을 제시하고 있다는 사실이다.

소년과 더불어 두 사람이 더 등장한다. 소년의 아버지일지 모르는 허리 다쳐 쓰러진 노동자, 소년의 누이일지 모를 부은 한쪽 눈의 창부(娼婦)가 등장한다. 이러한 등장인물을 통해서 신동엽은 1950~1960년대의 사회문제로서 중요하게 지적되어 온 도시빈민 문제를 담아내고 있다. 그런데 단지 거리를 방랑하는 가난한 자들의 묘사와 그들에 대한 연민만으로 리얼리즘이 가진 진실성의 높이에 도달하기는 어렵다. 이때 현실에 대한 열정 이상으로 시인이 시에 쏟아 붓는 시 언어에의 열성은 중요하다. 가령 "먼 길 떠나 온 고구마가/ 흙묻은 얼굴들을 맞부비며 저희끼리 비에 젖고 있었다[遠く旅立ってきたサツマ芋が / 土まみれの顔をもみ合いながら雨に濡れていた]."(3연)라고 하는 표현에서, 당시 이농현상이 도시

형성하고 있는 풍경이 상징적으로 재현되고 있다. 여기서 그는 부자연스러운 이미지나 비유의 사용을 억제하면서 산문적인 리듬을 사용하고 있다. 이 시는 구체적인 사회적 규정을 많이 제시하고, 아울러 등장인물의 개별적이며 동시에 전형적인 특성을 잘 표현하고 있다. 이 서정시는 서사적인 객관성을 토대로 하여, 운문성(韻文性)이 갖고 있는 약점을 극복하고, 현실 세계를 정확하게 반영하는 미를 갖고 있는 것이다.

이제 이 시가 일본어로 어떻게 번역되었는가를 살펴보기로 하자. 여기서 인용하는 일본어 역은 강순(姜舜)의 역[5]을 기본으로 하여 인용한다. 먼저 제1연 "이슬비 오는 날/ 종로 5가 서시오판 옆에서/ 낯선 少年이 나를 붙들고 東大門을 물었다"로 되어 있다. 이 구절은 시가 시작되는 첫 풍경을 암시하는 부분이다. 이 부분에 대한 강순의 번역을 보도록 하자.

> 霧雨の降る日
> 鍾路五街　西市五班の横で
> 見慣れない少年が私をつかまえて東大門へ行くみちを聞いた。

1연의 번역에는 몇 가지 문제가 있다. 첫째, 오역(誤譯)의 문제이다. 1행에는 문제가 없다. 그러나 2행의 원문을 보면 "서시오판 옆에서"라고 하는 구절이 있다. 이 부분을 강순은 "西市五班の横で"라고 번역하고 있지만, 무슨 의미인지 이해하기 어렵다. 서시(西市)의 5반(五班)이라는 주소가 있지 않은지 생각하게 한다. 사실 "서시오판"이라고 하는 표현에

---

5) 申東曄詩集, 姜舜 譯, 『脱殻は立ち去れ』, 梨花書房, 1979. 7, 131~135면.

서, '서시오'의 의미는 '停まれ'이고, '판'의 의미는 '板'이기 때문에, 결국 "서시오판"이란, '서시오라고 쓰여 있는 간판[停まれと書かれた看板]' 곧 버스 정류장 간판을 의미하는 것이다.

사실, 이 시에 등장하는 세 사람, 즉 소년·노동자·창녀가 '종로5가'에서 만났다는 것도 무척 중요한 의미를 지닌다. 1960년대 종로5가란, ① 청계천과 동대문 지역을 중심으로 한 미싱노동자와 ② 무교동이나 종로 2·3가 뒷골목을 중심으로 술집, 그리고 ③ 마장동이나 의정부 쪽에서 오는 시외버스 정류장 지역이 겹쳐 있는, 이른바 1960년대 한국자본주의의 쇼케이스와 같은 상징적인 장소인 것이다. 소년이 바로 그 상징적인 장소의 버스정류장 옆에 서 있는 것이다. 이렇게 '버스 정류장'은 단순한 배경이 아니라, 1960년대의 이농현상을 상징적으로 담아내는 단어인 것이다. 그런데, "서시오반(西市五班)"라고 오역되어 있기에 독자는 그것이 무엇을 의미하는지 모를 뿐이다. 시의 중요한 배경이 되는 언어가 사라져 버린 것이다.

둘째, 시의 리듬과 시어가 지닌 응축성(凝縮性)이 번역과정에서 용해되어 산문적인 리듬과 산문적인 표현으로 변했다. 원문에서 "낯선 少年이 나를 붙들고 東大門을 물었다"라고 하는 표현은 "見慣れない少年が私をつかまえて東大門へ行くみちを聞いた"라고 번역되어 있다. 여기서 "東大門을 물었다"는 "東大門を聞いた"라고 번역해도 문제가 없을 터인데도 불구하고 "東大門へ行くみちを聞いた"라고 번역해서 시의 처음 부분이 보다 산문적으로 풀어버린 것이 아닌가 여겨진다. 따라서 보다 좋은 번역은,

霧雨の降る日
鍾路五街バスストップの横で
見知らぬ少年が私をつかまえて東大門を聞いた。

라고 번역해야 한다고 생각한다. 아울러, "見慣れない少年"보다 "見知らぬ少年"라고 쓰는 것은 시의 리듬을 위해서는 보다 좋다고 생각한다. 이것 이외에도 8연에서 세세한 부분을 고쳤다. 첫째, 마지막 연에 "도시락 보자기가 비에 젖고 있었다"의 부분도 "辯當箱が雨にぬれていた"라고 번역했지만, "辯當箱"가 아니라, "辯當の包み" 혹은 "辯當袋"이다. 그냥 도시락 곽이라고 번역했을 때, 독자는 "보자기"라는 단어가 주는, 보다 토속적인 울림을 느끼지 못하게 되지는 않을까. 이와 같은 점을 수정하여, 다시 신동엽의 「종로5가」를 일본어역으로 소개해 본다.

霧雨の降る日
鍾路五街バスストップの横で
見知らぬ少年が私をつかまえて東大門を聞いた。

夜の十一時半、
通行禁止*に追われる群像の中で　罪もなく
大きな限りなく澄んだその少年の瞳と
私の辯當の包みが雨に濡れていた

國民學校を出たばかりだろうか。
あたらしく買って履いた運動靴は脱いで懐にし
その少年の背中からは遠く旅立ってきたサツマ芋が
土まみれの顔をもみ合いながら雨に濡れていた。

忠清北道の報恩の俗離山、でなければ
全羅南道の海南の地の、漁村の訛りだったろうか。
私は一本の街路樹まで歩き振り返った。
しかし勞働者たちの洪水の中に埋もれてその少年はみえなかった。

そうだった。
雪解けの風が吹き、じめじめした冬の日、
宗廟の塀に沿って曲がってから私はみた。

かれの姉であったろうか。
はれた片目の娼婦が日向にもたれて
肌着のまま垢じみた長い手紙を讀んでいた。

そしてまた　何時か私はみたのだ。
世宗路　ビル建築の工事場、
砂利を擔いでいた勞働者の一人が
腰を怪我して倒れていた。
その少年の親父だったろうか。
半島の空たかくから太陽が降りそそぎ、
冷とした汗の玉を吹き出した額には三本の川水。
大陸の島の國の、
そしてまた　今日のあの新しい銀行國の
波がうねっていた。

殘されたものはなかった。
日々に壊れゆく　そのうえ土間が一間。
春には蓬、夏には木の根、秋には打穀の庭をかっ浚う空っ風。
變ったところはなかった

李朝五百年は終っていなかった。

昔だったら北間島へも行けた。
バスでせいぜい三十里の道のりのソウルへきた。
高層ビルの寝臺に寝そべって肥料の廣告を撒くだけで事すむ蛭の
村、
また厚かましさを見せつけるために建てるのかも知れないビルの工
事場へ、
辮當をぶら下げてきたものだ。

霧雨の降る日、
見知らぬ少年が私をつかまえて東大門をきいた。

その少年の罪のない大きな限りなく澄んだ瞳には夜が降り
勞働に疲れ果てた私の胸では辮當袋が
雨に濡れていた。

— 「鍾路五街」全文(* 通禁ー夜間通行禁止の時間)

4. 「껍데기는 가라」의 경우

신동엽의 서정단시는 토착어의 사용과 다양한 표현법, 그리고 다양한
화자의 사용과 아울러 시인의 정치의식을 보여주고 있다. 그의 시 중에
1967년 신구문화사에서 출판된 『52인 시집』에 실린 「껍데기는 가라」는
민족사의 비극과 그 원인을 통찰하는, 1960년대 정치서정시의 극치를
보여주고 있다. 알맹이가 아닌 것에 대한 본질적인 거부감을 드러내는

시 「껍데기는 가라」를 그 토착어의 의미를 생각해 보면서, 읽어보도록
하자.

껍데기는 가라.
四月도 알맹이만 남고
껍데기는 가라.

껍데기는 가라.
東學年 곰나루의, 그 아우성만 살고
껍데기는 가라.

그리하여, 다시
껍데기는 가라.
이곳에선, 두 가슴과 그곳까지 내논
아사달과 아사녀가
中立의 초례청 앞에 서서
부끄럼 빛내며
맞절할지니

껍데기는 가라.
漢拏에서 白頭까지
향그러운 흙가슴만 남고
그, 모오든 쇠붙이는 가라.

— 「껍데기는 가라」 전문(『52人 詩集』, 1967)

이 시에 "동학년의 곰나루", "중립의 초례청" 그리고 "향그러운 흙가
슴만"이라고 하는 표현은 무척 중요하다. 이 시 제2연의 2행 "東學年

곰나루의, 그 아우성만 살고"라는 시구에서 "곰나루"라고 하는 지명은, 갑오농민전쟁뿐만 한국전쟁 때도 흰 옷을 입은 농민군이나 피난민이 평화롭게 모여 있었던 장소였던 금강의 유역을 말한다. 제3연에서, 깨끗하기 이를 데 없는 아사달과 아사녀가 실오라기 한올 걸치지 않고, "中立의 초례청 앞에 서" 있는 상징적 풍경은 분단된 한반도를 생각할 때 무척 의미가 깊다. 제4연 3행의 "향그러운 흙가슴만 남고"라고 하는 표현도 신동엽의 '원수성(原數性)의 세계'를 상징하는 표현이다. 신동엽은 이 세 가지의 언어(곰나루 · 아사달 아사녀 · 향그러운 흙가슴)로 상징되어 있는 민족정신의 "알맹이" 이외에 비본질적인 모든 것에 대해 "가라"고 선포한다.

이 시에서 여덟 번 반복되고 있는 "가라"라고 하는 부정적 가치와, "남고", "살고", "맞절할지니"라고 하는 긍정적 가치는 대치되어 있다. 그래서 부정과 긍정의 사이에 타협적인 서술어가 배제되어, 대립상황이 보다 명확하게 표출되고 있다. 결국, 껍데기[脫殼]와 알맹이[中身]의 타협이란 불가능하다. 껍데기에 대한 불타협의 정신은, 시 「아니오」(1963)에서도 "~리 없어요"라고 하는 강력한 부정서술어로 표현되었다. "비본질적인 것들의/ 괴로움이여"(「살덩이」)라며, 그는 본질(알맹이)이 아닌 비본질(껍데기)적인 것은 참을 수 없는 괴로움이라고 호소하고 있다.

이 시가 일본어로 어떻게 번역되고 있는지 보자. 전체적으로 직역되고 있는데, 마지막 행에서, 원문은 "그, 모오든 쇠붙이는 가라"지만, 번역은 "かの、ありとあらゆる武器は立ち去れ"[6]로 되어 있다. 여기서

---

6) 申東曄詩集, 姜舜 역, 『脫殼は立ち去れ』, 梨花書房, 1979. 7, 125면.

"그, 모오든"이 "かの、ありとあらゆる"라고 번역된 것은 리듬면에서도 볼 때 "모오든"을 강조하기 위해, "그"를 앞에 놓고 쉼표를 놓은 한국어를 그대로 충실하게 직역해 놓은 것이다. 그런데, 문제는 "쇠붙이[鐵塊, 金物の塊]"라고 하는 상징어가 "무기(武器)"라고 하는 구체적인 언어로 바뀌었다는 점이다. 이 문제는 변재수의 번역에서도 마찬가지이다.[7] 왜 단어 하나 갖고 문제를 삼느냐 할지 모르나, 동사 하나, 형용사 하나, 명사 하나의 위치나 차이 때문에 우주적 차이를 빚어내는 것이 시의 세계가 아닌가.

앞서 말한 것처럼, "향그러운 흙가슴"에 대치되는 "모오든 쇠붙이"는, '흙·가슴·대지' 등의 원수성의 세계를 지향하는 단어와 뚜렷이 대치되는 부정적인 상징어이다. "쇠붙이"는, 예를 들면 외세의 횡포나 독재자의 욕망, 노동자를 탄압하는 자본가의 욕망이나, 정말로 "그, 모오든" '부정적인 것'을 가리키고 있는 부정적인 의미를 상상하게 하는 상징어인 것이다. 가령, 다른 시에서 그 예를 보면,

> 水雲이 말하기를
> 한반도에 와 있는 쇠붙이는
> 한반도의 쇠붙이가 아니어라.
> 한반도에 와 있는 미움은
> 한반도의 미움이 아니어라
> 한반도에 와 있는 가시줄은
> 한반도의 가시줄이 아니어라

— 「水雲이 말하기를」에서

---

7) 卞宰洙, 『南朝鮮の詩人群像』, 三一書房, 1996, 16면.

전쟁이 끝나고 모든 장벽, 모든 쇠붙이, 모든 껍데기들이
이 강산에서 무너져 나간 다음다음 날

— 시극 「그 입술에 파인 그늘」에서

　한반도에 들어와 있는 쇠붙이나 미움과 가시줄에 묶여 인간다운 삶을
영위하지 못한다는 수운(水雲)의 괴로움은 시인의 괴로움이기도 하고, 민
족의 괴로움이기도 하다. 여기서 "쇠붙이"를 단순히 무기로 생각할 수
도 있다. 하지만 단순히 '무기'로 번역한다면 그 의미는 한정될 것이다.
우리는 "쇠붙이"를 통해 쇠로 된 동전이나 왜곡된 물질주의를 상상할
수도 있고, 쇠붙이 같은 인간의 욕망을 상상할 수도 있을 것이다. "쇠붙
이"는 권력의 횡포, 위선적인 문화, 전쟁에의 욕망을 상징하는 말로, 본
질적으로는 시인이 모든 노동이 분업화되고 그에 따라 인간성이 심하게
상실된 시대라는 뜻에서 사용한 '차수성(次數性)의 세계'를 상징하는 단
어이다. "전쟁과 폭력과 압제를 쇠붙이로 은유"[8]했다고도 보거나, 쇠붙
이의 배제를 "비무장"[9]으로 보는 견해처럼, "쇠붙이"를 단순히 '무기'로
번역하면, 보다 넓은 의미를 지시하는 언어가 하나의 물질어로 축소되
는 것이 아닐까. 독자가 자기 나름대로 자유롭게 상상할 수 있는 상징
어가 단순한 물질어(物質語)로 번역됨으로써, 독자의 창조적인 상상력이
개입할 여백이 없어진 것은 아닐까. 풍부한 상징이 지시적인 직유로 변
해버린 것은 아닐까.

8) 김종철, 「4·19 정신과 우리의 시」, 『신동엽—그의 삶과 문학』, 온누리, 1983,
　　171면.
9) 윤재걸, 「한반도의 민족시인」, 앞의 책, 276면.

근본적인 이유는 번역자가 시인의 사상을 깊이 이해하지 못했기 때문에 일어나는 문제가 아닌가 생각한다. 일본에 신동엽의 시를 소개했던 번역자의 뜻을 높이 사는 것은 물론이지만, 바른 번역을 위해 늘 비평 작업은 행해져야 할 것이다. 번역자가 신동엽 사상의 핵심인 '전경인 정신'에서 '원수성의 세계관'이나 '차수성의 세계관'을 이해하는 것은 무척 중요하다고 필자는 생각한다. "쇠붙이"라는 단어는 신동엽이 말하는 인간이 극분업화된 세계, 즉 '차수성의 세계'를 지적하는 상징어인 것이다. 그러므로 "쇠붙이"라는 단어를 단지 '무기'로 은유해 보면, 그 의미는 축소되는 것이라고 생각한다. 이제 그 부분을 수정하여 다시 소개해 본다.

> 脫殼は立ち去れ。
> 四月も中身だけ殘り
> 脫殼は立ち去れ。
>
> 脫殼は立ち去れ。
> 東學年 熊津の、その雄叫びだけが生き殘り
> 脫殼は立ち去れ。
>
> そして更に
> 脫殼は立ち去れ。
>
> ここでは、二つの胸とそこまで露わにさらし
> 阿斯達 阿斯女が
> 中立の婚禮の式場に立ち
> 羞らいを輝かせ

契りの禮を交わせるであろうに

脱殻は立ち去れ。
漢拏から白頭に至るまで
香しい土まみれの胸だけが殘り
かの、ありとあらゆる鐵塊は立ち去れ。

—『脱殻は立ち去れ』全文
(漢拏は濟州島にある 漢拏山[한라산]のこと. 白頭は白頭山[백두산]を指す.)

5. 마무리

이 논문에서는 첫째, 1970년대 일본에서의 신동엽에 관해 소개가 민족민중주의의 참여시인의 이미지로만 소개되어 있는 것을 검토했다. 이후 '신동엽과 일본'이라는 주제는, 좀더 총체적인 시각에서 연구될 필요가 있을 것이다. 가령, 신동엽은 이와나미쇼텐[岩波書店] 등의 일본어 서적을 읽으면서 자기의 사상을 형성해 나갔는데, 어떤 책을 읽으며 자기의 사상을 만들어나갔는가 하는 문제를 앞으로의 연구과제로 남겨둔다.

둘째, 두 개의 일본어역 시를 보고, 오역, 지나친 의역(意譯), 설명적인 문장에 의해 보다 산문적으로 변한 것, '차수성의 세계'를 상징하는 풍부한 상징어를 지시적인 물질어로 번역했을 때 어떠한 문제가 생기는가를 검토했다. 결론적으로 신동엽 선집을 번역한 강순 선생의 번역은, 지적한 몇 줄을 제외한다면 원작에 충실한 번역이며, 한마디 한마디 일탈에 주의하고 있는 번역이다. 그러나 앞서 지적했듯이 "서시오판"이나 "쇠붙이" 같은 핵심적인 단어를 잘못 번역할 때, 중요한 배경을 상징하는 단어 혹은 시 전체의 의미가 흔들릴 수 있음을 살펴보았다.

신동엽은 시대의 모순을 바르게 보고 그 원인을 작품에 담아낸 진보적인 시인이다. 아울러 그는 당시의 문학적인 과정을 정확히 인식했고, 그 내용에 맞는 적절한 장르를 선택했던 1960년대의 실험적이고 신중한 중요한 시인이다. 일본뿐만 아니라, 다른 나라에서 신동엽에 대한 더욱 깊은 소개와 연구가 이어지기를 기대해 본다.

출전 : 『사회적 상상력과 한국시』, 소명출판, 2002.

시집 『아사녀』와 '낙지발'

1. 첫 시집

시를 한편 한편 발표하다가 첫 시집을 낼 때, 이제까지 발표해온 모든 시를 다시 읽고 수정 · 배열하면서, 시인은 엄격한 자기성찰 과정을 겪는다. 이 과정을 통과하여 나온 시집은 시인이 살아온 그때까지 시세계의 총체를 이룬다. 독자는 시집을 통해 시인의 상상력에 동행한다. 비교컨대 시 한편 한편이 꽃 한 송이라면, 시집은 꽃밭이라 할 수 있겠다.

시집 『아사녀』(문학사, 1963)는 신동엽(1930~1969) 시인이 발표했던 시를 직접 수정하고, 순서를 정해 편집했던 유일한 시집이다. 당시 편집장 강민 시인의 증언(2009. 10. 21)에 따르면, 도서출판 <문학사>는 최용표 사장과 강민 시인 둘이 운영했고, 최 사장과 신동엽 시인이 『아사녀』의

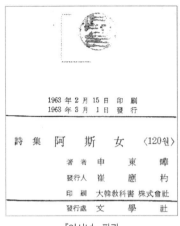

1963 年 2 月 15 日 印 刷
1963 年 3 月 1 日 發 行

詩 集 阿 斯 女 〈120원〉

著 者 申 東 曄
發行人 崔 應 杓
印 刷 大韓敎科書 株式會社
發行處 文 學 社

『아사녀』 판권

직접 교정을 보았다고 한다. 판권 위에 '동엽'(사진)이라는 한글 도장이 명확히 찍혀 있는 시집 『아사녀』를 순차적으로 읽어가다 보면, 시인의 의도가 보다 명확히 드러난다.

이후 1975년 유가족의 용단과 출판사의 노력 끝에 『신동엽 전집』(창작과비평사, 이후 『전집』으로 줄인다)이 출판되었다. 독자들은 이 책을 통해 신동엽의 전모를 확인할 수 있었지만, 판금되는 어려움도 겪고, 이후 1990년대에 이르러 논의가 활발해지고, 그 문학적 가치에 대한 연구도 축적되어 왔다. 그 결과 그의 시는 현재 18종의 고등학교 『문학』 교과서에 4편, 곧 「껍데기는 가라」(14종), 『금강』, 「누가 하늘을 보았다 하는가」, 「너에게」(1종)이 실려, 이제 그는 더이상 변방의 시인이 아닌 '교과서 시인'이다.

이러한 과정은 첫 시집 『아사녀』부터 시작되었을 것이다. 그런데 첫 시집 『아사녀』의 의미에 대해서 치밀하게 연구된 논문은 필자가 과문한 탓인지 확인하지 못했다.

비교하면 『전집』은 후세 사람이 발표작 순서대로 배열했으며, 또한 첫 시부터 모든 시를 새맞춤법으로 수정해 놓았다. 『전집』 외에 신동엽 시를 구하기 힘들었기에, 이 책은 점점 정전화(canonize)되었다. 그런데 이제부터 논하겠으나 원본 대조가 필요한 시들이 있다. 약력에서 소학교 시절의 년도가 안 맞고, 건국대학원 국문과 학적부(사진)를 보면 신동엽이 1964년 3월 10일에 입학했다가 한 학기 수업만 듣고, 1964년 10월 15일 '미등록(未登錄)'으로 '제적(除籍)'된 것을 볼 수 있다.

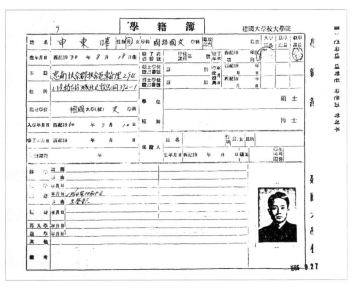

신동엽의 국문과 학적부

『전집』을 보면, 앞날개에 건국대대학원 국문과 '졸업'이라고 쓰여 있고, 같은 책 436면에는 '국문과 이수(履修)'라고 다르게 쓰여 있다. 서로 안 맞고, 모두 사실이 아니다. 『전집』의 잘못된 약력 소개 때문에, 중학교 자습서나 문학사전에 이르기까지 '졸업' '이수' '수료' 등으로 틀리게 소개되어 있다. 틀린 약력은 필자가 쓴 『시인 신동엽』(현암사, 2005)에 소학교 성적표와 졸업장 등을 대조하여 맞추어 놓았다. 몇 년 전부터 창작과비평사에서 개정본을 준비하는 것으로 알고 있는데, 제대로 된 정본이 출판되기를 기대해본다.

『전집』이 아닌 원본 『아사녀』를 연구하려는 이 글은, 첫째, 시집 『아사녀』에 실린 시들을 『전집』과 비교하게 될 것이다. 시 분석의 목표를 시 자체가 말하고자 하는 것을 드러내는 것이라고 할 때, '정본'을 정하는 문제는 아무리 강조해도 지나치지 않다. 대부분의 연구자가 『전집』만을 연구 대상으로 할 때, 강형철은 정본 텍스트 연구[1]를 했다. 이러한 텍스트 연구 과정을 통해 우리는 신동엽의 시창작 과정을 확인해 볼 수 있을 것이다.

둘째, 『아사녀』의 구조, 그리고 시의 배열에 내장된 포스트식민주의 (postcolonialism)[2]에 대해서 논할 것이다. 이에 관해 이미 선구적 연구들이 있다. 프레데릭 제임슨(Fredric Jameson)의 연구방법론으로 신동엽의 『금강』을 탈식민주의, 신경림의 『남한강』을 탈근대주의, 김용택의 『섬진강』을 탈산업주의 시각에서 분석한 이민호의 논문[3]은 신동엽 연구의 폭을 넓히고 있다. '국가'를 통해 김수영과 신동엽의 시를 논한 이경수[4]의 논문

---

1) 강형철, 「신동엽 시의 텍스트 연구─「이야기하는 쟁기꾼의 大地」를 중심으로」, 『실천문학』, 1999 봄호.
2) 물론 이 표현에 대해 2000년대 들어 우리 인문계에서 여러 개념 규정이 있다(윤대석, 「문학(화)・식민지・근대」, 『역사비평』, 역사비평사, 2007 봄호). 원어 그대로 '포스트 콜로니얼리즘'이라고 번역해 쓰는 이들은 포스트(post)를 '이후'(after)로 해석하여 식민주의 '이후'의 식민지 상태를 표현하고자 한다. 이 표현은 '포스트'라는 애매모호한 표현 탓에 정치적 색깔을 묽게 한다. 한편 포스트(post)를 '초극'(beyond)으로 해석하는 이는 '탈(脫)식민주의'라고 써서 식민지 상태를 벗어나려는 적극적인 의지, 곧 프란츠 파농, 사이드, 스피박, 바바 같은 의지를 강조하려 한다. 필자는 두 가지 의미를 함축하여 '포스트식민주의'라는 표현을 사용하려고 한다. 적극적인 저항의지를 명확히 표현할 때는 '반(反)식민주의'로 표현하려 한다.
3) 이민호, 「한국 리얼리즘시에 나타난 강(江)의 역사성과 시적 주체의 민중성 연구」, 『국제어문』 35집, 국제어문학회, 2005.

이 있다. 이 논문은 후반부에서 수사법을 통해 두 시인의 정치성을 살펴본 것이 의미 깊다. 이러한 논문들은 신동엽 연구가 이제는 새롭게 읽혀져야 한다는 것을 제시하고 있다.

셋째로 첫시집에서 쓰여진 언어를 통해 시집 전체의 의미를 살펴 보려 한다. 신동엽 시의 언어 김창완과 권혁웅의 연구가 있다. 김창완[5]은 가스통 바슐라르(G. Bachelard)의 역동적 상상력에 의한 방법에 따라 그의 시 이미지를 대지 이미지, 신체 이미지, 식물 이지지, 광물 이미지, 천체 이미지로 나누었다. 권혁웅[6]은 신동엽 시 언어에서 환유법과 제유법이 어떻게 쓰이고 있는가 분석하고 있다. 이와 같은 선행 연구를 참조하며 시집 『아사녀』의 의미에 접근해보고자 한다.

2. 정본―『아사녀』와 서시 「진달래 산천」

시집을 만들 때, 시 배열 순서를 정하는 것은 간단한 문제가 아니다. 『아사녀』의 첫 시는 「진달래 山川」이고, 『신동엽 전집』의 첫 시도 바로 「진달래 山川」이다. 자타에 의해 신동엽을 대표하는 시라 할 수 있는 시를 설명하기 위해 연 앞에 번호를 붙여 본다.

---

4) 이경수, 「'국가'를 통해 본 김수영과 신동엽의 시」, 『한국근대문학연구』, 한국근대문학회, 제6권 1호, 2005. 4.
5) 김창완, 『신동엽 시 연구』, 시와시학사, 1995.
6) 권혁웅, 「신동엽 시의 환유와 제유」, 『한국근대문학연구』, 제1권 제2호, 한국근대문학회, 2000. 12.

1. 길가엔 진달래 몇 뿌리
   꽃 펴 있고,
   바위 모서리엔
   이름 모를 나비 하나
   머물고 ①있었어요

2. 잔디밭엔 長銃을 버려 던진 채
   당신은 잠이 들었죠.

3. 햇빛 맑은 그 옛날
   후고구렷적 장수들이
   의형제를 묻던,
   거기가 바로 그 바위라 하더군요.

4. 기다림에 지친 사람들은
   산으로 갔어요.
   뼛섬은 썩어 꽃죽 널리도록.

5. 남햇가,
   두고 온 마을에선
   언제인가, 눈먼 식구들이
   굶고 있다고 담배를 말으며
   당신은 쓸쓸히 웃었지요.

6. 지까다비 속에 든 누군가의
   ②발목을
   果樹園 모래밭에선 보고 왔어요.

7. 꽃 살이 튀는 산 허리를 무너
   온종일
   탄환을 퍼부었지요.

8. 길가엔 진달래 몇 뿌리
   꽃 펴 있고,
   바위 그늘 밑엔
   얼굴 고운 사람 하나
   서늘히 잠들어 ③있었어요.

9. 꽃다운 산골 비행기가
   지나다
   기관포 쏟아 놓고 가 버리더군요

10. 기다림에 지친 사람들은
    산으로 갔어요.
    그리움은 회올려
    하늘에 불 붙도록,
    뼛섬은 썩어
    ④꽃죽 널리도록.

11. ⑤바람 따신 그 옛날
    후고구렷적 장수들이
    의형제를 묻던
    거기가 바로
    그 바위라 하더군요.

12. 잔디밭엔 담배갑 버려 던진 채

당신은 피
흘리고 있었어요

　　　　　　　—「진달래 山川」 전문(원번호와 밑줄은 인용자)

　한국전쟁의 비극을 진달래꽃 옆에 쓰러져 있는 한 인물로 그려내는
이 시를 신동엽은 왜 시집 맨 앞에 두었을까. 짧지 않은 긴 시를 전문
인용하는 이유는 이 시가 시집 『아사녀』와 『전집』의 '서시'처럼 맨 앞
에 실릴 만큼 중요하기 때문이다. 그리고 두 시집의 미묘한 차이와 함
께 신동엽의 창작과정을 그대로 확인해 볼 수 있기 때문이다.

　이 시는 우리 서정시의 간결하고 전통적인 어조로 독자에게 말을 건
다. 그리고 한 연이 변주되어 다시 반복되는 형식이다. 1연에 "길가에
진달래 몇 뿌리"는 8연에서 반복된다. 2연에, 장총 옆에 잠든 사람은 8
연 4행에 "얼굴 고운 사람"으로 변주된다. 3연의 후고구려 때 사람들 이
야기는 11연에서 반복된다. 4연에 "기다림에 지친 사람들"이 산으로 갔
다는 표현은 10연에서 반복된다. 5, 6연은 당시의 비극을 생각하는 현재
시각이다. 그리고 7연의 비행기 폭격은 9연에서 반복된다. 그리고 12연
은 다시 풍경으로 돌아오는 결말이다. 화살표(→)를 반복으로 표시한다
면, 다음과 같다.

　　　1, 2연　　　　　　　→ 8연
　　　3연　　　　　　　　→ (11연 : 『아사녀』본에서 생략된다)
　　　4연　　　　　　　　→ 10연
　　　5, 6연　　　　　　　현재의 시각에서 과거 회상
　　　7연　　　　　　　　→ 9연
　　　12연　　　　　　　　마무리

전체적으로 앞의 표현이 4번 반복되고 있는데, 개작해서 『아사녀』에 실린 수정본에는 11연이 생략되어 있다. 『전집』에는 시인이 수정하기 전인 『조선일보』(1959. 3. 24)에 실려 있다. 이제 시가 개작된 과정을 역추적하면 시인의 의도에 다가갈 수 있을 것이다.

　첫째, 신동엽은 ①과 ③의 "있었어요"를 "있었었어요"로 수정한다. 이는 과거형에 대과거형을 넣어 현재와 과거를 명확히 구별하고 싶었기 때문일 것이다. 1959년 신문발표본과 1963년 시집본 사이에 4년 사이에 무슨 변화가 있었던가. 그것은 바로 신동엽의 생각 중에 가장 중요한 사상인 '전경인(全耕人) 정신'이 완성되기 전과 이후의 차이다. 신동엽은 스스로 "하나의 시가 완성될 때 무엇보다도 먼저 그것을 이야기해 놓은 그 시인의 인간정신도와 시인혼이 문제되어야" 한다는 명제를 내놓고 있다. 생전에 8편의 평론과 유고평론 2편을 남겼던 그의 평론을 검토하면 첫 글인 「시인정신론(詩人精神論)」(1961)에서 전형화되었고, 후의 글은 그 논리의 적용이나 확장임을 알 수 있다. 평론 「시인정신론」은 「진달래 산천」의 신문발표본의 "있었어요"(1959)가 『아사녀』에서 "있었었어요"(1963)로 바꾸게 된 것7)과 어떤 관계가 있을까. 그것은 동엽의 논리 곧 원수성(原數性)·차수성(次數性)·귀수성(歸數性)과 전경인 정신(全耕人精神)

---

7) 이 시만 그런 것이 아니라, 『신동엽 전집』에 실린 「내 고향은 아니었었네」의 원제는 『산업신문』(1961. 10)에 발표될 때 「내 고향은 아니었네」였다. 유족의 기증에 의해 2010년 건립될 신동엽 문학관에 보관될 데이터 파일을 보면, 신동엽이 파랑색 볼펜으로 '었'을 교정하는 표시가 있다. 현재 『신동엽 전집』에 실린 「내 고향은 아니었었네」는 초출본이 아니라, 시집 『아사녀』에 실린 수정본이다. 따라서 『신동엽 전집』 22면에 써있는 이 시의 출전은 시집 『아사녀』로 수정되어야 한다.

이란 개념과 관계있지 않을까.

「시인정신론」은 현대는 "하나도 새로울 것이 없는 왕도원리" 속에서 인간이 맹목기술자로 인생에의 구심력을 상실한 채 살아가는 시대라 정의하면서 시작된다. 이어서, 잔잔한 해변, 누워 있는 씨앗 같은 생명의 대지는 '원수성 세계'이고, 유사 이후의 문명역사 전체가 인종계의 여름철 곧, '차수성 세계'라고 한다. 그런데 '차수성의 세계'는 '분업문화의 성과'이며 여기서 인간은 비인간화된다고 지적한다. 이러한 세계에서 시인은 시'인(人)'이 아니라 시'업가(業家)'로 전락하였다고 비판한다. 그리고 극분업화되어 인간성을 상실한 '차수성 세계'에서 '원수성 세계'의 생명을 회복하려는 사람, 또는 그러한 가치관의 세계는 '귀수성 세계'라고 명명한다.

그는 "노래에 있어도 참여(參與), 즉 자기와 자기 이웃에의 인간적 애정, 성실성"이 시인됨의 출발이라고 한다. 그래서 이제 시인은 원수성의 세계를 회복시키는 '전경인'이 되어야 한다는 것이다. 오늘날 이러한 전경인은 문명인들의 혐오와 멸시의 대상이 되고 있지만, 모든 사람은 생명의 대지인 원수적 가능성과 귀수적 가능성을 한 몸에 지닌 전경인이 되어야 한다는 것이 신동엽의 견해이다.

여기서 우리는 신동엽이 "있었었어요"라는 대과거형을 시집 『아사녀』

에 자주 쓰는 이유를 추측할 수 있다. 시인은 1연에서 "이름 모를 나비 하나/ 머물고 있었었어요."라고 쓰면서 과거의 '이름 모를 나비 하나'를 2연에서는 장총을 버려 던진 채 누워 있는 현재의 당신과 대비시킨다. '이름 모를 나비' 하나는 과거의 원수성이라 한다면, '장총 옆에 누운 당신'은 현재 전쟁의 비극적 차수성에 속해 있다. 그런데 8연의 경우는 좀 특이하다. "바위 그늘 밑엔/ 얼굴 고운 사람 하나/ 서늘히 잠들어 있었었어요."라고 표현되는 이 대과거는 원수성으로 돌아가 전경인의 모습을 표상한 것일까. 차라리 죽어 있는 '얼굴 고운 사람 하나'를 원수적 가능성과 귀수적 가능성을 모두 지니고 있는 비극적 전경인으로 상징하는 것일까? 이 대목에 대해서는 읽는 이마다 해석이 다를 수 있겠다.

둘째, ②의 "발목"을 시집에서는 "발 목"으로, ④의 "꽃죽"을 "꽃 죽"으로 띄어 써서, 낭독할 때 강조해서 읽도록 수정했다. 비극적 현장을 강조하기 위해 일탈된 표현을 택했을 것이다. 신동엽이 이렇게 시를 세세하게 수정한 것은 이 시에 대한 여러 혐의, 가령 "기다림에 지친 사람들은/ 산으로 갔어요"란 대목이 빨치산을 미화했다는 트집[8] 등에 대해 보다 적극적으로 작품으로 응대하고 싶었기 때문일 것이다.

셋째, 신동엽은 시를 더 압축하려 했다. 1959년 신문발표본은 12연인데, 『아사녀』(사진)에는 11연으로 줄어든다. 비교해보면 신문발표본의 11연을 생략했음을 볼 수 있다. 그 이유는 신문발표본의 11연은 3연을 변주하여 반복한 것인데, 지나친 반복법이 시를 가볍게 할 수 있다는 판

---

8) 성민엽, 『신동엽』, 문학세계사, 1992, 77면 ; 신경림, 『신경림의 시인을 찾아서』, 우리교육, 1998, 75면.

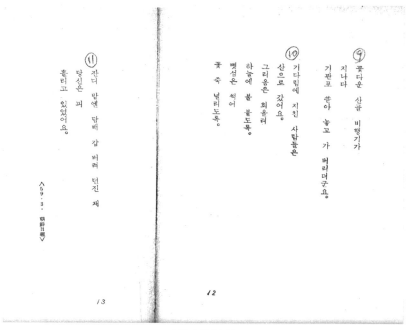

시집 『아사녀』본

단에 따라 시인 자신이 삭제했을 것이다. 한편으로는 비극적 역사인 현재 곧 『아사녀』의 11연에 집중하게 하려고, 후고구렷적 이야기인 신문발표본의 11연을 과감히 생략했을 것이다.

후에 『전집』에 실리는 신문발표본과 『아사녀』본을 비교 검토했을 때, 우리는 첫째, 신동엽이 전경인 정신에 시에 담으려 했다는 점, 둘째, 의도적인 띄어쓰기를 통해 비극을 강조하려 했다는 점, 셋째, 시의응축미를 높이기 위해 혹은 현재적 비극을 강조하기 위해 초출본의 11연을 생략했다는 점을 확인했다. 따라서 신문발표본을 담고 있는 『전집』은 시인이 수정한 『아사녀』본으로 교체되어야 하고, 연구대상은 당연히 『아사녀』본이 되어야 할 것이다. 가령 『아사녀』에 실린 「꽃 대가리」(68~70면)는 『신동엽 전집』에서 「원추리」(44~45면)로 바뀌어 있는데 출전은 『아사녀』로 되어 있다. 원제가 '꽃 대가리'임을 부기했지만 어떻게 해서 제목이 「원추리」로 바뀌었는지 전혀 설명이 없다. 신동엽이 「원추리」로 바꾸어 다시 발표했다면 출전은 『아사녀』이후의 출전자료9)로 바뀌어야 마땅하다. 유명을 달리한 시인이 고쳤을 리가 없다면, 시집 『아사녀』에서 『전집』으로 옮긴 시는 『아사녀』 표기법을 존중하여 그대로 옮겨야 할 것이다.

3. 구성—'낙지발'과 포스트식민주의

후세 사람이 시를 순서대로 배열한 『전집』과 달리, 시인 자신이 마음에 드는 발표작을 선정하고, 수정하고, 배열한 『아사녀』를 읽어보면, 1963년 당신 신동엽 시인이 가장 하고 싶어하던 이야기가 무엇인지 확인할 수 있다. 시의 배열에 시인의 기획 의도가 숨어 있다.

　　제1부 : 진달래 산천/ 風景/ 눈 날리는 날/ 그 가을/ 빛나는 눈동자/ 正本 文化史大系/ 山死/ 이곳은/ 산에 언덕에/ 네 고향은 아니었었네
　　제2부 : 꽃 대가리/ 미쳤던/ 아니오/ 나의 나/ 緩衝地帶/ 힘이 있거든

---

9) 시인이 바꾸었다면 『현대한국문학전집』 제18권, 신구문화사, 1967에서 신동엽이 「꽃 대가리」에서 「원추리」로 이름이 바꾸어 발표했다(인병선 고증·김응교 글, 『시인 신동엽』, 현암사, 2005, 146면). 그렇다면 창비본은 『현대한국문학전집』을 출전으로 삼아야 한다.

그리로 가세요

　제3부 : <長詩> 이야기 하는 쟁기꾼의 大地

『아사녀』의 제1부는 10편, 제2부는 6편이고, 제3부는 장시다. 그런데 편수는 그리 중요하지 않다. 신동엽 시의 길이가 일정치 않기 때문이다. 또한 발표순으로 정리된 시집10)도 아니다. 다시 시집의 목차에 주목해 주길 바란다. 시집을 관통하는 의식의 흐름이 무엇인가를 살펴봐야 할 것이다. 시와 시 사이[間]에 존재하는 암시(暗示)도 살펴봐야 할 것이다.

1. 포스트식민지의 풍경

첫 시 「진달래 산천」은 한반도 내의 비극적 역사를 증언하고 있다. 두 번째 시 「풍경」을 보면 「진달래 산천」의 비극을 세계적 현실로 확산(擴散)시키고 있다. 두 번째를 읽어보자.

　1. 쉬고 있을 것이다./ 아시아와 유우럽/ 이곳 저곳에서/ 탱크부대는 지금/ 쉬고 있을 것이다.

　2. 일요일 아침, 화창한/ 도오꾜 교외 논둑길을/ 한국 하늘, 어제 날아 간/ 이국(異國) 병사는/ 걷고.

　3. 히말라야 산록(山麓)/ 토막(土幕)가 서성거리는 초병(哨兵)은/ 흙 묻 은 생고구말 벗겨 넘기면서/ 하루뺀 땅 두고 온 눈동자를/ 회상코 있을

---

10) 김소월 시집 『진달래꽃』, 매문사, 1925을 보면, 서장에 해당되는 제1장 '님에게' 의 시편들이 발표순서대로 배열되어 있다.

것이다.

4. 순이가 빨아준 와이샤쓰를 입고/ 어제 의정부 떠난 백인 병사는/
오늘 밤, 사해(死海)가의/ 이스라엘 선술집서,/ 주인집 가난한 처녀에게/
팁을 주고.

5. 아시아와 유우럽/ 이곳 저곳에서/ 탱크 부대는 지금/ 밥을 짓고 있
을 것이다.

6. 해바라기 핀,/ 지중해 바닷가의/ 촌 아가씨 마을엔,/ 온종일, 상륙용
(上陸用) 보오트가/ 나자빠져 뒹굴고.

7. 흰구름, 하늘/ 제트 수송편대가/ 해협을 건너면,/ 빨래 널린 마을/
맨발 벗은 아해들은/ 쏟아져 나와 구경을 하고.

8. 동방으로 가는/ 부우연 수송로 가엔,/ 깡통 주막집이 문을 열고/ 대
낮, 말 같은 촌색시들을/ 팔고 있을 것이다.

9. 어제도 오늘,/ 동방대륙에서/ 서방대륙에로/ 산과 사막을 뚫어/ 굵
은 송유관은 달리고 있다.

10. 노오란 무우꽃 핀/ 지리산 마을,/ 무너진 헛간엔/ 할멈이 쓰러져
조을고

11. 평야의 가슴 너머로/ 고원(高原)의 하늘 바다로/ 원생의 유전(油
田)지대로/ 모여 간 탱크 부대는/ 지금, 궁리하며

12. 고비 사막,/ 빠알간 꽃 핀 흑인촌(黑人村)./ 해 저문 순이네 대륙/

부우연 수송로 가엔,/ 예나 이제나/ 가난한 촌 아가씨들이/ 빨래하며,/
아심아심 살고/ 있을 것이다.

— 「風景」(現大文學, 1960. 2월호) 전문(번호와 사선은 인용자)

시집의 두번째 시 「風景」에는 한반도를 포함하여, 세계적인 포스트식
민지의 '풍경'을 드러내고 있다. 그리고 이 시에는 "어제 의정부에서 떠
난 백인 병사는/ 오늘 밤, 死海가의/ 이스라엘 선술집서,/ 주인집 가난한
처녀에게/ 팁을 주고"(4연)라고 하여 한반도가 겪고 있는 식민지 이후의
고통이 한반도에만 끝나는 것이 아니라, 이스라엘로 이어지고 있음을
지적하고 있다. 구(舊)식민지 이후 신(新)식민지를 개척해 가는 제국의 군
대를 묘사하고 있는 것이다. 2연의 도쿄, 3연의 히말라야 산록과 하얼
빈, 4연은 의정부와 이스라엘, 5연은 1연의 반복이다. 6, 7, 8연은 지중
해 바닷가, 9연은 동방에서 서방으로 이어지는 굵은 송유관, 10연은 지
리산 마을, 11연은 고원, 12연은 고비사막으로 이어진다.

그야말로 2차 대전 이후 아프리카 · 남미 · 아시아는 신식민지적 상태
가 유지되고 있다고 하여 트리컨티넨탈리즘(tricontinentalism)[11]이라고 불려

---

11) 로버트 J.C. 영은 식민지와 종주국 사이의 개념을 명확히 하고 있다(Robert
J.C.Young, Postcolonialism—AN HISTORICAL INSTRODUCTION, Blackwell,
2001).
이 책 제1부에서 그는 '식민주의→신식민주의→포스트 식민주의'의 흐름을
설명하면서, 오늘날 포스트 식민주의(postcolonialism)는 아프리카 · 남미 · 아시아
에 세 대륙에 걸쳐 만연되고 있다며 '트리컨티넨탈리즘'(tricontinentalism)이라는
용어를 사용한다. "더 근원적으로 포스트 식민주의를 나는 차라리 트리컨티넨
탈리즘으로 부르고 싶다"(More radically, postcolonialism-which I would prefer to
call tricontinentalism, 위의 책, p.56)라고 쓴다. 한편 그가 쓰고 있는 '반식민주
의'(anti-colonoalism)라는 개념은 한국에서 쓰고 있는 '탈식민주의'라는 말보다

지는 포스트식민주의적 상황을 그대로 드러낸 것이다. 지금으로부터 40여 전에 발표된 시지만, 지금 현실과 전혀 다르지 않다. 의정부의 에드워드 부대 미군 중 몇 명은 이라크나 이스라엘 등지에 급파되기도 하는 것은 지금도 마찬가지다. 신동엽의 시가 오늘도 읽혀지고 있는 이유는 이처럼 포스트 식민주의적 상황이 변화되지 않고 온존하고 있기 때문일 것이다.

이후의 시, 세 번째에도 "상였집 양달아래/ 튜렁끄 끌르며. 쉐탈 갈아 입던 女人"(「눈 날리는 날」), 네 번째 시에도 "울픈 얼굴/ 하늘가 사라졌네/ 스므살 戰地에"(「그 가을」) 등 식민지와 전쟁 이후의 상처가 시집 『아사녀』에 실린 17편의 시에 중요한 이미저리를 이루고 있다. 이러한 표현의 역사적 배경이 있다. 5·16 쿠데타로 정권을 장악한 군부는 훌륭한 경제적 업적을 정통성 확보의 근거로 삼으려 했다. 그들은 5·16 직후 부정축재 환수 및 은행주의 환수를 시발로 하여 국가독점자본주의 단계의 표현인 지도경제, 바로 '경제개발 5개년 계획'을 시작했다. 이 계획의 '선건설 후분배'라는 구호 아래 사회적 불균형은 심화되었다. 농촌은 점점 몰락해갔고, 몰락 농민들은 도시산업 노동자와 도시빈민 형성의 주된 공급원이 되었다. 이 시기에 신동엽은 근대화 과정에서 피해를 입은 자들의 아픔을 대변하고 그 모순의 근원을 억압적 정치체제와

명확하다고 필자는 생각한다. 비교컨대 피식민지 경험이 없었던 일본에서는 탈식민주의라는 표현은 잘 쓰지 않고, 포스트 콜로리얼리즘(ポストコロニアリズム)이라고 한다. 일본의 경우, 포스트 콜로니얼리즘은 단순히 식민지 후(後)라는 의미가 아니라, '종주국(宗主國)'과 '피식민지국'을 역전시켜, 그 상태를 반영구적으로 고정하려고 하는 강력한 차별주의(差別主義)를 기반으로 한 식민지주의를 말한다(本橋哲也, 『ポストコロニアリズム』, 岩波書店, 2005).

신제국주의로 상정하고, 그것에 저항하는 작품을 생산한다. 그 정점에 있는 것이 바로 시집 『아사녀』인 것이다.

이렇게 이 시집은 포스트 식민지의 궁핍한 상황을 고발하는 데 집중되어 있음을 볼 수 있다. 그는 진정한 해방이 아직 이루어지지 않았다는 것을 분명히 알고 있었다. 그런데 그의 시가 포스트식민주의 나아가 반(反)식민주의를 지향하는 이유는, 단순히 관념적 판단이 아니라, 그의 원초적 '고향'이 산산조각 났기 때문이다.

그는 꿈꾸어온 고향 이야기를 1958년에 집필한다. 충남 주산농고에서 교편을 잡은 신동엽은 디스토마가 재발되어 학교를 일단 휴직하고 그동안의 경험과 독서로 얻어진 체험을 정리하면서 「이야기하는 쟁기꾼의 대지(大地)」를 썼다. 그리고 그것이 1959년 1월 1일 『조선일보』신문문예에 당선된다. 시집 『아사녀』의 3부에 실리는 이 장시가 담고 있는 고향은 자연스러운 나눔공동체였다.

> 태백(太白)줄기 고을 고을마다 강남(江南)제비 돌아와
> 흙 물어 나르면, 산이랑 들이랑 내랑 이뤄
> 그 푸담한 젖을 키우는
> 울렁이는 내 산천(山川)인데……
>
> 맛동 마을 농사집 태어나 말썽 없는 꾀벽동이로
> 딩굴 벙굴 자라서, 씨 뿌릴 때 씨 뿌리고
> 걷워딜 때 걷워딜듯, 이웃 말 어여쁜 아가씨와
> 짤랑짤랑 꽃가마도 타 보고,
> 환갑(還甲) 잔치엔 아들 손주 큰 절이나 받으면서
> 한 평생 살다가 묻혀 가도록 내버려나 주었던들.

흙에서 나와
흙에로 돌아가며.
영원회귀(永遠回歸) 운운 이야기는 없어도
햇빛을 서로 누려 번갈아 태어 나고.

—「이야기 하는 쟁기꾼의 大地」, 『아사녀』(104~105면)

그의 어린 시절은 행복하지만은 않았다. 1939년에는 큰 가뭄까지 겹쳐 어린아이건 늙은이건 쓰디쓴 풀로 죽을 쑤어 먹는 빈궁한 시절[12]이었다. 그렇지만 그는 그 이전의 상생공동체를 영혼의 고향으로 생각하고 있었다. 그런데 "흙에서 솟아/ 흙에서 흩어져 돌아갔을" 전경인 공동체가 깨진 것은 일제를 거쳐 미군정을 겪고, 결정적으로 한국전쟁 때문이다.

일제에서 해방되는가 싶었는데 미군정 이후 원조정책 및 무역정책에 의해 대미의존을 계기화 한다. 이러한 미군정 후의 독점자본화와 금융자본화의 이면에서는 민족자본의 토대를 이루는 토착 중소기업이 소멸되는 과정이 진행된다. 한국전쟁과 함께 백성은 극빈의 세계로 들어간다. 당시 한국민의 모습은 전형적인 난민이요. 디아스포라였다. 그 고향은 "발부리 닳게 손자욱 부릍도록/ 등짐으로 넘나들던" 곳이었고, "울고는 아니/ 허리끈은 졸라도/ 목메인 자갈길"이었다. 그곳은 이미 "내 고향은 아니었"다. "발부리 닳게 손자욱 피맺도록/ 조상들 넘나들던"(「내 고향은 아니었었네」)은 이미 고향이 파괴된 것이다. "삼백 예순 날 날개

---

12) 김응교, 「히라야마 야키치, 신동엽과 회상의 시학—시인 신동엽 연구(4)」, 『민족문학사연구』, 소명출판, 2006. 4, 277~281면.

돋친 폭탄은" 쏟아졌고 "승리는 아무데고 없"는 세상이었다.

그곳엔 무덤이 있다.

바닷가선 비문은 구름 용(龍)을 싣고 찬란하게
쩌들어오리니
급기야 홍수는 오고,
구렁이, 모자, 톱니 쓸린 공장 헤엄쳐 나가면

조상(弔喪)도 없이 옛 마을터엔 횡횡 오갈 헛바람.
쓸쓸하여도 이곳은 점령하라. 바위 그늘 밑, 맨 마음채
여문 코스모스씨 한 톨. 억만년 퍼붓는 허공(虛空)밭에서
턱 가래 안창엔 심그라.
사람은 비어 있다.
대지는
한가한
빈 집을 지키고 있다.

—「이곳은」에서, 『현대문학』, 1962. 8

시인은 이에 대해 원수성을 회복시킬 방안을 생각한다. 물론 그의 시에는 "지구의 모든 사람이 물질적이고 문화적으로 행복하게 살 권리를 요구하는 포스트 식민주의"13)가 편만 되어 있다. 행복을 위한 하나의 요구로 동엽은 중립의 완충지대를 제시한다.

---

13) 'Postcolonialism claims the right of all people on this earth to the same material and cultural well-being': Robert J.C.Young, *Postcolonialism —A Very Short Introduction,* OXFORD, 2003, p.2.

하루 해
너의 손목 싸 쥐면
고드름은 운하(運河) 이켠서
녹아 버리고.

풀밭
부러진 허리 껴 건지다 보면
밑둥 긴 폭포(瀑布)처럼
역사는 철 철 흘러가 버린다.

피 다순 쭉지 잡고
너의 눈동자, 영(嶺) 넘으면
완충지대(緩衝地帶)는
바심하기 좋은 이슬 젖은 안 마당.

고동치는 젖가슴 뿌리세우고
치솟은 삼림(森林) 거니노라면
초연(哨煙) 걷힌 밭두덕가
풍장 울려라.

—「완충지대(緩衝地帶)」, 『아사녀』, 1963

  "중립의 초례청에서 맞절할지니"(「껍데기를 가라」)라는 표현이 나오기 4년 선에 '완충지대'의 꿈은 싹트고 있었다. 그리고 제3부 장시에 들어가기 전에 신동엽은 잠시 쉬는 시를 마련한다. "여름날 홍수 쓸려 죄없는 백성들은 발버둥쳐 갔어요. 높아만 보세요, 온 역사 보일 거에요."라면서 그는 바로 보는 역사를 독자에게 촉구한다. 그리고 제2부 마지막

시에서 "힘이 있거든 그리로 가세요. 늦지 않아요. 이슬 열린 아직 새벽 벌판이에요"(「힘이 있거든 그리로 가세요」)라며 포스트 식민지적 상황에서 절망하지 말 것을 주문한다.

2. 「이야기하는 쟁기꾼의 대지」와 '낙지발'

시집 『아사녀』의 첫 시가 「진달래 山川」이었고, 2부 끝 시가 「힘이 있거든 그리로 가세요」이고, 시집의 마지막으로 제3부에 1959년 신춘문예 당선작인 장시 「이야기하는 쟁기꾼의 대지」를 실었다는 것은 대단히 중요한 의미를 갖는다. '이야기하는 쟁기꾼'이란 그가 「시인정신론」에서 말한 바로 '전경인'이다.

이 시집에서 신동엽은 1960년대에는 제2차 세계대전 후 일부 저개발 국가가 그랬던 것처럼 매판적 자본과 봉건지주의 뿌리가 잘리지 않고 여러 가지의 변신으로 잔존하면서 신(新)중심부 국가인 미국의 정치·정보·문화 등을 도입하여 새로이 성장하는 테크노크라트나 군부 등의 신중간계층과 결탁하면서 반도 내의 여러 변혁요구와 정면으로 충돌하게 되는 과정을 형상화한다. 장시 「이야기하는 쟁기꾼의 대지」는 '원수성'을 동경하면서, 포스트 식민주의 문제를 담아내고 있다.

장시의 특성을 단시와 비교하자면, 내용면에서 장시는 단시보다 월등하게 많은 '산문정신(散文精神)'을 용해시킬 수 있다. 이 산문정신이란 역사적 성격을 지닌 인간을 대상으로 하며 사회적인 여러 조건이 시에 미치는 영향 및 시인이 사회를 투시하는 비평안(批評眼)을 포함하는 개념이다. 이에 따라서 장시는 그 산문정신을 담을 구성원리도 중요하다. 짧은 서정시나 단일한 단위로 이루어진 관념시로는 다루기 어려운 포괄적인 문제가 가로놓인 경우에, 시인은 장시라는 '포괄적 구성원리'를 택하게 된다. 그래서 장시는 여러 단위로 해체할 수 있는 복합적 단위의 문학적 장치를 사용하여 길이를 유지시키는 나름의 구성원리를 갖춤으로써 우리 앞에 가로놓인 삶의 문제를 비교적 포괄적으로 형상화할 수 있다.

동엽은 두 편의 장시를 남겼다. 첫 번째는 그의 데뷔작인 「이야기하는 쟁기꾼의 대지」이고, 두 번째는 그가 죽기 수개월 전에 『여성동아』에 발표한 「여자의 삶」(1969)이다.

「쟁기꾼의 대지」를 보면, 이 장시는 당시 우리 시문학의 상황에 비추어 볼 때 독창성과 힘을 지닌 문제작이었음을 알 수 있다. 「쟁기꾼의 대지」는 서화·본화(제1화~제6화)·후화로 짜여져 있다.

① 서화에서는 대지(大地)와 쟁기꾼과의 운명적 관계가 여성 화자를 통하여 말하여진다.

② 본화에서는 이야기의 시작과 목적이 서술된 후, 학살자와 죽은 이를 위한 진혼(鎭魂)이 노래된다. 그리고 두만강변의 할아버지를 통해 민족비극은 증언된다. 그리고 비극을 극복하기 위해 몰아내야 할 것들이 제시되고 그 대신에 새로운 생산성에 대한 추구가 여성 화자를 통하여 말하여진다.

③ 후화에서는 미래에 대해 시인이 질문을 던지면서 끝을 맺는다.

신동엽은 이렇게 많이 용해된 산문정신의 이야기를 독자에게 정확히 전달하기 위해 다양한 어조를 사용한다. 각 단위는 '~한다나요?', '~이 시더라', '있었삽니다', 또는 때에 따라서 명령형을 쓰면서 독자를 작품 안에 끌어들이기도 하고, 대상과 멀찍이 떨어지게 하기도 한다. 특히 제 4화에서는 두만강변의 할아버지의 말을 그대로 인용함으로써 사회적 사건에 대하여 객관적 증명을 시도한다. 어조란 보통 언어 외적 상황을 동시에 포괄하게 되는데, 그의 어조는 그 언어 외적인 시인의식과 더불어 단어에 변화를 주고 화자를 바꾸는 것뿐만 아니라, 간신히 산문시 형식을 도입하거나 연과 행의 갑작스러운 변화로 시에 재미와 속도가 붙게끔 장치된다.

서화가 대지와 합일된 쟁기꾼의 '원수성 세계'에 대한 고백이라면, 본화는 '차수성 세계'의 비극적 내용을 담고 있다. 그래서 후화는 「시인정신론」에서 "세기는 다만 대기하고 있다"고 말했듯이 미래의 전망은 의문사항으로 끝나는 것이다. 그러나 이것은 시인이 불행의 원인을 인식하면서도 그것을 극복하기 위한 구체적인 전망을 결여하였다는 한계를 남긴다. 당시 신춘문예 심사위원으로 그 작품을 선정했던 양주동도 여러 가지 장점에도 불구하고 결말부는 "결정적인 목표 高地의 점령"을 이루지 못했다며, "완전히 무력하다"고 지적했다.

여기서 장시 「쟁기꾼의 대지」를 통하여 시인이 말하려는 것은 무엇인가 생각해보자. 그것은 "낙지의 발" 또는 "만주의(萬主義)"로 상징되는 제국주의 침략과 그 하수인들로 인하여 강요된 '고향상실의식'이다.

> 2차대전 저물어 가기 얼마 전의 이야길세.
> 두만강변(豆滿江邊) 어느 촌락(村落)을 지남 길
> 한 할아버지로부턴 이런 이야길

들은 일이 있네.

우리하고 글쎄 무슨 상관이 있단 말요.
왜 자꾸 와 귀찮게 찝쩍이냐 말요.
내 멀쩡한 사지(四肢)로 땅을 일궈서
강냉이, 고구마, 조를 추수하고
옆 마을 해삼(海蔘)장 점북과 바꿔 오구,
시집 보내구, 장가 보내구, 잘 사는데
글쎄 뭘 어떻거겠단 말이랑요.

그러나, 그들의 마을에도, 등가죽에도,
방방곡곡 벋어 온 낙지의 발은
악착스레 착근(着根)하여 수렁이 되었나니.

그렇다 오천년간 만주의(萬主義)는
백성의 허가 얻은 아름다운 도적이었나?

─「이야기 하는 쟁기꾼의 대지」에서, 『아사녀』, 108~109면

말해볼까요. 우리들의 포동 흰 알살을 덮은 두드러기며 딱지며 면사
포며 낙지발들을 면도질 해 버리는 거야요. 땅을 갈라놓고 색칠하고 있
는 건 전혀 그 흡반족들뿐의 탓이에요. 면도질 해버리는 거야요. 하고
제주에서 두만까질 땅과 백성의 웃음으로 채워 버리면 되요.

─신동엽, 「주린 땅의 지도원리」에서, 『사상계』, 1963. 11

신동엽 시에는 껍데기, 낙지발, 흡반족 등의 부정적인 문체소(文體素,
style-maker)가 등장한다. 시인이 선택하고 지어낸 개성적인 문체소로 인해
시의 지향성과 폭로 혹은 공격적 색채는 명확해진다. 그리고 이러한 문

체소는 신동엽의 30년 후배인 시인 유하에게서 낙지 대신 '오징어'로 변주된다. 유하에게 '오징어'[14]는 다만 소비적 욕망을 상징한다. 그런데 신동엽의 '낙지'는 모든 권력을 독점하려는 전체주의의 상징으로 등장한다. 이 낙지발은 초국가주의(ultranationalism)에 의해 조종되는 적극적인 침략적 욕망을 상징한다. 그것은 내부적인 적일 때는 부패한 정권이고, 외부의 적일 때는 제국주의를 지시한다.

> 그건 중앙에 도사리고 있는
> 큰 마리 낙지,
> 그 큰 마리 낙지 주위에
> 수십 수백의 새끼 낙지들이 꾸물거리고 있었다
> ......
> 벼슬자리란 공으로 들어오지
> 않는 법,
> 밑천을 들였으면
> 밑천을 뽑아야,
> 그리고 지금이나
> 예나, 부지런히 상납해야
> 모가지가 안전한 법,
> 그래서, 큰 마리낙지 주위엔
> 일흔 마리의 새끼낙지가,

—신동엽, 『금강』, 『전집』(138~139면)

---

14) "불빛을 발견한 오징어의 눈깔처럼/ 눈에 거품을 물고 돌진 돌진/ (…중략…)/ 촛불들이 기쁘다 구주 기쁘다/ 걸어간다, 보무도 당당히, 오징어의 시커먼 눈들이/ 신바람으로 몰려가는, 불의 뷔페 파티장 쪽으로(유하, 「바람부는 날이면 압구정동에 가야 한다 4 : 불의 뷔페」에서)"

큰 마리낙지 주위엔 일흔 마리의 새끼 낙지가, 그리고 그 밑에는 칠백 마리 말거머리, 그 밑에는 농민의 피를 빨아먹는 만 마리의 빈대 새끼들이 들어 붙어 있는 낙지 사회를 시인 신동엽은 마치 오늘날을 예견하듯이 써놓았다. 낙지발은 주변인을 착취하는 총체적인 부패사회의 조직적 구도다. 그리고 그는 이 부패한 권력의 귀신떼들을 "낙지발들을 면도질 해 버리는 거야요. 땅을 갈라놓고 색칠하고 있은 건 전혀 그 홉반족들뿐의 탓이에요. 면도질 해버리는 거야요"라고 기록한다. 그의 시에서 낙지발을 제국주의를 상징하며, 동시에 내부의 부패한 정권을 상징하기도 한다. 신식민주의적(neocolonialistic) 착취와 수탈을 시인은 안팎의 낙지발로 표상하고 있다.

4. 언어-이항대립과 '이음'

리얼리즘 정신을 표방하는 시에 관한 연구에서 언어 연구는 부차적인 지위에 밀려나 있다. 그러나 사실은 언어 연구야말로 지방성과 주변성을 드러내는 본질적인 영역일 것이다.

신동엽 시인 자신이 언어에 대해 민감하여 그에 관한 평론 「육십년대의 시단 분포도-신저항시운동의 가능성을 전망하여」(『조선일보』, 1961. 3. 30~31)을 발표한 바 있다. 이 글의 서두에서 기교 위주의 비평 방법을 비판하고 시인들의 사회적 역사적 사상적 위치를 기준으로 분포도를 작성해 보겠다는 의도를 밝힌 후 ① 향토시인 ② 현대감각파 ③ 언어세공파 ④ 시민시인 ⑤ 저항파의 다섯 범주로 나눈다.

한국의 최근 10여년 동안의 시사는 이상에서 말한 향토시인, 현대감
각파, 언어세공가들에 의해 오로지 색칠해졌다. 하나는 儒仙的인 토착인
생이요, 뒤의 둘은 연합군의 進駐와 함께 흘러들어온 신사도적인 도시
감각이었던 것이다. 전자는 전원적 심성과 민속과 전설을 바람에 섞어
노래부르려 할 때, 후자는 서구감각과 작시상의 기교를 제일강령으로
내세워 도시적인 서정을 조각하고 있었다.[15]

그분들은(직업 비평가들—인용자) 지면이 있을 때마다 그 외국시인·외
국 비평가들의 이름을 신주처럼 모셔들고 나온다. 그리고 말마다 외래
어 투성이다. 그건 마치 변두리 소공장에서 나오는 껌이나 비누일수록
포장 상표는 순영어인 것이 15·6년래의 습속이었듯이. 그러면 시의 정
신은 어디서 찾을 것인가. 시의 사상성. 그것이 가지는 인류정신에의 원
초적 구심성은 어디서 찾을 것인가.

18년의 방종은 너무 길었다. 한국 근대화기의 새벽에 춘원·육당 등
은 어찌하여 '민족문학'을 들고 나오지 않으면 아니 되었었던가를 생각
해봐야 할 그런 지경에 오늘 우리의 문학은 이르고 있는 것이다.[16]

이 글은 언어 사용에 따라 시단을 분류한 것 같지만, 실은 그가 생각
하는 거대한 구상, 거대담론에 따라 시단을 분류한 것이다. 그는 시를
섬세하게 조탁하는 것보다, 자기의 담론을 어떻게 시화하느냐에 더욱
관심을 갖고 있었다. 여기서 그는 당시 시단을 선명한 이분법으로 나누
고 있다. 신동엽은 거대담론의 기표다. 그가 김수영에 대해 찬사로 썼던
'민족시인'[17]이라는 표현은 신동엽 자신에게 호명되고 있다. 그의 역사

15) 신동엽, 「육십년대의 시단 분포도─신저항시운동의 가능성을 전망하여」, 『조
선일보』, 1961. 3. 30~31 ; 『신동엽 전집』, 376면.
16) 신동엽, 「시와 사상성」, 『신동엽 전집』, 1963. 12. 11.
17) 신동엽, 「지맥 속의 분수」, 『신동엽 전집』, 387면.

관에 동의치 않는 사람은 냉담한 반응을 보인다.

이제 그 자신은 어떻게 언어를 부려 썼는지 살펴보자. 신동엽의 작품을 일독하면 그가 몇 개의 중요한 시어에 대하여 완강한 집착을 가지고 있음을 본다. 이처럼 몇 개의 중요한 시어를 중심으로 그의 시는 생산된다. 서정시는 단순히 이해되는 것이 아니라 체험되는 것이라 할 때, 한 편의 서정시는 독자가 스스로 주인공이 되어 체험하게 한다. 이러한 체험을 위해 신동엽의 시에서는 토착어의 사용이 중요하게 쓰인다. 예컨대 「향(香)아」에서 쓰이는 토끼몰이, 씨름놀이, 명절밤, 비단치마, 초례청, 놋거울, 상여집과 같은 토착어의 쓰임은 한국인의 원형적 이미지, 곧 그의 말에 의하면 '원수성 세계'를 체험하도록 도와준다. 물론 신동엽의 토착어 사용은 백석[18]과 오장환의 경우와는 또다른 변별성을 지닌다. 이들의 토착어에는 고유의 지역성 혹은 변방성의 미학적 이데올로기가 명확히 드러나 있다. 신동엽의 토착어는 지역성이 돋아보이지는 않지만 그 미학적 이데올로기는 원수성 세계를 겨냥하고 있다. 또한 토착어와 어우러져 보이는 도시의 삶이 배인 언어(전신주, 마이크 등)는 극분업화된 '차수성 세계'를 이미지화한다.

> 도끼는 신기해도
> 손재주가 만든 것이며
> 비행기는 비싸도
> 땅에서 쓰는 것이다

—「이야기하는 쟁기꾼의 대지」에서

---

18) 백석의 언어 사용에 대해서는 김응교, 「백석 시 <가즈랑집>의 평안도와 샤머니즘」, 『현대문학의 연구』, 한국문학연구학회, 2005. 11을 참조 바란다.

손재주로 만들어진 신기한 '도끼'와 비싼 '비행기', 즉 토착어와 기계적 언어를 대비시키면서, 비행기도 땅에서 뜬다는 것을 강조한다. 이러한 은유와 비교가 동일하게 되풀이되면서 동시에 음율적인 반복을 통하여 독자에게 서정적 울림을 제공한다. 더불어 이러한 반복은 음율적 울림을 형성하는 데에 끝나는 것이 아니라 일종의 힘을 형성한다. 그 힘의 원리는 비교적 단순한 이미지의 되풀이에서 발생되지만 또한 이념적 내용과 연결되어 있기에 더욱 힘을 지니게 된다. 그런데 그가 너무 시 언어의 단순화에 치중했을 때에는 추상적·관념적 한계를 보여 준다. 하지만 그의 시에서 쓰이는 토착어의 사용은 보다 효율적인 통합의 단위로 작용한다. 그 이유는 토착어가 유서 깊은 역사를 가지고 있으며 공시적으로 많은 사람들의 공유 경험의 분담과 전달에 보다 많이 개입하고 있는 뿌리 깊은 말들이기 때문이다.

그러나 그가 꼭 갈등과 저항의 시만 쓴 것은 아니다. 시집 『아사녀』 중에 시상이 가장 매끄럽다고 생각되는 「산에 언덕에」는 그의 시비에 새겨져 있을 만큼 대표작이라고 할 수 있겠다.

> 그리운 그의 얼굴 다시 찾을 수 없어도
> 화사한 그의 꽃
> 산에 언덕에 피어날지어이.
>
> 그리운 그의 노래 다시 들을 수 없어도
> 맑은 그 숨결
> 들에 숲속에 살아갈지어이.

쓸쓸한 마음으로 들길 더듬는 행인(行人)아.

눈길 비었거든 바람 담을지네.
바람 비었거든 인정 담을지네.

그리운 그의 모습 다시 찾을 수 없어도
울고 간 그의 영혼
들에 언덕에 피어날지어이.

―「산(山)에 언덕에」, 『아사녀(阿謝女)』, 문학사, 1963

이 시가 평이하게 혹은 편안하게 읽히는 이유는 "눈길 비었거든 바람 담을지네/ 바람 비었거든 인정 담을지네"와 같은 순환론적 자연관에 기초하기 때문이기도 하다. 『노자』 42장을 보면 "만물은 음을 지고 양을 품는다[萬物負陰而抱陽]"[19]는 자연주의 사상이 흐르고 있다. 언어와 언어 사이에 대립이 없는, 이른바 '알맹이/ 껍데기'(「껍데기는 가라」)의 대립이 없는 세상을 그는 시로 쓰고 싶었을 것이다. 이런 시야말로 서로 대립하는 역사의 틈(break)을 봉인하려는 '이음'의 표현일 것이다. 그러나 그는 그리움을 노래하는 이런 시만을 쓸 수 없었다.

이제 지금까지의 논의를 도표로 만들면 다음과 같다.

---

19) "만가지 것은/ 어둠을 등에 지고/ 밝음을 가슴에 안고 있다/ ……/ 그러므로/ 사물의 이치란/ 덜어내면 보태지고/ 보태면 덜어지는 것이다(萬物負陰而抱陽/ ……/ 故物或損之而益,/ 或益之而損)": 김용옥 번역, 『老子』, 통나무, 1989, 105~106면.

	원수성, 귀수성의 세계	차수성의 세계
	=긍정의 세계 ≒제유적 표현	=부정의 세계 ≒환유적 표현
「풍경」	히말라야 산록, 하얼빈, 순이, 의정부, 지중해 바닷가	탱크부대, 이국(異國) 병사는, 순이, 백인 병사, 이스라엘, 상륙용(上陸用) 보오트, 제트 수송편대, 부우연 수송로 가엔, 굵은 송유관
「힘이 있거든 그리로 가세요」	새벽벌판	황무지
「이야기하는 쟁기꾼의 대지」	손재주, 땅, 두만강변, 촌락	낙지(발), 새끼 낙지도끼, 비행기

어떤 단어나 표현은 원수성의 세계에 넣어야 할지, 귀수성의 세계에 넣어야 할지 판단하기 쉽지 않다. 그래서 원수성과 귀수성의 단어는 모두 '긍정의 세계'를 갖는 항목으로 분류해 보았다. 권혁웅(2000)은 신동엽의 언어 사용을 분류하여, 대체적으로 제유를 긍정적인 계열로, 환유를 부정적인 계열로 사용하고 있다고 했다. 상당히 의미 있는 분석으로 공감된다.

제유법(提喩法)은 사물의 일부분으로 전체를 나타내는 방법인데, 이를테면 "사람은 빵만으로 살 수 없다"는 말에서 '빵'은 '식량'을 나타내고, 이상화의 시 「빼앗긴 들에도 봄은 오는가」라는 물음에서 '들'은 곧 국토를 제유한다. 이렇게 본다면, 신동엽의 긍정적인 언어들은 대부분 "한라에서 백두까지"처럼 장소를 의미하기에 제유법이라 할 수 있다.

그런데 속성(특징)으로 사물 자체를 나타내는 환유법(換喩法)은 특징은 신동엽 시 언어의 부정적인 표현에서 많이 나타나는 것이 사실이다. "펜은 칼보다 무섭다"라는 비유에서 '펜'은 '문화의 힘'을, '칼'은 '무력'을 환유한다. '금수강산'은 한반도의 속성으로 '대한민국'을 환유[20] 한다. '낙지발'이 제국주의, 부패정권을, '쇠붙이'가 무기 혹은 물질적 욕망을 대유하기 때문이다.

이제 『아사녀』에 나타나는 신동엽은 거대담론에 의해 '부정 / 긍정'의 이항대립(binarism)이 성립된다. 그리고 '긍정의 세계=원수성·귀수성의 세계≒제유적 표현'과 이어지고 '부정의 세계=차수성의 세계≒환유적 표현'과 이어지는 것을 확인했다.

그런데 신동엽 문학을 이항대립으로만 볼 수는 없다. 물론 신동엽 문학에는 분명한 이항대립의 '차이'가 발생하고 있다. 그런데 신동엽은 그 '차이'의 '사이'를 메우려 했다. 차이의 '이음'은 '중립'(「완충지대」, 「껍데기는 가라」)이라는 기표를 통해 나타난다. 그는 부정의 세계인 차수성의 세계를 완전히 부정하지 않았다. 긍정의 세계를 가는 과정에서 차수성의 세계를 통과한다.

> 땅에 누워있는 씨앗의 마음은 원수성 세계이다. 무성한 가지 끝마다 열린 잎의 세계는 차수성 세계이고 열매 여물어 땅에 쏟아져 돌아오는 씨앗의 마음은 귀수성 세계이다.
> 봄, 여름, 가을이 있고 유년 장년 노년이 있듯이 인종에게도 태허(太虛) 다음의 봄의 세계가 있었을 것이고, 여름의 무성이 있었을 것이고 가을의 귀의(歸衣)가 있을 것이다. 시도와 기교를 모르던 우리들의 원수

---

20) "제유(提喩, synecdoche)와 환유(換喩, metonymy)는 어떤 사물의 부분이나 성질로 그 사물을 나타내는 대유법(代喩法)이다. 제유와 환유는 둘 모두 보조관념만 나타나 있고 원관념이 숨어 있다는 점에서 상징과 유사한 속성을 지니고 있다. 상징과 다른 점이 있다면 숨어 있는 원관념을 쉽게 알 수 있고, 상징과 달리 원관념이 여럿일 수가 없다는 점이다. 즉, 상징의 원관념과 보조관념이 다수(多數) : 1이라면, 제유와 환유는 1 : 1의 관계다(오규원, 『현대시작법』, 문학과지성사, 1990, 309~314면).

세계가 있었고 좌충우돌; 아래로 위로 날뛰면서 번식번성하여 극성 부
리던 차수세계가 있었을 것이고, 바람 잠자는 석양의 노정(老情) 귀수세
계가 있을 것이다.

—신동엽, 「시인정신론」, 『전집』, 362면

신동엽은 원수성, 차수성, 귀수성 세계의 독자성을 주목하면서, 차수
성 세계를 거치는 도정에서 "인간의 모든 원초적 가능성과 귀수적 가능
성을 한 몸에 지닌 전경인(윗글, 362면)"이 등장한다고 쓰고 있다. 여기서
우리는 이항대립의 차이를 잇는 '이음의 철학'을 발견한다. 이렇게 차수
성은 귀수성으로 가기 위한 길에 '중립'이 있다. 그런데 중립을 통해 귀
수성으로 가는 도상에서 우리는 신동엽의 이항대립적 인식을 통과해야
한다.

문제는 이 이항대립을 신선한 변주없이 반복해 쓰면 매너리즘이 발생
한다는 것이고, 그러나 바로 그 때문에 그의 시는 강렬한 선명성이 느
껴진다. 가령 "제주에서 두만까지"(「주린 땅의 지도원리」), "한라에서 백두
까지"(「껍데기는 가라」) 같은 표현은 그가 만들어낸 강력한 선명성이 있
지만, 그 자신이 상투화시킨 단점이 있다. 결국 그의 단점인 매너리즘이
장점인 선명성이 되는 아이러니를 신동엽의 시 언어에서 볼 수 있다.

5. 임화와 신동엽—결론

신동엽의 『아사녀』연구를 통해서 몇 가지를 확인할 수 있었다.

첫째, 『전집』과 비교하여 원전 확정 작업을 하면서, 『전집』에서 수정

되어야 할 사항을 지적했다. 나아가 원전 확정 과정에서 우리는 신동엽의 시창작 과정을 추론할 수 있었다.

둘째, 『아사녀』의 짜임을 검토하면서, 그가 「진달래 산천」을 통해 조국의 비참한 상황을 증언하고, 「풍경」을 통해 그 비극을 세계적 포스트식민주의로 확산시키고, 마지막 장시를 통해 '전경인의 세계'로 시집으로 마무리 하고 있음을 보았다. 이러한 포스트식민주의를 강조하기 위해 '낙지발'이라는 상징이 쓰이고 있음을 보았다.

셋째, 『아사녀』의 언어를 조사하면서, 긍정 / 부정이 대립하는 이항대립을 보았다. 부정에 대한 극적인 선포는 4년 이후인 1968년 「껍데기는 가라」와 서사시 『금강』에서 형상화된다. 그런데 그 이항대립은 '차이'를 드러내는 것이 목표가 아니라, 차이를 잇는 '이음'이 중요하다. 그 이음의 기표는 '중립'(「껍데기는 가라」)이라는 단어로 표기된다.

글을 맺으면서 한국현대시사 100년에 기록된 두 시인을 비교해본다. 45세에 비극적 운명을 한 시인 임화와 39세에 간암으로 세상을 떠난 시인 신동엽이다.

살아 있을 때, 두 시인 모두 일류시인으로 평가받았다. 프로 시인의 대표적인 임화는 단편서사시의 시인으로 호명되었다. 신동엽의 『아사녀』 출판기념회의 초대장(사진)을 보면, 그가 얼마나 문단의 관심을 갖고 있었는지 볼 수 있다. 정한모, 현재훈, 이봉승, 차범석, 노문, 신동문 등 문단인사들이 초대인으로 함께 했다. 장례식 때도 김동리, 박두진 등이 함께 했다.

두 사람 모두 식민지에서 태어났다. 임화는 포스트 식민주의의 아픔을 '현해탄'21)에서 풀었고, 신동엽은 의정부 술집에서 시작하여 지중해,

『아사녀』 출판기념회 초대장

러시아, 이스라엘, 도쿄 같은 '전세계'(「풍경」)를 보고 있었다. 임화에게 포스트 식민지의 적은 아메리카였지만, 소련은 아니었다. 반면에 신동엽에게 포스트 식민지의 적은 미국은 물론이고 소련, 일본이 모두 포함되었다.

시인 임화는 미제국주의의 간첩이라는 혐의로 죽고, 시인 신동엽은 한국전쟁 때 제2국민병으로 전쟁에 참여했다가 비극적인 '국민방위군 사건'을 경험하고, 이때 집으로 돌아오는 길에 낙동강에서 날게를 먹고, 죽음의 원인이 된 간디스토마와 폐디스토마에 감염되었다. 두 사람 모두 식민주의의 굴곡 아래 희생되었다.

그런데 신동엽의 이런 생각에는 임화라는 거대한 인물이 있었기에 가능했을 것이다. 신동엽뿐만 아니라 김수영 문학에서 나타나는 임화의 영향은 다음 기회에 연구할 과제로 남긴다. 임화의 단편서사시가 있었기에, 그 구비적 상상력은 시인 오장환을 거쳐, "열매 여물어 땅에 쏟아져 돌아오는 씨앗의 마음"이라는 '귀수성 세계'를 통과하여, 동학농민전쟁을 '현재화(顯在化)'하는 서사시 『금강』(1967)이 완성되었을 것이다. 그 사이에 바로 시집 『아사녀』라는 주목받지 못했으나 빼놓을 수 없는 문학적 실험이 있었던 것이다.

출전 :『민족문화논총』제43집, 영남대학교 민족문화연구소, 2009. 12. 30.

---

21) 김응교, 「임화와 일본 나프의 시」,『한국근대시와 임화』, 제2회 임화문학 심포지엄 자료집, 2009. 10. 16, 86면.

신동엽 시의 서정 양상**

1. 머리말

신동엽은 1959년 『조선일보』 신춘문예에 「이야기하는 쟁기꾼의 대지」로 등단하여 1969년 4월 7일 사망하기까지 80여 편의 시를 남겼다. 그는 40년의 길지 않은 생을 살면서 한국현대사가 직면한 역사적 질곡을 시를 통해 극명하게 표현한 시인으로 평가받고 있다. 특히 지식인으로서의 양심과 역사 인식을 소유한 '참여 시인',1) 또는 '민족 시인'2)으로

---

 * 양은창 / 단국대학교 한국어문학과 부교수
** 이 연구는 2004학년도 단국대학교 대학연구비의 지원으로 연구되었음.

1) 조동일, 「시와 현실 참여 – 참여파의 시적 가능성」, 『52인 시집』 현대한국문학전집』
   18권, 신구문화사, 1967, 453~461면.
   윤여탁 · 오성호 · 하정일 외, 『한국현대문학의 이해』, 태학사, 1994, 75면.

평가 받고 있다. 여기에서 신동엽에게 그림자처럼 따라붙는 '참여 시인'은 정치적인 이데올로기와 관련된 시 성격을 대변한 것이며, '민족 시인'은 신동엽의 시가 민족의 역사적 상황을 전통적인 정서로 형상화시켰다는 견해에서 기인한 것이다. 이러한 두 가지의 견해는 궁극적으로 변별성을 지녔다기보다 민중시로 보려는 시각이나[3] '참여시의 극치'[4]라는 평가와 동일한 관점에서 이해된다.

그러나 한편에서는 민족적인 정서와 관련하여 전통적인 시인에 가깝다고 평가되기도 한다. 이는 대부분 소월의 민요적인 운율과 육사의 지사적인 어조를 계승한다는 측면에서 보는 시각이다. 즉, 민족적인 정서와 부합한 결과 50년대 모더니즘의 세례 속에서도 새로운 풍조에 휩쓸리지 않고 전통적인 맥을 유지했다는 평가[5]가 그것이다. 그 결과 역사적 현실 인식이나 세계관의 궁극적인 목적을 지향하는 관점이 긍정적이라는 데 비해 신동엽이 추구하는 역사주의적 세계관은 탈역사주의적 시간관에 불과하므로 진보적인 연결 고리가 결핍되어 있다는 부정적인 평가[6]를 동시에 지니고 있다. 이것은 현대 사회의 분업적인 과정이 곧 진보라는 마르크스주의의 견해와는 달리 전통 회귀의 목표를 지향한다는

2) 채광석, 「민족시인 신동엽」, 염무웅·백낙청 편, 『한국문학의 현단계 Ⅲ』, 창작과비평사, 1984, 224면 참고.
   박수연, 「신동엽 문학과 민족 형이상학」, 『어문연구』 38집, 어문연구학회, 2002. 380면 참고.
3) 이승훈, 『한국현대시론사』, 고려원, 1993, 261면.
   반면에 강은교는 「신동엽 연구 2」, 『국어국문학』 13집, 동아대학교 국어국문학과, 1994에서 일련의 시들은 모더니즘의 기법이라 주장한다.
4) 조동일, 앞의 책, 454~458면.
5) 김수영, 「참여시의 정리」, 『창작과비평』, 창작과비평사, 1967 겨울호. 참고.
6) 이승훈, 위의 책, 264~266면.

역사 순응주의가 부정적인 견해의 중심을 이루고 있음을 알 수 있다. 또한 역사에 대한 과학적인 이해가 결핍되어 있으며, 신화주의에 집착한 결과 소박한 문명주의로 회귀하려는 나약한 순응주의자라고 평가함으로써 민족 시인이나 민중시로 규정한 기존의 평가에 대하여 재검토를 요구하기에 이른다.

그러나 이념의 양단을 중심으로 전개되던 평가는 작품의 내면적인 의미를 추적하는 연구로 전환되면서 시의 정서와 사상적인 깊이를 추구하는 연구로 이어졌다.[7] 이러한 일련의 작업은 신동엽의 시가 역사적 현실을 바탕으로 이해되기보다 작품이 지닌 수사나 구조론적 영역에서 이해되어야 한다는 시각이다. 특히 김창완은 신동엽 시의 형식적 측면을 시어, 소재, 어조, 율격, 행의 특성, 이미저리 등으로 구분하고 그 각각의 의미를 원수성(原數性)의 세계와 차수성(次數性)의 세계, 그리고 귀수성(歸數性)의 세계로 전환하려는 의식의 표출이라는 결과를 제시함으로써 신동엽 연구에 새로운 장을 제시하였다.

이와 같은 논의들을 고려할 때, 신동엽의 시에 대한 평가는 보편적으로 역사적 상황이나 민족 의식을 기저에 두고 진행되어 왔음을 알 수 있다. 텍스트에 대한 접근이 역사 현실이라는 외부적 요소이든 형식을 중심으로 이루어지는 내부의 요소이든 모두 현실과 시인의 관계를 염두에 두고 진행되었기 때문이다. 이것은 신동엽의 시가 지닌 현실 참여적인 성격과 무관하지 않다. 어느 시대이건 시인이란, 적이 분명하게 존재

---

7) 김창완, 『신동엽 시 연구』, 한남대 박사논문, 1994.
　김홍수, 「신동엽 시의 담화론적 해석」, 『문학과 언어의 만남』, 신구문화사, 1996.
　김영철, 「신동엽 시의 상상력 구조」, 『우리말글』 16집, 우리말글학회, 1998.

하는 경우 지식인의 양심을 걸고 적대시되는 대상과 싸워야 하는 당위성이 존재한다. 문제는 문학 텍스트가 무엇을 위한 목적론으로 일관한다면 문학 그 자체인 존재론적 가치가 훼손될 수 있는 가능성이 개재한다. 역사가 무엇을 위한 역사로 해석되는 한 그 역사는 이데올로기의 도구로 전락될 가능성이 있기 때문이다.[8] 신동엽 시의 연구에서 간과할 수 없는 문제도 여기에 있다. 역사와 현실을 고려한 연구가 그릇된 주장은 아니다. 앞서 언급한 바대로 현실과 분리시켜 연구를 진행하려는 의도 역시 신동엽의 시가 지닌 특성을 고려한 결과이며 신동엽 시 전체를 이해하려는 노력이기 때문이다.

이 글은 이러한 문제점을 인식하고 신동엽의 현실 참여적인 시각에서 야기된 문제점을 기점으로 출발한다. 신동엽의 내부에 개재된 '완고한 반동성'[9]은 신동엽에게 씌워진 민중 시인이나 참여 시인이란 일관된 평가에서 벗어날 수 있는 새로운 해석의 가능성을 열어주기 때문이다. 그

---

8) 강신표 편, 「레비스트로스와의 대담」, 『레비스트로스의 인류학과 한국학』, 한국정신문화연구원, 1983, 237면.
9) 이동하, 『한국문학과 인간 해방의 정신』, 푸른사상사, 2003, 299면.
"그리고 '민중 해방을 위해 투쟁하는 문학'의 중요한 선구자 가운데 하나로 공인되어 있다시피 한 신동엽의 내부에 이처럼 완고한 반동성이 도사리고 있다는 사실은, 그의 관념적 역사 인식에 내재된 문제점이나 그가 농본주의적 사고를 일말의 회의도 없이 고수하였다는 사실에서 전달되는 보수적인 인상 등과 아울러서 생각해 보면, 그의 문학이 과연 역사의 진보에 얼마만큼 기여할 수 있을 것인가에 대한 새삼스런 질문을 불가피하게 한다. 물론 그가 외세에 대한 비판의식을 다른 누구보다 일찍이 그리고 날카롭게 보여준 점이라든지 냉전 사고를 탁월하게 극복한 점 등은 나도 높이 평가하지만 그러한 긍정적인 측면들에 대한 강조가 곧 분명히 눈에 띄는 문제점을 간과해버리는 태도로 연결되어서는 안 될 것이다."

리고 『금강』을 비롯한 서정시적 요소[10]나 단순한 개인감정의 서정성을 이어 놓은 시라는 평가[11]는 신동엽의 시가 서정성과 관련될 수 있는 가능성을 시사하기 때문이다. 따라서 이 글은 신동엽의 시에 나타난 서정성의 양상을 살펴봄으로써 신동엽 시가 지닌 구체적인 서정성의 성격을 규명하는 데 있다.

신동엽의 시에 나타난 서정성의 양상을 살펴보기 위해서는 무엇보다 서정성이나 서정시에 대한 정의가 우선된다. 그러나 서정시에 대한 개념 규정은 매우 포괄적이다. 우선 슈타이거(Emile Staiger)가 말하는 '서정적 극'이나 '서사적 극'이란 용어 사용에서 알 수 있는 바와 같이 '서정'이라는 용어가 장르를 넘나들 수 있으며, 기야르(Albert Guérard) 역시 시, 서사, 극 모두가 서정, 서사, 극의 영역에 포괄될 수 있다고 보았기 때문이다.[12] 그리고 서정성이나 서정시에 대한 개념 규정의 의미를 좁혀 보면 "서사시가 인간의 외부 세계를 객관적으로 드러내는데 비하여 서정시는 특수화한 개인들의 내부 세계를 주관적으로 드러내는 수단"[13]이라는 헤겔의 주장이나, 서정시의 본질이 인간 정신의 내면화나 노래, 그

---

10) 김우창, 「신동엽의 『금강』에 대하여」, 『창작과비평』, 창작과비평사, 1968 봄호, 참고.
11) 김주연, 「시에서의 참여 문제」, 『상황과 인간』, 박우사, 1959, 58면.
12) Paul Hernadi, Beyond Genre, 김순오 역, 『장르론』, 문장사, 1985, 76면.
    이와 맥을 같이하여 오세영은 서정시에 대한 개념 자체가 20세기에 등장한 실험시나 전위시와 구분하기 위한 것이었기 때문에 현대시는 서정시가 아니라는 편견에 사로잡혀 있다고 주장한다. 그러므로 오늘날의 모든 시는 본질적으로 고대의 서정시에 바탕을 둔 서정시라 주장한다. 오세영, 『문학과 그 이해』, 국학자료원, 2003, 349~354면 참고.
13) Paul Hernadi, Beyond Genre, 위의 책, 105면.

리고 직설적인 표현이라는 자이들러(H. Seidler) 주장은 주관성과 음악성을 기저로 정의하고 있음을 알 수 있다. 여기에서 말하는 음악적인 특징이나 주관성은 세계와 자아가 자기표현의 정조를 자극하여 서로 융합하고 상호 침투하는 것[14]으로, 객관적인 세계를 떠나 주체인 독자나 시인 자신에게 인식되는 과정을 뜻한다. 그리고 자기 인식의 과정이 주관적인 내면화를 이루고 대상에 대한 주체의 인식이 동화될 때 서정성은 확보될 수 있다고 설명한다. 그러나 이와 같은 설명에도 불구하고 서정성에 대한 의미 규정은 명확하지 않다. 시라는 장르가 으레 서정성이라는 특성을 본질로 한다는 것은 서정성이 그만큼 포괄적이고 광범위한 성격이라는 것을 설명하기 때문이다.[15] 따라서 이 글은 서정성에 대한 정의를 구하기보다 이미 일반적으로 알려진 서정적인 요소를 대입하여 신동엽의 시가 지닌 서정적인 면모를 추출해 보고자 한다. 특히 서정시 규정의 고전적인 개념인 슈타이거의 논의[16]에서 출발하여 보편적으로

---

14) 윤여탁, 『시의 논리와 서정시의 역사』, 태학사, 1995, 108면.
15) 한영옥, 『한국현대시의 의식 탐구』, 새미, 1999, 14면.
16) 김동근, 『서정시의 기호와 담론』, 국학자료원, 2001, 40~41면.
　　여기에서 저자는 슈타이거의 서정시에 대한 개념을 아홉 가지로 정리한다.
　　첫째, 서정시의 세계는 시인 자신에게만 고유하게 내재하는 개성적인 세계이다.
　　둘째, 서정시는 독자의 반응을 전제하지 않은 무목적의 시이다.
　　셋째, 서정시의 세계는 고독의 공간이다.
　　넷째, 서정시는 정조의 표출로 이어지고, 그 정조는 통일의 상태를 지향한다.
　　다섯째, 서정시는 회상의 상태, 곧 융화의 상태를 지향한다.
　　여섯째, 서정시의 가장 큰 의의는 음악성에 있다.
　　일곱째, 서정시는 논리와 문법의 차원을 초월한다.
　　여덟째, 서정시가 행할 수 있는 실질적인 것은 아무것도 없다.
　　아홉째, 서정시는 정조를 표출하기 때문에 그 길이가 짧다.

받아들여지는 '주관적인 정서'나 '운율의 효용'과 같은 조건에 한정하여 다루고자 한다. 이후의 주된 논의 역시 신동엽의 시가 지닌 외형적인 조건들과 서정성과의 관계를 밝힌 후 주정적인 세계 인식으로서의 서정적인 면모를 다루고자 한다. 이어 탈이념적인 서정시의 면모를 통해 신동엽의 시가 참여시로서의 성격뿐만이 아니라 서정시로서의 위상을 획득할 수 있는 과정까지 논의를 확대하여 전개하고자 한다.

2. 반서정과 서정 형식으로서의 외형들

신동엽 시의 특징은 담화론적 형식이며,[17] 의사 소통이 직접적으로 일어나는 상호텍스트성이 중심을 이룬다. 이것은 신동엽의 시에서 볼 수 있는 서사적, 서술적인 성격과 관련된 평가로 풀이된다. 여기에서 구체적인 역사상황을 소재로 사용한다는 점은 서술적 담화 형식과 결합하여 신동엽의 시가 산문 형식을 드러내거나 현실을 고발하는 참여시 성격을 드러내는 데에 중요한 요소로 작용한다. 그리고 신동엽의 시가 담화론적 요소와 가깝다는 사실은 전체 시가 보여주는 외형적인 요소인 시제에서도 쉽게 확인할 수 있다. 즉, 명사형의 시제보다 구나 절의 형식을 지닌 시제가 많기 때문이다.

명사형의 시제는 창작의 기법에서 사물을 제재로 설정하는 경우가 일반적이다. 시제가 곧 제재인 대부분의 경우를 고려한다면 시제나 제재

---

17) 김홍수, 앞의 책, 857면. 대표적으로 「이야기하는 쟁기꾼의 대지」, 「아사녀를 울리는 祝鼓」, 「주린 땅의 지도 원리」, 『금강』을 들고 있다.

가 사물을 지칭하는 명사형이었을 때, 시에서의 쓰임은 객관적 상관물의 형태로 성립되며, 사물에 대한 이해나 비유를 통해 시적 자아가 지시하는 의미를 산출하는 방법으로 전개된다. 이러한 시작법은 사물에 대한 이면적인 의미를 발견하거나 은유적인 수법으로 사물의 특성과 시인이 의도하는 메시지를 결합시켜 전달하려는 목적이 있다.

> 늘메미 울음같은/ 아사녀의 봄은/ 말없이 고개 숙이고 지나만 가는데.// 東學이여, 東學이여./ 錦江의 억울한 흐름 앞에/ 목 터진, 정신이여/ 때는 아직도 미처 못다 익었나본데.// 小白으로 갈거나/ 四月이 오기 전,/ 야산으로 갈거나/ 그날이 오기 전, 가서/ 꽃槍이나 깎아보며 살거나.//

—「삼월」 중에서

> 풀밭/ 부러진 허리 껴 건지다 보면/ 밑둥 긴 瀑布처럼/ 역사는 철 철 흘러가 버린다.// 피 다순 쭉지 잡고/ 너의 눈동자, 嶺 넘으면/ 緩衝地帶는,/ 바심하기 좋은 이슬 젖은 안 마당.// 고동치는 젖가슴 뿌리세우고/ 치솟은 森林 거니노라면/ 硝煙 걷힌 밭두덕가/풍장 울려라.//

—「완충지대(緩衝地帶)」 중에서

위의 시에서 시제 '삼월'은 '봄'과 '희망'이란 의미론적 차원으로 연결된다. 삼월의 시공간적인 배경인 '꽃'은 '동학'과 '소백'이라는 구체적인 역사 배경이나 지명과 결합되어 비극적인 의미로 전환된다. 따라서 삼월→꽃→소백(야산)→동학의 의미 관계망을 형성하게 되는데, 이 때의 삼월이라는 시간적인 배경은 사월과 결합하여 역사적인 의미망을 형성하기 때문에 '삼월'이란 시어는 명사가 지칭하는 지시적인 의미를 떠나 비극적인 의미를 재생산하게 된다.

「완충지대」역시 "부러진 허리"나 "초연 걷힌 밭두덕가"에서 확인할 수 있는 바와 같이 시공간상에서의 비극성을 의미한다. 그런데 시적 자아는 '완충지대'가 팽팽한 긴장을 가져오는 공간이 아니라 오히려 긴장을 와해시키는 과정으로 그려냄으로써 이질적인 비극의 역사를 극복하려는 의미로 전환시킨다. 그러므로 '완충지대'라는 명사적 의미의 대상은 재해석되어 시인 자신이 지닌 독자적인 세계관을 형성한다.

이처럼 명사형의 시제는 은유적인 의미를 구성하는 것이 보편적이다. 그런데 은유는 지시하는 대상과 지시된 대상 사이의 관련성이 어떻게 성립하느냐에 따라 그 성격이 달라진다. 즉, 지시된 대상이 독자들에게 뜻밖의 결과를 제시하게 되면 신선한 감각을 불러일으키게 된다. 그 이유는 소재에 대한 시인의 개성적인 해석이 독자들에게 익숙하게 전달되지 않고 새로운 효과를 불러일으키면 더욱 효과적으로 전달되기 때문이다. 이것은 독자들에게 대상이 지닌 정보를 신선하게 전달하고 흥미를 끌기 위해 구사되는 충격요법에 해당된다.[18]

그러나 신동엽의 시에서 명사형의 단일 어휘 시제가 소재나 제재를 취하는 경우 파격적인 은유망을 형성하지 않는다. 즉, 위의 시편에서 볼 수 있는 것처럼 역사적인 상황이나 비극을 전달하는데 있어 파격적인 은유를 사용하지 않고 보편적인 상상력만으로도 의미상의 유추가 가능한 표현을 구사한다. 따라서 신동엽의 시는 낯설거나 생소한 시각을 통해 자신의 의도를 표현하지 않음을 알 수 있다.

---

18) Raman Selden, *A reader's guide to comtemporary literary theory*, New York, Harvester Wheatsheaf, Fourth ed., 1989, p.33.

감정은 언제나 표현수단인 물질적인 형식이나 감각들을 자극할 수 있
는 형식을 구하고 있다는 점[19]을 상기한다면 신동엽의 시는 사물에 대
한 보편적인 해석을 통해 감정을 전달하는 것으로 이해할 수 있다. 그
러므로 특별한 해석이나 감각적인 이미지 전환을 하지 않음으로써 다양
한 해석이 가져오는 모호함에 빠지지 않는다. 또한 신동엽의 시에서 단
일 명사형으로 제시되는 제재는 시인이 갖는 독특한 세계나 감정을 전
달하는 것이 아니라 이미 그렇게 되어 있다는 전제 아래, 쉬운 의미를
대입하여 제시한다. 이때, 시공간적인 배경으로 등장하는 실제의 역사적
사실은 '낯설게 하기' 기법을 방해하는 요인이 된다. 익숙하게 잘 알려
진 사실들을 중심으로 전개되기 때문에 충격적인 의미를 제시하지 못하
기 때문이다. 그렇다면 신동엽의 시는 새로운 기법을 실험하거나 형식
적인 파괴를 구사하지 않는 성격을 드러내는 것이다. 그러나 무엇보다
도 시제가 은유나 상징을 배제하고 대상에 대한 설명의 기능만 수행한
다면 반서정적인 외형을 지니고 있음을 뜻한다.[20] 신동엽 시에서 설정
된 시제는 대상을 인식하고 설명하는 과정에 가깝기 때문에 서정적인
조건과 멀다는 것을 알 수 있다.

　지금까지 신동엽의 시에서 단일명사형의 시제가 지닌 특성을 거론했

---

19) 칸딘스키, 권영필 역, 『예술에 있어서의 정신적인 것에 대하여』, 열화당, 1979,
　　18면.
20) 디이터 람핑, 장영태 역, 『서정시 : 이론과 역사』, 문학과지성사, 1994, 228~229면.
　　람핑은 19세기말 독일시의 서정시를 논의하는 과정에서 현대 서정시의 중요한
　　조건으로 은유적 '낯설게하기' 기법을 들고 있으며, 현대 서정시는 추상성에서
　　벗어나거나 체험시의 전통, 그리고 운율적으로 규제를 받고 있는 서정시의 전통
　　에서 벗어나 다다이즘 계열과도 통합될 수 있음을 피력한다.

지만 정작 신동엽 시에 설정된 대부분의 시제는 구와 절의 형식을 지니고 있다.21) 구와 절의 시제 형식은 명사형의 단일 시제와는 창작기법이 다르다. 구와 절의 시제 형식은 보편적으로 특정한 상황을 제시하거나 설명하는 태도를 취한다. 그러므로 구와 절의 시제 형식은 명사형의 단일형 시제보다 시에서 설정된 상황이 구체적으로 드러나기 마련이다. 그만큼 독자들은 구와 절이 활용된 시제에서 구체적으로 상황이 제시되어 있기 때문에 시적 자아가 전달하려는 의도를 쉽게 파악할 수 있다.

/물방게처럼/ 한 때는 서귀포 밖/ 한 때는 두만강 밖/ 거기서 제각기 바깥 하늘 향해/ 총칼을 내 던져 버리데//

—「술을 많이 마시고 잔 어제밤은」 중에서

//흙에서 나와/ 흙에로 돌아가며,/ 永遠回歸 운운 이야기는 없어도/ 햇빛을 서로 누려 번갈아 태어 나고./ 자넨 저 만큼,/ 이넨 이 만큼,/ 서로

---

21) 『신동엽 전집』(창작과 비평사, 1985)에 수록된 전체 71편의 시제 형식은 다음과 같다.

구분	제목	비율
문장 형식 시제	진달래 산천/새로 열리는 땅/향아/싱싱한 동자를 위하여/그 가을/힘이 있거든 그리로 가세요/내 고향은 아니었었네/아사녀를 울리는 축고/나의 나/이곳은/별 밭에/너는 모르리라/아니오/빛나는 눈동자/미쳤던/눈 날리는 날/산에 언덕에/주린 땅의 지도 원리/기계야/진이의 체온/응/4월은 갈아 엎는 달/산에도 분수를/담배 연기처럼/껍데기는 가라/창가에서/봄은/달이 뜨거든/수운이 말하기를/술을 많이 마시고 잔 어제밤은/어름 이야기/그 사람에게/누가 하늘을 보았다 하는가/좋은 언어/마려운 사람들/봄의 소식/너에게/만지(蠻地)의 음악/단풍아 산천/노래하고 있었다/밤은 길지라도 우리 내일은 이길 것이다/새해 새 아침을/왜 쏘아/어느 해의 유언/오월의 눈동자/이야기하는 쟁기꾼의 대지/여자의 삶/그 입술에 파인 그늘	48(68%)
단일 명사형 시제	강/고향/금강/둥구나무/발/불바다/산문시1/살덩이/삼월/아사녀/여름고개/영(影)/완충지대/원추리/정본문화사대계/조국/종로5가/초가을/풍경/보리밭/서울/권투선수/산사(山死)	23(32%)

이물을 두어/ 땅 위에 눕고/ 사람과 사람과의/ 중복됨이 없이,/ 흙에서
솟아/ 흙으로 흩어져 돌아갔을,//

—「이야기하는 쟁기꾼의 대지」 중에서

위에서 「술을 많이 마시고 잔 어제밤은」은 한반도의 역사적인 공간
을 서사적으로 그려내고 있다. 술을 많이 마시고 잠을 자다 꿈을 꾸었
는데, 나비를 타고 하늘을 날아 아름다운 아시아 반도를 보았으나 개성
과 금강산에 이르는 폭 십리의 완충지대에는 권력이 미치지 않는 지역
으로, 이 지역이 점점 팽창되어 한반도 전체를 완충지대로 만드는 허망
하게 우스운 꿈을 꾸었다는 내용이다. 그리고 「이야기하는 쟁기꾼의 대
지」 제4화에서도 '이야기' 자체가 지닌 서사적 진술을 토대로 토속적이
고 평화로운 마을을 갈라놓은 세력에 대한 상황을 서사적으로 제시하고
있다. 따라서 같은 시대 참여 시인인 김수영의 시제[22]와 비교할 때 구
나 절을 사용하는 시제의 양이 많음을 알 수 있다. 구와 절의 형식을
지닌 시제가 상대적으로 많다는 사실은 앞의 표에서 알 수 있는 바와
같이 신동엽의 시가 이야기성에 닿아 있음을 증명한다. 물론 몇몇의 시
편에서 볼 수 있는 "현실의 비극을 짧은 시행과 연으로 형상화 하는
것"[23]을 감안하더라도 본질적으로 서사성과 결부된다는 사실을 짐작할
수 있다.

---

22) 김수영의 『김수영 전집 1』에 수록된 시를 참고하면, 단일 명사형의 시제가 107
편이며, 구나 절의 형식은 69편으로 신동엽과 비교하면 외형상의 수치가 상대적
인 성격임을 알 수 있다. 이것은 같은 성격으로 파악되는 시인이라 할지라도 창
작 기법의 양상이 다름을 짐작할 수 있다.
23) 윤여탁, 앞의 책, 102면.

신동엽 시의 시제가 모든 시의 특성을 대변한다고는 단정할 수 없다. 그러나 신동엽의 시는 서사적인 진술을 통해 시적 자아의 의도를 전하고 있음을 알 수 있다. 그런데 서사성은 서정적인 조건과 상반되는 면을 지니고 있다. 이 글이 주목하고 관심을 지니는 부분도 이와 같이 반서정적인 조건에서도 서정적인 성격을 갖는다는 데 있으며, 서사적인 조건이 배제될 경우 더욱 짙은 서정적인 경향을 드러내는 데 있다.

앞의 「이야기하는 쟁기꾼의 대지」 제4화에서 볼 수 있는 바와 같이 반복성과 음수율의 호응은 서정적인 성격을 형성하는 필수적인 요인 중에 하나이다. 동일한 형식의 반복은 아닐지라도 "흙에서 나와 흙으로 돌아가며", "자녠 저 만큼 이녠 이 만큼", "흙에서 솟아, 흙으로 흩어져 돌아갔을"은 서정적 운문의 기능이 단어와 음악성과의 통일에서 이루어진다는 사실을 고려할 때,[24] 운율의 기초적인 조건인 반복성을 보여준다는 점에서 서정적인 성격을 엿볼 수 있다. 따라서 신동엽 시의 한 단면을 이루는 것이 운율이라면 서정성과 결부될 수 있음을 시사한다. 그러나 신동엽 시가 서정적인 성격을 지니고 있음에도 불구하고 반서정적으로 여겨지는 원인은 공적인 전언이 서정을 압도하기 때문이다.[25] 따라서 공적인 전언의 이면에 숨겨진 서정이나 공적인 전언이 배제된 시는 서정적인 성격이 더욱 짙게 드러나는 경향이 있다.

위와 같은 조건들을 고려할 때, 신동엽의 시에 설정된 단일 명사형 시제는 파격적인 은유망을 형성하지 않으며, 구나 절의 형식은 서사적인 상황을 제시하는 경향으로 이해할 수 있다. 이것은 시제만을 두고

24) E. 슈타이거, 이유영·오현일 역, 『시학의 근본개념』, 삼중당, 1978, 21면.
25) 김흥수, 앞의 책, 859면.

볼 때, 서정성을 드러내는 형식으로는 불리한 조건들을 지니고 있음을 뜻한다. 그럼에도 불구하고 신동엽의 시가 서정성을 획득하고 있다는 사실은 그만큼 신동엽 시의 본질이 서정성에 가깝다는 것을 설명하는 단서가 된다.

3. 전통 회귀의 주정적 세계 인식

서정(lyric)이라는 말은 음악에서의 악기를 암시한다. 서정시가 청각에 호소하는 형식[26]일 때, 신동엽의 시에서 운율의 성격을 추출할 수 있다면 서정시로서의 성격을 증명하는 것과 다름없다. 보편적인 서정시가 단행으로 짧은 시 형식을 지녔다면 산문시나 긴 행의 시는 자연히 서정시와 멀어지는 결과를 초래한다. 긴 시행은 리듬을 만드는 조건이 짧은 행보다 까다롭고 정서를 함축하여 표현하는 데 장애가 되기 때문이다. 그러므로 긴 행의 시나 산문시가 서정적인 조건에서 멀어져 있다는 것을 감안한다면 서술적인 형태의 시가 보여주는 서정적인 면은 신동엽 시의 성격을 새롭게 논의하는데 중요한 관건이 된다. 신동엽의 시가 서술적인 형식을 구사한다는 점은 긴 시행을 필요로 한다는 점에서 쉽게 짐작할 수 있다. 그런데 신동엽의 시가 서술적인 면모를 지니면서도 서정적인 정서를 드러낸다는 점은 주목을 끈다.

---

26) 노스럽 프라이, 「서정시에 대한 접근」, C. 호제크·P. 파크 엮음, 윤호병 역, 『서정시의 이론과 비평』, 현대미학사, 2003, 60면.

窓가에 서면 앞집 담 너머로 버들닢 푸르다. 뉘집 굴뚝에선가 저녁
짓는 연기 퍼져 오고, 이슬비는 온 종일 都市 위 절름거리고 있다. 夕刊
을 돌르는 少年은 지금쯤 어느 골목장이를 서둘고 있을까.

바람에 잘못 쫓긴 이슬방울 하나가 내 코 잔등에 와 앉는다. 부연 안
개 너머로 南山 전등 불빛이 빛무리져 보인다. 무얼 보내신 이가 있을
까. 그리고 무언 정말 땅으로만 가는 거일까. 정말 땅은 우리 모두의 열
반일까.

窓가에 서면 두부 한 모 사가지고 종종걸음 치는 아낙의 치맛자락이
나의 먼 時間속으로 묻힌다.

—「窓가에서」 전문

위의 「窓가에서」는 1차적으로 사물의 풍경들이 지닌 정보를 전달한
다. 즉, 보이는 모습 그대로 "석간을 돌르는 소년"이나, "안개 너머로 남
산 전등 불빛이 빛무리져 보이고", "두부 한 모를 사가지고 종종걸음 치
는 아낙"은 객관적인 사물의 풍경에 가깝다. 그러나 객관적인 대상들은
"일까", "있을까"와 같은 의문 부호들로 인해 객관성의 대상에서 멀어지
고, "먼 시간" 속에 묻히는 풍경에 이르면 주관적인 대상으로 전환된다.
여기에서 시적 자아는 논리적인 판단 또는 구체적인 정보나 사실을 전
달하려는 객관적인 목적보다 정서를 전달하는 목적으로 파악된다.

서정시의 본질이 시인이 동화되는 것, 즉, 회감(回感)이며,27) 이는 세계
나 대상에 대한 자아가 자기표현의 정조 속에 융화하고 침투되어서 대

---

27) E. 슈타이거, 앞의 책, 95~96면.

상에 대해 친밀한 유대 관계를 회복하고 대상이 내면화되는 것[28]이라면 위의 시는 회감을 통한 서정적인 면을 그대로 보여준다는 점에서 서정시적 특징을 그대로 수용한 예이다. 특히 산문시 형태를 지닌 시로서 외면의 풍경을 내면화 시키는 과정이 잘 드러난다. 즉, 창가에서 보는 바깥 풍경을 서정적으로 묘사하면서 시적 자아는 역사적 현실이나 현실 참여적인 실천성을 요구하지 않고 내면적인 감정을 조성하는데 기여하기 때문이다. 그리고 시적 자아를 과거의 시간 속으로 이끌어 상황에 대한 가치 판단을 요구하는 것이 아니라 대상과의 정서적인 합일만을 요구하는 것은 서정적인 주체의 심리가 동화시키기 위한 목적으로 성립한다는 것을 알 수 있다. 여기에서의 동화는 대상과 세계 또는 시적 자아와 독자와의 심리적인 거리 좁히기로 카타르시스와도 일맥상통한다.

시적 자아가 사물이나 대상과 친밀한 유대 관계를 형성한다면 서정적인 조건과 호응한다고 볼 수 있다. 시적 자아가 대상과 가깝게 위치한다는 것은 대상과의 합일을 통해 정서적인 반응을 요구하기 위함이다. 특히 그 대상에 대해 불합리한 인식을 일깨우지 않고 친근감을 표현하거나 대상을 보는 시각이 긍정적이라면 시적 자아와 독자는 정서적으로 가깝게 동화된다. 이것은 참여시가 독자로 하여금 불합리한 세계와 투쟁하고 새로운 인식을 이끌거나 논리적인 판단을 요구하여 그릇된 현실 세계를 인식시키는데 반해 서정시에서의 시적 자아는 주요 대상들을 회상하고 그 대상과 융화하는 과정만을 목적으로 하기 때문이다. 따라서 위의 시는 시적 자아와 독자 사이에 형성되는 정서적인 공감대를 목적

---

28) W. Kayser, 김윤섭 역, 『언어작품예술론』, 대방출판사, 1982, 521면.

으로 고즈넉한 풍경을 제시하고 이 풍경으로 하여금 독자들과 동일한 공감대를 형성시키려는 의도가 엿보인다. 단지 시적 자아의 감흥에 동화되는 독자의 심리적 태도 여부만이 문제가 될 뿐이다. 시적 자아의 정서적인 태도에 독자가 호응되는가 아니면 호응되지 않는가는 개인의 정서적인 조건이나 상황 등에 따라 다른 결과가 산출될 수 있다. 그러나 개인적인 조건에 따라 정서적인 반응의 결과가 다르다고 할지라도 신동엽의 시가 지닌 서정적인 조건 자체는 변함이 없다.

따라서 신동엽의 시에서 서술적인 긴 행의 시라 할지라도 서정성을 지니고 있음을 알 수 있다. 이러한 사실은 신동엽의 시는 형식을 막론하고 서정성을 본질로 지니고 있음을 뜻한다. 그러므로 산문시의 형태에서 드러나는 서정성을 고려할 때, 산문적인 형식이나 서사적인 형식의 시보다 짧은 행의 압축된 시 형식에서 서정시적인 성격이 더욱 짙게 드러날 가능성이 있다.[29]

> 그녀는 안다/ 이 서러운/ 가을/ 무엇하러/ 또 오는 것인가……// 기다리고 있었다/ 네모진 机上 앞/ 초가을 金風이/ 살며시/ 선보일 때,// 그녀의 등허리선/ 풀 멕인 광목 날/ 앉아있었다.// 아, 어느새/ 이 가을은/ 그녀의 마음 안/ 들여다보았는가.// 덜 여문 사람은/ 익어가는 때,/ 익은 사람은/ 서러워하는 때.// 그녀는 안다./ 이 빛나는/ 가을/ 무엇하러/ 半島의 지붕 밑, 또/ 오는 것인가……//
>
> ─「초가을」 전문

---

29) 짧은 시행으로 구성된 서정적인 경향의 시로는 「그 가을」, 「나의 나」, 「별 밭에」, 「아니오」, 「눈 날리던 날」, 「산에 언덕에」, 「미쳤던」, 「원추리」, 「초가을」, 「담배 연기처럼」, 「그 사람에게」, 「여름 고개」, 「너에게」, 「살덩이」가 있으며, 긴 행으로 구성된 서정적인 경향의 시로는, 「香아」, 「眞伊의 체온」, 「창가에서」를 들 수 있다.

일반적으로 단행인 시의 경우 압축과 생략 과정이 개입하게 되어 상황을 서술하기보다 정서적으로 함축된 어휘를 구사하게 된다. 이 과정에서 생겨나는 기법이 다의성이다. 소수의 어휘로 많은 의미를 포괄하기 위해서는 다의성을 지녀야하기 때문이다. 위의 시에서 암시하는 "빛나는 가을"은 개인적인 서정으로서의 가을을 의미하는 것이지만 "풀 멕인 광목날", "반도의 지붕"과 같은 의미를 고려할 때, 시대적인 상황에 놓인 공간적인 상황을 뜻하기도 한다. 즉, 김홍수의 지적대로 부정적인 상황에 대한 객관적인 역사 인식으로서의 '공적인 전언'인 셈이다. 그러나 이러한 '공적인 전언'만이 개재하는 것이 아니라 '사적인 전언'이 함께 개재되어 시어는 다의성을 지니게 된다. 구체적으로 적시하지 않은 사항은 개인의 주관적인 상황에 따라 해석되고 정서적으로 확대될 가능성이 짙어지기 때문이다. 그러므로 짧은 시행에서 오는 정서적인 반응일수록 주관적인 성격을 지니게 되어 서정적인 경향을 지닌다.

주관적인 정서를 전달하는 방법 역시 가을이라는 정서적 시간과 공간에 여성 주체를 대입하여 "익은 사람"이나 "서러워하는 때"라는 사적인 정서의 체험으로 이끌어 익은 사람이 서러워 한다는 역설법을 사용함으로써 확대시키는 방법을 취한다. 이 과정에서 "아"와 같은 감탄사를 구사함으로써 감정을 직설적으로 드러내는 정서의 과잉 상태를 조성하고 있음도 확인할 수 있다. 특히 이러한 감탄사는 "지나친 감정의 순간이나 영감을 받은 탈출의 순간으로부터 서사적인 요구를 벗어나는"30) 계

30) 매리 제이코부스, 「『서곡』에 나타나는 돈호법과 서정적인 목소리」, C. 호제크 · P. 파크 엮음, 윤호병 역, 앞의 책, 299면.

기를 마련한다는 점에서 서정성의 성격을 직접적으로 드러내는 계기가 된다. 그러나 무엇보다 이 시는 대상이 지닌 정보의 전달이 아니라 시적 자아가 경험한 주정적인 감흥을 전달하려는 의도가 엿보인다는 점에서 서정성을 획득하고 있다. 주정적 서정시는 모든 존재가 단절된 상태이기보다 서로 융화된 상태로 주체와 객체간의 내면화된 정서를 교감한다는 점에서 서정시의 핵심적인 내용을 포괄한다. 그러므로 신동엽의 시에서 볼 수 있는 이와 같은 서정시는 전통적인 서정시의 형태에 가깝다는 것을 알 수 있다. 그런데 주정적인 서정시는 음악의 상태를 지향하고 압축을 통한 운율을 구사하기 때문에 단형을 이루는 것이 일반적이다. 따라서 음악적인 성격은 주정적인 성격의 시를 판별하는 핵심적인 요소이다. 아래의 시는 신동엽의 시에서 주정적인 서정시의 성격을 잘 드러내는 예에 해당된다.

나 돌아가는 날
너는 와서 살아라

두고 가진 못할
차마 소중한 사람

나 돌아가는 날
너는 와서 살아라

묵은 순터
새 순 돋듯

허구 많은 自然中
너는 이 근처 와 살아라.

—「너에게」 전문

　위의 시는 반복적인 형식을 통하여 리듬을 살려내고 있다. 1연, 2연,
3연의 "너는 와서 살아라"는 반복적인 형식을 지니면서도 음수율의 형
식적 정형도 보여준다. 그리고 마지막 행인 "너는 이 근처 와 살아라"는
변형적인 형태로 리듬을 조성하면서도 형식적인 완결미를 겸한 종결부
로 볼 수 있다. 이러한 서정시에서의 반복은 동일한 단어들로 새로운
의미를 제시하는 것이라기보다 같은 정조를 다시 새기는 것이 목적이
며,31) 이 과정에서 논리성이 배제되는 특징이 있다. 서술적이고 객관적
인 진술은 압축과 생략이 생명인 운율과 서로 상치되기 때문이다. 즉,
"내가 돌아가는 날에 네가 와서 살아라"는 네가 와서 살아야 할 필연적
인 논리성이 존재하지 않는다. "돌아가는 날" 역시 '죽음'이나 '이별'을
암시하는 것인지 아니면 표언상의 단순한 '떠남'을 말하는지 분명하지
않다. 그러나 "이 근처에 와 살아라"에서 확인할 수 있는 바와 같이 인
접성을 통해 전해지는 '너'라는 주체에 대한 애정이나 소중함은 명료하
게 전달된다. 논리성을 이용한 이해가 아니라 주관적인 감정 전달만이
소중하게 다루어지고 있는 것이다.
　이와 같은 논리성의 배제는 문법적인 차원에서도 그대로 적용된다.
"차마 소중한 사람"에서 차마는 부정적인 어법에 쓰이는 부사로 소중한
사람과는 같이 쓸 수 없다. 그러나 시적 자아가 어찌할 수 없는 심정을

31) E. 슈타이거, 앞의 책, 45면.

강조하기 위한 수단으로 사용된 도치법의 표기 형태로 해석할 수 있다. 앞 행과 연결하여 "두고 가진 못할 차마 소중한 사람"은 "차마 두고 가진 못할 소중한 사람"으로 고쳐 써야 어법에 맞다. 여기에서 "차마"가 지닌 도치법의 기능은 '소중함'을 강조하기 위해 근접시킨 결과로 풀이된다. 그러므로 "차마"가 시적 자아의 심리적 상태를 강조하기 위해 도치시켰음을 고려한다면 주정적인 시의 성격을 조성하는 목적으로 이해할 수 있다. 이러한 비문법적인 요소는 "날씨는 머리칼 날리고/ 바람은 불었네/ 냇둑 전지에"[32]와 같은 시행에서도 발견된다. 따라서 문법을 어기는 원인은 정서적인 감흥을 전달하는 현상으로 이해할 수 있으며,[33] 문법적인 논리성보다 서정적인 정서 전달을 우선적으로 고려한 결과로 풀이된다.

그러나 무엇보다 정서를 조성하는 배경에 놓여 있는 전통 회귀적인 요소가 주목을 끈다. 신동엽의 시가 "역사 상황에 대처하는 현실 대안

---

32) "날씨는 머리칼 날리고/ 바람은 불었네./ 냇둑 戰地에.// 알밤이 익듯/ 여울 물 여물어/ 담배 연긴 들길에/ 떠 가도.// 걷고도 싶었네/ 청 하늘 높아가듯/ 가슴은 터져/ 들 건너 물 마을.// 바람은 머리칼 날리고/ 秋夕은 보였네/ 호박국 戰地에.// 뻐스는 오가도/ 콩밭 머리,/ 내리는 愛人은 없었네.// 그날은 빛났네/ 휘파람 함께/ 수수밭 울어도/ 遞夫 안 오는 마을에.// 노래는 떠 갔네, 깊은 들길/ 하늘가 사라졌네, 울픈 얼굴/ 하늘가 사라졌네/ 스무살 戰地에//"―「그 가을」 전문.
이 시에서 주목되는 문법상의 특질은 도치법이다. 시 전체가 도치 어법을 구사하면서도 서정성을 드러낸다는 점은 신동엽 시의 정서 형성에 도치 어법이 어느 정도 기여 하는 것으로 짐작된다.
33) 모든 서정적인 양식 현상은 첫째, 단어의 음악성과 의미의 통일성, 둘째, 반복구나 다른 유의 반복 현상, 셋째, 문법적 논리적 직관적인 연관성의 파기, 개별적으로 동일한 정조가 느껴지는 고독의 성향을 들고 있다. E. 슈타이거, 앞의 책, 82면.

과 미래 전망이 관념적이었다는 사실"³⁴⁾을 인정한다면, 신화의 차용이나 주정적인 서정의 세계와 직접적인 관련이 있음을 알 수 있다. 신동엽의 시가 전통적인 주정시에 맥이 닿아 있다는 사실은 서정시로서 위상을 지녔음을 의미한다. 신동엽 시의 본질적인 바탕이 전통적인 서정시의 토대에서 이루어졌다는 사실은 지금까지 신동엽을 평가한 참여 시인으로서의 성격과 배치된다. 이러한 서정시적 성격은 무엇보다 신동엽의 시가 지닌 이념적인 성격과 가장 첨예하게 상치된다. 그것은 서정시적 성격이 강하면 강할수록 신동엽 시의 탈이념적인 경향 역시 짙어지는 시관을 형성하기 때문이다.

4. 역전의 시관(詩觀)과 탈이념

지금까지 신동엽 시가 지닌 서정적인 면모를 통해 전통 회귀의 성격을 추출해 보았다. 참여 시인에게 서정시의 성격을 부여하는 작업은 조심스러울 수밖에 없다. 그러나 한 시인의 면모가 하나의 관점으로 이해된다면 목적론에 사로잡히게 될 우려가 있다. 따라서 신동엽이 서정 시인으로 인정되기 위해서는 탈이념의 관점으로 접근되었을 때 더욱 가시적인 결과를 얻을 수 있다. 물론 신동엽의 시에서 역사나 현실 참여 의식에 관계된 이념적인 요소를 모두 걷어낼 수는 없다.³⁵⁾ 그러나 첨예하

---

34) 김영철, 앞의 책, 349면.
35) 이형권, 『한국현대시의 이념과 서정』, 보고사, 1998, 320면 참고.
　　『금강』의 형식이나 내용상 서사시의 조건에 따른 부정적인 면과 긍정적인 면을 함께 지니고 있다는 점은 신동엽 시의 단면을 볼 수 있다. 즉, 치열한 역사주의

게 문제시되는 반역사주의적 시각을 설득력 있게 이끄는 요소는 서정성이다. 이러한 참여 시인에게서 엿볼 수 있는 탈이념의 서정시는 참여시로 엿볼 수 없는 새로운 측면을 제시한다는 데 의미가 있다.

산고개 가는 길에
개미는 집을 짓고
움막도 심심해라

풋보리 마을선
누더기 냄새
살구나무 마을선
시절 모를 졸음

산고개 가는 길엔
솔이라도 씹어야지
할멈이라도 반겨야지

—「여름 고개」 전문

위의 시는 향토적인 시골을 배경으로 전개되는 서정성이 농후한 작품이다. 여기에서 시적 자아는 대상인 자연과 합일되는 과정을 보여줌으로써 자연 친화적인 정서를 형성한다. 신동엽의 자연 친화적 정서는 문

적 관점이 성립하는가 하면 서정적인 경향이나 허구적인 인물 설정 등 객관성의 결여로 말미암아 서정시나 서술시로 보아야 한다는 상반된 관점이 존재한다. 저자는 이 두 관점에서 유연성을 보여 절충주의적 관점을 주장한다. 이는 신동엽 시의 성격이 참여적인 성격이면서도 아울러 서정시적 경향을 지니고 있음을 상기하게 된다.

명 비판과도 맥을 같이하여 전통으로 회귀하려는 성격을 드러내는 중요한 요인으로 작용한다. 또한 '자기 독백' 역시 서정시를 형성하는 핵심적인 개념36)으로 이해되는데, 독백의 내용이 특정한 타인에게 전달되기를 원한다기보다 자신의 독백을 통해 그 대상에게서 느낀 감흥을 토로하기 때문이다. 그리고 비판이나 가치 판단의 과정이 아닌 대상을 관조함으로써 얻을 수 있는 명상과 관련되기 때문에 시대 현실로부터 벗어나 탈이념적인 성격을 지니게 된다. 이러한 신동엽의 탈이념적인 성향은 산문 형식과 운문 형식이 혼합된 시에서도 찾아볼 수 있다.

신동엽 시의 형식 중에서 주목을 끄는 것은 산문 형식과 운문 형식이 결합된 시이다.37) 산문은 논리적인 서술에 맞는 형식이라고 볼 수 있다. 그런데 동일한 시편에서 두 가지의 형식이 혼재한다는 사실은 신동엽 시의 서사성이나 서정적인 성격을 고려하면 신동엽 시에 편재된 서정성의 성격이 광범위하다는 사실을 짐작할 수 있다.

> 싸락눈이 날리다 멎은 日曜日.
> 北漢山城길 돌 틈에 피어난
> 들 菊花 한 송일 구경하고 돌아오다가
> (…중략…)
> 나에게도 故鄕은 있었던가. 은실 금실 휘황한 明洞은 아니어도, 동지
> 만 지나면 해도 노루꼬리만큼씩 길어진다는데, 錦江 연안 양지쪽 흙마

---

36) W. R. Johnson, 『*The Idea of Lyric- Modes in Ancient and Modern Poetry*』, University of California Press, 1982, p.3. 존슨은 서정시를 1) 사상과 감정을 타인에게 진술하는 것, 2) 명상적인 시, 3) 대화나 극적 독백 및 직접적인 서술의 시로 구분하고 있다.

37) 혼합 형식의 작품으로는 「아사녀」, 「아사녀를 울리는 祝鼓」, 「眞伊의 체온」, 「이야기하는 쟁기꾼의 대지」, 「주린 땅의 지도원리」, 『금강』을 들 수 있다.

루에서 새 순 돋은 무우를 다듬고 계실 눈 어둔 어머님을 위해 이 歲暮
엔 무엇을 마련해 보아야 한단 말일까.

—「眞伊의 체온」 중에서

위의 시는 1연과 2연이 운문 형식으로 기술되다 3연에 이르면 산문
형식으로 전환된다. 운문과 산문을 혼합하여 사용하는 이유는 운문적인
특징과 산문적인 특징을 살려 쓰기 위한 방편으로 여겨진다. 즉, 시간의
설정에서 1연과 2연은 현재적 과거 시간이며, 이후 3연에서 6연까지는
과거를 회상하는 시점, 마지막 7연은 미래를 가정한 시점으로 진행된다.
이것은 과거나 미래의 사실에 대한 정황을 구체적으로 제시하기 위해
산문 형식을 구사한 것으로 볼 수 있다. 여기에서 '진이'는 '화담(花潭)'
이라는 인물의 설정으로 보아 황진이를 뜻한다고 볼 수 있다. 이러한
의도는 사건이나 과거의 서사적인 내용을 구체적으로 제시하려는 의도
로 풀이된다. 그리고 운문과 산문이 지닌 특성을 적절하게 혼용함으로
써 시적 장치를 더욱 효과적으로 이용하려는 의도이기도 하다. 그러나
운문으로 기술된 부분과 산문으로 기술된 부분을 비교해 보면 운문으로
기술된 부분이 특별하게 운문적인 성격을 지닌 것으로 보기는 어렵다.
그러나 『금강』 등에서 볼 수 있는 바와 같이 산문과 운문의 혼용은 효
과적인 쓰임을 위한 방편으로 여겨진다. 그런데 이러한 신동엽 시의 과
거 지향성의 시제나 내용은 전통 세계로의 회귀와도 관련이 있다. 즉,
'분절의 공간화'[38)]와도 같이 비극적인 시간대를 벗어나 원래의 조화로

---

38) '눈', '어둠', '안개' 등으로 분할되어 있는 인위적인 경계나 파괴된 세계를 덮어
   버림으로써 원래의 온전한 세계를 추구하는 기대 심리를 일컫는다. 그러나 본질

운 시간대로 환원하려는 심리적인 기대의 반영으로 볼 수 있기 때문이다.

이러한 전통 세계로의 회귀는 마르크스의 역사관에서 볼 때 반 역사주의적 성향을 지니기 때문에 비판을 받는다. 또한 소박한 문명주의나 신화주의에 토대를 둔 민중시를 지향한다는 것은 역사에 대한 과학적인 이해가 결핍된 것[39]으로, 그 원인은 객관적인 역사 인식의 부족이나 대상을 서정적으로 바라보는 태도에 있다. 특히 과거 지향이나 문명 비판의 의식이 회고적이라는 비판은 신동엽의 시가 지닌 탈이념적 요소를 선명하게 드러내는 것이다. 그러므로 신동엽에 대한 평가에서 탈이념적인 요소가 개입될수록 서정성이 개입할 여지가 많아진다. 역사의식을 드러내기 위해 선택한 전통 회귀나 '한국적인 것'이 오히려 진보적인 참여에 있어서는 역전되는 결과를 초래한 것으로 볼 수 있다. 그런데 이 글이 주목을 하는 점도 전통 회귀적인 주정성이나 탈이념의 서정적인 면모가 신동엽의 시에서 광범위하게 분포되어 있다는 사실이다.

> 들길에 떠 가는 담배 연기처럼/ 내 그리움은 흩어져 갔네.// 사랑하고 싶은 사람들은/ 많이 있었지만/ 멀리 놓고/ 나는 바라보기만 했었네.// 들길에 떠 가는/ 담배 연기처럼/ 내 그리움은 흩어져 갔네.// 위해주고 싶은 가족들은/ 많이 있었지만/ 어쩐 일인지?/ 멀리 놓고 생각만 하다/ 말았네.// 아, 못 다한/ 이 안창에의 속상한/ 드레박질이여.// 사랑해 주고 싶은 사람들은/ 많이 있었지만/ 하늘은 너무 빨리/ 나를 손짓했네.// 언

적인 해결책을 제시하지 못하고 자각을 통해 비극성이 제시되거나 일시적인 위안으로 끝나는 것이 일반적이다.
39) 이승훈, 앞의 책, 263~266면.

제이든가/ 이 들길 지나갈 길손이여// 그대의 소맷 속/ 향기로운 바람 드
나들거든/ 아퍼 못 다한/ 어느 사내의 숨결이라고/ 가벼운 눈인사나,/ 보
내다오.//

—「담배 연기처럼」 전문

위의 시에서 담배 연기처럼 사라져 가는 그리움이나, 사랑하는 사람
을 그저 바라보기만 했다는 화자의 진술을 통해 전달되는 정서는 어느
모로 보나 역사 인식이나 현실 참여적인 성격과는 거리가 멀다. 특히
감탄사의 사용과 어조는 특정한 목적의식에 사로잡혀 있다기보다 회고
적인 감상을 여과 없이 드러낸 것으로 볼 수 있다. 또한 "그대 소매 속
향기로운 바람이 드나들거든 아파 못 다한 어느 사내의 숨결"이라는 직
설적인 감정의 표현 역시 참여 의식과는 거리가 멀다. 그러므로 신동엽
의 시를 형성하는 주류는 서정성임을 확인할 수 있다.

좀더 구체적으로 상술하자면 위의 시는 주관적인 정서 표출이란 관점
에서 슈타이거가 규정한 서정시가 지녀야 특성을 아래와 같이 다양하게
갖추고 있다. 첫째, 독자의 반응을 전제로 하지 않은 무목적으로 자신만
의 감정을 토로할 뿐 독자들의 가치 판단이나 인식의 전환을 요구 하지
않는다. 그 이유는 사랑해 주고 싶은 가족들과 사람들에게 더 이상 사
랑을 하지 못하게 되는 자신만의 감정을 직설적으로 드러내기 때문이
다. 둘째, 옛 시간이나 공간, 인물 등을 회상함으로써 감흥을 드러내는
회감(回感)의 정서를 드러낸다. 즉, 옛일을 통해 자신이 하지 못한 일과
자신의 죽음 이후에 누군가의 손길이 닿아주길 바라는 시적 자아의 심
리적 감흥을 전달한다. 셋째, 죽음을 통해 일깨워지는 고독한 심정을 토

로하는 정서가 엿보인다. 넷째, 문장 말미의 "갔네", "했었네", "말았네", "이여"와 함께 반복적인 요소는 운율을 만들어내는 기능을 담당한다. 다섯째, 짧은 행의 기능은 정조를 표출하기 위한 기능을 담당한다. 따라서 위의 조건들을 고려해 볼 때, 「담배 연기처럼」은 신동엽의 시에서도 가장 서정성이 짙은 시로 파악된다.

한편, 「담배 연기처럼」은 '죽음'에 대한 직접적인 대면이 전체적인 서정성을 획득하는데 중요한 원인으로 작용한다. "하늘이 너무 빨리 손짓"한 것은 시인 자신의 죽음[40]과 직결되는 진술이라는 점에서 서정적인 요인이나 배경을 확인할 수 있다. 왜냐하면 죽음을 앞에 둔 인간은 논리적인 가치 판단이 따르는 인식 체계인 이념보다 감정에 사로잡힐 개연성이 크기 때문이다.

신동엽은 진보적인 사상을 소유한 시인으로 평가된다. 그러나 전주사범 재학시절 좌우익의 대립에서 좌익과 우익 모두에게 린치를 당한 것으로 보아 맹목적인 편향성을 지니지 못했다는 진단[41]은 실제의 생활과 문학의 거리를 인정하더라도 신동엽의 문학적인 성향은 어느 정도 탈이념적인 성격을 부여할 수 있는 개연성이 있다. 신동엽의 시에서 이념적인 요소가 배제되면 될수록 서정성이 농후해진다는 사실은 신동엽의 시가 탈이념적인 성격에 닿아 있음을 증명한다. 이것은 신동엽의 생애와 관련하여 서정성이 짙은 작품을 발표한 시기를 살펴보면 더욱 뚜

---

40) 성민엽, 『신동엽』, 문학세계사, 133면 참고. 1951년 국민방위군 사건 때 감염된 디스토마에 의해 1957년 각혈한 후 1여 년간의 회복기를 거쳤으나 간 기능의 손상으로 간경화를 얻게 되고 1969년 4월 7일 운명한다.
41) 성민엽, 『신동엽』, 문학세계사, 1992, 32면.

렷한 결과를 얻을 수 있다.

신동엽의 시 중에서 서정적인 경향이 짙은 작품으로는 「향아」(1959), 「그 가을」(1960), 「미쳤던」(1963), 「눈 날리던 날」(1963), 「원추리」(1963), 「진이의 체온」(1964), 「초가을」(1965), 「담배 연기처럼」(1966), 「창가에서」(1967), 「여름고개」(1968), 「보리밭」(1968), 「그 사람에게」(1968)를 들 수 있다. 위에 예시한 서정적인 경향의 작품은 신동엽이 1959년 「이야기하는 쟁기꾼의 대지」가 『조선일보』 신춘문예에 당선되어 본격적으로 창작에 몰두하고 1969년에 사망했음을 고려할 때, 특정한 한 시기에만 집중되어 있지 않음을 알 수 있다. 이것은 신동엽의 시관이 전 생애를 통하여 서정성과 관련되어 있음을 증명하는 것이며, 투철한 역사 인식에 대한 참여 시인으로서의 신동엽과 역사 인식이 없이 풍습만을 그린 시인이란 두 가지의 상대적인 평가와도 무관하지 않다. 참여 시인으로서 서정성의 소유했다는 부정성과 서정 시인으로서 역사나 현실 인식에 천착했다는 두 영역에서 바라보는 관점이 그것이다. 그러나 서정적인 경향의 시는 서정시로, 참여시 경향의 시는 참여시로 자리 매김 시킬 수 있는 자세가 필요하다. 이질적인 역전의 시관이 한 시인에게 공존하는 만큼 역전적인 시각이 필요하기 때문이다.

5. 맺는 말

지금까지 신동엽을 평가하는 방법은 보편적으로 이념적인 측면에서 이루어졌다. 그러나 이 글은 신동엽 시가 지닌 본질적인 조건이 서정성에 있다는 가정에서 접근한 결과 신동엽의 시는 다양한 측면에서 서정적인 성격이 추출되었다. 특히 신동엽의 시는 50년대나 60년대에 끼친 모더니즘 영향에서 벗어나 전통과 현대라는 양분된 가치 개념을 동시에 수용하는 현상을 보여 주고 있다. 외세의 위협이나 민족의 현실은 문명 비판으로 그려내는 반면, 전통적이고 회고주의적인 측면은 서정적인 요소로 수용함으로써 양단을 보여주기 때문이다. 그리고 전통 회귀의 요소는 정감적이고 서정적인 정서의 세계에 닿아 있음도 알 수 있었다. 따라서 역사적인 사건의 현장이나 시점은 옛날의 질서를 그리워하는 것이 아니라 오염되지 않은 순수함에 대한 갈망이라는 지적[42]을 염두에 둔다면 신동엽의 시가 지닌 양면적인 두 가지의 성격을 이해하는 데 도움이 된다. 이는 탈이념적인 시관을 형성하는 기초가 되며, 전통 지향성의 성격을 규정하는 중요한 증거이기도 하다. 그러므로 역사 인식이나 서정성이란 두 세계와 관련하여 신동엽 시의 성격을 정리하면 다음과 같다.

첫째, 신동엽 시의 시제 형식은 주로 구나 절의 형식을 취한다. 이는 구체적인 사실을 서술하는 창작 양식에 맞는 기법으로 신동엽 시의 성격은 서술성에 있다고 보아야 할 것이다. 그럼에도 불구하고 서술적인 시에서 서정성이 드러난다는 사실은 신동엽 시의 한 축이 본질적으로는 서정성에 닿아 있음을 설명하는 것이다.

둘째, 신동엽의 시는 회감의 형식을 구사함으로써 서정성과 밀접한

---

42) 신경림, 「역사의식과 순수 언어─신동엽의 시에 대하여」, 구중서 편, 『신동엽─
그의 문학과 삶』, 온누리, 1983, 105~107면.

관련성이 있다. 그리고 전통 회귀나 과거 지향은 서정성을 구사하는 직접적인 통로로 활용됨을 알 수 있다. 따라서 신동엽 시의 지향은 전통적인 세계로의 회귀이며, 전통적인 세계를 드러내는 바탕에는 주정적인 서정성을 확보하고 있음을 알 수 있다.

셋째, 신동엽의 시가 지닌 특징은 탈이념이며, 탈이념의 시에서 볼 수 있는 보편적인 성격은 서정성이다. 그러나 이념적인 요소를 완전히 걷어낸다는 것 자체는 모순이다. 그럼에도 불구하고 신동엽의 시는 이념적인 면이 지닌 색채만큼 서정성의 색채 또한 선명하게 자리 잡고 있음을 부인할 수 없다.

넷째, 신동엽은 투철한 시대 상황이나 역사의식을 시로 형상화한 시인이면서도 정감적인 세계에 주관적인 정서를 토로한 서정 시인이기도 하다. 그러므로 신동엽의 시는 탈이념의 시각으로 볼 수 있을 때 서정시적 성격이 뚜렷해진다.

이와 같은 사실을 종합해 볼 때, 신동엽은 시대의 상황을 거부할 수 없었던 지식인으로서의 삶과 향토적이고 정감적인 서정시의 세계를 동시에 체험하고 이 두 세계를 형상화 한 시인임을 알 수 있다. 따라서 좀더 치밀한 작업을 통해 신동엽이 구사한 두 세계에 대한 비교 연구가 따라야 할 것으로 여겨진다. 아울러 한 시인에게서 발견되는 다양한 문학적 성향은 문학 연구가 다양한 관점에서 진행될 수 있음을 시사하는 것이기도 하다.

출전 : 『어문연구』 제45집, 어문연구학회, 2004. 8.

신동엽 시의 '지역'과 '저항'

1. 머리말

신동엽은 대표적인 '민족시인'의 한 사람이요 또한 '지역시인'이다. 시인의 생애가 내포하는 개인사적 배경 외에도 '금강' 등의 주요 모티프들은 신동엽 시에 대한 '지역성'의 근거로 흔히 제시되는 맥락이다. 그 외에도 기존의 신동엽 평가가 형성하는 지정학적 구도에서도 신동엽 시의 지역성을 발견할 수 있을 듯하다. 민족시인으로서의 신동엽이라는 수사가 지니는 이중적 의미망이 한 예가 될 수 있다. 신동엽은 치열한 현실 인식과 시적 저항으로써 신식민적 현실을 극복하고자 한 1960년대의 대표적 예시로 시사상에 기록되고 있다.[1] 그러나 이러한 규정이 상

---

* 남기택 / 강원대학교 교양학부 교수

찬의 그것만이 아닌 것이, 신동엽의 민족의식은 당대의 시대적 억압에 대한 대항담론으로서의 의미가 강하며, 그리하여 다양한 탈근대적 모색을 보여주기에는 한계를 지니는 것이기도 하다는 인식이 위와 같은 평가에는 함의되어 있는 것이다.[2] 오늘날 민족(문학)의 위상에 대한 공공연한 회의는 신동엽 시의 한계와 긴밀히 연관되어 있는 현상이라 할 수 있겠다.

이처럼 달라진 문학적 패러다임은 신동엽 식의 저항의 의미를 시대사적인 것으로 한정하고 있다. 실로 신동엽 시는 대개의 경우 직설과 이야기를 통해 주조됨으로써 단선적인 의미망에 국한되는 점도 사실이다. 그럼에도 불구하고 문학적 근대를 완성하거나 극복하려는 노력으로 신동엽 시를 다시 읽는 방식은 시대적 한계를 넘어서는 의의를 찾으려는 시도들일 것이다.[3] 이 글 역시 지역성과 저항의 관점을 중심으로 신동엽 시의 현재적 의미를 살펴보고자 한다. 신동엽 시에서 문제적 대상이

---

1) 신동엽의 시를 민족문학적 관점에서 해석하는 기존의 견해로는 "민족문학의 중심부에 자리잡은 시인"이라는 백낙청의 고전적 수사를 비롯하여(백낙청, 『민족문학과 세계문학』 II, 창작과비평사, 1985, 23면 ; 조태일, 「신동엽론」, 『창작과비평』 1973 가을호 ; 구중서, 「신동엽론」, 『창작과비평』, 1979 봄호 ; 채광석, 「민족시인 신동엽」, 백낙청·염무웅 편, 『한국문학의 현단계』 III, 창작과비평사, 1984 등을 대표적 예로 들 수 있다.
2) 이와 관련하여 유종호는 기존의 민족·민중문학적 입장에 대한 엄정한 재고의 필요성을 제시하면서 단형 서정시에 주목하고 있으며(유종호, 「뒤돌아보는 예언자―다시 읽는 신동엽」, 『신동엽 30주기기념 문학심포지엄자료집』, 1999. 3. 26), 이동하는 신동엽이 지닌 역사관의 한계를 지적하기도 한다(이동하, 「신동엽론―역사관과 여성관」, 구중서·강형철 편, 『민족시인 신동엽』, 소명출판, 1999).
3) 김석영, 「신동엽 시의 탈식민성 연구」, 영남대 박사논문, 1999와 남기택, 「김수영과 신동엽 시의 모더니티 연구」, 충남대 박사논문, 2003 참조.

었던 근대의 부정성과 민족 모순은 오늘날까지 지속되고 있다. 신동엽의 시가 새롭게 읽혀질 수 있는 이유는 여전히 이어지고 있는 민족 문제와 근대적 물신상에 대한 시적 저항의 가능성을 그에게서 시사받을 수 있다는 데서 비롯된다.

최근의 이론적 경향 중 하나인 탈식민주의는 지역성의 재고를 통해 중앙—서구가 중심이 되는 이항대립의 구도를 해체하고자 한다. 물론 탈식민주의의 이론적 배경이라 할 수 있는 후기 구조주의 혹은 해체론과의 관계에 대해서는 비판적 검토가 지속되어야 한다. 탈식민주의가 유행적 이론 추수나 또 다른 서양중심주의의 반복이 되지 않기 위해서는 항상적인 반성과 비판적 수용이 필요하다. 강조되어야만 하는 것은 우리의 구체적인 사회적, 텍스트적 현실이 매개되어야 한다는 점일 것이다. 탈식민주의의 이론적 주제라 할 수 있는 (신)식민성의 극복은 항용 다양하고 구체적인 사회역사적 상황을 통해 다차원적이고 현재적인 관심으로 실천되어야 한다. 신동엽의 지역성과 저항의 가능성은 이러한 비판적 접목 속에서 새롭게 읽힐 수 있다.4) 이를테면 파농(F. Fanon)과 사이드(E. Said)가 같은 목소리로 '포스트 민족주의'를 주장하는 맥락은 신

---

4) 신동엽의 시를 탈식민주의적 관점으로 해석한 글로 김석영, 앞의 글이 대표적이다. 이 논문은 신동엽에 대한 기존의 연구가 민족 모순에 대한 비판의식을 구명하는 데에만 집중되는 경향을 지적하면서 서구중심주의와 문화제국수의를 극복하는 차원에서 신동엽 시를 주목하고자 한다. 그러나 그 과정에서 추출된 서구문명에 대한 비판과 거부, 탈식민적 특성으로서 문화의 여성성 회복, 동학과 도교를 아우르는 아나키즘 사상, 서사시를 통한 역사적 지평의 확보 등은 반복되어 온 주제이기도 하다. 그 밖에 남기택, 「신동엽 시의 양가성—탈식민주의적 관점을 중심으로」(『작가마당』 6호, 대전충남작가회의, 2003)는 억압과 해체를 중심으로 양가적 경계에 설정되어 있는 신동엽의 시세계를 검토하고 있다.

동엽이 시로 형상화한 민족적 정체의 가능성과 한계에 대한 시사점을 제공한다. 신동엽 시의 지역적 정서 역시 이와 연관되어 있다.

2. 고향 혹은 탈중심의 지역

기존의 질서를 부정하는 탈식민적 의식은 중앙과 지방이라는 권력적 지정학을 거부한다. 신동엽 시에서 자주 반복되는 고향에 대한 신뢰는 그러한 탈중심의 기획 의지와 연관될 수 있다. 부여가 고향인 신동엽에게는, 특정한 지역이 시적 주제나 소재로 특화되는 것이라 보기 어려울지 모르나, '금강'을 중심으로 하는 지역성의 모티프가 주된 특질 중 하나라는 점은 부정할 수 없다. 지역을 직접적인 소재로 다루지는 않지만 지역적 정서가 지배적인 배음으로 흐르고 있다는 점은 흔한 향토주의로부터 벗어나는 변별적 자질일 것이다. 문학과 지역의 연관을 이야기하는 데 있어서 지역우월주의라든지 또 다른 패권주의가 되어서는 곤란하다는 점을 염두에 둘 때 이와 같은 신동엽의 지역 정서는 시사하는 바가 크다. 신동엽의 '금강'은 고향으로서의 금강이 아닌 민족 공동체적 장으로서의 의미가 강한 것이다.

하늘에/ 흰 구름을 보고서/ 이 세상에 나온 것들의/ 고향을 생각했다.

즐겁고저/ 입술을 나누고/ 아름다움고저/ 화장칠해 보이고,

우리,/ 돌아가야 할 고향은/ 딴 데 있었기 때문……

그렇지 않고서/ 이 세상이 이렇게/ 수선스럴/ 까닭이 없다.

—「고향」(1968) 전문

이 작품에서 고향은 통상적인 향수의 정서로 그려지면서도 이를 벗어나는 중의적 의미망을 지니고 있다. 화자가 사유하는 고향은 특정한 유기체의 발생적 장소가 아닌 것이다. "이 세상에 나온 것들의/ 고향"은 세상만물의 귀속 공간으로서 고향의 의미를 묻고 있으며, 모든 만물인 '우리'가 "돌아가야 할 고향"이 실상은 "딴 데 있었"다는 표현에서도 고향은 상상적 지리의 공간임을 보게 된다. 나아가 세상의 소란이 고향의 부재에서 비롯된다는 판단을 통해 근대적 삶의 폐해를 극복하는 수단으로서 고향을 재설정한다. 고향 상실은 근대화의 결과가 아니라 원인인 것이다. 고향의 진정한 의미와 가치를 알지 못하는 판단 정지의 상황이야말로 현실의 소음을 가중시키는 근거이다. 또한 고향은 "돌아가야 할" 곳이라는 귀속적 지향을 통해 회상과 회한으로부터 나아가 강한 실천성을 내포하는 시공간으로서의 의미를 아울러 지니게 된다. 이러한 가치 지향의 원동력은 우리—만물이 인격화된 형태인 민족이라 하겠다. 신동엽의 많은 시편들이 민족적 삶의 정체와 관련된 것임은 주지의 사실이다. 물론 신동엽의 민족의식이 지니는 한계에 대해서도 다양한 평가가 가능한 것이지만, 민족의 단위를 정형화하지 않고 민중적 세계관과 생명력의 근거로서 상정하고 있다는 점은 여전히 유효한 신동엽 시의 혜안일 것이다.

이 같은 고향의식은 신동엽의 근대 인식을 잘 보여주는 「시인정신론」(1961)의 구도, 즉 '원수성'으로부터 '귀수성'을 향하는 근본적 구도와도 잇닿아 있다.[5] 따라서 신동엽 시의 지역성을 논함에 있어서도 반드시 근대 이해와 극복의 논리가 함께 조명되어야만 한다. 부정의 근대를 지적하고 이를 극복하려는 '귀수적 노력'이 신동엽 시의 일관된 동력인 것이다. 이러한 노력은 민족문제와의 대결을 통해 비자본주의적 근대의 민족적 경로를 모색하는 하나의 전형적 예에 해당하기도 한다.[6] 그리하여 신동엽 시의 고향은 민족적 삶의 정체를 담지하는 공간으로 원형화되고 있다.

여기서 주목할 사실은, 이러한 고향의식이 근대화와 더불어 배태되는 인간 본연의 고독에 등치될 수 있다는 점이다. 영원한 존재의 장소인 고향을 소재로 한 이미지들이 외로운 '망향의 수인(囚人)'으로서의 기본적 자각에서 비롯된 것이라는 지적이 이에 값한다.[7] 그러나 물신화로부터 비롯되는 고향 상실의 감정(unhomely, unheimlich)은 식민지적·탈식민지적 조건이기도 하다. 이러한 감정은 고향과 세계를 재배치해서, 초영토

---

5) 신동엽, 「시인정신론」, 『신동엽 전집』(증보판, 이하 『전집』으로 표기), 창작과비평사, 1985 참조.
6) 하정일, 「탈식민주의 시대의 민족문제와 20세기 한국문학」, 『20세기 한국문학과 근대성의 변증법』, 소명출판, 2000, 63면.
7) 이가림, 「만남과 同情-신동엽에 있어서의 '歸鄕'의 의미」, 구중서·강형철 편, 앞의 책, 278면. 또한 신동엽 시 전편을 대상으로 총체적 접근을 처음 시도한 김창완의 학위논문 역시 신화 원형적 접근방법으로써 '우주적 순환과 원수성의 환원'이라는 원형적 시정신을 이끌어내고 있다(김창완, 「신동엽 시 연구」, 한남대 박사논문, 1993). 따라서 인류 보편적 이미지의 성격과 신동엽의 시적 주제가 연관되는 점을 설득력 있게 설명하고 있는데, 접근 방법의 문제이기도 하겠지만, 신동엽 시의 민족의식과 역사의식, 현실인식이 당대의 구체적 맥락에서 어떻게 구조화되는지와 근대 대응의 측면에 대한 심층적 해설의 결여는 아쉬운 부분이라 하겠다.

적이고 문화혼혈적인 것을 창시하는 이질적인 감각인 것이다.[8] 식민성이 가속화되는 상황에서 인지되는 고향 상실과 보편적 감정으로서 근대인의 소외는 차이를 지닐 수밖에 없다. 신동엽의 고향의식은 물신화되는 근대적 환경의 결과이면서 이에 대응하는 지역적-제3세계적 공간 인식의 근거로 작동하는 것이기도 하다. 지역성은 이른바 정치적 의미를 수반하는 탈중심의 모티프라 할 수 있다. 신동엽 시의 고향 모티프는 이러한 정치적 효과와 함께 존재하는 지역성의 의미를 지니게 되는 것이다.

> 내 故鄕 사람들은 봄이 오면 새파란 풀을 씹는다. (…중략…) 그리고 洪水가 온다. 洪水는 장독, 상사발, 짚신짝, 네 기둥, 그리고 너무나 훌륭했던 人生諦念으로 말미암아 抵抗하지 않았던 이 자연의 아들 딸을 실어 달아나 버린다. 이것이 人間들의 內質이다.
> 오늘 人類의 外皮는 너무나 극성을 부리고 있다. 키 겨룸, 속도 겨룸, 量 겨룸에 거의 모든 인생을 소모시키고 있다. 헛 것을 본 것이다.[9]

위 글은 산문 「서둘고 싶지 않다」(1962)의 일절로서 역시 고향을 매개로 인간과 역사를 파악하고 있다. 신동엽이 인용하는 고향의 풍습은 물론 부여의 그것이지만 이는 자동적으로 전통적 삶과 정서로 치환된다. 그것은 "인생체념으로 말미암아 저항하지 않았던 이 자연의 아들 딸"의 모습이요 "인간들의 내질"과 등치된다. 인간의 내면적 본성, 본래적 인간성이란 본연의 자연과 다르지 않다. 이에 대립되는 변질된 오늘의 인

---

8) 호미 바바, 나병철 역, 『문화의 위치』, 소명출판, 2002, 41~42면.
9) 신동엽, 「서둘고 싶지 않다」, 『전집』, 344면.

간상은 "인류의 외피"라 하여 내면성을 상실한 껍데기의 형상으로 그려지고 있다. 「껍데기는 가라」(1967)에서 부정된 '껍데기'는 바로 내면의 진정성을 상실한 근대적 인간상을 통칭하는 것이다. 껍데기로서의 삶의 장은 진정한 고향이 아닌, "당신 살던 고장은 지저분한 雜草밭, 아랫도리 붙어 살던 쓸쓸한 그늘밭"(「힘이 있거든 그리로 가세요」(1961))에 지나지 않는다. 이와 같은 구조는 「4月은 갈아엎는 달」(1966)에서도 반복된다. "내 고향은/ 강 언덕에 있었다"로 시작되는 이 시는 "四月이 오면/ 곰나루서 피 터진 東學의 함성,/ 光化門서 목 터진 四月의 勝利"에 대한 확신으로 이어진다. 고향의 환기는 금강을 매개로 동학과 4·19의 역사적 능동성으로 확산되고 나아가 승리에 대한 확신을 상징하는 4월의 이미지로 승화되고 있다.

이와 같은 지역성의 양면적 의미를 정리해 볼 필요가 있겠다. 우선 내면과 외피를 나누어 파악하는 이원적 인간 이해의 차원이다. 피아를 대립적으로 구분하는 인간 이해는 근본적으로 근대적 이원론의 관점을 재생산한다는 점에서 또 다른 본원론적 시각이라 할 수 있다. 신동엽의 고향은 자연과 합일되는 인간중심적 가치를 벗어난 민족적 가치의 담지 공간이었으나, 이는 구체적 역사가 사상된 기표의 폭력일 수도 있다. 고향은 무수한 지역들의 실체요, 비동질적인 가치를 내포하는 관념인 것이다. 그럼에도 불구하고 선명한 이분법 아래 '귀수성'의 강조로써 가치의 전도를 희구하는 신동엽의 인식론적 구도는 인류의 외피를 벗어던지기 위한 효과적인 수사로서는 일면적이라는 한계를 지니게 된다.

그러나 신동엽 시에 나타난 지역의 의미 속에는 무위자연적 인간성의 회복과 관계되는 정치의식의 차원이 있다. 위 산문에서 신동엽은 스스로 "治大國, 若烹小鮮"이라는 『도덕경』의 구절을 인용한다. 신동엽은 이를 "大國을 다스림은 흡사 조그만 生鮮을 지짐과 같아야 한다"고 해석하며, 자신의 인생만은 조용히 다스리고 싶다는 뜻을 피력한다.[10] 노자에 대한 관심과 중립사상은 신동엽 시와 무정부주의를 연관짓는 하나의 근거가 되기도 한다. 그 밖에도 크로포트킨(P. A. Kropotkin)에 심취했던 전력은 신동엽의 시를 무정부주의적 정치 전략으로 읽는 것을 설득력 있게 뒷받침하고는 있으나, 이는 동시에 구체적 현실이 생략되고 대안을 제시하지 못하는 정치성의 결여로 평가될 수도 있다.[11] 낭만적인 열정이 크게 작용하고 있는 신동엽 시의 무정부주의적 특성 혹은 중립사상에 대해서는 보다 면밀한 고찰이 뒤따라야 할 것이지만, 여기서 확인하고자 하는 것은 노자에 대한 관심과 함께 인위적인 질서와 기획을 분명히 거부하고 있다는 사실이다. 이어지는 노자의 구절 중, 도로써 천하를 다스리면 귀신도 힘을 쓰지 못한다는 맥락에서 도의 정치가 강조

---

10) 노자의 원래 구절은 다음과 같다. "治大國若烹小鮮. 以道莅天下, 其鬼不神, 非其鬼不神, 其神不傷人. 非其神不傷人, 聖人亦不傷人. 夫兩不相傷, 故德交歸焉(큰 나라를 다스리는 것은 작은 생선을 조리하는 것과 같다. 도로써 세상을 다스리면 귀신도 힘을 쓰지 못하게 된다. 귀신이 힘이 없기 때문이 아니라, 힘이 있어도 사람을 해칠 수가 없다는 것이다. 그 힘이 사람을 해칠 수 없다기보다는 성인이 사람을 해치지 않는 것이다. 양쪽 모두 해치지 않으니 그 덕이 서로에게 돌아간다)."(『도덕경』 60상, 오강남 풀이, 현암사, 1995, 255면)
11) 이를테면 신동엽의 고대사 인식에서 삼국시대를 다분히 무정부주의적인 관점에서 낙원으로 이상화하는 역사인식의 오류를 발견할 수 있다(이동하, 앞의 글, 455~457면). 반면에 당시 진보적 정치세력에 의해 논의되었던 중립화 논의가 신동엽에게 있어서도 현실적인 통일방안으로 수용되었던 것으로 보는 시각도 있다(박지영, 「유기체적 세계관과 유토피아 의식」, 구중서·강형철 편, 앞의 책, 677~678면 참조).

된다. 이를 중용하는 신동엽인바 그에게 도는 곧 자연과의 상사성이요 무위의 정치라 할 수 있다.

> 사람과 사람 사이의 표현 중에 가장 진실된 것은 눈감고 이루어지는 육신의 교접이다. 그 다음으로 진실된 표현은 눈동자끼리의 열기(熱氣)이다. 여기까지는 진국끼리의 왕래다. 그러나 다음 단계부터는 조작이다.[12]

육신의 교접이라 함은 몸의 체현과도 같다. 눈동자끼리의 열기는 곧 정신의 소통이라 하겠다. 몸과 정신의 교접이 가장 중요한 소통 수단이라 한다면, 언어와 체계는 '조작'된 수단에 지나지 않는다. "인간에 충실하려는 사람은 체계를 싫어한다. 체계란 철갑옷이다"[13]라는 언급에서는 체계에 대한 강박적 부정을 볼 수 있다. 이러한 의식은 그의 데뷔작에서부터 시화되고 있다("보다 큰 집단은 보다 큰 체계를 건축하고,/ 보다 큰 체계는 보다 큰 악을 양조한다.// 조직은 형식을 강요하고/ 형식은 위조품을 모집한다// 하여, 전통은 궁궐안의 상전이 되고/ 조작된 권위는 주위를 침식한다", 「이야기하는 쟁기꾼의 대지」(1959) 제5화). 인간과 인간의 관계를 작위적으로 만드는 모든 체계는 비본질적인 껍데기에 지나지 않는다는 것이다.

이원론의 폭력적 구조로써 기초된 신동엽의 고향의식이 지역성의 정치적 입지를 확보하는 차원은 바로 이 지점이다. 위에서 언급한 바와 같이 신동엽의 고향은 지역주의의 틀을 벗어나 공동체적 원형으로서의 의미가 강하다. '금강'은 그러한 시공간의 상징일 것이다. 이는 지역의

---

12) 신동엽, 「斷想抄」, 『전집』, 357면.
13) 신동엽, 위의 글, 360면.

의미를 지리적으로 한정시키지 않는 정치적 의식을 포함한다. 중앙과 지역, 서울과 지방의 구분은 권력에 의한 영토화의 산물이다. 폐기 (abrogation)와 전유(appropriation)로써 서구문학과 중앙문학의 권력중심적 이원화를 재조명해야 한다는 지적은 지역문학을 중심으로 권력적 지형도를 해체해야 한다는 주장에 다름 아니다.[14] 신동엽에게 있어 이러한 문학의 지역성을 확보하기 위한 시도는 향토적 소재에서 착안하는 방식으로부터 언어의 중앙권력에 대한 항거, 즉 진술의 문체나 다중의 화자를 통해 동일성을 추구하는 서정시의 발생적 메커니즘을 해체하는 데로 나아간다.

① 눈동자를 보아라 좁아 회올리는 무지개빛 허울의 눈부심에 넋 빼앗기지 말고
철따라 푸짐히 두레를 먹던 정자나무 마을로 돌아가자 미끈덩한 기생충의 생리와 허식에 인이 배기기 전으로 눈빛 아침처럼 빛나던 우리들의 故鄕 병들지 않은 젊음으로 찾아가자꾸나

좁아 허물어질가 두렵노라 얼굴 생김새 맞지 않는 발돋움의 흉낼랑 그만 내자
들菊花처럼 소박한 목숨을 가꾸기 위하여 맨발을 벗고 콩바심하던 차라리 그 未開地에로 가자 달이 뜨는 명절밤 비단치마를 나부끼며 떼지어 춤추던 전설같은 풍속으로 돌아가자 냇물 구비치는 싱싱한 마음밭으로 돌아가자.

─「좁아」(1959) 부분

14) 김춘섭, 「문학의 지방화와 탈식민주의」, 『한국현대소설학회 제21회 학술연구발표대회자료집』, 2003. 5. 31~6. 1, 5~7면 참조.

② 내 고향은 아니었었네/ 허구헌 紅柿감이 익어나갈 때/ 빠알간 가 랑닢은 날리어 오고.

발부리 닳게 손자욱 부를도록/ 등짐으로 넘나들던/ 저기/ 저 하늘 가.

울고는 아니/ 허리끈은 졸라도/ 뒤밀럭,/ 뒤밀럭,/ 목 메인 자갈길에.

—「내 고향은 아니었었네」(1961) 부분

①에서도 고향은 언젠가 돌아가야 할 민족적 원형으로서의 고향이다. "병들지 않은 젊음"의 고향, "차라리 그 미개지"인 고향, "전설같은 풍속"의 고향인 것이다. 이에 대한 대타적 지역은 "무지개빛 허울"로 채색되는데 이는 근대와 역사라는 이름으로 덧칠된 미망의 자국이다. 미개(未開)는 근대가 자기 정체를 획득하는 인식론적 개념의 하나이다. 서양의 근대 자본주의는 동양에 대한 진보의 개념을 스스로 정당화함으로써 오리엔탈리즘이라는 대타적 동양관을 보편화한다. 일본의 근대화와 역전된 오리엔탈리즘의 구가 과정은 이를 증명하는 대표적 사례라 할 수 있다. 열도라는 지정학적 위치로 인한 미국 자본의 기항지 역할로 개항을 맞은 일본은 스스로를 '반개(半開)'의 위치로 재정립하는 내면적 식민지화의 과정을 통해 동아시아에서 서양의 역할을 자임하게 된다. 따라서 주변국을 끊임없이 '미개화' 하는 과정은 근대 일본이 자기 정체성을 확립하기 위한 필연적인 수단이었던 것이다.15) 그러나 「향아」에서는

---

15) 일본의 '반개'를 매개로 한 식민지적 무의식과 식민주의적 의식, 자기 오리엔탈리즘적 시선에 대해서는 고모리 요이치, 송태욱 역, 『포스트콜로니얼』, 삼인, 2002 중 특히 「개국 전후의 식민지적 무의식」, 17~63면 참조.

그러한 모방의 근대를 "얼굴 생김새 맞지 않는 발돋움의 흉내"라 하여 비판하고 있다. 고향은 스스로 '미개'가 됨으로써 모든 근대적 패러다임을 해체한다. 이러한 인식론적 구도의 정당성 여부에 대해서는 위에서도 언급한 바 있지만, 그 한계에도 불구하고 「향아」는 중앙 집중의 권력화에 효과적으로 대응할 수 있는 저항의 구도를 내재하고 있다는 점에서 주목된다. 신동엽 시의 특징인 진술의 어조라든가 구어체의 구사("두레를 먹던 정자나무 마을"), 문장 부호의 생략, 축약형 표현("발돋움의 흉낼랑"), 문체의 파기("내ㅅ물 구비치는") 등도 탈중심적 장치로서 작동하고 있다. 이는 당대의 시인들이 '고향'을 내세워 돌아가고자 했던 향토풍의 연가나 전통을 재확인하는 작업과는 변별되는 것이며 따라서 신동엽 시의 저항적 지역성이라 부를 수 있는 하나의 근거라 할 수 있겠다.

② 역시 신동엽의 고향의식을 잘 반영하고 있다. 여기서도 고향은 고통과 상처로 안개 속에 싸인 도시를 넘어서는 고향이다. 현실의 지역을 넘어서는 상상적 공간으로서의 고향은 "발부리 닳게 손자욱 피맺도록" 되새겨야 할 "저 하늘 가"로 부상된다. 고향을 잃은 화자의 위치는, 고향을 잃은 기괴한 감정이 전형적인 식민적 감정일 수밖에 없다는 전제를 충실히 따르고 있다.[16] 기존의 중앙과 지역, 서울과 지방의 배치를 해체하는 효과는 또한 비표준어, 축약형, 조어를 삽입하는 과정으로 더욱 배가된다. 언어의 조탁과 이질적 배치는 60년대적 현실에서도 하나의 기교라고 할 수 있을 정도로 보편화된 시작 방법이라 하겠다. 그러나 신동엽은 분명한 어조로 언어에 대한 기술적 접근을 비판하고 있

---

16) 이에 대해서는 호미 바바, 앞의 책, 42면 참조.

다.17) 따라서 신동엽 시에 나타나는 언어의 효과가 '언어세공파'류와는
별도의 차원이라는 점을 이해해야 한다. 이는 지역성에 바탕한 시화 과
정에서 배태되는 전복의 전술이라 할 수 있는 것이다.

3. 저항의 식민성과 탈식민성

신동엽 시의 지역적 위상은 나아가 그의 시에 나타난 탈식민성의 정
체와 한계로 이어지게 된다. 신동엽이 인식한 현실의 부정성은 신동엽
시의 탈식민성을 밝히는 중요한 지표가 될 것이다. 본 장에서는 지역성
과 관련된 정치적 저항의 의미와 한계에 대해 살펴보고자 한다. 공동체
의 평화로운 삶을 훼손하는 현실의 억압은 근대의 부정적 질서이다. 이
러한 부정성을 대표하는 근대화의 상징으로서 중앙, 즉 '서울'을 들 수
있다.

> 초가을, 머리에 손가락 빗질하며
> 南山에 올랐다.
> 八角亭에서 장안을 굽어보다가
> 갑자기 보리씨가 뿌리고 싶어졌다.
> 저 고층 건물들을 갈아엎고 그 광활한 땅에
> 보리를 심으면 그 이랑이랑마다 얼마나 싱싱한
> 곡식들이 사시사철 물결칠 것이랴.

---

17) 신동엽은 소위 '現代感覺派', '言語細工派'라 하여 현대시의 '詩作業'을 비판하고
있다(신동엽, 「六十年代의 詩壇 分布圖-新抵抗詩運動의 可能性을 展望하며」, 『전
집』, 376~378면).

(…중략…)

화창한 반도의 가을 하늘
越南으로 떠나는 북소리
아랫도리서 목구멍까지 열어놓고
섬나라에 굽실거리는 銀行소리

—「서울」(1969) 부분

신동엽은 서울을 "너는 조국이 아니었다"라는 식으로 껍데기의 그것으로 인식하고 있다. 서울에 대한 분명한 부정은 타자로서의 지역을 거부한다는 점에서 보편주의적 이원론의 거부로도 볼 수 있다.[18] 서울은 제국주의와 서양중심주의를 포함하여 근대적 폭력 일반으로 확대되는 신동엽 시의 부정적 대상임은 주지하는 바와 같다. 그러나 여기서 간과할 수 없는 문제가 현재의 서울을 갈아엎고 그곳에 보리를 심고자 하는 꿈의 지향성에서 발견된다. 이러한 모티프는 자주 반복되는데, 「4月은 갈아엎는 달」(1966)에서도 "갈아엎은 漢江沿岸에다/ 보리를 뿌리면/ 비단처럼 물결칠, 아 푸른 보리밭" 식으로 표현되고 있다. 이러한 화자의 소망은 '원수성'으로의 회귀, 즉 '차수성' 세계의 질곡을 넘어 돌아가야 할 '귀수성'의 세계라는 구도로부터 비롯된 것이다. 「서울」을 비롯한 많은 시편에서 "사시사철 물결칠" 공동체적 회귀에 주목하고 있는 점은

18) '발명'된 것으로서의 타자성과 그에 비견되는 지역의 의미에 대해서는 김양선, 「탈식민의 관점에서 본 지역문학」, 『한림대 인문과학연구소 제6회 심포지엄자료집』, 2002. 11. 15 참조. 이 글은 결론적으로 지역문학의 분열적인 이중성(타자성과 저항성)을 직시하고 중심(서구)의 실체를 '입과 이론', 즉 구체적 분석과 이론적 접목을 통해 분석하는 작업이 필요함을 주장하고 있다(50면).

신동엽 시의 탈식민성이 지닌 본질이자 한계일 것이다. 식민의 현재를 벗어나고자 하는 것이 식민 이전으로의 회귀일 수는 없다.[19] 그것은 일종의 인식론적 한계로서 신동엽의 전체 시세계에 반복되어 나타난다. 물론 많은 연구자들이 주목하고 있듯이 신동엽의 귀수성의 세계가 단순한 과거 미화와 비정치적인 이데아의 세계는 아닐 것이다. 이를 인정한다 하더라도 정치한 역사의식의 결여나 구체적인 민중의 삶에 대한 매개 없이 상고의 역사가 미화되는 측면은 분명한 한계로 지적될 수 있다.[20]

그럼에도 불구하고 현실에 대한 신동엽의 시적 저항이 '인식론적 한계'에 매몰되는 것만은 아니다. 신동엽의 시는 예의 그 양가적 구조로 인하여 제3세계의 연대를 모색하는 세계사적 인식을 포함하게 된다. 「서울」은 또한 "越南으로 떠나는 북소리"의 은유, 곧 제국주의의 제3세계 침략전쟁에 동조하는 매판자본의 억압성을 그려내고 있다. 더불어 "섬

---

19) 서론에서 전제한 파농의 탈민족적 관점이 이와 연관될 수 있을 것이다. 파농은 일찍이 제3세계의 민족의식이 갖는 함정, 즉 종족이나 부족주의로의 전도 가능성을 지적한 바 있다. 또한 식민주의에 동화되기 쉬운 민족 부르주아의 계급적 인식론적 한계를 인정하고, 따라서 민족의식이 정치적 사회적 의식으로 이행되어야 한다고 주장한다. 이에 대해서는 프란츠 파농, 박종렬 역, 『대지의 저주받은 자들』, 광민사, 1979의 3장 「민족의식의 함정」 참조.

20) 이와 관련하여, 일부 탈식민 연구의 경향이 해체론적 탈식민주의론에 전거한 나머지 자본주의나 계급문제, 제3세계의 역사성에 대한 이해 부족을 낳고 있으며, 따라서 식민 이후를 분석하는 새로운 시각이 탈식민 연구에 필요하다는 지적을 참조할 수 있다(하정일, 「한국근대문학 연구와 탈식민−'친일문학' 문제를 중심으로」, 『제10회 민족문학사학회 심포지엄 자료집』, 2003. 9. 19 참조). 또한 식민적 억압을 극복하고자 하는 맥락에서 발생하기 쉬운 오류, 즉 역사와 계급 등 제3항을 매개하지 못하는 동일시의 욕망은 또 다른 환상을 낳을 뿐이라는 지적에도 유념해야 할 것이다(이경덕, 「탈식민주의와 마르크시즘−주인과 노예의 변증법」, 고부응 외, 『탈식민주의−이론과 쟁점』, 문학과지성사, 2003 참조).

나라에 굽실거리는 銀行소리"와 같이 60년대 경제성장의 배후에 있는
신식민지적 경제원조의 허실을 지적한다. 이러한 상황은 신동엽 시에
나타난 근대 인식의 다양한 형상들이라 할 수 있으며, 원수성과 차수성
의 이분법적 경계 속에 내재된 다차원적 구도에 다름 아니다. 지역은
주변성의 한계와 일국적 단위를 넘어설 수 있는 제3의 연대적 공간임이
상징적으로 제시되고 있는 것이다.

> 쉬고 있을 것이다.
>
> 아시아와 유우럽
> 이곳 저곳에서
> 탱크 부대는 지금
> 쉬고 있을 것이다.
>
> 일요일 아침, 화창한
> 도오꾜 교외 논 뚝 길을
> 한국 하늘, 어제 날아간
> 異國 병사는
> 걷고.
>
> 히말라야 山麓,
> 土幕가 서성거리는 哨兵은
> 흙 묻은 생 고무말 벗겨 넘기면서
> 하루뺀 땅 두고 온 눈동자를
> 회상코 있을 것이다.
>
> —「風景」(1960) 부분

세계를 장악하는 '탱크 부대'의 위력은 아시아와 유럽, 일본과 한국을 불문하고 전세계적인 동시성의 폭력이 된다. 순이와 백인 병사 사이, 이스라엘 선술집을 넘나드는 병사의 여정, 동방대륙과 서방대륙을 넘나드는 송유관을 따라 탱크부태의 흔적이 깔린다. 서정적인 어조로 세계의 순이, 세계의 아가씨들이 "아심 아심 살고" 있는 현실을 배경으로 제시하면서도 결국은 자본주의와 폭력을 근간으로 하는 근대의 지구촌을 형상화하는 풍경이 아닐 수 없다. 이처럼 제국주의의 세계 지배논리를 은유적으로 그리는 이 작품에서도 외형은 휴식과 안온한 삶을 취하고 있다.

이처럼 신동엽의 '저항'에는 제3세계성을 강조하는 세계 인식이 포함된다. 「풍경」에서 노래한 근대의 폭력은 곧 제국주의의 지배논리에 대한 은유적 형상화라 할 수 있는데, 이는 시적 저항의 태도라 할 수 있는 낮음과 저음의 목소리를 타고 서정적으로 구조화된다. 흑인 아이나 제3세계 노동자의 모습이 재현되는 맥락도 동시적으로 진행되는 제3세계 식민지화에 대한 인식의 단면이다. 서울에 대한 대타적 개념으로 인식된 지역은 나아가 제국과 식민지의 관계와 등가를 이루며 개별 국가적 현실을 초월하는 세계사적 맥락을 은연중에 드러내고 있다.

또한 신동엽의 저항적 효과 속에는 여성성의 문제가 관련된다. 신동엽 시에서 여성성의 부각은 탈식민성을 증거하는 논거로 제시되기도 한다.[21] 오리엔탈리즘은 서양과 동양의 본질론적 이분법 아래 동양에 대한 수동성, 여성성, 타자성을 강조해 온 것이 공공연한 사실이다. 신동

---

21) 김석영, 앞의 글, 78~88면 참조.

엽 시의 여성은 이러한 정형의 면모를 지니기도 하지만 그에 어긋나는 대위법적 효과[22]의 예시가 되기도 한다. 그의 시는 강인한 남성적 상상력을 바탕하고 있는 가운데 끊임없이 '여성'이 등장하고 있다. 강인한 남성적 어조와 이미지로 '껍데기'와 '외세'를 부정하고 있지만, 그와 더불어 시적 진술의 차원에서 화자의 이중 배치가 나타나기도 하고 여성 화자를 서술의 주체로 부각시키는 것 또한 사실이다. 이는 그의 등단작 「이야기하는 쟁기꾼의 대지」(1959)는 물론 서사시 『금강』(1967)에도 반복되는 주요 구조이다. 「女子의 삶」(1969)은 이와 관련하여 주목되는 작품이다. 대지모신적인 원형으로서의 여성성뿐만 아니라 욕망의 능동적 행위자로서의 여성, 또한 현실의 정치적 대안을 근거하는 여성성의 모티프라는 차원에서의 접근 가능성을 「여자의 삶」은 열어놓고 있다. 이러한 모습은 "선택하는 자유는 저한테 있습니다/ 좋은 씨 받아서/ 좋은 神 聖 가꿔보고 싶으니까", "빨래를 한다, 여자는 양말이 아니라 남자의 마

---

22) 이 표현은 후기 사이드의 방법론을 전제로 한 것이다. 무어-길버트에 따르면 『오리엔탈리즘』으로 대표되는 초기 사이드의 문제의식은 잠재적 오리엔탈리즘과 외현적 오리엔탈리즘의 구분에서 드러나듯이 이항대립적이고 본질론적인 시각에 기초되어 있다. 이러한 사이드의 이론적 모순은 『문화와 제국주의』 등의 후기 저작에 이르러 다양한 유형의 문화민족주의가 참조되거나 서구 정전을 비서구 문화와 병치시키는 등 절충적 입장을 도입함으로써 스스로 극복되는 모습을 보여준다. '대위법'은 이러한 절충주의적 입장을 대변하는 방법론적 개념이다. 이른바 사이드의 '신인본주의'적인 새로운 범세계적 공동문화는 또 다른 유형의 주변인과 국외자를 확인, 발생시킬 위험을 내포하기도 하지만, 본질론적 정체성 모델에 의존하지 않고 문화적 차이를 재현할 수 있는가 하는 중요하고도 도전적인 질문으로서 시사하는 바가 크다는 것이다. 이상 사이드의 이론적 입장에 대해서는 바트 무어-길버트, 이경원 역, 『탈식민주의! 저항에서 유희로』, 한길사, 2001, 2장 「에드워드 사이드 : 『오리엔탈리즘』과 그 너머」 참조.

음/ 전장에서 살육하고 돌아온/ 남자의 마음" 등의 구절을 통해서 확인
된다. 뿐만 아니라 시극 「그 입술에 파인 그늘」(1966)의 경우에도 여성
화자의 능동적이고 적극적인 욕망의 체현을 볼 수 있다.[23] 이 같은 신
동엽 시의 여성성 부각과 혼성적 장치는 남성적 혹은 여성적 성징으로
만 일관하는, 그리하여 결국 오리엔탈리즘을 내부에서 반복하는 문학적
재현으로부터 그의 시를 벗어나게 한다. 신동엽 시세계에서 일관되게
강조되고 있는 원수성에 대한 긍정적 가치 부여가 대지모신이나 영원성
등의 이미지와 친연성이 있음을 볼 때, 여성을 집에 비유하는 것 역시
여성의 수동성을 강조하기 위한 것이라기보다는 생산성 혹은 대지적 근
원성의 의미를 부여하는 차원으로 해석될 수 있을 것이다.

신동엽은 민족주의적 입장에서 60년대의 현실을 비판하고 이를 자신
의 시로 극복하고자 한 시인이다. 이러한 관점에 항용 뒤따르는 비판인
미학성 결여에 대한 지적은 그 역시 본질주의적 시선을 넘어서지 못한
다는 점에서 문제적이다. 신동엽의 민족적 입장은 당대의 정치경제적
상황이 낳은 이데올로기의 호명과 밀접히 연관되어, 그에 매몰되는 동
시에 극복의 가능성을 보여주는 중층적 양상을 띠고 있다. 자유민주주
의의 추구와 경제 선진화의 논리는 미국을 중심에 놓는 대타적 자기 인
식의 결과물일 것이며, 결국 자기 식민화의 외화된 형상이 아닐 수 없
다. 그런 점에서 동양의 근대화는 곧 자기 식민화의 변형된 형태일 수
있다. 그러나 이러한 일반화가 설득력을 지니기 위해서는 해당 사회의

---

23) 「그 입술에 파인 그늘」에 나타난 여성성과 다장르적 실천의 의미에 관해서는
   남기택, 앞의 글, 『작가마당』 6호, 126~133면 참조.

물질적 토대와 이를 반영하는 구체적 텍스트가 뒷받침되어야만 한다. 이것은 탈식민주의의 관점이 오리엔탈리즘의 또 다른 변형일 수 있는 가능성에도 불구하고 현실적인 대안 담론이 되어야 하는 하나의 이유이다. 그런 관점에서 신동엽의 저항적 전술이라 할 수 있는 느림의 추구, 생래적 저음의 기교는 탈식민의 목소리가 지니기 쉬운 경직성을 넘어서는 정치적 효과를 유발한다. 이는 앞 장에서도 언급한 바와 같은 중심을 거부하는 일종의 탈식민적 저항 전술로 볼 수 있을 것이다. 탈식민적 관점의 독법은 이러한 비의도적 혼성성의 국면과 효과에 주목해야할 것이다.

현실에의 참여 정신은 신동엽의 시적 저항에 핵심적 내용이다. 저항의 기의는 이른바 행사시라는 형식으로 기표화되기도 한다.

> 四月十九日, 그것은 우리들의 祖上이 우랄高原에서 풀을 뜯으며 陽달진 東南亞 하늘 고흔 半島에 移住오던 그날부터 三韓으로 百濟로 高麗로 흐르던 江물, 아름다운 치마자락 매듭 고흔 흰 허리들의 줄기가 三·一의 하늘로 솟았다가 또 다시 오늘 우리들의 눈앞에 속구쳐 오른 阿斯達阿斯女의 몸부림, 빛나는 앙가슴과 물구비의 燦爛한 反抗이었다.
>
> (…중략…)
>
> 알제리아 黑人村에서
> 카스피海 바닷가의 村아가씨 마을에서
> 아침 맑은 나라 거리와 거리
> 光化門 앞마당, 孝子洞 終點에서
> 怒濤처럼 일어난 이 새피 뿜는 불기둥의

抗拒……

冲天하는 自由에의 意志……

　　　　　　　　　　　　　　　　—「阿斯女」(1960) 부분

「아사녀」는 저항 정신을 표면적으로 드러내는 대표적 예시에 해당된
다. 그 과정에서도 과거와 현재가 등재되고("罪없는 月給쟁이/ 가난한 百姓",
"삼한으로 백제로 고려로……삼·일의 하늘로"), 지역과 중앙이 혼재되는("邑
에서 邑/ 學園에서 都市, 都市 너머 宮闕", "알제리아 黑人村에서/ 카스피海 바닷가
의 村아가씨 마을에서/ 아침 맑은 나라 거리와 거리/ 光化門 앞마당, 孝子洞 終點
에서") 양상을 볼 수 있다. 이러한 현상은 신동엽 시에 나타나는 일종의
혼성성이다. 이 작품에는 앞서 살펴봤던 여성성의 성징, 일상적 진술의
효과, 일국적 단위를 넘어서는 초국적 연대의 정신이 효과적으로 결합
되어 있다. 환언하자면 이는 억압에 대한 저항이라는 분명한 기획 의도
속에 내재된 혼성의 양상이라 하겠다.

　신동엽의 시는 단순히 매판 자본과 민족 모순에만 항거한 것이 아닌
제국주의의 본질과 폐해를 지적했다는 데 또 다른 의의가 있을 것이다.
신동엽 시에 등장하는 쇠는 제국주의의 물리적 폭력을 상징하기도 하고
신식민지 자본 형성의 근간을 환기할 수도 있다. '철'은 60년대 한국 경
제의 고도성장에 바탕이 되는 동력이었다. 이와 관련하여, 60년대적 상
황에서 우리의 신식민성을 강제한 외부 세력으로 미국뿐만 아닌 전후
일본의 신식민주의적 간섭을 들 수 있다. 일찍이 스스로를 제국화하여
오리엔탈리즘을 극복하려 한 일본은 전후의 식민적 무의식을 내재화하
는 일환으로 주변국의 친군부적 독재권력 형성에 동참하게 된다. 여기

에도 진보라는 이름의 전도된 환상이 신식민주의에 정당성을 부여하고 있다. "'경제 원조'라는 이름의 개발형 군사 독재 정권에 대한 가담이 그 후 수십 년에 걸쳐 한국의 탈식민지화와 민주화를 강력하게 저해하는 중대한 원인"[24]이었음을 간과할 수 없다. 그러나 신동엽의 시가 이에 대한 구체적 이미지를 충분히 보여주고 있지 못한 점은 탈식민적 저항의 모순적 은폐라고도 생각되는 바, 이러한 한계는 내재적 신식민화의 구조가 신동엽의 의식을 넘어선 결과라고 할 수도 있겠다.

4. 맺음말

신동엽 시는 장소성에 바탕한 지역문학의 가능성을 보여주었다. 그러나 그의 지역성은 결코 구체적 공간으로 한정되지 않으며 중앙과 지역의 이분법적 지역주의를 넘어서는 탈식민적 가능성을 암시하고 있다. 이는 신동엽의 시를 민족문학의 소중한 자산으로 기억하는 중요한 이유가 될 수 있다. 한편 신동엽의 지역성은 그의 근대 인식, 즉 원수성의 세계로부터 멀어진 차수성 세계로서의 근대, 이를 극복하기 위한 귀수성으로의 회귀 등에서 볼 수 있는 것과 같은 또 다른 본원주의의 가능성을 내포한 것이기도 하다. 따라서 신동엽 시의 지역과 저항은 중층적으로 해석될 수 있는 의미의 여백을 지닌다.

탈식민주의의 관점은 이 미묘한 동일화와 저항의 순간을 효과적으로 포착할 수 있는 이론적 틀이 될 수 있다. 탈식민주의의 생래적 한계에

---

24) 고모리 요이치, 앞의 책, 139면.

대한 지적은 그것이 결국 서양을 중심으로 하는 또 다른 편향일 수 있다는 우려에서 비롯된다. 또한 아직까지 내실 있는 성과를 집적하고 있지 못한 형편인데, 이는 탈식민주의의 '절박한 영역'을 반증하는 정황이라 할 수 있다. 탈식민주의의 문제점은 이에 대한 비판적 시각이 증폭하는 데서 비롯되는 것이 아니라, '탈식민'이 출현한 역사적이고 사회적인 맥락이 이질적이며 따라서 탈식민주의의 문화 형태와 비평 양식이 매우 다양하다는 점일 것이다.25) 한국의 신식민적 현실은 탈식민주의 이론의 영역에서도 철저하게 소외된 채 주변적 대상에 머물고 있다. 무엇보다도 탈식민 반세기를 넘기면서도 '식민 이후'의 양가적 혼돈이 반복되고 있는 현상은 탈식민적 관점의 현재화가 필요한 분명한 이유라 하겠다.

이렇게 볼 때, 신동엽을 60년대의 민족문학적 성과로만 한정하는 것은 신동엽 시의 의미를 정형화하는 관습적 해석을 반복하는 것인지도 모른다. 달라진 담론의 수위에서도 신동엽 시는 재해석되어야 하고, 그 과정에서 신식민성의 문학적 대응에 관한 시사점을 새롭게 발견할 수 있으리라 본다. 지역성과 저항의 의미를 중심으로 한 이 글 역시 신동엽 시의 탈식민성에 대한 지엽적 접근으로서 여전한 미결의 영역들로부터 자유롭지 못할 것이다.

출전 : 『비평문학』 18호, 한국비평문학회, 2004. 6.

---

25) 바트 무어-길버트, 앞의 책, 420면.

신동엽의 오페레타 - 「석가탑」에 나타난 시의 주제와 표현양식에 대한 연구

1. 머리말

신동엽의 작품에 대해서는 그 동안 많은 논자들에 의하여 다양한 시각에서 논의·고찰되어져 왔다. 사실, 신동엽은 「이야기하는 쟁기꾼의 대지」[1]의 발표를 계기로 본격적인 집필 활동이 시작된 1959년부터 작고한 해인 1969년에 이르기까지 시와 산문을 중심으로 한 다양한 장르의 작품을 발표하였다. 특히, 신동엽은 시 창작에 전념하여 시로써 접근

---

* 이현원 / 계명대학교 국어교육학과 교수
1) 「이야기하는 쟁기꾼의 대지」는 신동엽이 1959년에 '石林'이라는 필명으로 조선일보 신춘문예에 응모하여 입선된 작품이다.

될 수 있는 영역, 즉 서정시·서사시·시극·장시·오페레타 등의 장르를 통하여 자신의 문학세계를 구축하였다. 이 중에서 시극과 오페레타는 당시의 문학조류를 비추어 볼 때 신동엽의 혁신적 창작관에서 이루어지고 수용되어진 장르라고 볼 수 있다. 그러나 현재, 신동엽의 작품 연구에 있어서 다수의 시대적 서정시와 혁명시, 그리고 서사시-「금강(錦江)」과 장시-「이야기하는 쟁기꾼의 대지」에 대해서는 많은 고찰이 보이고 있으나 시극과 오페레타는 전체적 시각에서 이루어지지 않고 있다. 현 시점에서 보이고 있는 시극-「그 입술에 파인 그늘」에 대한 극소수의 연구2)는 물론이고 오페레타-「석가탑」에 대한 부분적 고찰들은 그동안 신동엽의 시극과 함께 그가 시의 새로운 표현 양식으로 수용했던 오페레타에 대한 문학적 연구가 원활하게 진행되지 않았음을 말해주고 있다.

신동엽의 「석가탑」은 작가가 작품 제명에서 명시한 바와 같이 오페레타(operetta)3)이다. 오페라에서 분류되는 오페라타는 '작은 오페라'를 말한다. 오페라를 가극으로 볼 때 오페라타는 '작은 가극'이 된다. 단지, 기존의 오페레타와 오페라를 서로 비교해 볼 때 오페레타는 오페라에 비해 음악이 동반된 극적 대사보다는 음악이 동반되지 않은 극적대사를 더 많이 수용하고 있음을 알 수 있다.4) 이러한 오페레타를 포함하고 있

---

2) 이현원, 「한국 현대시극 연구」. 계명대 국어국문학과 박사논문(미간행), 2000, 104
~120면.

3) 오페레타는 일반적으로 희가극 또는 경가극이라고 말하지만 원래는 '작은 오페라'라는 뜻으로서 18세기경에 생겨난 오페라이다. 현재와 같이 특정한 뜻으로써 사용하게 된 것은 19세기 중엽부터이다. 박승유, 「양식사적 분류에 의한 Opera」, 『인문학연구』 제18집, 강원대학교, 1983, 143면.

는 오페라, 즉 가극은 대본을 바탕으로 하여 일관성 있게 작곡되며 가창을 중심으로 한 음악극이다. 가극과 극형태와의 경계는 분명하지 않다. 왜냐하면 가극 자체는 극으로써 이루어져 있기 때문이다.

'작은 가극'인 「석가탑」은 가극을 위한 대본이다. 그리고 「석가탑」은 전체적인 면에 있어서 대부분이 시와 시적 대사로써 이루어져 있다. 그러므로 가사에 부여된 작곡 이전의 일차적인 가사의 차원에서 견지할 때, 구성 전체가 시 정신을 중심으로 이루어진 「석가탑」은 '가극을 위한 시' 혹은 '가극시'로서도 볼 수 있다.

「석가탑」이 창작된 1960년대는 정치·사회적인 면에 있어서는 혁명과 저항의 시대였으며 문학사적인 면에 있어서는 기존의 모더니즘 문학 장르를 바탕으로 새로운 전위문학을 지향하고 독특한 시각에서 다양한 문학 장르를 개발하기 위한 실험과 모색의 시대라고 볼 수 있다. 더욱이 이 시기는 시를 표현하기 위한 양식과 매체에 대한 연구가 활발하게 시도되었던 때이다. 본 연구에서 고찰하고자 하는 신동엽의 「석가탑」은 그가 앞서 발표하였던 시극―「그 입술에 파인 그늘」이 추구하고 있는 민족주의적 역사성과 시 양식의 변혁성을 동일한 시각에 의하여 수용하면서도 새로운 주제로써 작품을 표출시키고 있다.

따라서 본 연구에서는 한국 현대시의 표현 양식과 매체에 대한 다양한 모색작업이 활발하게 전개되었던 1960년대에 있어서 '오페레타'라는 장르를 수용하여 창작·발표된 「석가탑」을 분석함으로써 이 작품이 지니고 있는 문학적 가치를 밝히고자 한다.

---

4) 박승유, 앞의 글, 133면.

이를 위하여 본 연구에서는 「석가탑」에서 시와 시적 대사가 가극화되는 데에 있어서의 표현 양식과 매체, 즉 시의 요소를 중심으로 하여 이와 함께 유기적으로 작용하고 있는 극·무용·음악·조명 등의 요소와 연결시켜 그 기법과 표현적 특성을 고찰하고자 한다. 또한 내용 분석에 있어서는, 역사적 현실 속에서 작중 인물들이 갖는 존재의식과 갈등의 관계, 그리고 이들이 지향하는 삶의 의미를 바탕으로 하여 작자가 가극 장르를 통하여 나타내고자 하는 시의 주제적 의미를 파악하고자 한다.

2. 시와 극화 의식

'영지설화'를 바탕으로 하여 창작된 신동엽의 오페레타―「석가탑」은 백병동에 의하여 작곡이 이루어져 1968년 5월, <드라마 센터>에서 상연되었다. 신동엽의 「석가탑」은 1965년 2월, 최일수의 연출로 국립극장에서 공연된 시극―「그 입술에 파인 그늘」과는 긴밀한 관계에 놓여 있다. 왜냐하면 「석가탑」이 가극을 위하여 작곡되었다는 점을 배제한다면 「석가탑」은 「그 입술에 파인 그늘」과는 '시의 무대화'라는 동류의 문학 양식을 지향하고 있기 때문이다.

실제적으로 무대에서 공연된 「그 입술에 파인 그늘」의 양식은 시극이며 「석가탑」은 시극을 적극적으로 수용하여 창작된 작품이다. 따라서 「석가탑」은 신동엽의 시극관을 바탕으로 하여 가극화를 목적으로 이루어졌다고 볼 수 있다.

신동엽의 시 표현 양식과 매체에 대한 모색은 당시의 1960년대 문예 상황과 관계된다. 정치적인 면에 있어서도 혁명기였던 1960년대에 있어서의 시단에서는 인간성 탐구와 함께 시어에 대한 새로운 실험이 본격화되고 있었다. 유근조는 그의 시론에서 1950년대의 주지주의 시인들의 대부분이 1960년대에 들어서자 자연히 그 실험성을 형식상의 기교에 기울였으며 또한 1960년대에 와서 실험성을 형식상의 기교에 기울였던 대부분 시인들이 시법에 있어서 비유나 암시를 강조 설명이나 직설을 배제하고 시의 대상을 되도록 현실보다는 개인의 내적인 심리, 나아가서 심층심저에 흐르는 잠재의식까지를 동원하여 공간적인 심상까지를 추구했음5)을 말하고 있다.

시의 내용과 형식면에 있어서의 실험이 왕성하게 전개되었던 1960년대의 문인들은 문학의 최종 형식을 시극에 두고 시극을 최고의 전위적 장르, 즉 시의 완결품으로 보았던 엘리엇의 형식실험에 많은 영향을 받았으며 이러한 것은 극예술의 영향으로 더욱 표면화 될 수 있었다. 시의 무대화작업을 추구하던 문인들에게 직접적인 영향을 준 것은 원각사를 중심으로 일어났던 '소극장 운동'이었다. 1956년, 제작극회를 시발로 일어났던 '소극장 운동'은 현대극양식을 창작하고 모색하였는데 '소극장운동'의 취지는 새로운 장르인 시극을 탐색하던 작가들의 실험정신과는 일치하였던 것으로서 서로 많은 영향을 끼쳤다고 볼 수 있다. 그리고 1960년대 한국 연극계에 활성화를 가져다준 셰익스피어 400주년 기념공연 행사는 셰익스피어의 작품에 대한 문인들의 직접적 관심을 초래

---

5) 유근조, 『한국현대시의 구조와 형성이론』, 중앙대학교 출판부, 1991, 310면.

시켰다고 생각된다. 시극의 발생이 장르적인 면에 있어서 극시와는 밀접한 관계가 있는 사실을 감안할 때, 「햄릿」·「리어왕」·「오델로」 등과 같은 셰익스피어의 극시류가 현대시극 창작에 있어서 중요한 자료로 부각되었다고 볼 수 있다.6)

이러한 시와 극의 문예상황은 결과적으로 1963년에 신동엽을 비롯하여 장호, 최일수, 홍윤숙, 이인석 등 총 33명을 주축으로 한 <시극동인회>를 결성되게 하였으며 특히, 시인들은 이 동인을 중심으로 종전의 시 기법과는 다른 새로운 시점과 이론하에서 시극을 본격적으로 창작하기 시작하였다. <시극동인회>는 1963년 10월 21일부터 22일까지 양 이틀 동안 국립극장에서 '제1회 시극공연'을 가졌으며 1966년 2월 26일에서부터 27일까지 '제2회 시극공연'을 국립극장에서 가졌다. '제2회 시극공연'에서는 신동엽의 시극-「그 입술에 파인 그늘」을 비롯하여 홍윤숙의 시극-「女子의 公園」, 이인석의 시극-「사다리 위의 人形」이 발표되었는데 '제2회 시극공연'에서 연출을 맡은 최일수는 다음과 같이 논하였다.

> 詩劇과 演劇의 한계와 差質을 뚜렷하게 그어놓았을 뿐만 아니라 詩劇의 綜合的인 「이미지」가 舞臺空間에 선명하게 具現할 수 있었다.
> 또한 시가 視覺的인 「이미지」를 그리워하며 종합적인 광장을 찾아가게 되는 한결같은 現代詩의 소망을 풀어 주면서 세가지 소리의 통합 뿐 아니라 聽覺的인 이미지와 視覺的 인 「이미지」까지도 合—이 되는 세계로 무한히 넓혀갈 수 있다는 가능성을 갖게 된 것이다.7)

6) 이현원, 「한국 현대시극 형성 고찰」, 『한국어문연구』 제14집, 한국어문연구학회, 2003, 180~181면.

위의 글에서와 같이 최일수는 '제2회 시극공연'이 시극과 연극과의 구별을 지을 수 있는 무대를 마련하였음을 평하고 있는데, 제2회 공연이 엘리엇이 말하고 있는 시의 세 가지 음성뿐만 아니라 청각적 이미지와 시각적 이미지를 직접적으로 연결시켜 시극이 연출되었음을 말하고 있다.

신동엽은 1960년대 초기에 <시극동인회>를 중심으로 새로운 시극의 논리가 전개되고 작품화 되는 가운데 <시극동인회>의 사무간사로 활동을 하면서 작가로서 시 표현양식과 매체에 대한 모색을 하였으며 표현기법의 다양성을 위한 창작에 심혈을 기울였다. 그리고 시극을 바탕으로 가극이라는 장르를 수용하여 오페레타—「석가탑」을 창작하였다고 볼 수 있다.

3. 양식의 등가적 수용과 매체의 다양성

시를 중심으로 극과 음악이 종속적 수용보다는 대등한 위치에서 수용되어 유기적 관계로 결합된 「석가탑」은 전 5경(景)으로서 작가는 시적 요소와 극적 요소, 그리고 음악적 요소 등을 표현 매체로 활용하여 객관적·주관적 가치관에 따라 본원으로 돌아가려는 인간의 귀소 양상을 역사적·예술적·종교적 시각 하에서 나타내고 있다. 즉 신동엽은 「석가탑」에서 시의 의미화와 청각화, 그리고 시각화를 가극이라는 장르로써 나타내면서 극·음악·무용 등을 등가적으로 수용하여 주제를 표출

---

7) 최일수, 「詩劇의 可能性」, 『사상계』 1966 5월호, 1966, 323~328면.

하고 있는 것이다. 본 장에서는 이러한 양식에 따른 요소와 매체를 미시적으로 고찰해보기로 한다.

전 5경,[8] 즉 1막 5장으로 된 「석가탑」에서는 제1경에 앞서서 먼저 등장인물이 제시되고 있다.

등장 인물
아사녀, 아사달
수리공주 : 아사달을 좋아하는 공주
도미장군 : 수리공주를 짝사랑하고 있음.
맹꽁이 : 도미장군의 시종
비녀 : 수리공주의 시녀
왕, 왕비
주지 : 불국사 주지
마래·나리 : 아사녀의 시녀
거머쇠·도끼 : 불국사 문지기
여승 10여명, 탈춤무용수 10여명, 발레수 10여명, 마을처녀, 마을총각

「석가탑」에서의 등장인물 제시는 희곡에서의 등장인물 제시와 유사하다. 이러한 등장인물들은 본 가극에서 시를 노래하는 가창자들인데 이들의 신분과 역할에 따라서 아리아인 영창(咏唱)과 레시터티브인 서창(敍唱)의 담당이 구분된다고 볼 수 있다. '아사녀'와 '아사달'이 앞부분에

---

8) 연극 흐름의 분절은 막(幕)과 장(場)으로 구분하는데, 경(景)은 장과 동일한 용어로 사용된다. 그러나 중국에서의 경은 어떤 막 중에서 무대 정경의 변화가 없는 채 구분되는 한 장면을 말한다. 또한 연기자의 동작이 일어나는 무대의 뒤편에 꾸며 놓은 장치로서 연극의 내용을 뒷받침하는 경관이 주제가 되는 것을 경이라고 한다.

제시됨으로써 주동 인물인 동시에 영창 담당자임을 나타내고 있으며 '수리공주, 도미장군, 맹꽁이, 비녀, 주지, 마래·나리, 거머쇠·도끼'에 대해서는 비교적 자세한 설명이 이루어지고 있다. 여기에서 작가는 '수리공주'와 '도미장군'은 조력 인물과 반동 인물로서의 역할을 맡을 것이며 주동 인물과 함께 영창 담당자일 가능성도 나타내고 있다. 또한 공주와 장군의 이름을 '수리'와 '도미'로, 공주의 시녀와 시종의 이름을 '비녀'와 '맹꽁이'로, 아사녀의 시녀와 불국사 문지기의 이름을 '마래·나리'와 '거머쇠·도끼'로 명명한 것은 상층 인물과 하층 인물, 그리고 주동 인물과 반동 인물을 이름이 가지는 청각적 이미지와 의미적 이미지로서 구분시키려는 작가의 의도에서 비롯되었다고 볼 수 있다. 그리고 불국사 문지기인 '거머쇠'와 '도끼'는 작가의 서민적이고 해학적인 작명관을 나타내고 있다. 이러한 등장 인물들의 이름은 본 작품의 내용을 미리 암시해준다고 볼 수 있다.

위의 등장인물에서의 '여승 10여명, 탈춤무용수 10여명, 발레수 10여명, 마을처녀, 마을총각'에서는 본 작품이 탈속적 인물과 세속적 인물의 배치 속에서 주동 인물과 반동 인물의 극적 전개가 이루어질 것임을 나타내고 있는데, 특히 탈춤무용수와 발레수의 등장은 한국무와 서양무의 조화뿐만 아니라 한국 탈춤을 오페라타에 수용하려는 신동엽의 새로운 시도에서 비롯된 것임을 알 수 있다.

무대
불국사 경내. 완성된 다보탑 멀리 산과 호수가 보인다. 下手쪽으로 약간 기운 자리에 공사중인 석가탑. 2층까지 올려졌다. 탑 아래 몇 개의

큰 돌, 탑 후면으로 돌층계가 있다. 막이 오르면서 합창. '밝고 명랑하면
서도 경건하고 장중하여 불교적인 열반, 불교적인 승천에의 기쁨을 표
현하는 곡'이 울려나온다. 합창곡에 맞추어 10여명의 여승, 승무(무용①)

위의 무대 해설에서는 무대 배경 및 무대 연출에 대해서 비교적 자세
하게 제시되고 있다.

"불국사 경내. 완성된 다보탑 멀리 산과 호수가 보인다."에서의 '불국
사, 다보탑, 산, 호수'는 기하학적 도형이나 상징적 색채로써 나타내기
에는 어려운 역사적 물체와 자연물이다. 또한 "下手쪽으로 약간 기운
자리에 공사중인 석가탑. 2층까지 올려졌다. 탑 아래 몇 개의 큰 돌, 탑
후면으로 돌층계가 있다." 등의 무대에 대한 설명에서도 마찬가지로 작
가는 본 작품에서 상징적 무대보다는 사실적인 무대장치가 추구하고 있
음을 알 수 있다. 이러한 사실주의에 입각한 무대는 「석가탑」의 내용
자체가 설화성보다는 역사성이나 실화성에 있다는 사실로 전환시키는
효과를 줄 수 있다.

> 비녀
> (下手로 퇴장하는 일동을 바라보고 있다가, 퇴장이 끝나자 上手쪽에
> 입 다문 채 아직도 차렷 자세로 서 있는 맹꽁이에게 달려가 윗입술과
> 아랫입술을 두 손으로 열어준다. 열렸단 닫히고 열렸단 닫히고가 되풀
> 이 되는 동안 고개운동이 점점 커지면서 익살스런 무용②, 노래⑤ 반주,
> 익살스런 리듬의 음악이 될 때 暗轉)
>
> —제1경 중

「석가탑」의 지문에서는 작중 인물들의 행동과 몸짓을 자세하게 지시

하거나 직면한 상황을 정확하게 나타내고 있다. "열렸단 닫히고 열렸단 닫히고가 되풀이 되는 동안 고개운동이 점점 커지면서"에서처럼 입술의 작은 동작까지 묘사하고 있다. 그리고 지문에서는 '무용②, 노래⑤ 반주'를 지시하고 또한 익살스런 리듬의 음악이 될 때 '암전(暗轉)'을 지시하고 있다. 「석가탑」의 지문은 산문체로 이루어져 있다. 타 시극 중에서는 시극의 전체를 시화시키기 위하여 지문을 운문체로 나타내고 있다. 「석가탑」의 지문에서 운문체를 찾아볼 수 없는 것은 본 작품이 읽거나 읽음으로써 심상적 극화를 목적으로 하는 레제가극이 아니라 실제 무대를 위한 뷔이넨가극을 목적으로 쓰였다고 볼 수 있다.

> 도미장군
> (…중략…)
> (불이 꺼져 어두워지고 두 개의 스포트, 아사달의 고향집. 아사녀와 작별하고 있다. 默劇이 진행된다. 이별하는 두 남녀. 음악 멎고 불이 밝아진다)
>
> —제1경 중

「석가탑」에서의 묵극(默劇)[9]은 제1경에서 나타난다. 가장 오래된 연극 형태 중의 하나인 무언극 혹은 팬터마임으로 분류되는 묵극은 인상과

---

9) 묵극은 팬터마임이라고 칭한다. 팬터마임은 고대 그리스어인 'pants'와 'mimos'의 합성으로서 대사를 갖지 않고 동작, 인상, 표정 등의 신체적 움직임과 몸짓에 의하여 표현되는데, 그 기원은 원시 시대까지 거슬러 올라간다. 팬터마임의 원어인 판토미모스는 고대 로마에서 연극용어로 사용되었으며 무용가이자 배우인 피라데스는 판토미모스를 완성시켰다. 장한기, 『연극학입문』, 우성문화사, 1981, 181~184면.

표정 등의 신체적 움직임과 몸짓에 의하여 표현되는데, 신동엽이 이러한 묵극을 표현 매체로서 활용한 것은 사실주의극을 비롯한 당시의 다양한 극 기법에 지대한 관심을 가졌다는 것을 말해준다. 왜냐하면 묵극은 근대극에서 많이 사용되었을 뿐만 아니라 사실주의 극에서도 독백과 같은 기능으로 쓰여졌기 때문이다. 사실, 현대에서의 묵극은 보다 자체의 긴밀한 효과를 위하여 언어를 고의로 기피하고 동작의 의미만을 강조하고 있는 것도 사실이지만 부정적 시각에서 본다면 묵극은 연극 본래의 일부를 죽이고 연극에서 이탈한 형태라고 볼 수 있다. 신동엽의 묵극 수용은 시의 묵시적 기능과 일맥상통한 묵극의 기능을 활용한 것으로 생각된다.

본 작품에서 음악의 수용은 절대적이다. 그 중에서 가장 중요한 음악 매체는 합창이다. 「석가탑」의 제1경은 여승들의 합창으로서 시작된다.

> 합창 (여승들, 노래① 서해바다 달이 지니)
> 　서해 바다 달이 지니
> 　동해 반도 해가 뜨네
> 　천축 넘어 성인 가시니
> 　동방 반도 새 성인 나시네
> 　어와 공덕이시여
> 　우리들 마을 마다 아기 부처님 나시네.
> 　(…하략…)

─제1경 중

여승들의 합창은 고전극과 시극에서의 코러스와 동일한 역할을 지니는데 코러스는 작품의 시작을 알리는 동시에 작품의 결말을 암시해준다. 일반적으로 코러스는 음악과 함께 많은 연극에 사용되고 있으며 또한 어떤 관념적 통일을 표현하는 인물의 집합을 의미한다. 코러스의 통일성은 음악의 경우 개개의 소리의 조화에 있는 것이나 연극에 있어서는 연령·직업·성격·사회적 지위·정신적 태도 등에 관련을 갖는다. 그리고 코러스는 연극에 있어서의 합창단은 무용단과 함께 초인적인 힘을 나타내는 존재이기도 하다. 그리스 연극에서는 본래 개개의 주인공과 상대하는 것으로서 액션을 반영하거나 A. W. 쉬레겔이 말한 '표현화된 객관(idealisierter zuschauer)'으로서 표현의 대변자로서 극 진행상에 있어서의 제3자적인 판단을 갖고 해석을 제시하기도 한다.10) 새로운 양식화의 시대라고 말할 수 있는 현대에 있어, 코러스가 새로운 극적 양식을 탄생시키고 나아가서 시의 무대화에 중요한 요소로 자리 잡는 데 있어서 신동엽은 중요한 역할을 하였다고 볼 수 있다.

　합창 (여승들)
　　울려퍼지더니

　여승1
　　이네 귀에 버티고 앉은
　　이네 마리 사자

　합창 (여승들)
　　이네 마리 사자

10) 장한기, 앞의 책, 105~108면.

여승2
　　사자 등 너머로
　　어여쁜 돌층계
　　합창 (여승들)
　　어여쁜 돌층계 (노래② 끝)

　　　　　　　　　　　　　　　　　　　　　　　—제1경 중

　가극에서의 합창은 필수 요소이다. 「석가탑」에서의 합창은 단일 코러스와 대화창(對話唱)으로 나타나고 있다. 위의 가극에서는 합창과 시가 서로 대화방식으로써 표현되고 있다. 동일한 종교적 목표를 추구하는 여승들이 시를 직접적으로 발화하는 여승과, 시를 노래로써 표현하는 여승으로 나뉘어져 '아사달'의 석탑 작업을 묘사하고 있다. 이러한 코러스는 그리스 극에서 점차적으로 사라졌던 합창단의 역할을 새롭게 수용하기 위하여 엘리엇이 부활시켰던 코러스와 유사하다고 볼 수 있다. 엘리엇의 시극—「대성당에서의 살인, Murder in the Cathedral」 등에서 제시되고 있는 코러스는 시 표현의 다양화와 시의 무대화 작업을 모색하고 있었던 신동엽에게 직접적인 영향을 주었다고 볼 수 있다.

　　중창
　　　이 몸은 당신의 그림자
　　　당신께서 앉으시나 서시나
　　　따라다닐 그림자
　　　당신이 계시나 안계시나
　　　따라다닐 그림자

독창

　　이 몸이 재티 되어
　　멀고 먼 벌판 흩날리어도
　　이 몸이 열백번 고쳐죽어
　　구름 위 떠돌아 다녀도
　　(…하략…)

—제4경 중

　신동엽은 가극을 위하여 음악의 주 매체인 노래를 수용함에 있어서 다양한 가창양식, 즉 합창뿐만 아니라 독창과 중창, 그리고 이중창을 긴밀하게 배치시킴으로써 음의 조화를 추구하고 있음을 볼 수 있다. 또한 작가는 이러한 노래양식을 매체로 하여 자신의 시를 표현하고 있다.

　신동엽은 자신의 시극—「그 입술에 파인 그늘」에서 시의 무대화를 위하여 시적·극적 기법을 비롯하여 배음과 무용, 그리고 조명 등의 기법을 다양한 방식으로 활용하였지만 합창·중창·이중창·독창 등의 가창을 시의 표현 매체로써 활용하지 않았다. 그의 시극에서 배제된 가창이 「석가탑」에서 적극적으로 활용된 것은 가극이 지향하는 음악에 대한 의식에서 비롯되었다고 볼 수 있는데 무엇보다도 중요한 것은 가창 방식에 있어서 '창(唱)'이 본 작품에 수용되어졌다는 사실이다.

　아사녀
　(唱調) 아사달님, 여보 아사달님, 당신 정말 훌륭한 일 하셨군요 자랑스러워요, 이대로 죽어도 이젠 여한이 없어요 (노래⑲ 기다리지요 천날이라도)
　기다리지요 천날이라도

제2부 신동엽 시에 대한 새로운 분석　235

백년이라도 기다리지요
해가 지고 달이 뜨는 삼년
일편단심 무거운 바위만을
(…하략…)

—제4경 중

시의 극화나 가극화에 있어서 '창극'을 표현 매체로 인식하고 활용된
작품에는 하종오의 「집 없다 부엉」, 「어미와 참꽃」, 「서울의 끝」이 있
다. 하종오는 이 작품에 대하여 "이 시극들을 쓰면서 가장 어려웠던 점
은 아직까지 모범이 될 수 있는 시극의 전형이 없어 공부하기가 어려웠
던 것인데, 염무웅 선생님의 조언을 받아들여 창극에서 부분적인 장점
을 취해 보았다."[11]라고 논하였다. 이와 같이 하종오는 자신의 시극들이
창극에서 부분적인 장점을 취하였음을 밝히고 있는데, 이것은 하종오의
시극이 기존의 시극운동과는 연계 없이 독자적인 시점 하에서 창작되었
다는 것을 알 수 있다. 하지만 이에 앞서 신동엽이 「석가탑」에서 '창'을
표현 매체로써 인식하고 활용하였다는 것은 한국문예사에 있어서 의미
있는 일이며 동시에 여기에 대한 또 하나의 새로운 과제가 부여된다고
생각된다.

수리공주
(…전략…) (노래⑥가슴 아픈 눈동자)
내 생전 처음 보았네
가슴 아픈 그 눈동자

---

11) 하종오, 『어미와 참꽃』, 황토, 1989, 6면.

하늘이 열리는 듯 난이 우는 듯
내 가슴 젖어드는 서러운 눈동자여

—제2경 중

아사달
(…전략…) (노래⑦어데 가서 돌아오지 않는가)
어데 가서 돌아오지 않는가
우주를 다듬고 싶은 섬광이여
사람을 새기고 싶은 불꽃이여
어데 가서 돌아오지 않는가

—제2경 중

'수리공주'의 노래⑥인 '가슴 아픈 눈동자'와 '아사달'의 노래⑦인 '어
데 가서 돌아오지 않는가'에서는 3음절, 4음절, 5음절이 중심운율을 이
루고 있다.

박화선은 「신동엽 시의 설화 수용 연구」에서 "설화를 수용한 모든 시
에 공통적으로 해당하는 방법은 요약, 압축, 함축적 서사(implied narrative),
율격화, 동일시이다. 긴 이야기인 설화를 짧은 시 형태로 가져오려면 필
연적으로 요약하거나 압축해야 하기 때문에 압축과 요약은 설화(사건)수
용의 전형적인 양식이며, 산문인 설화가 운문형식인 시로 변용되는 과
정에서 율격화되는 것은 필수적이다."라고 논하였다.[12]

「석가탑」에서 보이고 있는 '노래'의 가사는 본 가극의 노랫말인 동시

---

12) 박화선, 「신동엽 시의 설화 수용 연구」, 동아대 국어교육학과 석사논문(미간행),
1995, 19~20면.

에 작가의 시다. 본 작품에서의 가사는 정형률로 이루어졌다. 「석가탑」에서 산문체 가사, 즉 산문시가 배제된 것은 작가의 정형률을 지향하는 가극관에 의한 것이라고 말할 수 있다.

김남석은 시극이 시극이라고 할 수 있는 가장 명확한 근거는 시의 삽입[13]이라고 하였다.

마찬가지로 「석가탑」이 가극이라고 할 수 있는 이유는 음악이 주요 요소로 수용되어졌기 때문이며 또한 「석가탑」을 가극시로 볼 수 있는 것은 대본 전체에 시가 주요 요소로 수용되어졌기 때문이다. 「석가탑」에서 시는 합창, 중창, 이중창, 영창, 서창, 대화체 시 등에 의하여 표출되고 있다.

> 아사녀 (독창)
>> 달이 뜨거든 제 얼굴 보셔요
>> 꽃이 피거든 제 입술을 느끼셔요
>> (…하략…)

> 아사달
>> 당신은 귀여운 나의 꽃송이
>> 당신은 드높은 내 영원의 꿈
>> (…하략…)

> 아사달 · 아사녀
>> 우리들은 헤어진게 아녜요

---

13) 김남석, 「기다림의 시학」, 『월간-문학과 창작』, 2003 12월호. 문학아카데미, 2003, 214~215면.

우리들은 나뉘인 게 아녜요

(…하략…)

—제5경 중

「석가탑」은 시 요소와 극 요소, 그리고 음악 요소가 유기적으로 관계를 이루고 있는데 이러한 관계 속에서 중요한 매체로 작용하는 것이 조명이다.

(불이 꺼져 어두워지고 두 개의 스포트 …중략… 음악 멎고 불이 밝아진다)

—제1경 중

(노래 멎자 아사녀의 환영 사라지고 조명 밝아진다. …하략…)

—제2경 중

(…전략… 상수무대 조명 밝아지자 상수에서 맹꽁이가 등장 …하략…)

—제4경 중

(교향곡 시작, 동시에 환상적인 조명으로 바뀌면서 상수에서 선녀들에 둘러싸여 아사녀 등장 …하략…)

—제5경 중

위에서 나타나는 조명은 극과 극의 조명효과를 창출하고 있다. "불이 꺼져 어두워지고 두 개의 스포트"와 "노래 멎자 아사녀의 환영 사라지고 조명 밝아진다." 그리고 "상수무대 조명 밝아지자 상수에서 맹꽁이가 등장"에서의 조명은 어둠을 빛으로서 밝혀주는 조명이며 환영에서부터 현실을 인식시켜주는 조명이다. "환상적인 조명으로 바뀌면서 상수에서 선녀들에 둘러싸여 아사녀 등장"에서의 조명은 현실에서 비현실로 변화시키는 조명이다.

이러한 조명과 함께 주요한 매체로 작용하는 것이 배음과 효과음이다. 조명의 명암과 음향의 대소에 따라서 작중 인물들의 행동과 범위가 결정되는 것이 극에서의 보편적인 경향인데 본 작품에서는 작중 인물들의 행동보다는 주제와 환경과 연결되어지고 있다.

> '밝고 명랑하면서도 경건하고 장중하여 불교적인 열반, 불교적인 승천에의 기쁨을 표현하는 곡'이 울려나온다.
>
> —무대 중
>
> (익살스런 리듬의 음악이 될 때 暗轉)
>
> —제1경 중
>
> (주제음악이 은은하게 배음으로 깔리면서 …하략…)
>
> —제2경 중
>
> (부엉이 소리가 들린다)
>
> —제2경 중

본 작품에서의 배음과 효과음은 극적 긴장감보다는 앞으로 전개될 극적 상황과 배경을 암시해주고 있다. 특히, '밝고 명랑하면서도 경건하고 장중하여 불교적인 열반, 불교적인 승천에의 기쁨을 표현하는 곡'인 배음은 「석가탑」의 주제를 암시하는 기능을 지니고 있다. 즉 언어로써 주제를 암시하는 것이 아니라 음으로써 주제를 암시하는 역할을 하는 것

이다. 또한 「석가탑」에서는 무용이 적극적인 표현매체로 수용되어지고
있다.

(…전략… 합창곡에 맞추어 10여명의 여승, 승무(무용①)

—무대 중

(…전략… 고개운동이 점점 커지면서 익살스런 무용② …하략…)

—제1경 중

(…전략… 무용이 먼저 휩쓴 다음, 노래 시작된다)

—제2경 중

(…전략… 간단한 무용동작을 섞은 음악)

—제2경 중

(…전략… 뽕 따는 아가씨들이 춤추며 흥겹게 합창⑬ 뽕잎 따기 노
래)

—제3경 중

(연못가, 마을처녀 5명 등장, 무용을 하면서 합창)

—제5경 중

(…전략… 상수에서 선녀들에 둘러싸여 아사녀 등장, 등장하는 선녀
들은 동작이 점점 발레가 된다)

—제5경 중

본 작품의 '등장인물'에서 나타난 바와 같이 '탈춤무용수' 10여명과 '발레수' 10여명이 본 작품의 무용을 이끌어 나가고 있다. 탈춤과 발레는 형식과 내용면에 있어서 상이한 점을 지닌다. 따라서 탈춤 무용수와 발레 무용수는 서로 다른 양식을 지향한다. 탈춤 무용수는 가면의 종류에 따라서 정해진 범위내의 율동이 이루어지며 발레무용수는 내용에 따라서 마임과 함께 표현 동작이 이루어진다. 신동엽은 본 작품에서 '탈춤 무용수'와 '발레수'로써 한국 무용과 서양 무용을 분리·대립시키지 않고 오히려 조화로써 주제를 표현하고 있음을 볼 수 있다.

본 작품에서는 춤의 양상이 '승무, 익살스런 무용, 뽕 따는 아가씨들의 춤, 선녀들의 발레'로 나타나고 있는데 이러한 춤 양식은 곧 '종교무, 해학무, 노동무, 천상무'로 분류지울 수 있다. 신동엽은 서양의 장르인 오페레타에 다양한 한국의 춤 양식을 수용함으로써 가극의 한국화를 현실화 하였다고 볼 수 있다.

이와 같이 신동엽은 「석가탑」에서 시를 가극이라는 장르를 통하여 나타내면서 극·음악·무용 등을 등가적으로 수용함과 동시에 다양한 표현 매체들을 활용하여 주제를 표출하고 있음을 알 수 있다.

4. 귀소(歸巢)의 양상과 의미

신동엽의 「석가탑」에서는 작가가 목적으로 하는 주제를 위하여 22개의 가사 제목, 즉 시 제목이 제시되어지고 있는데 이중 다섯 번째 제목인 '반주 : 익살스런 리듬의 음악'은 시 제목이 아니라 배음 제목으로 보아야 한다. 따라서 「석가탑」에서는 21개의 제목 아래 쓰여진 시가 다양한 방식으로 표출되고 있다. 본 작품에서 가창되거나 음송으로 표현되어지고 있는 시의 제목은 다섯 번째의 배음 제목을 포함하여 정리하면 다음과 같다.

① '서해 바다 달이 지니'
② '그렇습니다'
③ '무슨 곡절이 있겠지'
④ '나하고 있을 땐 생기가 없더니'
⑤ '반주 : 익살스런 리듬의 음악'
⑥ '가슴 아픈 눈동자'
⑦ '어데 가서 돌아오지 않는가'
⑧ '가랑잎 소리에도 놀래요'
⑨ '그까짓 천리길'
⑩ '이제야 알겠군'
⑪ '나 이대로 돌아갈 순 없어라'
⑫ '구름은 가세요'
⑬ '뽕잎 따기 노래'
⑭ '만나뵐 이 기쁨'
⑮ '하늘이 두쪽 나도'
⑯ '돌 위에 자고 흙 위에 쓰러져도'
⑰ '문지기의 노래'
⑱ '다보탑은 아사녀'
⑲ '기다리지요 천날이라도'
⑳ '추석노래'
㉑ '달이 뜨거든'
㉒ '너를 새기련다'

'서해 바다 달이 지니'를 비롯한 총21편의 시와 대화시에 대한 분석
은 가극의 공연과 긴밀한 상관관계, 즉 아리아, 레시터티브, 다이아로그,
독창, 이중창, 중창, 합창 등의 가창형태와 가창자의 가창방식 등을 중
심으로 하여 가창의 순차적 방식에 의하여 연구되어야 하는데 본 연구
에서는 위의 시 전체를 분석하기보다는 작품의 주제와 직접적으로 연결
될 수 있는 대표적 시를 작가의 문학관과 관련지어 부분적으로 고찰하
고자 한다.

신동엽의 창작관이 가극형태로 표현된 「석가탑」은 작가가 '아사달과
아사녀 설화'라고 불리는 '영지설화'를 수용하여 창작된 것이다. 신동엽
의 「석가탑」은 작가의 진보적인 역사·철학적 사고뿐만 아니라 나아가
서 종교적 차원의 작가의식에 의하여 창작된 작품으로서 각자의 객관
적·주관적 가치관에 따라 본원으로 돌아가려는 인간의 귀소 양상을 역
사적·예술적·종교적 시각 하에서 나타내고 있다.

어떠한 설화가 시인에 의해 선택되었을 때는 그 설화가 시인의 정서
나 현실적 상황과 어떤 식으로든지 밀접한 관계가 있기 때문이다. 이러
한 정서나 현실의 동일화 내지 자아화는 수용한 모든 시에서 드러난
다.14)

　잔잔한 해변을 原數性 世界라 부르자 하면, 파도가 일어 공중에 솟구
치는 물방울의 세계는 次數性 世界가 된다 하고, 다시 물결이 숨자 제자
리로 쏟아져 돌아오는 물방울의 운명은 歸數性 世界이고.
　땅에 누워있는 씨앗의 마음은 原數性 世界이다. 무성한 가지 끝마다

14) 박화선, 앞의 글, 20면.

열린 잎의 세계는 次數性 世界이고 열매 여물어 땅에 쏟아져 돌아오는 씨앗의 마음은 歸數性 世界이다.[15)]

신동엽은 그의 「시인정신론」에서 우주의 변화하는 섭리 세계를 원수성 세계와 차수성 세계, 그리고 귀수성 세계로써 자신의 예술관을 설명하였는데 위의 글에서는 3세계에 대한 정의를 말하고 있다. 여기에 대하여 김창완은 "인류에게는 우주적 순환이라는 보편적 토대가 원형적으로 존재한다. 신동엽의 경우도 이러한 원형적 사고의 패턴을 보여준다. 그의 세계인식의 철학적 체계는 '원수성(原數性) 세계 → 차수성(次數性) 세계 → 귀수성(歸數性) 세계'로 순환하는 '순환론적 세계관'이라 할 수 있다. 이러한 사실은 혼돈과 고통에 처한 현실로부터 비롯되었다. 이는 현실의 고통을 벗어나려는 인간의 사고 속에 자라는 원형성으로 파악된다."[16)]라고 논하였다.

신동엽의 원수성 세계와 차수성 세계, 그리고 귀수성 세계에 대한 의식은 그의 현대시에서 뿐만 아니라 삼국시대를 배경으로 하는 「석가탑」에서도 직접적으로 수용되어져 나타나고 있다. 그는 이러한 3세계를 바탕으로 인물을 설정하고 각 개인이 지향하는 세계에 대한 다양한 귀소를 본 작품에서 시로써 표현하고 있다.

석가탑 축조 설화인 「석가탑」에서는 백제 혹은 한민족의 남성과 여성을 상징하는 '아사달'과 '아사녀'가 주동 인물로 등장한다. 신동엽은

---

15) 신동엽, 「시인정신론」, 『신동엽 전집』, 창작과비평사, 1989, 364면.
16) 김창완, 「신동엽 시의 原型的 연구」, 『한남어문학』 제19집, 한남대학교 국어국문학회, 1993, 159면.

'아사달'과 '아사녀'의 의미에 대하여 「석가탑」에서 다음과 같이 제시하고 있다.

> 왕
>
> 과연 아름다운 탑이로다, 재주가 놀랍구나, 그런데 그 석공의 이름이 뭐라고 하셨오?
>
> 주지
>
> 아사달이라 하옵니다.
>
> 왕
>
> 아사달? 우리 겨레의 아득한 옛날 조상들 이름 같구료. 그때 사내들은 아사달, 여인들은 아사녀로 불렀다 하오. 그런데 그 아사달은 어데 갔오?
>
> ―제1경 중

위에서와 같이 신동엽은 '아사달'과 '아사녀'가 한민족의 남성과 여성을 상징하는 인물로 인식하고 있음을 알 수 있다. 신동엽의 '아사달'과 '아사녀'에 대한 시에서의 표현은 1960년 7월 『학생혁명시집』에 발표된 「아사녀(阿斯女)」와 이후 1961년 11월 『자유문학』에 발표된 「아사녀의 울리는 축고(祝鼓)」 등에서 고찰될 수 있는데 「아사녀」에서의 '아사달'과 '아사녀'는 다음과 같이 묘사되고 있다.

> 四月十九日, 그것은 우리들의 祖上이 우랄高原에서 풀을 뜯으며 陽달
> 진 東南亞 하늘 고흔 半島에 移住오던 그날부터 三韓으로 百濟로 高麗로
> 흐르던 江물, 아름다운 치마자락 매듭 고흔 흰 허리들의 줄기가 三·一

의 하늘로 솟았다가 또 다시 오늘 우리들의 눈앞에 솟구쳐 오른 阿斯達
阿斯女의 몸부림, 빛나는 앙가슴과 물굽이의 燦爛한 反抗이었다.

—「阿斯女」중

위의 시에서와 같이 신동엽은 '아사달'과 '아사녀'를 '3·1의 하늘로
솟았다가 또 다시 오늘, 우리들의 눈앞에 솟구쳐 올라 몸부림치는 존재'
로, 그리고 나아가서 4·19의거에 있어서 '앙가슴과 물굽이의 찬란(燦爛)
한 반항(反抗)'의 주체자로 나타내고 있다.

구름이 가고 새 봄이 와도 허기진 平野, 낙지뿌리 와 닿은 선친들의
움집뜰에 王朝人적투가리 떼는 쏟아져 江을 이루고, 바다 밑 용트림 휘
올라 어제 우리들의 역사밭을 얼음꽃 피운 億千萬 돌창 떼 뿌리 세워
하늘로 反亂한다.

—「阿斯女의 울리는 祝鼓」중

「아사녀의 울리는 축고」에서는 '아사녀'를 바다 밑 용트림 휘 올라
어제 우리들의 역사밭을 얼음 꽃 피운 억천만 돌창 떼 뿌리 세워 하늘
로 반란'하는 주체자로 나타내고 있다. 따라서 「아사녀」와 「아사녀의
울리는 축고」에서 나타나는 '아사달'과 '아사녀'는 반항과 반란의 주체
로 볼 수 있다. 그리고 이러한 '아사달'과 '아사녀'의 근본적 의미는 「석
가탑」의 제1경에서 묘사된 것처럼 한민족구성원의 보편성에서 찾을 수
있다. 신동엽이 인식하고 있는 '아사달'과 '아사녀'의 정체성은 시극—「그
입술에 파인 그늘」에서도 묘사되고 있다.

여

지탱하기가 힘에 겨워요. 이 물맛. 한반도의 등뼈를 타고 흘러내리는
물. 몇천년을 두고 우리 조상들이 이어 마셔오던 물,

아사녀,

아사달이 마셔오던 그 물맛,

—「그 입술에 파인 그늘」 중

신동엽은 「그 입술에 파인 그늘」에서의 '아사달'과 '아사녀'는 '우리
조상'이며 곧 국토의 물을 마시는 주체자로 나타내고 있다. 신동엽은
'아사달'과 '아사녀'가 지니는 한민족구성원의 보편성을 바탕으로 하여
이 보편성을 파괴시키는 적대 인물이나 세력에 대하여 저항하는 '반항'
과 '반란'이라는 개별성을 시로써 표출하고 있음을 볼 수 있다. 특히, 「석
가탑」에서는 한민족구성원의 보편성을 바탕으로 하여 삶의 문제를 해결
하는 방식으로서 개개인의 귀소양상을 역사적·예술적·종교적 시각
하에서 시로써 묘사하고 있다. 신동엽은 본 작품에서 각 개인에 따른
귀소를 나타냄에 있어서 종교적 귀소, 예술적 귀소, 애욕적 귀소 등을
수용하고 있다.

합창(여승들)
서해 바다 노을 지니
동해 바다 달이 뜨네
서역 만리 석가님 가시니
우리 서라벌 목탁소리 일어나네
어와 부처님이시여
우리 마을마다 부처님 웃음 피어나네

—제1경. 「서해 바다 달이 지니」 중

개막과 함께 시작되는 '서해 바다 달이 지니'는 극 전개에 있어서 극적 상황·극적 위기·극적 갈등 등이 제시됨으로써 앞으로 일어날 수 있는 상황적 예시와 함께 발화의 자연스러운 매개체로서의 효과를 지니고 있는 프롤로그 성격의 노래이다. '서해 바다 달이 지니'는 불교를 바탕으로 하는 종교적 귀소를 암시하는 동시에 인간이 추구해야 할 최고의 귀소는 종교적 귀소임을 예시하고 있다.

본 작품에서 일차적으로 고찰할 수 있는 것이 애욕적 귀소이다.

> 도미장군
> 갑자기 웃음 머금기 시작하는
> 저 싱싱한 장미
> 꺾을 수 있을까 꺾을 수 있을까
> 금덩이로 꺾을까 창으로 꺾을까
> 창으로 꺾을까
>
> —제1경. 「나하고 있을 땐 생기가 없더니」 중

'도미장군'의 최고 성취 목표는 '수리공주'에 대한 관능적 욕구의 충족에 있다. '도미장군'은 '수리공주'를 싱싱한 장미로 은유하고 "금덩이로 꺾을까 창으로 꺾을까"에서와 같이 관능에 의한 애욕적 귀소를 보이고 있다. '도미장군'은 차수성 세계에 속한 인물이며 차수성 세계의 방식으로 애욕을 실행하려고 한다. '도미장군'은 신동엽이 정의한 차수성적 인간, 즉 '교활하고 극성스러운 어중띤 존재자로서 하늘과 땅 사이에 등록된 존재'인데 이러한 차수성적 인간의 문제해결 방식에 대하여 작가는 다음과 같이 말하고 있다.

합창
　금덩이로도 안되죠
　창으로도 안되죠

―제1경 「나하고 있을 땐 생기가 없더니」 중

　'도미장군'의 애욕적 귀소와 동일한 형태의 귀소를 보이는 것이 '수리공주'의 귀소이다. '수리공주' 역시 차수성 세계에 속한 인물이다. 그러나 '수리공주'의 귀소는 '도미장군'과는 그 목적에 있어서는 상이하다.

수리공주
　내 생전 처음 보았네
　가슴 아픈 그 눈동자
　하늘이 열리는 듯 난이 우는 듯
　내 가슴 젖어드는 서러운 눈동자여

―제2경 「가슴 아픈 눈동자」 중

　'수리공주'는 "사람일까? 부처님일까? 나를 바라보던 그 눈동자……가슴 아픈 눈동자, 가슴 아픈 그 눈동자……"라는 모놀로그 뒤에 '가슴 아픈 눈동자'를 부른다. '수리공주'의 '아사달'에 대한 사랑은 '도미장군'의 '수리공주'에 대한 관능적 욕구와는 다른 순애(純愛)이다. '수리공주'의 순애는 "사람일까? 부처님일까?"에서처럼 '아사달'을 한 인간으로서가 아니라 초월자로까지 승격·투사시키고 있다. 그러나 '수리공주'의 순애는 고난을 전제로 하지만 인간으로서의 한계점 때문에 승화를 하지 못하고 있다.

수리공주
…전략…
돌 위에 자고
흙 위에 쓰러져도
생이별보단 행복해요
데려가 주어요
데려가 주어요

—제4경. 「돌 위에 자고 흙 위에 쓰러져도」 중

　'도미장군'은 관능에 의한 애욕적 귀소를, '수리공주'는 순애에 의한
귀소를 보이고 있는 반면에 아사달은 예술적 귀소를 보이고 있다.

아사달
어데 가서 돌아오지 않는가
우주를 다듬고 싶은 섬광이여
사람을 새기고 싶은 불꽃이여
어데 가서 돌아오지 않는가

—제2경. 「어데 가서 돌아오지 않는가」 중

　'어데 가서 돌아오지 않는가'에서의 주체는 앞서 제시되고 있는 '아사
달'의 모놀로그에서 찾아볼 수 있다. "왜 오지 않을까. 그날 같은 그 영
감이 왜 오지 않을까. 내 머리속이 왜 이렇게 텅텅 비어만 있을까. 벌써
2년…… 저 다보탑을 쪼을 때는 하늘을 쪼개는 듯, 내 가슴을 두 쪽 내
는 듯, 그 무서운 번갯불이 세이레나 계속되더니…… 빨리 끝내고 고향
에 돌아가야지. 아사녀를 만나야지. 영감이여 어서 돌아와다오."에서와

같이 '아사달'은 영감을 갈구하고 있음을 알 수 있다. '아사달'의 영감
추구는 석가탑 축조에 있다. 그의 석가탑 축조에 대한 의식은 "우주를
다듬고 싶은 섬광이여/ 사람을 새기고 싶은 불꽃이여"로 나타나고 있다.
신동엽은 석가탑 축조를 우주 축조로 연결시키고 있다. 즉 석가탑은 우
주이고 우주는 곧 석가탑이라는 신동엽의 예술관이 '어데 가서 돌아오
지 않는가'에서 잘 표출되고 있다.

> 그곳은 에덴의 동산, 곧 나의 언어로 原數性 世界이어서 그곳에 次數
> 性 世界 건축 같은것을 기획하려는 기운을 아직 찾아볼 수가 없었던 것
> 이다. …중략… 그들이 집단작업으로받들어 이루관 축조물이란 다름 아
> 닌 次數 世界的이요, 强集的인 현상 건축인바 그 하나이 언어문화요 또
> 하나가 조형문화이다. 출발에 있어선 한갓 호주머니 속에 넣고 다니는
> 附帶物로서 인간관계의 利器에 지나지 않았던 이들 조형성·언어성은 마
> 침내 그의 내부 발전을 거듭함에 이르러 방대한 연대관계 위에 총과 조
> 직을 형성하여 뭉게구름처럼 피어올이라 오늘 인간의 대지를 덮었다.[17]

'아사달'이 축조하려는 석가탑은 신동엽이 논하고 있는 차수성 세계
의 축조물인 동시에 귀수성 세계를 향한 축조물이다. 즉 석가탑은 차수
성 세계에서 이루어진 것이지만 차수성 세계를 벗어나서 귀수성 세계로
가기 위한 종교적 귀의의 상징물인 것이다. 그러나 아사달은 종교적 귀
소 이전에 석가탑을 축조하기 위한 현실에서 예술적 귀소를 행하고 있
으며 더군다나 다보탑 축조 때의 예술적 능력을 회복하기 위하여, 그리고
나아가서 상실된 영감을 찾기 위한 모색에 전력을 다하고 있는 것이다.

17) 신동엽, 앞의 글, 365~367면.

‘아사달’의 석가탑 축조에 있어서 최대의 걸림돌은 ‘도미장군’과 ‘수리공주’이다. ‘아사달’의 예술적 귀소는 이 두 인물의 차수성적 귀소에 의하여 나아가지 못하고 있으며 ‘아사달’은 이 두 인물들에 의하여 차수성적 갈등을 겪게 되는 것이다.

```
도미장군
    (…전략…)
    염불엔 맘 없고
    잿밥만 보였군
    탑공사 왜 안되나 했더니
    잿밥만 보였군
```

—제2경. 「이제야 알겠군」 중

```
수리공주
    하늘이 두쪽 나도
    난 따라갈래요
    내 손 뿌리치고
    혼자서 달아나셔도
    이젠 늦었어요
    (…후략…)
```

—제4경. 「하늘이 두쪽 나도」 중

　위의 시에서와 같이 ‘도미장군’의 ‘수리공주’에 대한 탐욕은 ‘아사달’에 대한 증오를 가져오고 ‘수리공주’의 ‘아사달’에 대한 개인적 집착은 개인적 파멸로 귀착되는 과정을 볼 수 있다.

　‘아사달’의 귀소가 예술적 관점에서 고찰될 수 있는 반면에 ‘아사녀’

의 귀소는 초월적인 종교적 시각에서 고찰될 수 있다.

> 아사녀
>> 꿈일까 생시일까
>> 저 산고개만 넘으면
>> 그대 계시다더니
>> 이게 정말 꿈일까 생시일까
>> 가슴은 터져요
>> 만나뵈올 이 기쁨에
>> 가슴은 터져요
>> (…후략…)

—제3경. 「만나뵈올 이 기쁨」 중

'아사달'에 대한 '아사녀'의 사랑은 조건적 사랑이 아니라 존재에 대한 절대적 사랑이다. 그러나 '아사달'에 대한 '수리공주'의 사랑은 조건적 사랑이다. '아사녀'에게 있어서의 '아사달'은 자신의 자아를 실현하는 존재 자체로서의 의미를 지니는 반면에 '수리공주'에게 있어서의 '아사달'은 예술가와 남성으로서의 의미를 지닌다. 결과적으로 볼 때 '아사녀'의 '아사달'에 대한 사랑은 종교적 귀소로 이루어지지만 '수리공주'의 '아사달'에 대한 사랑은 세속과 초월적 세계와의 경계선을 넘지 못하고 순애에 의한 애욕적 귀소만이 이루어진다.

> 중창
>> 다보탑은 아사녀, 연꽃 같은 모습이라면
>> 석가탑은 아사달, 수도하는 그림자

수도자는 서쪽에서 동녘 뜨는 해 맞이하고
연꽃은 동쪽에서 서녘 지는 달 보내네
어와 자비여 일곱 하늘 가슴 품은 넓고 넓은 자비여
다보탑은 아사녀
달 뜨는 밤 우주속 신비 살피고 다니는 멀고 먼 바람소리
석가탑은 아사달
(…후략…)

—제4경, 「다보탑은 아사녀」 중

위의 시에서와 같이 작가는 '아사녀'를 다보탑으로, '아사달'은 석가탑으로 은유시키고 있다. 또한 '아사녀'의 속성을 동쪽에서 서녘 지는 달을 보내는 연꽃으로, '아사달'의 속성을 서쪽에서 동녘에 뜨는 해를 맞이하는 수도자로 비교시키고 있다. 그리고 '아사녀'는 '일곱 하늘 가슴 품은 넓고 넓은 자비'의 존재로, '아사달'은 '달 뜨는 밤 우주속 신비 살피고 다니는 멀고 먼 바람소리'의 존재로 귀착시키고 있다.

신동엽은 자신의 일반적인 시에서 '강, 강물, 분수, 불, 불기둥, 꽃가슴, 눈동자, 등불, 정신, 물결, 파도, 피, 심장, 발, 꿈, 용, 봉황, 새봄, 쟁기' 등을 귀수성 세계를 나타내는 소재들로써 수용하였는데 이러한 소재들은 대개 동적인 상상력을 바탕으로 하여, 자신의 시에서 수직상승이나 수평이동의 움직임을 펼쳐 현실 극복의 정신과 역동적인 힘을 낳고 있으며 또한 변질되지 않는 민족의 순수성과 인간의 생명성을 간직하고 있다.[18] '다보탑은 아사녀'에서의 '연꽃, 수도, 그림자, 동녘, 해, 달, 동쪽, 서녘, 해, 일곱 하늘, 자비, 우주, 바람소리' 등은 귀수성 세계

---

18) 김창완, 『신동엽 시 연구』, 시와시학사, 1995, 69면.

를 나타내는 소재들로 볼 수 있다. '아사달'과 '아사녀'의 존재적 귀착을
묘사하고 있는 '다보탑은 아사녀'는 「석가탑」의 주제 시 중의 한편으로
보아야 할 것이다.

　신동엽은 시란 생명의 발언이며, 생명의 침투이며, 생명의 조직[19]이
라고 말하였다. 또한 그는 하나의 시가 논의 될 때, 무엇보다도 먼저 그
것을 이야기해 놓은 그 시인의 인간정신도와 시인혼이 문제되어야 하는
데, 철학, 과학, 종교, 예술, 정치, 농사 등 현대에 와서 극분업화된 이러
한 인간이 가질 수 있는 모든 인식을 전체적으로 한 몸에 구현한 하나
의 생명이 있어, 그의 생명으로 털어놓는 정신어린 이야기가 있다면 그
것은 가히 우리 시대 최고의 시가 될 수 있을 것이며 따라서 시는 궁극
에 가서 종교가 될 것이라고 말하였다.[20] 신동엽은 '아사녀'를 통하여
인간의 궁극적 목표가 종교적 귀소이며 이러한 종교적 귀소의 과정을
시로 표현함으로써 본 작품 자체가 종교에 의한, 종교를 위한 시를 수
용하고 있음을 말하고 있는 것이다.

　　아사달·아사녀
　　　우리들은 헤어진 게 아녜요
　　　우리들은 나뉘인 게 아녜요
　　　우리들은 딴 세상 본 게 아녜요
　　　우리들은 한우주 한천지 한바람 속에
　　　같은 시간 먹으며 영원을 살아요
　　　(…후략…)

　　　　　　　　　　　　　　　　　　　—제5경. 「달이 뜨거든」 중

19) 신동엽, 「신저항시운동의 가능성」, 『신동엽 전집』, 창작과 비평사, 1989, 399면.
20) 신동엽, 위의 글, 372면.

'아사녀'의 죽음은 귀수성 세계로의 회귀를 말하며 곧 '아사녀'의 종교적 귀소를 의미한다. '아사녀'의 종교적 귀소에 의한 새로운 인식은 곧 신동엽의 우주에 대한 새로운 인식을 의미한다. 즉, 절실한 관계의 구성원들은 서로 헤어지고 나뉘어지는 것이 아니라 한우주, 한천지, 한바람 속에 같은 시간을 먹으며 영원성 속에서 존재한다는 공간과 시간에 대한 인식이다. 종교적 귀소의 열반적 가치와 법열에 대하여 신동엽은 '아사녀'의 대사를 통하여 자세하게 표현하고 있다.

> 아사녀의 환영
> 아사달님! 살아있음과 죽음, 이승과 저승, 어둠과 밝음, 낮과 밤,
> 이런 것들 사이엔 큰거리가 없음을 이제 알겠어요. 그 세상을 버
> 리고 여기 와보니 이제 알겠군요. 아사달님! 오 제 신발을 가슴에
> 안고 계시군요. 연꽃이랑! 제가 드린다고 생각하시고 이 다음 혹
> 부여땅 들리시거든 우리 함께 마뿌리 캐러 다니던 마꼴 뒷동산
> 양지바른 곳에 묻어줘요, 그 짚신이랑 연꽃이랑.
>
> —제5경 중

작가는 '아사녀'의 환영을 통하여 '살아있음과 죽음, 이승과 저승, 어둠과 밝음, 낮과 밤'인 이 모든 것들이 귀수성 세계에서는 초월되어 아무런 의미가 없다는 것을 말하고 있다. 이것은 신동엽 자신과 귀수성 세계와의 실제직인 인식관계를 표현한 것이라고 볼 수 있다.

신동엽은 인간의 원초적이며 귀수성적인 것이 시인이라고 규정하였다. 그리고 그는 인류정신의 창문을 우주 밖으로 열어두는 서사시는 인종의 가을철에 의하여 결실되어 남겨질 것이며 그 정신은 몇 만년 다음

겨울의 대지 위에 이리저리 몰려다니는 바람과 같이 '우주지(宇宙知)의 정신, 이(理)의 정신, 물성(物性)의 정신'으로서 살아남아 있을 것이며 그것은 '귀수성 세계' 속의 씨알이 된다[21]고 논하였다.

신동엽의 이러한 시세계를 포괄하는 궁극적인 지향점을, 김창완은 인류의 고향인 대지의 세계로 되돌아가는 '원수성의 환원'과 원형적으로는 '낙원에의 지향'으로 파악하였다. 그리고 인간은 구체적 시간의 질곡으로부터 벗어나 신화적 시간에 안주하려는 의식을 내부에 가지고 있는데 역사적 질곡에서 벗어나 인간이 원래 가졌던 낙원에의 복귀를 지향하며 그것은 참담한 역사적 현실에서 영원의 시간 속으로 회귀하려는 처절한 인간 실존의 갈등으로 보았다.[22] 따라서 인간 실존의 갈등에서 생성된 '아사녀'의 정신은 신동엽이 말한 대로 '우주지의 정신, 이의 정신, 물성의 정신'인 동시에 '귀수성 세계' 속의 씨알로서 볼 수 있다. 즉 '아사녀'는 차수성 세계 속의 '문명수(文明樹)' 위에서 귀수성 세계의 대지에로 쏟아져 돌아가야 할 씨앗인 동시에 인간의 원초적인 귀수성적 시인의 소리를 지닌 여성인 것이다.

> 아사달
>> 나는 조각하련다 너를 새기련다
>> 이 세상 끝나는 날까지
>> 이 하늘 다하는 끝 끝까지
>> 찾아다니며 너를 새기련다
>> 바위면 바위에 돌이면 돌몸에

21) 신동엽, 앞의 글, 373면.
22) 김창완, 앞의 글, 159~160면.

미소짓고 살다 돌아간 네 입술
눈물짓고 살다 돌아간 네 눈모습
너를 새기련다
(…후략…)

—제5경. 「너를 새기련다」 중

'너를 새기련다'는 작가가 「석가탑」에서 마지막으로 제시하고 있는 노래인 동시에 시이다. 에필로그의 성격을 지닌 이 시에서는 '아사달'의 예술적 귀소는 다시 또 다른 끝없는 자아 성찰적 예술행위의 귀소로 이어지며, 종국에는 종교적 귀소로 이어질 것임을 예시하고 있다. '아사달'의 남은 과제는 '아사녀'의 고통을 자기화 시켜 예술로써 승화 시키는 일이다. '아사달'의 모놀로그—"하지만, 나 때문에 이 세상에 나와 배고픔·쓰라림·가슴아픔·고생·가난·미움·눈물·이별·모멸, 이런 것들만 실컷 맛보다 비명에 돌아간 한 떨기의 가련한 목숨을 위해서 난 남은 여생을 속죄해보렵니다. 깨끗이 속죄될 수야 없는 것이겠지만 (…중략…) 돌이라는 돌, 바위라는 바위마다 네 모습을 새기겠어(…후략…)"에서와 같이 작가는 '아사달'의 마지막 사명이 '아사녀'조각에 있음을 말하고 있다. 즉 '아사달'의 예술은 다보탑과 석가탑 완성으로 종결되는 것이 아니라 '아사녀'에 대한 끝없는 조각 행위로써 다시 전개되는 것이다. 따라서 '너를 새기련다'에서는 신동엽이 추구했던 귀수성적 여성, 즉 존재적 갈등과 고난을 넘어서서 세계의 대지에로 쏟아져 돌아가야 할 씨앗인 동시에 인간의 원초적인 귀수성적 시인의 소리를 지닌 여성이 '아사달'의 예술로써 다시 승화되는 것을 나타내고 있다.

5. 맺음말

지금까지 본 연구에서는 신동엽의 「석가탑」에서 시와 시적 대사가
가극화되는 데에 있어서의 표현 양식과 매체, 즉 시의 요소를 중심으로
하여 이와 함께 유기적으로 작용하고 있는 극·무용·음악·조명 등의
요소와 연결시켜 그 기법과 표현적 특성을 고찰하였으며, 또한 역사적
현실 속에서 작중 인물들이 갖는 존재의식과 갈등의 관계, 그리고 이들
이 지향하는 삶의 의미를 바탕으로 하여 작자가 '오페레타'라는 장르를
통하여 나타내고자 하는 시의 주제적 의미를 고찰하였다.

신동엽은 1960년대 초기, <시극동인회>를 중심으로 새로운 시극의
논리가 전개되고 작품화 되는 가운데 동인회 주 동인으로 활동을 하면
서 작가로서 시 표현양식과 매체에 대한 모색을 하였으며 표현 기법의
다양성을 위한 창작에 심혈을 기울였다. 그리고 시극을 바탕으로 가극이
라는 장르를 수용하여 오페레타-「석가탑」을 창작하였다고 볼 수 있다.

전 5경으로 된 「석가탑」에서 제시되고 있는 등장인물들은 시를 노래
하는 가창자들로서 이들의 신분과 역할에 따라서 영창과 서창의 담당이
구분되고 있으며 특히, 탈춤무용수와 발레수의 등장은 한국무와 서양무
의 조화뿐만 아니라 한국 탈춤을 오페라타에 수용하려는 신동엽의 새로
운 시도에서 비롯된 것임을 알 수 있다. 또한 신동엽은 서양의 장르인
오페레타에 승무 등의 다양한 한국의 춤 양식을 수용함으로써 가극의
한국화를 현실화 하였다고 볼 수 있다. 신동엽은 본 작품에서 상징적
무대보다는 사실적인 무대장치를 추구함으로써 「석가탑」의 내용 자체
가 설화성보다는 역사성이나 실화성에 있다는 사실로 전환시키는 효과

를 의도하였다. 그리고 「석가탑」의 지문에서 운문체를 찾아볼 수 없는 것은 본 작품이 읽거나 읽음으로써 심상적 극화를 목적으로 하는 레제가극이 아니라 실제 무대를 위한 뷔이넨가극을 목적으로 쓰여졌다는 사실을 알 수 있다.

여승들의 합창은 고전극과 시극에서의 코르스와 동일한 역할을 지니는데 여승들의 코르스는 본 작품의 시작을 알리는 동시에 작품의 결말을 암시해주고 있다. 신동엽은 가극을 위하여 음악의 주 매체인 노래를 수용함에 있어서 다양한 가창양식, 즉 합창, 독창, 중창, 이중창을 긴밀하게 배치시킴으로써 음의 조화를 추구하고 있음을 볼 수 있는데 작가는 이러한 노래양식을 매체로 하여 자신의 시를 표현하고 있다. 무엇보다도 신동엽이 가창방식에 있어서 '창(唱)'을 새로운 표현 매체로써 인식하고 본 작품에 수용시켰다는 것은 당시에 있어서 매우 독창적인 표현방식으로 볼 수 있다.

본 작품에서의 조명은 어둠을 빛으로서 밝혀주는 조명과 환영에서부터 현실을 인식시켜주는 조명, 그리고 현실에서 비현실로 변화시키는 조명이다. 그리고 배음과 효과음은 극적 긴장감보다는 앞으로 전개될 극적 상황과 배경을 암시해주고 음으로써 주제를 예시하는 역할을 하고 있다. 이와 같이 신동엽은 「석가탑」에서 시를 가극이라는 장르를 통하여 나타내면서 극·음악·무용 등을 등가적으로 수용함과 동시에 다양한 표현 매체들을 활용하여 주제를 표출하고 있음을 알 수 있다.

「석가탑」에서는 21개의 제목 아래 쓰여진 시가 다양한 방식으로 표출되고 있다. 신동엽의 창작관이 가극형태로 표현된 「석가탑」은 작가가 '아사달과 아사녀 설화'라고 불리는 '영지설화'를 수용하여 창작된 것이다. 신동엽의 「석가탑」은 작가의 진보적인 역사·철학적 사고뿐만 아니라 나아가서 종교적 차원의 작가의식에 의하여 창작된 작품으로서 각자의 객관적·주관적 가치관에 따라 본원으로 돌아가려는 인간의 귀소 양상을 역사적·예술적·종교적 시각 하에서 나타내고 있다. 신동엽의 원수성 세계와 차수성 세계, 그리고 귀수성 세계에 대한 의식은 그의 현대시에서 뿐만 아니라 삼국시대를 배경으로 하는 본 작품에서도 직접적으로 수용되어 나타나고 있다. 그는 이러한 3세계를 바탕으로 인물을 설정하고 각 개인이 지향하는 세계에 대한 다양한 귀소를 본 작품에서 시로써 표현하고 있다. 신동엽은 본 작품에서 각 개인에 따른 귀소를 종교적 귀소, 예술적 귀소, 애욕적 귀소 등으로써 나타내고 있다.

인간 실존의 갈등에서 생성된 '아사녀'의 정신은 신동엽이 말한 대로 '우주지의 정신, 理의 정신, 물성의 정신'인 동시에 '귀수성 세계' 속의 씨알로서 볼 수 있다. 즉 '아사녀'는 차수성 세계 속의 '문명수' 위에서 귀수성 세계의 대지에로 쏟아져 돌아가야 할 씨앗인 동시에 인간의 원초적인 귀수성적 시인의 소리가 투사된 여성인 것이다. 신동엽이 추구했던 귀수성적 여성, 즉 존재적 갈등과 고난을 넘어서서 세계의 대지에로 쏟아져 돌아가는 여성이 설화 속의 '아사녀'를 통해서 표현되고 또한 '아사달'의 예술로써 다시 승화되어야 하는 역사적 필연성이 작은 가극으로써 나타나지고 있다.

출전 : 『한국학논집』 제38집, 계명대학교 한국학연구원, 2009. 6.

제 3 부

신동엽 시와 민족주의
그리고 세계문학

신동엽의 시세계와 민족주의

1. 머리말

시인들은 각자 자신이 쓴 시로 '시란 무엇인가'라는 물음에 답변하고 있다는 생각을 해본다. 그러니까 시쓰기에는 수없이 다양한 입장이 가능할 터인데 그 중에는 개인적인 감정과 사유의 섬세한 표현이야말로 시의 본령이라는 입장이 있는가 하면 한 시대의 핵심을 드러내는 시대정신의 구현이야말로 시인의 사명이라는 입장도 있을 것이다. 어디까지나 상대석인 구분이로되 편의상 전자를 미세담론이라 하고 후자를 거대담론이라 한다면 아무래도 신동엽(1930~1969)은 거대담론으로서의 시쓰기의 대표적 존재가 아닌가 한다. 개인적인 감정과 사유가 개진된 시도

* 최두석 / 한신대학교 문예창작학과 교수

있지만 아무래도 신동엽의 시세계는 당대의 정신적 좌표 마련에 깊이 관련된다고 보인다.

거대담론으로서의 시쓰기의 대표자답게 신동엽에게는 늘 민족시인이라는 칭호가 따라다니고 있다. 이 점은 고인의 30주기를 기념해서 나온 책자[1]의 제목이 '민족시인 신동엽'이라는 데서 단적으로 드러난다. 원래 신동엽이 김수영에 대한 찬사로 썼던 이 칭호[2]는 김수영보다 신동엽 자신에게 훨씬 제격인 것으로 통용되어 왔다. 시세계의 중요성이 그에 못지 않은 여러 시인 가운데, 특히 신동엽에게 민족시인이라는 호칭이 따라다니는 이유는 무엇일까. 그것은 많은 논자들이 거듭 지적하듯이 그의 시에 강렬하게 투영되어 있는 민족의식과 역사의식 때문일 것이다.

민족의식 및 역사의식의 투철함과 관련하여 이제까지 신동엽에 대한 의미부여는 주로 민족문학론자들에 의해 이루어져 왔다. '민족문학의 중심부에 자리잡은 시인'[3]이라는 백낙청의 견해는 그 대표적 예이다. 민족적 위기의식을 강조하는 민족문학론의 입장에서 볼 때 신동엽은 1960년대에 활동한 시인 가운데 유달리 돌올한 존재라 하겠다. 1970년대와 1980년대에 걸쳐 민족문학론이 비평계의 주류적 담론이 되고 민족

1) 구중서·강형철 편, 『민족시인 신동엽』, 소명출판, 1999로 신동엽에 관한 논문과 비평을 모아놓은 선집이다.
2) 「지맥 속의 분수」, 『신동엽 전집』 증보판, 창작과비평사, 1980, 387면. 이후 신동엽의 시와 산문은 이 책을 기본 텍스트로 삼아 인용할 것인데 『전집』이라 약하여 주석을 달 예정이다.
3) 백낙청, 「민족문학의 현단계」, 『민족문학과 세계문학 II』, 창작과비평사, 1985, 23면.

문학운동이 한국문학의 주된 흐름을 형성하였다면 신동엽은 그 선구적 시인으로 존중된 것이다.

시와 시인에 대한 평가는 취향에 따라 달라지게 마련이지만 특히 신동엽은 보는 자의 입장에 따라 평가가 많이 엇갈리는 시인이다. 민족문학론자들의 지지의 열도에 반해 냉담한 평가 또한 만만치 않다. 신동엽의 대표작이자 '거대담론으로서의 시'의 대표적 사례인 서사시『금강』을 두고 동학난과 3·1운동과 4·19를 무책임하게 연결시킨 것[4]으로 보는 김현의 견해는 그러한 한 가지 예이다. 대체로 신동엽의 민족의식이나 역사의식에 공감하지 않는 입장에서는 그의 시에 대해 냉담한 반응을 보이기 쉽다.

앞으로 상세한 작품분석을 통한 검증을 거쳐야 하겠으되 범박하게 '민족을 위주로 하는 정신적 경향'을 민족주의라 할 때 민족의식이나 역사의식으로 표출되는 신동엽의 시정신을 민족주의라고 불러도 좋을 듯하다. 그리고 신동엽의 민족주의에 대한 공감 여부가 평자들의 견해가 엇갈리는 근저에 가로놓여 있다. 아마도 그러한 사정은 독자들에게도 마찬가지일 것이다. 그런데 막상 신동엽의 민족주의가 시 속에 어떻게 구현되어 있는지에 대한 구체적 탐색은 부실한 형편이다. 그에 대한 옹호자들은 민족주의적 열정 때문에, 비판자들은 민족주의에 대한 반감 때문에 구체적 실상에 대한 탐색을 소홀히 하였다.

그리하여 필자에게 대두된 의문이 '민족주의가 신동엽의 시정신으로서 얼마만큼의 비중을 가지며 어떠한 성격을 지니는가'이다. 또한 '신동

---

4) 김현, 『상상력과 인간』, 일지사, 1973, 101면.

엽의 민족주의가 시적 성취 혹은 리얼리즘의 성취에 어떻게 작용하며 문학사적 맥락에서 어떤 의미를 지니는가'이다. 서로 이어지는 이러한 의문들에 대해 '민족주의의 시적 발현'과 '민족주의와 리얼리즘의 성취'라는 제목을 설정하여 탐색을 시도할 요량인데 그러한 탐색을 통해 신동엽의 시세계를 제대로 드러내는 것이 이 글의 우선적 과제이다. 또한 이 작업은 간접적으로 거대담론으로서의 시쓰기의 의미를 묻는 것이기도 하다.

본격적으로 세계화의 시대가 도래한 오늘날 민족주의는 낡았다는 입장이 있을 수 있다. 그런데 천의 얼굴[5]이라는 말이 있듯이 민족주의는 참으로 다양한 성격을 갖고 있다. 독재 권력이 지배 이데올로기로 동원하는 압제의 민족주의도 있고, 민중의 해방을 추동하는 민족주의도 있다. 민주주의에 역행하는 경우도 있고 기여하는 경우도 있다. 중요한 것은 '어떠한 국면에서 어떠한 민족주의가 나타나느냐'이고 신동엽의 민족주의에 대한 탐구는 그러한 맥락에서의 작업이다. 즉 신동엽의 시를 통해 이 땅에서의 민족주의의 가능성과 한계를 살피는 것이 이 글의 또 다른 과제이다.

2. 민족주의의 시적 발현

우리의 현대시인들에게 민족주의는 특별히 의식하지 않아도 자연스럽게 경사되기 쉬운 정신적 경향이다. 일제의 강점과 분단이라는 역사

---

5) 임지현, 『민족주의는 반역이다』, 소나무, 1999, 25면.

적 상황 속에서 우리말을 가다듬어 시를 쓰는 행위 자체가 민족주의적 속성을 강하게 내포하고 있다. 시인의 양식이 민족국가의 수립이라는 역사적 과제 앞에 무심할 수 없을 터이요, 시의 존립 기반인 언어가 가장 실감나는 민족적 유산일 것이기 때문이다. 하지만 이러한 문제에 얼마나 민감한가는 시인마다 다르고 신동엽은 감각적으로 민감한 차원에 머물지 않고 특별히 자각적이고 의식적인 경우라고 볼 수 있다.

몇 편 되지 않는 시인의 시론 가운데 "민족의 공동체적 상황을 역사 감각으로 감수(感受)받은 언어가 곧 시"[6]라는 명제를 찾아볼 수 있다. 신동엽의 시관을 집약적으로 드러내면서 그의 민족주의가 얼마나 자각적인가를 보여주는 발언이기도 하다. 하지만 중요한 것은 논리적 발언이라기보다 그의 시쓰기에 민족주의가 어떻게 관철되며 시적 성취에 어떻게 작용하는가이다. 그의 시 속에 민족주의적 성향이 어떻게 구체화되어 있는지를 살펴야 신동엽의 시세계가 드러날 것이기 때문이다.

> 꽃 살이 튀는 산 허리를 무너
> 온종일
> 탄환을 퍼부었지요.
>
> 길가엔 진달래 몇 뿌리
> 꽃 펴 있고,
> 바위 그늘 밑엔
> 얼굴 고운 사람 하나
> 서늘히 잠들어 있었어요

---

6) 「60년대의 시단 분포도」, 『전집』, 376~377면.

꽃다운 산골 비행기가
지나다
기관포 쏟아 놓고 가 버리더군요

기다림에 지친 사람들은
산으로 갔어요
그리움은 회올려
하늘에 불 붙도록.
뼛섬은 썩어
꽃죽 널리도록.

바람 따신 그 옛날
후고구렷적 장수들이
의형제를 묻던
거기가 바로
그 바위라 하더군요

잔디밭엔 담뱃갑 버려 던진 채
당신은 피
흘리고 있었어요

—「진달래 산천」 부분

「진달래 산천」 전체 12연 가운데 후반부를 인용하였다. 원래 이 시는
신동엽이 1959년 신춘문예로 등단한 후 맨처음 발표하였고 시집 『아사
녀』의 첫머리에 수록되어 있다. 초기작 가운데 작자 자신이 아끼는 시
라는 점을 추정해볼 수 있겠다. 작품 속의 시간적 배경은 6·25 전쟁
때이고 회상의 방식을 통해 당시의 상황이 집중적으로 부조되어 있다.

시인이 이십대 초반의 민감한 나이에 겪은 전쟁이기도 하려니와 6·25를 어떻게 인식하고 있느냐는 이 무렵 문인들의 의식을 살피는 주요한 지표라는 점에서 각별히 주목되는 시이다.

방금 언급하였듯이 신동엽은 6·25를 청년의 몸으로 체험한 세대에 속하고 「진달래 산천」은 그러한 세대가 낳은 대표적 시로 보인다. 6·25 체험의 직접성은 "꽃다운 산골 비행기가/ 지나다/ 기관포 쏟아 놓고 가 버리더군요"와 같은 시구에 반영되어 있고 체험의 참혹성은 "뼛섬은 썩어/ 꽃죽 널리도록" 같은 다소 우격다짐으로 보이는 시구에 반영되어 있다. 이 시 속에서 진달래의 빛깔은 우선 6·25 때 흘린 피와 결부되는 것이고 전쟁의 참상은 진달래 산천이라는 제목을 통해 전 국토로 확산되는 것이다. 꽃의 이미지가 참으로 참혹한 경우로서 유례가 드물 듯하다.

「진달래 산천」은 발표 후 반공 이데올로기에 의해 곤욕을 치를 만큼 당시의 정신풍토에서는 불온한 시였다. "기다림에 지친 사람들은/ 산으로 갔어요"란 대목을 빨치산을 미화한 표현으로 보고 트집을 잡는 식의 풍토[7]와 대비될 때 이 시 속에 반영된 신동엽의 정신적 자세가 갖는 비중이 역으로 드러난다. "잔디밭엔 담뱃갑 버려 던진 채/ 당신은 피/ 흘리고 있었어요"에서 보듯 그에게 6·25는 민족 구성원의 피가 국토를 적신 전쟁으로 인식되었다. 즉 「진달래 산천」은 민족주의가 반공 이데올로기를 불식시킨 시이고 그런 정도만큼 불온하게 보였던 셈이다.

---

7) 이러한 사실에 대해서는 성민엽, 『신동엽』 개정판, 문학세계사, 1992, 77면이나 신경림, 『신경림의 시인을 찾아서』, 우리교육, 1998, 75면 참조.

민족주의와 관련하여 관건적인 문제에 속하는 것이 민족의 영역과 역사에 대한 인식이라면 인용시에서는 그러한 인식이 통일되어 나타난다. '진달래 산천'이라는 제목 자체가 민족의 영역에 대한 시적 인식의 소산이요 6·25 전쟁의 유혈을 머금고 있다는 점에서 민족사에 대한 인식과 접맥된다. "꽃 살이 튀는 산 허리를 무너/ 온종일 /탄환을 퍼부었지요"에서 보듯이 탄환과 꽃의 대비를 통해 외세에 의한 민족 구성원의 피흘림의 의미를 부각시키고 있는바 그것이 신동엽의 6·25에 대한 인식의 요체요, 역사의식의 요체인 셈이다.

앞에서 "뼛섬은 썩어/ 꽃죽 널리도록"이 다소 우격다짐이라 하였는데 그 점은 "후고구렷적 장수들이/ 의형제를 묻던"에서도 찾아볼 수 있다. 진달래 산천과 관련하여 각각 고난과 유구함을 드러내려는 시인의 의욕이 작용한 결과일 것이다. 시인의 의욕이 시상의 자연스러운 전개에 무리를 초래한 측면이 있는데 그러한 사실을 시인이 모르고 있었던 것 같지는 않다. 신동엽의 경우 시를 섬세하게 조탁하는 일보다 개인의 세계인식을 얼마나 고양시켜 드러내느냐에 일차적 관심을 기울인 것으로 보이기 때문이다. 시가 시인의 세계인식을 드러내는 한 양식이라는 문학관을 가질 때 소품으로서의 완성도를 높이는 일에 몰두할 수 없다. 그것은 시인의 용어로 치면 맹목기능자의 공예품[8]을 만드는 데 지나지 않기 때문이다.

이 시를 쓸 무렵 신동엽에게 우선적으로 중요한 것은 당시를 지배하던 이데올로기의 장벽을 뚫고 6·25에 대한 인식을 제대로 하는 것이었

---

8) 「시인정신론」, 『전집』, 366~369면 참조.

고 「진달래 산천」은 그러한 고투의 소산인 셈이다. 두루 알려져 있다시피 이념상으로 6·25는 좌우익 이데올로기가 민족의식을 압살한 전쟁이다. 그러한 상황을 바꾸어나가는 데 앞장선 것이 신동엽의 역사의식이 갖는 선구적 면모이고 그와 같은 맥락 속에 그가 거대담론으로서의 시 쓰기를 추구한 이유가 잠겨 있다. 다시 말해 신동엽에게 민족주의는 분단 이데올로기에 대한 항체로 형성된 측면이 강하고 「진달래 산천」은 그 점을 보여주는 시로 보인다.

> 그리운 그의 얼굴 다시 찾을 수 없어도
> 화사한 그의 꽃
> 산에 언덕에 피어날지어이.
>
> 그리운 그의 노래 다시 들을 수 없어도
> 맑은 그 숨결
> 들에 숲 속에 살아갈지어이.
>
> 쓸쓸한 마음으로 들길 더듬는 행인아.
>
> 눈길 비었거든 바람 담을지네
> 바람 비었거든 인정 담을지네.
>
> 그리운 그의 모습 다시 찾을 수 없어도
> 울고 간 그의 영혼
> 들에 언덕에 피어날지어이.
>
> —「산에 언덕에」 전문

필자가 보기에 「산에 언덕에」는 시집 『아사녀』 가운데 시상이 가장 자연스럽게 전개되고 매끄러운 어미 처리에서 보듯 언어구사에서도 묘를 얻은 시이다. 거대담론으로서의 시쓰기와 관련하여 "허잘 것 없는 일로 지난 날/ 언어들을 고되게/ 부려만 먹었군요."(「좋은 언어」)라는 자기 반성이 있는데 신동엽의 많은 시가 이와 무관할 수 없을 듯하다. 하지만 이 시의 경우 언어를 고되게 부려먹은 흔적이 보이지 않는다. 시인의 상념이 도드라지게 노출되지 않고 육화된 언어 속에 녹아들어 있어 한 마디로 내용과 형식이 통일된 좋은 시이다. 그리고 그 점이 이 시를 부여의 금강가에 있는 그의 시비에 새겨두게 한 이유일 것이다.

형상화의 밀도가 높은 만큼 인용시에서 시인의 사상이나 성향은 직접적으로 노출되지 않는다. 가령 "속 시원히 낡은 것 밀려가고 외세도 근접 못하게"(「산에도 분수를」)처럼 시인의 정신적 지향을 표출하는 직설적인 시구가 없다. 하지만 '산에 언덕에'라는 표제에서부터 신동엽의 냄새가 물씬 풍기고 그것은 시인의 민족주의적 성향과 관련된다. 즉 「산에 언덕에」는 민족 구성원의 삶의 터전을 표제로 삼았다는 점에서 「진달래 산천」과 유사한 성격을 지닌다. 유혈의 참혹함을 가시게 한다면 후자의 '진달래'가 전자의 '화사한 그의 꽃'으로 바뀌었다고도 볼 수 있을 만큼 두 시에서 유사성이 드러난다.

시비에 새겨진 상태로 인용시를 읽으면서 시 속의 '그'가 자꾸 신동엽으로 읽히는 체험을 한 적이 있다. 물론 상식적으로 이 시에서 '그'는 시인에 앞서 이 땅에서 벌어지는 일에 대해 깊이 슬퍼하며 간절하게 살다간 이일 것이다. 그런데 '그'의 숨결과 영혼은 늘 살아 있어서 산에 언덕에 꽃으로 피어나는 존재이다. 따라서 '그'는 어떤 특정한 인물로 한정되기보다 그의 시 가운데 누차 등장하는 아사달이나 아사녀일 수도 있고 서사시『금강』의 주인공인 전봉준이나 신하늬일 수도 있다. 하지만 이미 고인이 된 다음의 시인도 얼마든지 '그'로 읽힐 수 있다는 점이 이 시의 기묘한 매력이다.

아무튼 시 속의 '그'의 숨결과 영혼은 이 땅에 귀속된다. 그리고 이 땅에서 삶을 살다간 자의 숨결과 영혼이 이 땅에 살아있다는 상념은 신동엽의 정신적 지향을 잘 보여준다. "쓸쓸한 마음으로 들길 더듬는 행인아.// 눈길 비었거든 바람 담을지네/ 바람 비었거든 인정 담을지네."에서 보듯 눈에 보이지 않아도 인정은 산과 들을 채우고 있다는 상념은 신동엽의 도저한 민족주의적 성향을 잘 보여준다. 이 땅에 살아 있는 선인들의 영혼이나 마음을 감지하면서 쓸쓸함을 이겨낸다는 발상의 바탕에는 민족주의가 강하게 깔려 있다고 볼 수밖에 없을 것이다.

「진달래 산천」이나 「산에 언덕에」에 보이듯이 민족의 영역에의 귀속감과 민족 구성원에 대한 정서적 일체감은 신동엽의 시편들에서 빈번히 찾아볼 수 있다. 그가 귀속감을 느끼는 민족의 영역은 남북을 포괄하고 정서적 일체감을 느끼는 민족 구성원은 생존 시기를 가리지 않는다. 민족주의의 주요한 속성이 "우리가 결코 알지 못할 수없이 많은 사람들의 생활 및 열망과 일체감을 갖는 것이고 우리가 결코 있는 그대로를 다 찾아가 볼 수 없는 영토와 일체감을 갖는 것"9)이라 할 때 민족주의가 신동엽에게 얼마나 깊이 체화되었는지를 가늠할 수 있다.

---

9) 한스 콘, 「민족주의의 개념」, 백낙청 편, 『민족주의란 무엇인가』, 창작과비평사, 1981, 23면.

껍데기는 가라.
사월도 알맹이만 남고
껍데기는 가라.

껍데기는 가라.
동학년(東學年) 곰나루의, 그 아우성만 살고
껍데기는 가라.

그리하여, 다시
껍데기는 가라.
이곳에선, 두 가슴과 그곳까지 내논
아사달 아사녀가
중립(中立)의 초례청 앞에 서서
부끄럼 빛내며
맞절할지니

껍데기는 가라.
한라(漢拏)에서 백두(白頭)까지
향그러운 흙가슴만 남고
그, 모오든 쇠붙이는 가라

―「껍데기는 가라」 전문

　　인용한 「껍데기는 가라」는 신동엽의 대표작으로 널리 알려진 시이다.
시인이 생애를 두고 벼린 역사의식과 민족의식이 고도의 예술적 형상
속에 절정의 상태로 통일되어 있다. 가령 「산에도 분수를」, 「봄은」, 「수
운이 말하기를」, 「술을 많이 마시고 잔 어제밤은」 등의 시상이 이 시에
집약되어 있다. 불과 17행의 시에서 동학농민전쟁과 4월 혁명을 언급할

뿐만 아니라 한반도중립화통일론까지 개진하고 있으니 분명히 거대담론으로서의 시쓰기가 이루어진 셈인데 형태상으로 전혀 무리가 없다. 기승전결의 탄탄한 형식 위에 '껍데기는 가라'라는 일종의 구호를 변주시킴으로써 탄탄한 형식과 단호한 구호가 매우 역동적으로 상승작용하고 있다.

인용시에서 민족의 영역은 "한라에서 백두까지"라고 간명하게 표현되어 있다. 지금은 너무 널리 알려져 있어 독자의 입장에서 볼 때 신선감이 떨어지겠지만 민족의 영역에 대한 선명한 개관이라는 점에서 더이상의 시구를 찾기 힘들 듯하다. 유사한 성격의 시구로 "제주에서 두만까지"(「봄은」, 『금강』 13장)나 "남해에서 북강까지"(「산문시1」)도 있지만 그 적실함이 문제의 시구에 미치지 못한다. 아무튼 이 '한라에서 백두까지'는 신동엽이 귀속감을 느끼는 민족의 영역이 남북을 포괄하고 있다는 점을 보여주거니와 그것은 동시에 분단시대를 살던 시인의 의식의 지평이기도 하다.

「껍데기는 가라」는 주로 '알맹이—껍데기'와 '흙가슴—쇠붙이'의 두 가지 대립되는 이미지를 중심으로 구도가 짜여 있다. 그리고 이러한 대립 구도는 시인이 처한 현실적 질곡에 대한 대결양상으로 전이됨으로써 치열성이 확보되고 있다. 이 시에서 '쇠붙이'는 앞에서 살펴본 「진달래산천」의 탄환이나 기관포와도 연결되고 "한반도에 와 있는 쇠붙이는/한반도의 쇠붙이가 아니어라"(「수운이 말하기를」)에서 보듯 외세와 직결되는 것이다. 대체로 쇠붙이나 껍데기가 외세를 비롯하여 민족을 억압하는 세력에 빌붙는 온갖 것들을 상징하고 흙가슴이나 알맹이가 민족의 본연적 순수성을 상징한다고 본다면 신동엽의 시쓰기에서 민족주의가 어떻게 구현되는지 가늠해 볼 수 있다.

방금 민족의 본연적 순수성에 대해 언급했는데 그와 연관되어 등장시킨 인물이 아사달과 아사녀이다. "두 가슴과 그곳까지 내논"은 그들의 본연적 순수성을 강조하기 위한 수식일 것이다. 주지하다시피 아사달과 아사녀는 설화 속에서 다보탑과 석가탑을 조각한 백제 석공과 그의 아내의 이름이고 시인 스스로 우리 겨레의 아득한 옛날 조상들 이름 같다는 토10)를 달기도 한다. 보통의 경우 설화 속의 인물을 등장시키는 것은 비현실적이거나 퇴영적인 색채를 띠기 쉽다. 하지만 이 시에서는 중립의 초례청 앞에 서서 맞절하게 된다고 함으로써 이 땅의 현실과 관련하여 미래 지향의 전망을 부각시키는 역할을 맡고 있다.

이 시의 1~2연에서 보듯 신동엽이 가장 중요하게 생각한 역사적 사건은 4월 혁명과 갑오농민전쟁이다. 4월 혁명이 반독재민주화운동의 성격을, 갑오농민전쟁이 반제반봉건운동의 성격을 갖는다는 것은 널리 알려진 사실이거니와 이 시에서는 특히 민족의 본연적 순수성을 찾는 운동으로서의 성격을 아울러 갖는다. 그렇기에 사월도 알맹이만 남고 동학년 곰나루의 아우성만 살고 껍데기는 가라고 외치는 것으로 해석된다. 그리고 그러한 외침을 통해 당시의 4월 혁명을 짓누르고 들어선 군부정권 혹은 국가 권력에 대한 저항시로서의 당대적 의미를 강력하게 갖게 된다.

이제까지 세 편의 시를 집중적으로 조명하며 신동엽의 정신적 지향을 살펴보았는데 그것은 동시에 민족주의가 그의 정신에 얼마나 깊이 스며

---

10) 「석가탑」, 『전집』, 404~405면.

들어 있었는지를 살피는 것이기도 하다. 시쓰기 자체가 민족주의를 정련하는 과정과 맞물려 있다는 생각이 들 정도로 신동엽에게 민족주의는 시정신 차원으로 체화되어 있다. 그에게 민족주의는 자신이 살고 있는 사회를 바로 보고 바로 살려는 노력 속에서 체득된 것이기에 당시의 지배 권력의 이데올로기에 대한 저항담론의 성격을 지니게 된다. 그의 사후에 나온 전집이 몇 년 동안 금서의 울타리 속에 갇혀 있었던 것은 그러한 사정 때문일 것이다.

실상 민족주의는 개별 시인의 시정신과 결부시키기에는 너무 막연하다고 생각될 만큼 다양한 성격을 갖고 있다. 그렇지만 '민족을 중심에 놓는 정신적 경향'으로서의 민족주의와 무관하게 신동엽의 시정신을 운위하기는 어려울 듯하다. 중요한 것은 어떠한 성격을 지닌 민족주의인가이고 그러한 차원에서 신동엽의 민족주의가 기본적으로 저항 담론의 성격을 지닌다는 사실에 주목할 필요가 있다. 다시 말해 분단국가인 남한의 상황에서 반외세와 반체제의 성격을 아울러 갖고 있다는 것인데 그것은 타자의 억압으로 실현되는 제국주의적 민족주의나 독재권력의 강화를 위해 동원되는 이데올로기로서의 민족주의와는 성격이 엄연히 다르다.

3. 민족주의와 리얼리즘의 성취

근·현대사의 아이러니 중에 하나는 제국주의와 반제국주의가 함께 민족주의적 성향을 강하게 갖는다는 것이다. 지구상의 곳곳에서 일어나는 민족 간의 갈등과 분쟁을 생각할 때 민족주의 자체가 폐기되어야 한다는 입장이 있을 수 있겠으나 그러한 입장의 개진은 관념론을 넘어서기 힘들 것이다. 그것은 마치 종교 분쟁 때문에 종교 자체를 모두 부정하는 발상과 유사한 맹점을 안고 있다. 오늘날 민족과 민족주의는 엄연히 역사의 수레바퀴를 굴려가는 힘으로 작용하고 있다. 새삼스러운 말이지만 중요한 것은 민족주의가 어떠한 국면에서 어떻게 순기능을 수행하거나 역기능을 수행하는가에 대한 천착일 것이다.

　민족주의적 열정 때문에 그 실제에 대한 객관적 탐색을 소홀히 하는 것은 지식인으로서 일종의 직무유기일 것이다. 이러한 사정은 이제까지 신동엽을 민족시인으로 떠받드는 비평에서 주로 발견되는 맹점이기도 하다. 또한 타자의 배제라는 민족주의가 갖는 원론적 한계를 전제로 한 반감 때문에 신동엽의 시를 외면하는 것 또한 균형감각을 상실한 시각으로 봐야 할 것이다. 신동엽의 시를 리얼리즘 시학으로 조명하는 것은 이러한 극단을 지양하려는 것이다. 다시 말해 리얼리즘의 성취와 관련하여 신동엽의 시를 조명하는 것은 민족주의가 그의 시쓰기에서 어떻게 작용하는지를 구체적으로 탐색하는 것이기도 하다.

　　　우리들은 끄떡하면 외세를
　　　자랑처럼 모시고 들어오지.
　　　팔·일오 후, 우리의 땅은
　　　디딜 곳 하나 없이
　　　지렁이 문자로 가득하다.
　　　모화관(慕華館)에서 개성 사이의 행길에 끌려나와
　　　청나라 깃발 흔들던 눈먼 조상들처럼,

오늘은 또, 화창한 코스모스 길
아스팔트가에 몰려나와,
불쌍한 장님들은, 대중도 없이 서양깃발만
흔들어댄다.

허나
다녀가는 높은 오만들이여
오해 마시라,
그대들이 만져본 건 역사의 껍데기,

알맹이는 여기
언제나 말없이 흐르는 금강처럼
도시와 농촌 깊숙한 그늘에서
우리의 노래 우리끼리 부르며
누워 있었니라.

—『금강』 제6장 부분

　　한국 현대 서사시의 대표작으로 자주 거론되는 『금강』의 한 부분이
다. 『금강』은 신동엽의 온갖 시적 발상과 사유가 집대성되어 있기에 그
의 시세계를 살피는 데 중요하게 부각되는 시이다. 시 속에서 동학농민
혁명이라 명명한 동학농민전쟁을 다루고 있는 만큼 그와 관련된 이야기
를 중심으로 서사의 골격이 짜여 있지만 시인의 주된 관심사는 과거를
통해 현재를 말하는 것이다. 과거의 일과 시인이 살아가는 현재의 일을
병치시키는 방법이 자주 구사되는 것은 그 때문이다. 인용된 부분에서
도 깃발 흔드는 모티프를 중심으로 과거와 현재를 병치시키고 있는데
그러한 방법을 구사하는 시인에게 중요한 것은 외세의존적 현실에 대한

비판이다.

『금강』의 핵심 주제인 반외세민족자주화 의식은 1980년대를 거치면서 대중화되어 이제와서는 다소 진부한 느낌이 들 정도이다. 하지만 발표 시기인 1967년을 감안할 때 선구적 성격을 부인할 수 없다. 실상 반외세민족자주화에 초점을 맞추어 동학농민전쟁에 문학적 관심을 기울인 것 자체가 선구적이다. 갑오농민전쟁에 주목하면서 반봉건주의보다는 반제국주의에 초점을 맞춘 것에서도 신동엽의 민족주의자로서의 면모가 드러난다. 인용 시구에 나오는 대중도 없이 서양 깃발만 흔들어대는 불쌍한 장님들이란 외세에 대한 자각이 없는 당시의 우중들을 지칭한 것일 터이다. 이러한 맥락에서 신동엽의 시인으로서의 사명감은 민족주의의 내용을 구성하여 민족적 자각을 고취시키는 데 놓여있다고 볼 수도 있을 것이다.

영어가 날로 국제어로서의 세력을 강화하고 있는 오늘날 "팔·일오후, 우리의 땅은/ 디딜 곳 하나 없이/ 지렁이 문자로 가득하다"와 같은 구절에서 국수주의의 혐의를 포착하는 독자도 있을 것이다. 세계화 담론이 민족 담론을 전반적으로 위축시키고 있는 이 시대에 지렁이 문자 운운은 편협한 소견으로 비칠 수 있다. 하지만 민족 정체성의 확보가 과제인 신동엽의 입장에서 볼 때 민족의 주요한 구성요소인 언어생활에 영어의 과도한 침투는 바람직한 것일 수 없다. 특히 그것을 외세에 영합한 현상으로 보는 시인에게는 당연한 정서적 반응이기도 하다. 민족 정체성과 민족의 자치는 민족주의의 기본적 이상11)에 해당되기 때문이다.

11) 안쏘니 D. 스미스, 이재석 역, 『세계화 시대의 민족과 민족주의』, 남지, 1997,

앞에서 검토한 「껍데기는 가라」와 인용 시구에 공통적인 것은 껍데기와 알맹이의 비유이다. 껍데기가 외세와 관련된다는 점이 여기에서는 더욱 표나게 드러나거니와 알맹이의 존재에 대한 신뢰감 또한 다시 확인하게 된다. 그리고 그 알맹이는 말없이 숨어 있어서 시인의 작업을 기다리고 있다. "우리의 노래 우리끼리 부르며/ 누워 있었니라"에서 우리에 이어질 적절한 단어는 겨레나 민족으로 보이거니와 이 시구에서 간취할 수 있는 '숨어 있는 우리의 노래를 찾아낸다는 생각'은 민족주의의 내용을 구성해내는 시인의 역할을 신동엽이 얼마나 깊이 감지하고 있었나를 보여준다.

실상 『금강』을 통해 신동엽은 민족주의의 내용을 구성하려는 시인의 사명을 본격적으로 이행한 것으로 볼 수 있다. 서화(序話)[12] 부분에 나오는 말처럼 "그 가슴 두근거리는 큰 역사"를 이야기함으로써 자신이 생각하는 민족주의의 내용을 확보하고 싶었고 그 내용을 풍요롭게 하기 위해 서사시 양식이 필요했던 셈이다. 그리고 동학농민전쟁을 중심 줄거리로 삼아 창작 당시의 현실을 비판적으로 부각시킨다는 것은 그의 민족주의가 사이비 애국주의나 독재 권력의 합리화를 위해 동원되는 파시즘 성향의 민족주의와 궤를 달리함을 보여준다. 아무래도 동학농민전

205면. 여기에서 민족주의의 기본적 이상으로 민족정체성, 민족의 통일, 민족의 자치의 세 가지 항목을 들고 있다.
12) 『금강』은 26장의 본문과 서화(序話)와 후화(後話)로 구성되어 있다. 『전집』에는 '서화'라는 말이 누락되어 있으나 『금강』의 원전인 김종문 외, 『장시 시극 서사시』, 을유문화사, 1967에는 분명히 기록되어 있다. 장르 명칭을 서사시라고 하였는데 여기에서 서사시는 고대의 영웅서사시(epic)와는 다른, 서사적 골격을 가진 긴 시 정도로 이해하는 것이 좋겠다.

쟁만큼 지배 권력의 부당함을 여실히 드러내는 역사적 사건이 없기 때문이다.

누가 하늘을 보았다 하는가
누가 구름 한 송이 없이 맑은
하늘을 보았다 하는가.

네가 본 건, 먹구름
그걸 하늘로 알고
일생을 살아갔다.

닦아라, 사람들아
네 마음 속의 구름.

아침 저녁
네 마음 속, 구름을 닦고
티없이 맑은 영원의 하늘을
볼 수 있는 사람은,

외경(畏敬)
을 알리라.

차마 삼가서
발걸음도 조심.
마음 아모리며,

서럽게,

아 엄숙한 세상을
서럽게,
살아가리라.

누가 하늘을 보았다 하는가,
누가 구름 한 자락 없이 맑은
하늘을 보았다 하는가.

―『금강』 제9장 부분

　인용한 부분을 약간 보완하여 단시로 독립시킨 것이 신동엽의 절창에
해당되는 「누가 하늘을 보았다 하는가」이다. 인용시에 되풀이해 나오는
'하늘을 보다'는 『금강』의 핵심어 중의 하나로 최수운의 득도를 표현하
는 말이기도 하고 전봉준이 최후의 순간에 남긴 유언으로 나타나기도
한다. 그리고 잠깐 동안이지만 집단적으로 하늘을 본 역사적 사건이 동
학농민전쟁이고 3·1운동이고 4월 혁명이다. 그러니까 '하늘을 보다' 모
티프는 진행과정에 연속성이 없는 이 세 가지 역사적 사건을 한 줄로
엮는 고리인 셈이다. 또한 하늘을 본 존재로 창조된 인물이 금강의 주
인공 신하늬이다.

　약간 속류화의 위험이 있으되 비유를 산문적으로 해석해 보자면 '하
늘을 보다'는 대체로 '궁극적 진리에로 나아가다'는 뜻으로 새겨볼 수
있을 듯하다. 그런데 어떻게 하면 궁극적 진리에로 나아갈 수 있는가.
독립된 단시 「누가 하늘을 보았다 하는가」를 참조하면 아침저녁으로 마
음속 구름을 닦아내고 머리 덮은 쇠항아리를 찢어냄으로써 가능해진다
는 것이다. 덧붙여 말하자면 부단한 수양과 실천을 통해 궁극적 진리를

체득할 수 있고 그러한 사람은 세상에 대한 외경과 연민[13]을 갖는다는 것이다. 산문적으로 해석할 때 시가 갖는 생명력이 사라지지만 대체로 이러한 해석 언저리에 이 시의 주제가 놓인다고 볼 수 있다.

이 시를 통해 우리는 시인의 '궁극적 진리에의 충동과 염원'이 얼마나 간절한가를 감지할 수 있다. 그리고 이 궁극적 진리에의 충동과 염원이 신동엽의 민족주의로 하여금 배타적으로 닫혀있지 않게 한다. 세상에 대한 외경과 연민을 갖고 있는 민족주의가 어찌 배타적이거나 폐쇄적일 수 있겠는가. 하지만 궁극적 진리에 대한 충동이 지나치게 이상화로 치달아 현실성을 훼손하는 이유로 작용하기도 한다. 가령 하늘을 본 인물로서의 신하늬는 시인의 궁극적 진리에의 충동과 연결되어 창조된 인물로 보이는바 지나치게 이상화되어 있어 『금강』의 실감을 감소시키는 경우가 적지 않다.

현실과의 접점이 상실된 지나친 이상화의 경향은 민족의 고대사에 대한 인식에서도 찾아볼 수 있다. "왕은,/ 백성들의 가슴에 단/ 꽃"이나 "반도는/ 평화한 두레와 평등한 분배의/ 무정부 마을"(『금강』 6장)과 같은 시구가 그러한 예이거니와 시인의 이상세계에 대한 간절한 열망을 고대사에 투영시킨 셈이다. 민족의 고대에 대한 신화 만들기는 민족주의적 문필가들이 즐겨 떠맡는 과제라고 볼 수 있겠고 신동엽의 경우도 예외가 아니다. 다분히 낭만주의적 작업이라 하겠는데 지나친 이상화가 현실과의 긴장관계를 이완시킴으로써 리얼리즘의 성취에 장애로 작용한다

---

13) 연민은 분노와 함께 『금강』의 지배적 정서이다. 김우창, 「신동엽의 '금강'에 대하여」, 『궁핍한 시대의 시인』, 민음사, 1977, 208면 참조.

고 판단된다.

　　밤 열한시 반
　　종로 5가 네거리
　　부슬비가 내리고 있었다.

　　통금에
　　쫓기면서 대폿잔에
　　하루의 노동을 위로한 잡담 속
　　가시오 판 옆
　　화사한 네온 아래
　　무거운 멜빵 새끼줄로 얽어맨
　　소년이, 나를 붙들고
　　길을 물었다,

　　충청남도 공주 동혈산, 아니면
　　전라남도 해남땅 어촌 말씨였을까,

　　죄 없이 크고 맑기만 한
　　소년의 눈동자가
　　내 콧등 아래서 비에
　　젖고 있었다,

　　국민학교를
　　갓 나왔을까, 새로 사 신은
　　운동환 벗어 들고
　　바삐바삐 지나가는 인파에
　　밀리면서 동대문을

물었다,

등에 짊어진
푸대자루 속에선
먼길 여행한 고구마가
고구마끼리 얼굴을 맞부비며
비에 젖고,

노동으로 지친
내 가슴에선 도시락 보자기가
비에 젖고 있었다,

나는
가로수 하나를 걷다
되돌아섰다,

그러나
노동자의 홍수 속에 묻혀
그 소년은 보이지 않았다.

—『금강』 후화1 전문

　『금강』의 결말 부분인데 이 부분이 단시로 독립된 것이 신동엽의 대
표작 가운데 하나인 「종로오가」이다. 실상 『금강』 후화1과 「종로오가」
는 전자가 서사시의 한 부분에 걸맞게 씌어졌다면 후자는 단시로서의
완성도를 높인 경우이다. 「종로오가」에서 소년의 누나나 아버지로 상상
된 편지 읽는 창녀와 등짐하는 노동자에 관한 삽화는 서사시 『금강』의

결말 부분에 삽입된다면 장황한 것이 되기 쉽다. 하지만 「종로오가」에서는 갓 상경한 시골 소년이 찾아옴직한 인물로 자연스러운 상상이 된다. 인용시의 주인공인 소년의 말씨를 공주와 해남으로 추정한 것은 신하늬와 전봉준의 후예일 수 있음을 암시한 것이다. 신하늬의 아이가 자라난 곳이 공주요, 전봉준이 가족을 도피하라고 이른 곳이 해남이기 때문이다.

「종로오가」의 경우 고구마 자루를 등에 지고 길을 묻는 소년은 1960년대 후반의 이농현상과 노동자 계급의 등장을 알리는 핍진한 형상이다. 다시 말해 농촌을 떠난 소년이 노동자로 되기 직전의 상황이 실감나게 포착되어 있다. 이 시가 발표될 무렵 소년이 묻는 동대문 근처 평화시장 봉제공장에서 일하던 전태일이 3년 후인 1970년에 분신한 것을 생각하면 얼마나 실감나는 당대의 사회현실에 대한 형상화인가를 새삼 확인할 수 있다. 즉 「종로오가」는 종로에 출현한 시골소년을 통해 당대의 사회변화의 핵심을 그려냄으로써 리얼리즘의 성취가 돋보이는 시이다.

현대시에서 시적 자아 혹은 시적 주체가 중요하다는 점은 두루 알려진 사실이다. 인용시에서 시적 주체는 광범위한 뜻에서 노동자로 나오지만 「종로오가」에서는 빌딩 공사장에서 일하는 노동자로 좀더 분명하게 제시된다. 서사시 『금강』의 화자를 결말 부분에서 갑자기 빌딩 공사장 인부로 처리한다면 아무래도 무리가 따를 것이다. 하지만 신동엽의 실제의 직업인 교사도 광범위한 뜻에서 노동자이기에 이 시의 시적 주체는 서사시 『금강』의 화자와 모순을 일으키지 않는다. 아무튼 소년의 고구마 자루와 시적 주체의 도시락 보자기가 함께 비에 젖는다는 발상은 노동하는 자의 시선이 확보되었기에 가능해졌을 것이다.

서두 부분의 "일 많이 한 사람 밥 많이 먹고/ 일하지 않은 사람 밥 먹지 마라"에서부터 위에 인용한 후화에 이르기까지 민중 중심의 시선은 『금강』에서 일관되게 유지된다. 그러한 관점은 『금강』의 중심 이야기인 동학농민전쟁과 창작 당시의 사회현실을 제대로 보게 하는 바탕이 된다. 인용시에서의 리얼리즘의 성취가 민중 중심의 시각과 긴밀히 결부되어 있다는 사실은 방금 확인한 바이다. 다소 일반화시켜 말하자면 신동엽의 시에서의 리얼리즘의 성취는 그의 민족주의가 민중적이라는 사실과 긴밀히 연결된다. 그리고 이 지점에서 애국주의적 민족주의와 민중적 민족주의를 지혜롭게 구분할 필요를 다시 확인하게 된다.

이제까지 연속적으로 『금강』에서 세 부분을 인용하여 민족주의적 성격과 리얼리즘의 성취에 대해 논의하였는데 그 점은 신동엽의 단시에도 두루 해당된다. 민족주의가 신화창조나 이상화로 치달아 현실과의 접점을 상실할 때 리얼리즘의 성취를 방해하고 당시의 민중적 현실에 밀착될 때 리얼리즘의 성취에 연결된다는 점은 그의 시에서 두루 확인된다. 가령 "우리들의 조상이 우랄 고원에서 풀을 뜯으며 양달진 동남아 하늘 고흔 반도에 이주오던 그날부터"(「아사녀」)가 전자에 해당된다면 "꿰진 뒤꿈치로/ 사지 늘어트려/ 국수가닥 깡통을/ 눈 속에 놓치던/ 그 마음을 나는 안다"(「왜 쏘아」)는 후자에 해당되는 시구이다.

방금 언급한 「아사녀」와 「왜 쏘아」는 몇 가지 면에서 흥미로운 대비를 보여주는 시이다. 우선 「아사녀」가 등단 초년의 시라면 「왜 쏘아」는 시작활동이 본궤도에 오른 뒤의 시로서 두 시[14]를 대비시킬 때 신동엽이 시작활동을 하는 과정에서 얼마나 시인으로서 진경을 보였나가 드러난다. 소재면에서 각각 4월 혁명과 미군의 양민 저격사건을 다루고 있어서 시인의 사회현실에 대한 일관된 관심을 엿볼 수 있다. 그런데 전자가 관념성과 추상성을 떨쳐내지 못한 반면 후자는 현실성과 구체성을 구비하고 있는바 시적 성취 혹은 리얼리즘의 성취 면에서 현격한 차이를 드러낸다. 아무래도 「왜 쏘아」는 미군 주둔의 남한의 현실을 잘 그려낸 대표적인 시로 보인다.

문학사적 시각에서 볼 때 신동엽의 시에서의 리얼리즘의 성취는 뜻깊은 바가 있다. 6·25 전쟁을 거치면서 우리 시의 리얼리즘적 전통은 현저히 위축되어 있었기 때문이다. 6·25 이전의 이용악이나 오장환 등의 시에서 보이는 민족과 사회의 현실에 대한 시적 대응을 1950년대의 시단에서는 거의 찾아볼 수 없는 형편이다. 그러한 맥락에서 1960년대의 신동엽은 민족과 사회의 현실에 대한 시적 대응의 전통을 본격적으로 되살리는 작업을 한 셈이 된다. 다시 말해 그의 시는 민족과 사회의 현실에 제대로 대응하는 전통을 되살려냄으로써 1970~1980년대의 리얼리즘시의 융융한 흐름을 이끌어냈다고 볼 수 있다.

본격적으로 세계화의 시대에 접어든 오늘날 신동엽의 시가 낡았다고 느끼는 독자도 많을 것이다. 특히 그의 시정신으로서의 민족주의가 그

---

14) 「아사녀」는 『학생혁명기념시집』, 교육평론사, 1960에 수록되어 있고 「왜 쏘아」는 『신동엽 전집』, 창작과비평사, 1975에 처음 발표된다. 「왜 쏘아」의 창작시기는 1964년 2월 무렵으로 추정되는데 1964년 2월 4일과 6일에 잇달아 일어난 '깡통 줍던 임신부 학살사건'과 '토끼몰이 소년 조준사살 사건'이 다루어지고 있기 때문이다. 그런데 이 시가 10년 넘게 발표되지 못한 억압적 상황이 신동엽의 민족주의가 갖는 당대적 위상을 역설적으로 보여준다. 오연호, 『더 이상 우리를 슬프게 하지 말라』, 백산서당, 1990, 356~357면 참조.

러한 느낌을 자아내는 이유로 작용할 듯하다. 하지만 창작 당시의 시대적 상황을 고려하지 않는 시읽기가 일방적임은 부인할 수 없을 것이다. 또한 민족의 자주와 통일이 제대로 실현되지 않는 마당에서의 세계화가 어떤 의미가 있는지 새삼스럽게 되새길 필요도 있을 것이다. 1960년대에 신동엽이 제기한 문제의 심각성이 오늘날 많이 완화된 것은 사실이지만 여전히 유효한 부분이 많다는 점도 아울러 고려해야 할 것이다.

4. 맺음말

이제까지 민족주의에 초점을 맞추어 신동엽의 시세계를 살펴보았다. 그만큼 민족주의가 신동엽의 시정신의 핵을 형성하고 있다고 보았기 때문이다. 실제의 작품들을 통해 확인하였듯이 그의 발상과 사유의 근저에 민족주의가 깊숙이 작동하고 있다. 일제강점기와 분단시대를 통과하는 우리의 근·현대문학사를 감안할 때 민족주의는 자연스럽게 젖어들기 쉬운 정신적 경향이지만 신동엽의 경우 특별히 자각적이라는 점에서 문제적 개인이라 하겠다. 그의 경우 민족주의를 속되지 않게 벼리면서 그 내용을 풍요롭게 하는 것이 시적 과제로 보일 정도이다.

신동엽의 시쓰기가 민족주의를 정련하는 과정과 맞물려 있다는 것은 언어의 세공에 주력하지 않았다는 뜻이 된다. 그에게 다소 거친 시어구사가 빈번하게 보이는 것은 그 때문이다. 그에게는 자기 시대의 핵심을 짚어내는 정신적 좌표 마련이 시급하였으니 그러한 맥락에서 그는 20세기 후반에 활동한 시인들 가운데 거대담론으로서의 시쓰기의 대표자라

하겠다. 냉전체제의 분단시대를 사는 그에게 중요한 과제는 민족의 자주와 통일이었고 민중중심의 역사관의 확보였다. 「껍데기는 가라」나 『금강』 같은 시들이 바로 그러한 시대적 과제에 정면으로 대응한 대표적 성과일 것이다.

1970~1980년대 한국문학의 중심 담론이 민족문학론이라면 1960년대에 주로 활동한 신동엽은 그 선구적 시인으로 존중될 만하다. 문학과 관련하여 민족의 자주와 통일문제 및 민중중심의 역사관의 확보는 1970~1980년대 민족문학론의 핵심적 과제이기 때문이다. 전선이 분명했던 당시와는 달리 오늘날 그의 민족주의에 대한 객관적 조명이 필요한데 그것은 우선 온갖 사이비 애국주의적 민족주의와 구분하기 위해서이다. 신동엽의 민족주의는 기본적으로 당시의 지배 이데올로기에 대한 강력한 저항담론의 성격을 지니는바 그것은 독재권력의 이데올로기로 작용하는 파시즘 성향의 민족주의와 명백히 대비된다.

민족주의가 안고 있는 가장 큰 문제점이 배타성에 있다는 점은 널리 알려진 사실이다. 신동엽의 경우 이러한 한계를 극복하기 위해 궁극적 진리에의 열망을 드러낸다. 『금강』의 중심 이미지인 '하늘'은 궁극적 진리와 관련된다. 그에게서 자주 보이는 궁극적 진리에의 충동은 그의 민족주의가 폐쇄적이지 않게 하는 반면 지나치게 이상화로 치달아 현실과의 접점을 상실하게 하는 요인이 되기도 한다. 또한 민족의 고대사에 대한 이상화도 이상세계에 대한 시인의 동경이 표출된 것이겠지만 실감을 떨어뜨려 리얼리즘의 성취와 관련하여 볼 때 부정적으로 작용한다.

신동엽이 가장 중시한 역사적 사건은 동학농민전쟁과 4월 혁명이다. 이 두 가지 역사적 사건은 각각 반외세민족자주화와 반독재민주화 운동으로서의 성격을 갖는다는 점 외에도 그의 시에서 민족의 본연적 순수성을 찾는 운동으로서의 의미를 추가해 부여받는다. 민중의 저항운동을 중시하는 그의 역사관은 그의 민중 중심의 민족주의와도 직결된다. 그의 민중 중심의 사상은 자연스럽게 당시의 민족현실에 대한 비판적 시각으로 나타나는데 「종로오가」나 「왜 쏘아」 등의 시가 그러한 예이다. 다시 말해 그의 민중적 민족주의가 리얼리즘의 성취로 연결된다.

이상의 언급에서 드러나듯이 시적 성취와 연결시켜 볼 때 신동엽의 민족주의는 양면성을 지닌다. 시대정신의 구현이라는 시인으로서의 영예와 함께 막상 섬세하게 즐길 만한 시가 많지 않다는 아쉬움이 그것이다. 또한 리얼리즘의 성취에 긍정적으로 작용하기도 하고 부정적으로 작용하기도 한다는 점이 그것이다. 하지만 길지 않은 시인으로서의 활동기간에 그만큼 풍요로운 시세계를 이룩한 시인도 드물다. 즉 그의 민족주의는 긍정적으로 작용한 비중이 훨씬 크고 그런 만큼 생산적이었다. 그가 마련한 정신적 좌표가 1970~1980년대의 민족문학운동에 얼마나 영향을 끼쳤는가를 생각하면 그러한 판단에 이의가 없을 것이다.

오늘날과 같은 세계화의 시대에 민족주의는 어떤 의미를 지니는가. 이 문제는 여러 영역에서 함께 천착해야 할 주요한 화두일 것이다. 그런데 세계화의 시대에 민족주의가 한계를 갖는다는 이유로 과거의 민족담론을 일괄적으로 부인하는 태도는 정당하다고 보이지 않는다. 민족주의 자체가 서로 상극일 정도로 다양한 성격을 내포할 뿐만 아니라 민족을 준거로 하는 사유가 유효한 부분이 아직도 많다고 생각되기 때문이다. 무엇보다도 민족의 자주와 통일에 대한 전망이 민족주의와 무관하게 마련될 수 없겠는데 여기에서 중요한 것은 어떤 민족주의가 인간해방과 관련하여 진정한 것이냐일 것이다.

출전 : 『한국시학연구』 제4호, 한국시학회, 2001. 5.

신동엽과 도덕화의 문제

1. 감정의 기억, 감정의 연대

　과거는 흔히 감정으로 기억된다. 감정적 동기에 의해 과거가 돌이켜
지거나 감정이 기억의 내용이 되기도 한다. 대체로 기억이란 그것을 돌
이키는 입장이나 문맥, 시점(時點)과 분리되지 않는 것이거니와, 감정 역
시 기억을 구성하는 중요한 요소일 것이다. 감정이 기억하는 기억, 혹은
감정으로 기억되는 기억을 감정의 기억이라고 해 보자.

　과거의 기억은 내가 누구인가를 말한다는 점에서 매우 절실한 것일
수 있다. 자신을 확인하고픈 마음에서 사람들은 잃어버린 과거에 대한

---

* 신형기 / 연세대학교 국어국문학과 교수

향수를 남용하기도 하고 과거의 기억을 그야말로 상상해내기도 한다. 할아버지가 다 된 통기타 가수들이 번을 갈아 출현하는 카페 집단촌이 형성되어 있다든지, 갖가지 복고풍의 유행이 끊이지 않는 현상은 감정의 기억을 나누는 일이 풍속의 일부로서 대중적 소비의 한 패턴이 되었음을 말한다. 과거를 규모 있게 상품화하기 시작한 것이 근자의 일이라 하더라도 회고주의를 가능케 하는 이러저러한 감정들을 소비하려는 수요는 오래 전부터 있었을 것이다. 모든 것을 뒤바꾼 근대를 감당해야 했던, 그렇기에 내가 누구인가라는 물음을 외면해야 했던 한국인들에게 과거를 돌이키는 감정적 몰입 행위는 갖가지 집단적 의식(儀式)들을 통해서 수행되어 왔다. 변화의 숨 가쁜 속도를 따라 좇아야 하는 일상은 때로 그만큼 격렬한 막간극(幕間劇)을 필요로 하는 것일지 모른다.

예전 통기타 가수의 노래에 열광하는 중년배들이 돌이키는 것은 그들의 '감미로웠던' 젊은 시절이리라. 노래가 일깨우는 감정 속에서 그들은 자신들이 과거에 누구였던가를 기억한다. 자신이 육체적으로는 물론 정서적으로도 훼손되었다고 생각하는 그들에게 감정의 기억은 '온전한' 자신을 상상할 수 있게 하는 것이다. 상상은 시간의 속박을 벗어나려는 의지를 실현시킨다. 어느덧 이 상상을 공유하게 된 사람들에게 서로는 남일 수 없다. 그들은 같은 기억과 감정을 갖는 하나가 되는 것이다. 여러 '우리들'이나 나아가 큰 '우리들'은 이런 방식으로 구획되어 온 것이 아닌가 싶다. 식민화와 분단, 전쟁과 갖가지 '혁명'들에 의해 시간적 단절이 반복되어 온 불연속적 상황에서, 과거가 조각으로 흐트러지고 자신 역시 파편 이상이기 어려웠던 것이 한국인들의 일반적인 처지였다면, 그리고 이런 상황에서 번번이 다른 가면을 써야 했고 가면이 그대로 얼굴이 되면서 내면을 갖는 일이 어려워질 수밖에 없었다면, 기억과 연대를 통한 '우리들'의 구획은 찢기고 지워진 자신을 상상적으로 회복하려는 기도다. 각급 동창회를 비롯해 다양한 연고에 근거한 모임들이 나날이 번성하고 있는 현상을 보더라도 기억에 의한 연대가 '생활의 원리'가 된 지는 이미 오래인 듯하다. 기억과 연대가 집요하게 요구된 배면에는 공포에 의한 것이든 원한을 바탕으로 깔고 있는 것이든 자기 확인을 바라는, 하지만 한 번도 채워지지 않는 허기증이 깊이 도사리고 있으리라는 생각을 해 본다.

'우리들'은 상상의 산물이지만 기억의 주어가 된다. 상상된 '우리들'은 집단적으로 과거를 기억하는 '우리들'인 것이다. 이로써 '우리들'은 이미 존재해 온 실체로 간주되었다. 그러나 애당초 '우리들'을 묶은 것은 '우리들'이 아니다. 우선 서세동점 이후 서구나 일본이라는 타자가 의식됨으로써 그에 대항하는 '우리들'의 구획은 불가피했다. 공포와 적의, 그렇지 않으면 선망의 대상일 수밖에 없었던 타자의 정체는 제대로 파악될 수 없었으니, 그런 가운데서 '우리들'의 현실은 항상 급박했고 결속은 언제나 절실히 요구되었다. '밖'의 위협으로부터 '안'을 지키는 임무를 자임한 '우리들'에게 기억은 '우리들'의 기억이어야 했다. 기억이 환기한 역사적 기원은 역사적 소명의 근거가 되었다. 그러나 '안'의 결속이 항상 공고했던 것은 아니다. 역사의 부름을 받은 '우리들'을 구획하려는 열망은 실로 전투적인 것이었고 피아를 가르는 금이 종종 생사의 갈림길이 되기도 했던 상황에서, '우리들' 사이에도 여러 금이 그어졌고 반목의 골은 더욱 깊어질 수 있었다. 때로 배제는 '밖'이 아니라 '안'을 향해 더 극단적으로 작용했다. 그런 탓에 내가 누구인가를 자문하기 이전에 네가 누구이냐는 물음에 먼저 답해야 했던 것이 근대를 살아온 한국인들의 현실이었다. 소속을 밝힘으로써만 그는 확인될 수 있었던 것이다. 귀속이 존재의 조건이었으므로 '우리들'과 구별되기를 원하는 '나'는 애당초 상상될 수조차 없었다. '우리들' 안에 타자는 있어서도 안 되고 있을 수도 없었다.

타자를 향한 공포와 적의를 배경으로 부여된 기억이 모두의 기억이어야 하는 상황은 내가 누구인가라는 개별적인 물음 묻기를 차단했다. '나'를 구별해 낸다는 것은 줄곧 모험이 되었다. 내가 없는 '우리들'은 막연하고 추상적인 주어이기 마련이다. 결국 '우리들' 안에서 모두는 익명화되지 않을 수 없다. 이로써 '우리들'이 존재의 유일한 형식이 되었다는 점이야말로 '우리들'의 단결을 강조하게끔 한 진짜 이유였을 것이다. 이 상상의 주어를 고착시킨 감정의 기억과 연대는 근원적이고 또 필연적인 것으로 간주되었지만 사실은 막연한 유인(誘因)이나 근거 없는 집단적 자기암시에 의한 것이기 쉬웠다.

신동엽의 시에 대해선 '전문가적' 비판[1]이 없지 않았으나, 그가 거룩한 민족적 감정과 외세, 혹은 매판세력을 물리치려는 견결한 정신의 사표를 보였다는 평가는 상당한 시간 동안 의심할 바 없는 것으로 간주되어 왔다. 이는 신동엽이 일깨운 감정의 기억을 매개로 한 연대가 폭넓게 진행되었음을 말하는 것이기도 하다. 그는 민중시인, 혹은 민족시인

---

1) 「껍데기는 가라」를 두고 '쇼비니즘으로 흐르지 않을까 걱정된다'고 한 김수영의 경우(김수영, 「참여시의 정리」, 1967)라든가 『금강』의 '신하늬'를 멜로드라마틱하다고 본 김우창(김우창, 「신동엽의 『금강』에 대하여」, 1968)은 그 이른 예일 것이다.

으로 불리었는데, 그에게 붙여진 이 명칭은 그의 시를 통해 구획된 '우리들'이 누구인가를 규정한 것이기도 했다. 그의 시 역시 여러 '애송시'들이 그러하듯 연대된 목소리로 읽혔던 것이다. 필자는 신동엽의 시가 아니라 그의 시를 읽은 '우리들'의 목소리에 더 관심을 갖는다. 신동엽의 시를 다시 읽으려는 것이 아니라 그의 시가 읽혀진 독법을 논의의 대상으로 하겠다는 뜻이다. 그 내용이 어떤 것이며 배경이 무엇인지에 대해, 다시 말해서 신동엽을 민중시인으로 읽은 감응의 메커니즘과 이 메커니즘을 가동시켰을 권력관계에 대해 의견을 나누는 자리를 만들어 보는 것이 필자가 바라는 바다.

낭만주의적 사유에 의하면 서정시의 주체인 상상력은 감정을 쏟아 놓는 데 그치는 것이 아니다. 예를 들어 '창조적인' 상상력은 분노나 격정의 싸이클 너머에 위치하는 것이다. 그것은 또 다른 '이성'이었다. 그러나 자발적 유로(流露)에 의한 것이든 아니든 서정시는 '강한 감정'을 통해 정치적 역할을 수행해 왔다. 영국 낭만주의 시의 자연예찬은 국가를 심미화하는 근대 기제의 일환이기도 했던 것이다. 이때의 감정은 권력, 혹은 반권력의 한 형태일 터인데 서정시의 '리얼리티'는 이런 감정 없이 획득될 수 없다. 그러나 이 감정은 서정시의 세계를 벗어날 수 있다. 권력으로서의 감정이란 이미 서정시를 넘어선 것이다.

신동엽은 반공이데올로기의 지배와 개발의 시대를 거부하는 새로운 연대를 상상케 했다. 반공이데올로기의 지배 아래 '대한민국 국민'이란 무엇보다 '공산도배'를 배제하는 것이어서, 미국은 이미 멀고도 가까운 중심이었다. 신동엽의 시는 어느덧 미국과 같은 편이 된 한국인들로 하여금 제국들에 의한 침탈과 훼손의 역사를 돌이키게 했다. 산업화가 '조국 근대화'의 유일한 선택으로 간주되고 이를 위한 헌신과 희생이 요구되었던 때, 그가 일깨운 것은 잃어버린 고향의 기억이었다. 외세를 향한 분노와 고향을 앗긴 이들을 향한 연민은 진정한 '우리들'의 연대를 꿈꾸게 했다. 그 '우리들'이 민중이었다면 민중은 분단의 벽과 이념의 질곡을 넘어 상상된 공동체였다. 동원 대상일 뿐이었던 국민과의 차별을 요구한 이 '불온한' 주어는 분단을 극복한 온전한 민족의 상상과 겹쳐짐으로써 보다 근원적이고 본래적인 것이 되었다. 필자 자신 역시 그 가운데 하나였음을 고백하거니와, 신동엽을 통해 자신의 소속을 바꾸는 부끄럽기도 하고 감격스럽기도 한 경험을 한 젊은이들은 적지 않았을 것이다. 신동엽의 시는 '우리들'을 호출한 상상적 집회의 자리를 마련해 주었다. 신동엽의 시는 그저 서정시로 읽힌 것이 아니었다.

외세를 배격하고 잃어버린 고향으로 돌아가자는 주장은 여전히 많은 사람들에게 정서적 호소력을 가질 것이다. 신동엽은 일찍이 그 의지를 천명한 지사다. 통일은 모두가 꾸어야 하는 꿈이다. 남북한이 실제로 어떤 진전을 이루어 낼 것인지는 미지수지만 최근에 목격되는 변화는 "북쪽의 권력도/ 남쪽의 권력도 아니 미친다는/ 평화로운 논밭",[2] '완충지대'에 씨를 뿌리자고 한 그의 제안을 다시 생각하게 하는 것이다. 신동엽의 '우리들'이 외친 민중적 연대와 민족적 하나 됨은 여전히 절실한 주제다. 그러나 민족의 안과 밖, 민중과 억압적 타자의 구별은 점차 자

---

2) 「술을 많이 마시고 잔 어제밤은」, 1968의 부분. 신동엽의 시는 『신동엽 전집』, 창작과비평사, 1975에 의거함.

명한 것으로 보이지 않게 된 것이 또한 오늘의 현실이다. 전지구적 규모로 생산과 유통이 확대되고 있는 상황은 이제 '우리들'을 구획하는 확고한 경계란 있을 수 없다는 것을 주장하고 있다. 그러나 더 근본적인 문제는 '우리들'이 곧 자신이고, 자신의 이익을 보장하리라는 믿음이 흐려지고 있다는 점이다. 사실 '우리들'은 흔히 억압적인 주어여서 이를 통해 곤경으로부터 헤어나거나 신뢰나 우정이라고 할 만한 것을 나누어 본 경험이 실제로는 결코 많을 수 없었던 것이다. '우리들'이 구획한 따듯한 '안'은 대부분 상상 속의 것이기 쉬웠다. 여전히 갖가지 매체들은 검정고무신의 추억일 수도 있고 특별한 음식이야기일 수도 있는 텍스트화된 감정의 기억들을 제시함으로써 시시각각 '우리들'을 불러내고는 있지만, 사람들이 고향으로의 귀환을 포기한 지는 이미 오래인 듯하다. 오늘날 '우리들'은 의심받고 있으며 그 경계는 어지럽게 교차되며 흔들리고 있다.

　'우리들'이 튼실한 울이 되지 못하는데도 끊임없이 갖가지 연대가 시도되고, 거듭해서 소속이 확인되어야 하는 한국사회의 현실은 내가 누구인가라는 물음에 답하는 것, 아니 내가 누구인가를 묻는 것 자체가 더욱 쉽지 않은 일이 되어가고 있음을 뜻하는 것일 수 있다. 때문에 '우리들'을 가르는 금이 자명해 보였던 신동엽의 시대가 향수의 대상이 되기도 한다. 그러나 과연 신동엽의 '우리들'이 한때나마 진정한 자신을 찾게 해주었던 것인가? '우리들'이 내가 누구냐는 물음 자체를 봉쇄했고, 오늘날 정체성의 위기로 대표되는 한국사회의 깊은 혼돈이 상당부분 '우리들'이 막연하고 추상적인 주어 이상일 수 없었던 데서 비롯된 것이라면, 이 상상의 주어가 갖는 문제점은 심각하게 검토되어야 한다.

신동엽의 독법은 하나의 보기나 예로 다루어질 것이다.

2. 인민주의적 상상력과 '조국 근대화'

껍데기는 가라
한라(漢拏)에서 백두(白頭)까지
향그러운 흙가슴만 남고
그, 모오든 쇠붙이는 가라[3]

신동엽이 '껍데기는 가라'고 외쳤을 때 껍데기는 알맹이와 구분된 것이다. 그리고 '껍데기는 가라'고 외치는 주어는 그렇게 외침으로써 이미 알맹이를 자처한 것이다. 신동엽에서 껍데기와 알맹이의 구분은 '쇠붙이'와 '향그러운 흙가슴'이라는 은유에 대응되는 은유였고, 그가 다른 시들에서 제시한 '문명'과 '미개지', 도시와 농촌, '서방'과 '동방'을 대립시킨 이분법과도 계열적 관련을 갖는 것이었다. 이 구분을 비본질적인 것과 본질적인 것, 일시적인 것과 항구적인 것, 혹은 꾸며진 것과 참다운 것의 대비로 여기는 태도는 새로운 것이 아니다. 침략자 서구와 제국주의를 비롯해, 문명이라는 '악마의 기계(Dark Satanic Mills)'가 찾아낸 산업화 및 도시화를 도덕적으로 부정하는 담론 역시 오랫동안 되풀이되어 온 것이다. 그렇지만 신동엽은 이 이분법을 통해 '우리들'을 갈라냈다. '껍데기는 가라'는 외침의 격앙되고 고조된 목소리는 여러 한국

---

3) 「껍데기는 가라」, 1967의 부분.

인들로 하여금 막연하지만 강렬한 자기 암시를 가능하게 한 것이다. 자신들을 알맹이로 상상케 함으로써 '껍데기는 가라'는 '우리들'의 외침이 되었다.

껍데기와 알맹이를 나누는 신동엽의 도덕적 이분법은 역사를 타락 이전과 이후로 나누었다. '이조(李朝)'의 봉건적 전제(專制)는 신동엽에게 타락한 시간에 속하는 것이었지만, 타락이 시작된 '어느 때' 이전의 먼 과거는 아름다운 시간이었다. '빛나는 고향'은 이 시간 속에 존재했다. 장시 「금강(錦江)」(1967)에서 그는 이 과거를 '지주도 관리도 은행주도 특권층도 없'던, '평화한 두레와 평등한 분배'가 이루어지던 조화로운 아나키의 시간으로 묘사했다. 어떤 강제도 없어 모두가 자연적 천품(天稟)을 잃지 않았고 도덕적 자발성을 발휘하기에 일상의 삶이 곧 축제였던 과거는, 그러나 잃어버린 낙원이었다. 대지는 파헤쳐졌고 사람들의 머리 위에 '무쇠항아리'가 씌워진 지 오래였다. 역사란 억압과 훼손의 과정이었거니와, 그에게 근대는 특별히 더 그러했다. 그는 탐욕적인 특권층과 이방인 침략자들, 그리고 자본의 유린에 대한 분노를 표했다. '우리들'은 이들 타자와 마주서는 수난자로서 아름다웠던 과거를 기억하는 이들이었다. '빛나는 고향'의 자식인 '우리들'은 언젠가 그리로 돌아갈 것이었다. 아름다운 과거가 '우리들'이 회복해야 할 본디 모습이라고 여기는 한 '우리들'의 기억은 기억이 아니라 잠재한 품성이 된다. 품성은 이 상상의 주어가 자신을 도덕적으로 실체화한 것으로서, 역사를 관류해 지속되는 '정신'의 등가물이었다. 품성의 주인공을 자처함으로써 '우리들'은 알맹이일 수 있었다.

'우리들'이 민중이었다면 이 민중은 품성의 공동체다. 민중의 잠재력은 그것이 품성의 공동체이기에 발휘될 것이었다. 민중의 품성을 민족적 특성으로 보는 입장은 러시아 민중의 (서구에 대한) 우월성을 찬양한 벨린스키[4] 이래의 것이다. 이차 대전 후 반 서구주의를 표방한 소련에서 벨린스키는 러시아의 위대한 '문화적 조상'으로 추앙되는데,[5] 천리마 운동이 시작된 1950년대 말의 북한에서 진행된 '민족적 특성'논의 역시 이런 문맥과 무관한 것이 아니었다고 보인다. 이 논의에 의해 민중의 품성은 프롤레타리아 계급의 혁명성을 민족적 입장에서 설명하는 근거가 되었다. 민족이 결코 부정될 수 없는 오랜 기원과 역사를 갖는다는 상상 속에서 민중은 민족의 특별한 정신과 힘을 가장 순수하게 지켜 온 알맹일 수 있었다. 민족을 유구한 공동체로 상상한 민족이야기[6]가 품성론의 출처였다는 뜻이다. 도덕적 일체화는 품성론의 전망이다. 신동엽의 '껍데기는 가라'는 이런 입장에서 모든 불순한 것들을 물리친 민족과 민중의 오롯한 결합을 외친 것이었다.

신동엽이 상상한 민족의 기원—그가 일깨운 기억 속의 아름다웠던 과거는 법이나 규율이 아니라 미덕에 의해 움직이는 농업적 공동사회로

---

4) 민중들이 무한한 생명력과 갖가지 역사적 난관을 극복할 능력을 갖는다고 본 벨린스키는 그들이 자신들의 재능과 본원적 문화를 발전시킬 것이라고 기대했다. 이런 민중들의 러시아는 마치 "잿더미 속에서 불사조가 환생하듯" 솟구쳐 오를 것이었다.
V. G. Belinsky, *Selected Philosophical Works*, Moscow; Foreign language publishing house, 1956, p.136, 386, 537.
5) Gleb Struve, *Soviet Russian Literature 1917~1950*, University of Oklahoma Press, 1951, pp.326~327.
6) 민족이야기에 대해선, 신형기, 「민족이야기를 넘어서」, 『당대비평』, 2000 겨울호.

그려진 점에서 인민주의(populism)적 색채를 띤다. 인민과 관련된 모든 것이 빛나던 신성한 때가 있었다고 믿고 그곳으로 돌아가야 한다는 감정적 지향과 강한 귀속의 욕구를 갖는 점에서, 껍데기들에 대한 도덕적 분노를 표하며 순교(殉敎)의 꿈을 꾼 점에서, 그리고 훼손된 오늘을 사는 자기연민을 심미화한 점에서 그는 인민주의자였다. 인민주의적 상상 속의 주인공은 신동엽이 '전경인(全耕人)'이라 이름 지은 자족적이고 소외되지 않은 '고귀한 야만인(Noble savage)'[7]이다. 단순하지 않고서는 진정한 앎에 이를 수 없다는 생각을 대변하는 이 고귀한 야만인은 협동으로 경쟁을 대체해야 한다고 믿는[8] 인간중심주의의 형상이다. 민족과 민중의 품성을 구체화해 준 것은 바로 인민주의적 상상이었다.

이사야 벌린은 인민주의를 공동체가 갖는 본원적 가치에 대한 믿음이라고 간단히 정의했다.[9] 다수 민중이 구현하는 선(善)이 집단적 전통에

---

7) Donald MacRae, "Populism as an Ideology", *Populism; Its Meanings and National Characteristics*, eds. Ghita Ionescu, Ernest Gellner, Weidenfeld and Nicolson, 1969, p.155.

8) 인민주의가 강조하는 농업적 덕(Agrarian Virtue)은 상호부조를 인간의 자연스런 품성으로 간주하는 데 근거하는 것이다. 크로포트킨은 자연에는 상호경쟁의 법칙과 더불어 상호부조의 법칙이 있다는 주장을 폈다. 상호부조는 자연스럽고 강렬한 감정으로 나타나는 인간의 건설적 천품(天稟)이어서, 종의 진화에 더 중요하게 작용했다는 생각이었다. 이 주장에 의하면 진화의 최적자는 육체적으로 강건한 자나 교활한 자가 아니라 합심하고 협조를 잘할 줄 아는 두뇌를 가진 자다. 도덕적 진보는 상호부조 원리가 확대됨으로써 얻어질 수 있는 것이었으니, 크로포트킨은 인류의 진화 과정 속에서 특히 가장 빈궁한 계급이 상호부조를 적극적으로 발휘했다고 적고 있다(크로포트킨, 성인기 역, 『상호부조론』, 대성출판사, 1948). 상호부조론은 신동엽에게도 큰 영향을 끼쳤다.

9) Isaiah Berlin, "J. G. Herder", *Encounter*, Vol.XXV, July and August 1965. pp.32, 34. 벌린이 파악하는 헤르더의, 혹은 헤르더 시기의 인민주의는 이성으로부터의 후퇴라는 반계몽적이고 반동적 흐름 안에 놓이는 것으로, 이 시기를 풍미하는 민족주

기원한다고 여기는[10] 지점에서 인민주의와 민족이야기의 결합은 마련 된다. 아름다웠던 과거에 대한 감정의 기억을 일깨움으로써 민중과 민 족을 구획하는 과정은 인민주의적 상상이 품성의 공동체를 묘출하는 과 정이었다. 품성론에의 접근이 인민주의적 상상을 통해 이루어진 것이다. 신동엽이 민중시인이나 민족시인으로 불리었던 것은 민중과 민족을 품 성의 공동체로 간주한 결과다.

감정적 패턴으로서의 인민주의는 상황적으로 보면 근대화에 대한 일 련의 거부반응이다.[11] 자본과 기술을 배격한다든지 도시를 부정하는 태 도는 그것의 일반적 경향이었다. 식민제국이나 선진자본주의는 죄악시 되었다. 민중은 자본주의와 도시화의 수난자였다. 그러나 품성의 주인공 민중에게 수난은 오히려 품성의 힘을 북돋는 시련이 되어야 했다. 종로 5가 밤거리에서 길을 묻는 소년이 등에 진, '흙 묻은 얼굴을 맞부비며 저희들끼리 비에 젖고 있는' '먼길 떠나온 고구마'[12]들은 신동엽이 본 오늘의 '우리들'이었다. 이 환유가 불러일으키는 강한 연민의 감정은 아 름다웠던 과거의 기억으로 인해 한층 애틋한 것이 된다. 연민의 연대는 '쇠붙이'를 물리칠 정결한 분노를 모아낼 것이었다. 그것이 품성의 힘을 확인하는 경로였다. 수난은 민중을 인격적 결합체로 만드는 것이었다.

의나 낭만주의에 동반된 사조였다.

10) Peter Wiles, "A Syndrome, not a Doctrine; Some elementary theses on Populism", *Populism; Its Meanings and National Characteristics*, p.166.

11) Augus Stewart, "The Social Roots", *Populism; Its Meanings and National Characteristics*, p.180.

12) 「종로 5가」, 1967.

인민주의적 상상 속에서 봉기(蜂起)나 의거(義擧)는 찬미의 대상이 된다. 여기서 지도자와 대중은 예언자와 그를 마음으로 따르는 추종자의 관계로 그려진다. 신동엽이 높은 정신적 경지로 여긴 '섬김'의 태도는 모두가 서로에 대해 지극한 마음을 갖는 것이다. 『금강』에서 그는 동학을 이런 마음의 봉기로 그렸다. 봉기는 현실적인 전략을 통해서가 아니라 거룩한 격정과 마음의 결합을 통해서 유토피아를 선취한다. 그것이 신동엽을 통해서 동학과 4·19가 읽힌 방식이다.

품성론은 대중적 영웅주의로 나아갈 수 있다. 그러나 그럼에도 불구하고 인민주의적 상상은 대체로 낭만적이고 때론 운명론적이다. 신동엽 역시 투쟁의 필연성보다 희생의 불가피성을 더 많이 암시했다. 이런 입장에서 인민주의적 상상력이 그려내는 것은 성스러운 순교자다. 이 순교자는 많은 순교자들이 그렇듯 '거대한 천명(天命)'[13]을 예고하는 역할을 수행한다. 신동엽 자신을 투영한 『금강』의 주인공 '신하늬'가 그렇듯 순교자는 예언자가 된다.

인민주의적 상상은 본질적으로 심미적인 상상이다. 신동엽은 훼손의 오물들이 켜켜이 쌓인 '균(菌)스런 부패와 향락'의 도시를 갈아엎어 '흙가슴'의 농촌을 회복하는 꿈을 꾸기도 했다. "갈아엎은 한강 연안에다/ 보리를 뿌리면/ 비단처럼 물결칠, 아 푸른 보리밭."[14] 고도로 심미화된 전복의 상상은 매혹적인 것이다. 미래의 승리에 대한 예언은 이런 매혹 속에서 빛날 수 있었다.

필자는 신동엽의 인민주의적 상상이 도덕과 부도덕, 선과 악을 나누

---

13) 『금강』, 1967의 18장.
14) 「4월은 갈아엎는 달」, 1966.

고 '밖'을 죄악시하며 '안'의 인격적 결속을 요구하는 도덕화라는 술어에 의해 수행되었다고 생각한다. 인민주의적 상상에 의해 도덕화가 요구되었다기보다 도덕화라는 술어가 인민주의적 상상을 도출해냈으리라는 것이 필자의 견해다. 그렇게 볼 때 품성론은 도덕화의 산물일 수밖에 없다. 나아가 '우리들'이란 주어는 애당초 이 술어에 의해 구성되었다고 본다. '우리들'의 모호한 추상성은 도덕화라는 술어의 근본적 성격에서 초래된 것일 수 있다. 신동엽의 시가 '우리들'의 상상을 통해 읽힌 것인 한, 그 독법은 도덕화라는 술어의 지배를 벗어날 수 없었던 것이다.

압제와 수탈에 맞서는 분노를 일깨운 점에서 물론 신동엽의 시는 저항적이었다. 그는 민족이 그 본원인 '빛나는 고향'으로 돌아갈 날을 희구하는 경건한 기다림의 자세를 보였다. 그러나 잃어버린 낙원이 구체적인 역사 속에 놓이는 것은 아니어서 이를 되찾으려는 마음의 기도와 정치적 실천 사이의 길은 멀었다. 신동엽에게 역사는 중요한 화두였지만 아름다웠던 먼 과거는 역사적 문맥을 벗어난 꿈에 가까운 것이었다고 해야 옳다. 신성한 제의적 시간 속에서 하나의 '전설'("전설같은 풍속"[15])로 빛나는 거룩한 대지를 기억하는 '우리들'의 연대는 실제로 막연한 정서적 감응에 의한, 그만큼 일시적이고 모호한 것일 수밖에 없었다. 때때로 신동엽이 공허함이나 소조한 감상(感傷)에 빠져드는 모습을 보인 이유는 이러한 관점에서 설명될 필요가 있다. 그러나 감응을 요구받는 '우리들'이 모호한 주어일 수밖에 없는 더 중요한 이유는 이 연대

15) 「향아」, 1959.

310 신동엽

가 오히려 서로간의 소통을 불가능하게 하는 것이었다는 데 있다.

감응에 의한 연대와 대화를 통한 결속은 구분되어야 한다. 전자는 '우리들'을 구체화해내지 못하기 때문이다. '우리들'이 모호한 주어일 때 도덕과 부도덕의 경계 긋기는 이미 자의적인 것이다. 도덕은 그것이 누구의 도덕인지가 규명되어야 한다. 도덕화라는 술어는 오히려 도덕에 대한 분석을 거부하는 것이었다. 그것이 구체적인 주어를 구성해낼 수 없는 이유는 상당 부분 여기에 있다. 도덕화된 '우리들'은 강렬한 귀속 욕구의 대상이 되었음에도 불구하고 다만 유인(誘因)에 휩쓸릴 뿐 서로 간의 소통이 차단된 낱낱의 익명적 군중일 가능성이 더 컸다. 물론 '우리들'을 품성의 공동체로 여기는 집단적 자기암시의 근거는 없다. 과거를 탈문맥화하는 상상 역시 역사의 무게로부터 벗어나려는 무책임한 시도이기 쉬웠다.

타자를 부도덕하다고 봄으로써 자신을 도덕적이라고 여기는 도덕화는 근본적으로 배제의 기제다. 즉 타자가 부도덕한 것이 아니라 타자이기에 부도덕한 것이다. 타자를 금 밖에 놓음으로써 자신의 상(像)을 만드는 것은 근대주체를 형성한 하나의 지배적인 방식이 아니던가. 도덕화역시 이 근대기제가 작동한 하나의 형태로 간주해야 할 듯싶다. 부도덕한 타자 없이 도덕적인 자신이 있을 수 없는 것이라면, 이 도덕의 진정한 근원은 부도덕이었다. 그런데 부도덕을 배제함으로써 구획되는 '우리들'은 이 도덕의 부도덕성을 성찰할 수 없었다. 이런 점에서 '우리들'은 이미 타율적인 테두리다. 도덕화에 의한 타자의 배제는 타자로부터의 배제를 흉내 낸 것이거나 결국은 이를 다른 방식으로 승인하는 것이었다. '우리들'의 연대는 부도덕의 기획일 수 있었다.

'우리들'이 품성의 공동체이기 위해서는 그 안의 분열이나 불일치가 지양되어야 한다. 도덕은 억압의 명분이 된다. 여기서 내면은 허용되지 않는다. 도덕화는 각자의 내면을 지우는 또 다른 가면 쓰기를 요구한 것일 수 있었다. 아무리 도덕을 앞세웠다 하더라도 그 가면이 자신을 가두고 억압하는 것이라면 그것은 폭력이다. 때문에 필자는 도덕화라는 배제의 기제를 압제와 침탈의 폭력에 대항하는 것이 아니라 맞물린 것으로 보아야 한다고 생각한다. 배제는 필연코 '우리들' 안으로도 작용할 것이었다. 모호한 주어에의 종속을 요구하는 상상적 통합은 실제로 '안'을 향한 배제를 통해 이루어지는 것이다. 이런 입장에서 볼 때 껍데기와 알맹이의 구분이 왜 박정희가 이끈 저 비상한 개발의 시대에 제기되었던가 하는 물음은 불가피하다.

60년대는 산업화의 기치 아래 개발의 시대가 시작되었던 때다. 또 다른 '혁명'의 주인공으로 등장한 박정희는 민족의 경제적 번영과 자립이라는 빛나는 목표를 제시했다. 그가 농부의 자식임을 자처하며 일깨운 것은 '찢어지게 가난했던' 궁핍의 기억이었다. 궁핍에 대한 공포만큼 모두의 영혼 깊이 각인된 것이 있었던가! 그는 자신도 '서민'16)임을 주장했다. 서민의 연대감을 통해 혁명의 요구가 정당한 도덕적 요구라고 설득한 것이다. 그러나 박정희 자신이 짓고 곡도 붙였다는, '우리도 한번 잘 살아보세'라는 청유형의 노랫말이 전국 방방곡곡으로 울려 퍼졌을

---

16) "본인은 한 마디로 말해서 서민 속에서 나고, 자라고, 일하고, 그리하여 그 서민의 인정 속에서 생이 끝나기를 념원한다." 박정희, 『국가와 혁명과 나』, 향문사, 1963, 292면.

때는 견고한 국가적 동원체제가 마련된 뒤였다.

박정희의 포부가 어떤 것이었든 박정희 정권이 가동시킨 개발이란 기계는 자본주의 세계체제와 국제 분업에 종속적으로 편입되는 길을 갔다. '한강의 기적'이라 불리기도 했던 발전이라는 신기루는 참혹한 노동 착취의 현실을 덮을 수 있는 것이 아니었다. 농촌은 분해되었으며 전 국토는 파헤쳐졌다. 그리고 누구도 이 가속적 변화를 돌이킬 수 없었다. 개발의 시대는 결코 서민들의 시대가 아니었다. 개발의 시대가 서민들의 시대가 아닌 한, 그 목표 역시 서민들의 것일 수는 없었다. 서로의 등을 떠밀며 어느 곳으로 향할지 모르는 행진을 계속해야 했던 사람들에게 많은 것을 잃었고 다시 고향으로 돌아가지 못하리라는 상실감은 아물지 않을 상처가 되었다. 필자는 근대 한국인에게 이런 상실감만큼 깊이 각인된 감정이 있을까 자문해 보곤 한다. 잃어버린 고향은 바로 이 상실감 속에 있었다. 낙원의 상상을 절실한 것으로 만든 것은 개발의 시대였다.

껍데기와 알맹이를 가른 품성론은 언젠가 이 상실을 이길 날이 오리라는 믿음의 근거였다. 그런데 품성론은 이미 국가적 동원의 방법이었다. 박정희에게도 국민은 품성의 공동체여야 했다. '좋은 심성'을 해친 원흉으로 '구미식(歐美式) 사조'를 꼽은 그가 건설의 청사진을 제시하며 당부한 것은 모든 국민이 '순수한 민중으로 돌아가 달라'[17]는 것이었다.

---

16) 박정희의 품성론은 개조론이다. 그는 자신의 혁명이 인간개조, 국민성 개조를 뜻한다고 주장하면서 소박, 근면, 정직, 성실 등을 국민의 갖추어야 할 덕목으로 요구했다. 이는 특별한 지도자와 국민이 '강력한 지도원리'에 입각해 인격적으로 결합하기 위한 요건이었다(박정희, 『우리 민족의 나갈 길』, 동아출판사, 1962 ; 박정희, 『국가와 혁명과 나』, 289면).

소박해야 근면할 수 있고 정직해야 성실할 수 있다는 생각에서 품성의 회복을 요구한 것이다. 품성론은 비슷한 시기 북한에서도 강조되었다. 천리마 대 고조를 부르짖은 1950년대 말부터 품성론은 본격적으로 개진되었으니, 고상한 도덕성과 외유내강의 태도 및 상호부조의 열정, 애국주의 등은 민족적 천품의 내용으로 규정되었다. 이 천품론은 국가적 동원에 적극 부응해야 함을 명령하고 있었다. 국난을 극복하자는 '방어적'인 입장에서 요구된 산업화 혁명이었건, 탐욕적인 제국들에게 '우리 식'의 본때를 보여야 한다는 격앙된 열정과 집단적 도취 속에서 진행된 정신적 증산운동이었건, 품성에 대한 믿음과 기대를 동원의 방식으로 이용한 점에서 둘은 크게 다르지 않았다.

물론 신동엽은 자본과 기술에 의한 근대화를 반대했다. 신동엽의 '우리들'은 박정희의 국민과 달랐다. 그러나 이 '우리들'이 구획된 방식 자체는 궁핍의 공포나 외세에 대한 원한과 적의를 바탕으로 한, 국가적 일자화의 기획과 구별되지 않는다. 각각이 생각한 도덕의 내용엔 차이가 있었지만 아름다운 과거를 회복하는 상상은 막연할 따름이어서, 그것이 국민 모두가 합심해 만들어가야 할 '새마을'의 이상과 어떻게, 얼마나 차별될 수 있는 것이었는지 궁금하다. 도덕의 힘으로 발휘될 '빛나는 정신'[18]은 갖가지 난관과 결핍을 이겨내어야 하는 '재건정신'과 마찬가지로 하나의 언령(言靈)이었다. 상호부조의 미덕이 어느 순간 모두를 예외 없이 구속하고 동원하는 도덕의 광기로 바뀌지 말라는 보장은 없다. 민중과 국민은 감응을 요구받는 품성의 공동체였다. 그리고 무엇보

---

18) 「빛나는 눈동자」, 1963 ; 『금강』 3장.

다 '우리들'을 앞세워 '나'를 지운 점에서 신동엽은 의도와 다르게 박정희를 허용한 것이다.

　필자는 경건한 예언자로서 신동엽과 박정희가 갖는 공통점이 도덕화라는 술어와 그것이 작동한 기제를 통해 설명되어야 한다고 본다. '안'과 '밖'을 가름으로써 민중과 민족, 혹은 국민을 구획한 이 기제는 근본적으로 모호한 것일 수밖에 없는 주어에의 종속을 마땅한 것으로 요구하는 것이다. 모두가 익명화되는 상황에서는 누구도 이 종속에 대해, 그리고 그 결과에 대해 책임질 사람은 없다. 도덕화는 모두를 무책임한 군중으로 만드는 군중의 정치학에 복무했다. 군중의 정치학이 국가적 동원을 위한 것이었다면 무책임한 군중을 낳은 품성의 공동체는 결코 근대의 제도적 형식들을 뛰어넘을 수 있었던 것이 아니었다. 군중은 이 제도적 형식들에 의해 통제되어야 할 대상에 불과했다. 도덕화는 근대를 거스르거나 넘어서려는 기획일 수 없었다.

　도덕화가 근대를 또 다른 방식으로 수용한 기획이었음을 확인하기 위해서는 도덕화라는 술어가 근대를 관류해 온 양상을 간단하게라도 살필 필요가 있을 듯하다. 도덕화라는 술어의 역사적 '역동성'을 규지할 때 신동엽과 박정희의 의도하지 않은 공모 관계는 더 큰 문맥 안에서 파악될 수 있을 것이다.

3. 도덕화, 또 다른 근대 기획

껍데기와 알맹이를 나누는 이분법의 기원은 서양을 금수(禽獸)들의 영역으로 간주한 척사론자들에게서 이미 발견되는 바다. 근대적 '민족'에 대한 생각은 없었겠지만 척사론자들이 서세(西勢)를 사악한 힘이라고 규정했을 때 그들의 주자학적 세계관은 자기중심적 도덕화를 수행한 것이다. 이후 금수가 아닌 인간들의 품성의 공동체는 인격과 의지의 결합체가 되어야 했고 인격의 의지를 모아내기 위한 동원의 프로그램은 가동되었다. 서양을 맞은편에 놓은 동양의 근대는 이렇게 시작되었던 것이다. 여기서 돌이켜 보려는 동원의 프로그램은 식민지 시대 말기 대동아공영(共榮)을 부르짖은 일본의 신체제론과 해방직후의 건국 과정에서의 '민주주의' 논의다. 이 둘은 서로 다른 성격을 갖는 것이지만 모두 서구적 근대의 초극을 주장했다. '비약'은 두 프로그램의 표어였던 것이다.

도덕화는 경제나 정치를 도덕의 문제로 간주한다. 이런 관점에서 자본주의는 흔히 적대시된다. 이윤을 얻으려는 동기 자체가 죄악이기 때문이다. 합리적 이기주의는 헌신과 봉공(奉公)의 자세, 상호부조의 정신으로 대체되어야 할 것이었다. 나아가 정치가 도덕적 감응의 관계로 단순화될 때 권위에 대한 전통적인 입장은 답습될 수 있었다. 감응의 중심이 정치적 권위를 독점하게 되는 것이다. 여기서 정치의 추상적인 심미화는 초래되게 마련이었다.

식민지 모국 일본을 매개로 서구라는 '밖'을 볼 수밖에 없었던 식민지 지식인들은 안팎을 가르는 금을 어떻게 긋느냐는 문제 앞에서 매번

당황하고 혼돈에 빠져야 했으리라. 이 이중적 존재에게 반제 계급운동이 불가능해지며 휴머니즘과 모랄, 혹은 '동양'이 화두로 떠올랐던 전형기(轉形期)란 내면의 균열이 심각한 위기로 의식되었던 때였다. 균열을 감당할 수 없는 지점에 이르렀다는 느낌이 지배적인 것이 되었던 가운데, 서구의 근대를 그대로 좇아서는 안 된다고 외치며 그것을 넘어서는 다른 시간을 도모한 '근대초극'[19]의 주장이 던진 파장은 결코 작지 않았으리라 생각된다. 근대초극 논의는 서구의 근대와 자본주의의 해악을 강조했다. 서구가 봉착한 물질주의와 세속주의, 전인성(全人性)의 상실, 영성(靈性)의 부재와 같은 문제들은 서구의 시간 속에서는 결코 해결될 수 있는 것이 아니었다. 서구가 갈 때까지 갔다는 판단 아래 아시아가 되찾아야 할 대안으로 제시되었던 것은 막연하고 추상적인 '정신'이었으며 모호하게 확장된 '가족'이었다. 이로써 정치는 도덕의 문제가 되었다. '우리들'은 도덕적으로 거듭 태어나야 했다.

이 논의에 의거하면 서구문명과 문화는 그것을 수용한 식민지에도 해악을 끼친 것이다. 식민주체 내부의 균열은 무엇보다 이로 말미암은 것이 된다. 서구적 근대를 뛰어넘는 것은 온전한 자신을 찾기 위해 절실한 과제였다. 처방은 근원으로 돌아가는 것이었다. 일본 고대 정신은 심오한 힘의 원천으로 간주되어서, 그에 바탕을 둔 믿음과 예지의 회복이

---

19) '근대의 초극(超克)'이란 태평양전쟁을 벌인 직후인 1942년, 일본에서 진행된 일련의 논의의 주제였다. 『문학계』, 『중앙공론』 등에 연재된 이 논의는 서구적 근대를 비판하는 입장에서 일본이 아시아의 중심국으로 나서야 하는 세계사적 필연성을 역설하고 동아 공영의 '윤리성'을 역설한 것이었다. 『문학계』의 논의를 번역하고 소개한 글로는, 이경훈, 「'근대의 초극'론」, 『다시 읽는 역사문학』, 평민사, 1995.

외쳐졌던 것이다. 감은(感恩)의 깊이에서 우러나오는 '청명심(淸明心)'[20]이라든가 극진함을 다하는 정신적 경지는 회복해야 할 품성의 내용이었다.

근대초극론은 일본을 맹주로 아시아가 뭉쳐 공영하자는 '신체제'의 필연성을 말한 것이었다. 신체제론에 의하면 민족자결의 원칙은 자유주의의 시장경쟁논리를 관철시키기 위한 서구의 음모에 지나지 않았다. 아시아의 연대－여러 민족들이 서로 친애하고 교육하는 대 가정을 이루는 일은 서구를 주인공으로 하는 약육강식, 우승열패의 무대였던 근대를 극복하려는 새로운 세계사적 기획이었다. 물론 근대초극의 길은 식민지 지식인에게 곧 친일의 행로일 수밖에 없었다. 그러나 아시아가 하나로 뭉쳐 서구에 의해 주도되어 온 자본과 기술의 시간을 뛰어넘는다는 것은 서구적 근대의 부도덕에 맞서는 웅대한 도덕적 구상으로 비칠 수 있었다. 일본이 새로이 여는 저 심원한 '정신의 바다'에 뛰어들 때 조각난 주체는 거대한 시대의 물줄기와 합쳐 하나가 될 것이었다. 식민지 지식인들은 계속 꿈으로 연기되었던 도덕에로의 귀환이 마침내 역사의 구체적 과제로 제기되었다는 황홀한 감격에 사로잡힐 수 있었다. 한때 서구를 '문화 기여자'로 간주하기도 했던 최재서가 신체제의 문학을 외치게 되는 과정[21]은 서구를 버리고 '동양'을 선택한 과정이었다. 그러나 이 '동양'은 서구가 그랬던 만큼 막연하고 추상적인 것이었다.

서구를 상대로 아시아의 결속을 외친 신체제론에 의하면 아시아 안의

20) 이광수, 「인간수행론」, 『신세대』, 1941. 1 ; 「국민문학 문제」, 『신세대』, 1943. 2 ; 이경훈 편역, 『춘원 이광수 친일문학 전집 Ⅱ』, 평민사, 1995.
21) 「문화기여자로서」, 조선일보, 1937. 6 ; 「소설과 민중」, 동아일보, 1939. 11과 「전환기의 문화이론」, 『인문평론』, 1941. 2 ; 「문학정신의 전환」, 『인문평론』, 1941. 4 등을 참조할 것.

내부적 차이들은 통합되어야 할 것이었다. 그러나 실제로 (민족과 국가 간의) 서열이 제도화되었던 현실에서 아시아의 통합은 매우 추상적이고 심미화된 중심을 통해서만 도모될 수 있었다. 때문에 이 공동체의 경계는 실상 불확실하고 유동적이었다. 서구를 '밖'으로 배제한 '안'은 언제든 '밖'으로 밀려 나갈 수 있었던 것이다. 자본운동이 전지구적으로 확대되면서 진행된 주체의 추상화가 근대의 한 양상이자 귀결이라면, 근대초극 논의 역시 근대를 초극하려고 한 것이 아니라 수행한 것이다.

해방과 더불어 민족과 민중은 다시금 도덕적 배제를 술어로 갖는 대주어가 되었다. 이는 무엇보다 해방이 '사(邪)에 대한 정(正)의 승리'[22]로 규정된 결과다. 파시즘을 무너뜨린 역사의 수레바퀴는 동시에 도덕적 의지의 존재를 확인시켜 주었던 것이다. 새 시대가 그간 고통을 받은 민중의 시대가 되어야 한다는 것은 역사의 마땅한 명령으로 받아들여졌다. 민족의 독립이라는 지상목표는 민중의 시대를 구현함으로써 달성될 것이었다. 이 과제를 두고 누구를, 혹은 무엇을 배제의 대상으로 놓느냐는 좌와 우, 그 안에서도 각축하는 세력들 간의 경계를 가르는 매우 심각하고 근본적인 문제가 되었다. 평론가 한효는 서구적 지성과의 결별을 선언한다.

　구라파 지성은 특유의 행동성과 윤리성에 의하여 전개되는 조선적 현실에 대하여 아무런 구체적 해명을 내리지 못했을 뿐만 아니라 그 방향을 전혀 지시하지 못했다. 우리 신문학이 구라파적 지성을 토대로 하

---

22) 백남운, 『조선민족의 진로』, 신건설사, 1946, 2면.

고 그 위에서 발전되어 온 40년간 그 동안 우리는 불행히도 우리의 현실을, 축적되어 온 우리 민족의 불굴성과 견실성을 참으로 그 구체성에 의하여 묘파한 작품을 대한 일이 없다. 혹시 대한 일이 있었다면 그 작품은 이미 구라파적 지성과 결별하고 도리어 그것에 항거하는 억센 사상적 훈련에다 몸을 바친 작가의 속에서 씌어진 것이었다. 이것은 결코 조선의 작가가 작가적 소질에 있어서 부족됨으로서가 아니다. 그가 받아들인 지력, 구라파적 지성 자신에 숙명적인 결함이 있었음으로서이다. 조선의 신문학이 발전하는 데 있어서 구라파적 지성은 가장 유력한 온상이고 기(基)이었다. 이를 받아들임이 없이는 우리 신문학은 발전할 수가 없었으리라고 보는 것은 결코 잘못이 아니다. 조선문학에 있어서 그역할은 크다. 그것은 어떤 독선적 견해를 가지고도 도저히 과소평가할수 없다. 우리의 많은 작가들은 누구나 그것을 받아들이고 그것을 토대로 삼아 자기의 역량을 길러 왔다. 다만 중도에서 몇 사람의 좌익작가가 그것으로부터 결별하고 새로운 사상적 훈련에다 자기를 몰아세우기 시작했을 따름이다. 구라파적 지성에다 결별장을 보낸 좌익작가야말로 누구보다 먼저 구라파적 지성의 붕괴의 운명을 자각한 사람들이었다.[23]

서구를 배제함으로써 온전한 민족과 민중을 되찾으려는 기도가 거듭 시도되었던 것이다. 파시즘이 대두하면서 제기된 '지성의 위기'론은 대전의 종식 이후로도 서구적 지성의 붕괴를 단언하는 배경이 되었거니와, 서구문화의 퇴영적 측면을 자본주의가 내부로부터 허물어져 가고 있음을 알리는 징후로 보는 견해 역시 특별히 새로운 것은 아니었다. 한효는 서구적 지성이 한 역할이 크다고 했다. 그러나 그 역할은 매우 제한적인 것이었다. 한효의 문제의식은 서구적 지성이 붕괴의 운명을

---

23) 한효, 「조선문학의 현재의 입장」, 『인민예술』, 1946. 10, 9~10면.

맞았다는 그 자체에 있었던 것이 아니라 애당초 서구적 지성으로는 '특유의 행동성과 윤리성에 의해 전개된 조선의 현실'을 옳게 파악할 수 없었다는 데 있었다. 서구적 지성이 조선의 현실 속에서 축적된 '민족의 불굴성과 견실성'을 포착해 내지 못했다고 말했을 때, 한효는 민족의 시간이 서구적 근대와는 다른 것이었다는 생각을 또한 피력한 것이다. 그리고 '불굴성과 견실성' — 민족의 특별한 품성이 좌익작가의 '사상'을 통해서 바르게 그려질 수 있었다고 말함으로써 '사상'을 민족의 시간 속에 놓은 것이다. 뒷날 '반종파 투쟁'(1956) 이후 본격화되어 주체시대를 낳게 되는 '사상'의 민족화는 이미 이 시점에서 시작되었던 셈이다.

한효가 말한 '불굴성과 견실성'은 또한 민중의 품성이 아닐 수 없다. '인격의 원리'란 본질적으로 마르크스주의적인 것이 아니지만, 민중이 '본능적으로' 사회주의를 선취한 존재라는 생각24)은 민중을 '지도'의 대상으로 보는 볼세비즘의 세례 이후로도 불식되지 않았다. 민중이 시련의 경험을 근거로 도덕의 힘을 모아 내리라는 기대는 역사발전의 필연성을 도덕적 필연성으로 설명할 수 있게 했다. 식민지 지식인에게 민중은 줄곧 서구적 지성의 수용에 따른 내부적 갈등과 괴리를 만회할 온전한 표상이었다. 한효는 드디어 '사상'과 민중, 그리고 민족을 결합하려 한 것이다. 이로써 '사상'은 서구적 지성으로부터 분리되었다. '민주주의'는 이런 기도의 정치적 표현이었다.

'민주주의'는 파시즘 붕괴 이후의 세계사적 방향으로 간주되었으나

---

24) 대표적 경우의 하나는, Alexander Herzen, "Our 'Opponents'", *My Past and Thoughts*, Vintage Books, 1974.

애당초 연합국을 통칭하던 표현으로서의 '민주주의'가 이내 더 좁은 의미로 쓰인 것이 해방기의 상황이다. 일찍이 박헌영은 미국을 '신래(新來) 제국주의'로 지목했다. 민중의 시대를 눈앞에 두고 있다고 생각했을 때 이미 몰락이 시작되어 퇴폐의 온상이 되고 있는 서구로부터 더 배울 것은 없었다. 물론 이런 판단은 승전국 미소에 의한 세계분할이 냉전을 배태하던 상황을 반영한 것이어서, 미국이나 서구의 부정은 소련의 긍정을 위한 것이기도 했다. 하지만 소련이 민주주의의 대표자로 불릴 수 있었던 데는 무엇보다 소련이 '죄 많은' 자본주의를 넘어섰다는 생각이 크게 작용했다. 많은 사람들에게 자본주의의 배격은 민중의 시대를 구현하기 위한 절대적 조건이었다. 소련을 여행한 이태준은 '마치 조롱에서 놓여난 새가 천공(天空)을 나는 것과 같았다'는 감정을 술회[25]하는 것으로 자본의 사슬을 끊은 세계사의 새 국면을 눈으로 확인한 감격을 피력했다. 오직 선의(善意)를 갖는 천진하고 구김살 없는 사람들의 모습은 '인류의 위대한 꿈이 실현된'[26] 증좌였다. 해방기의 진보적 운동자들은 자신들이 이 꿈을 실현하느냐 못하느냐는 기로에 서 있다고 여겼다. '사상'이 오랜 도덕적 이상을 실현할 동력인 한 그것은 또한 도덕적 의지였다.

소련은 산업화의 고통스런 단계를 거치지 않고도 사회주의 혁명을 달성할 수 있음을 엄연히 보여주었다. 소련이 연 새 세계는 파탄에 이른 서구적 근대를 극복한 것이었다. 모든 부도덕이 극점에 이른 제국들의 시대를 뛰어넘는 것이 바로 '민주주의'의 과제였다. 현 단계가 민족의

---

25) 소련여행을 한 이태준의 기행문들을 모은 『소련기행』, 백양당, 1947의 서문.
26) 『소련기행』, 14면.

통일과 독립이라는 근대적 과제를 달성해야 하는 단계지만 이 과제가 부르주아가 아닌 민중에 의해 수행되어야 한다는 박헌영의 '부르주아 민주주의 혁명'이나 해방직후 북한이 내건 '진보적 민주주의' 노선은 서구와 다르게 근대를 경과함으로써 민중의 시대를 열겠다는 '도덕적' 기획이었다.

'사상'을 서구적 지성으로부터 분리하려 한 한효의 기도는 '주체'의 출발점을 마련한 것이었다. 그렇다면 과연 주체의 북한은 서구적 근대를 넘어선 것인가? 신체제론이 천황이라는 추상적 감응의 원천을 부정하지 않은 것처럼 북한에서도 '민주주의'는 인민의 영웅이 어버이 수령으로 등극하는 것을 막지 못했다. 도덕화가 품성의 공동체로서 '우리들'을 표상하는 모호한 주어에의 종속을 요구한 결과다. 비약의 꿈은 국가적 이상일 수밖에 없어서 도덕으로의 귀환은 무자비하고 전면적인 동원을 정당화하는 명제가 되었다. 품성의 공동체는 실제로 익명화된 동원의 대상에 불과했던 것이다. 서구의 극복은 이루어지지 않았으며 근대는 초극되지 않았다. 동양과 서양의 구분, 물질과 정신의 대립은 속도와 양상의 차이를 통해 전개된 근대를 애당초 넘어설 수 없는 것이었다.

오늘날 북한에서 '주체'는 실제로 존재하는 것이 아니다. 인민은 특별한 지도자에게 자신의 모든 것을 양도해야 했는데, 김일성이든 김정일이든 역사적으로 그 유례가 없는 덕성과 예지를 발휘하는 지도자는 서술에 의해 구성된 허구적 형상이었기 때문이다. 수령을 중심으로 뭉친 대가정은 유령에 의해 지배되는 곳이다.

도덕화에 의한 경계 긋기와 역할의 부여는 근대를 수행하며 동시에 근대의 가능성을 '소진'시켰다. 필자는 신동엽 시의 독법 역시 이 메커니즘을 재생산하는 것이었다고 본다. 그 과정에 대한 성찰이 내가 누구인가를 묻는 데서 시작될 것이라면 '나'의 회복은 도덕화 메커니즘에 맞서는 불가피한 길이다. 개별자가 되지 않고 유령으로서의 '우리들'을 벗어나는 길은 달리 없을 것이기 때문이다.

4. '우리들'은 없다

『금강』의 마지막 부분에서 신동엽은 '신하늬'의 순교를 그리며 정결하고 거룩한 마음이 지워질 수 없는 것인 한 '찬란한 혁명'27)의 날이 다시 오리라는 믿음을 표했다. 도덕적 감응을 통한 한 마음 되기가 '우리들'의 과제이며, '우리들'이 다가올 어느 때 혁명적으로 비약하리라 말한 것이다. 그러나 박정희와 김일성도 한 마음으로 뭉칠 것을 요구하지 않았던가? 대대적인 대중동원 캠페인으로 전개된 새마을운동이나 천리마운동 역시 모두의 의지를 모아 비약의 꿈을 이루자고 한 점에서는 '혁명'들이었다. 정결하고 거룩한 마음의 결합이 정결하고 거룩한 마음에 의해 보장되는 것은 아닌 듯하다. 그렇다면 혁명을 위해 실제로 필요한 것은 오히려 정결하고 거룩한 것에 대한 '거부'28)일지 모른다.

『금강』에서 신하늬나 전봉준은 민중의 수난을 몸소 겪고 역사의 부

---

27) "우리 사랑밭에/ 우리 두렛마을 심을, 아/ 찬란한 혁명의 날은/ 오리라,"(『금강』의 후화 2)
28) Michael Hardt, Antonio Negri, *Empire*, Harvard Univ. Press, 2000, pp.203~204.

름을 받아 지도자로 나선 민중의 영웅들로 그려졌다. 품성의 공동체가 하나의 마음에 이르는 상상은 감응의 중심으로서 전통적인 권위를 갖는 지도자를 필요로 할 수 있다.[29] 지도자는 인격에 의한 지배를 수행하는 존재다. 그렇다면 박정희와 김일성은 어떠했던가? 그들 또한 민중 속에서 난 민중의 영웅들이 아니었던가? 예지와 혜안의 예언자이든 용기와 과단성을 보인 실천가이든, 혹은 영웅적인 순교자이든 감응의 원천이 되는 지도자란 찬미와 외경의 대상이 됨으로써 지배관계를 은폐하는 존재일 수 있다. 그들은 모두 역사의 주인공으로서 결국 역사를 그들의 역사로 만들었다. 필자는 작가의 메가폰으로 역사에 개입한 신하늬의 형상 역시 역사를 비범하거나 위대한 인격의 개진으로 서술하려는 기도[30]와 관련시켜 보아야 한다고 생각한다. 감응에 의한 자발성이란 이 역사서술 속에서 유도되고 강제되었던 것이다.[31] 도덕의 힘은 언제든 민중을 군중으로 만들어버릴 수 있는 힘이었다.

부도덕한 '밖'을 배제한 품성의 공동체는 도덕에 의해 지배되어야 하는 것이지만 선과 악, 바람직한 것과 그렇지 못한 것을 끊임없이 갈라내야 하는 한 '안'이라고 해서 결코 따뜻한 곳일 수는 없다. 신동엽은

---

29) Gino Germani, *Authoritarianism, Fascism, and National Populism*, Rutgers Univ. Press, 1978, p.85, 94, 96.
30) 김일성의 혁명역사를 서술한 장편소설 총서 『불멸의 력사』와 같은 것은 그 대표적 경우일 것이다.
31) 감응이 유도되고 강제되는 상황이란 군중을 감정과 무의식의 수준에서 장악한 상황을 가리킨다. 지난 세기 초 '군중의 시대'의 개막을 알린 르봉은 군중의 마음을 지배하는 독재만이 진정한 독재라고 말했다. 왜냐하면 그에 맞서 싸울 가능성이나 근거를 없애버린 것이기 때문이다.
Gustave Le Bon, *Psychologie des Foules*, Presses Universitaires de France, 1947, p.95.

번번이 절개를 지키는 아름다움을 숭상했다. 그러나 절의가 숭상될 때 변절자나 배반자에 대한 경각심도 요구되는 것이다. 민중의 적들을 향해 그가 내비친 분노와 증오의 감정들은 '밖'으로만이 아니라 '안'으로도 향할 수 있었다. 알맹이 역시 끊임없이 껍데기가 되어야 했던 것이다. 도덕에 의한 지배는 결국 도덕적인 배제를 지배의 수단으로 하게 된다. 도덕적 명분 아래 배제가 자의적으로 이루어질 때 품성의 공동체란 오히려 폭력과 전횡을 허용하는 것일 수밖에 없다. 필자는 새마을운동과 천리마운동이 이미 이 공포 속에서 진행되었다고 본다. 도덕적 배제의 극한은 파괴이고 소멸일 것이다. '아름다운 농업공동체를 건설하려는 꿈이 참담하고 황당한 인간 도살극으로 끝난 한 약소국의 경우'[32]는 도덕적 배제가 얼마나 파괴적인 것일 수 있는가를 보여준 무서운 전례다.

　농업적 공동사회는 잔혹하고 살벌한 자본주의를 벗어나는 꿈으로 제시되었지만 이런 경제적 낭만주의가 자본주의 세계체제에 맞서는 현실적 대안일 수는 없었다. 도덕으로의 귀환이 계속 연기되어야 했던 것처럼 이 낙원은 언제나 상상 속에만 있는 것이었다. 인민주의는 산업화가 필연이 아니라고 말한다. 그러나 제3세계에서 인민주의가 반서구를 표방하는 민족주의와 결합되었을 경우, 산업화를 거부하는 것이 그것의 궁극적 과제이지는 않았다.[33] 사실 민족주의가 필요로 했던 것은 인민

---

32) 유종호 교수는 신동엽의 거대 담론에 회의적인 입장을 표하면서 캄보디아의 예를 지적하여 "외세를 물리치고 농본주의적 전원국가를 건설하려던다는 동남아시아 약소국의 혁명적 실험이 참담하고 황당한 인간 도살극으로 끝나는 것을 다행히도 그는 보지 못하였다"고 썼다. 유종호, 「뒤돌아보는 예언자―다시 읽는 신동엽」, 『서정적 진실을 찾아서』, 민음사, 2001, 129면.

주의의 이상이 아니라 감정이었을 것이다. 신동엽의 '무정부 마을'을 향한 꿈 역시 실제로는 경제적 민족주의를 옹호하는 역할을 할 수밖에 없었던 것이 아니었던가 싶다.

오늘날 자본주의의 전지구적 팽창에 맞서는 대안의 하나로 다시금 '새로운' 인민주의의 가능성이 고려되기도 하는 듯하다. 생태주의로부터 페미니즘까지를 아우르는 '포스트 모던한' 인민주의가 반정부활동을 벌이는 NGO와 같은 풀뿌리 민주주의의 저변을 넓히리라는 기대다.[34] 광범한 대중적 참여는 계급적 적대주의를 넘어서는 다른 길을 열어줄 수 있다는 것이며, 국제적 연대의 확산은 민족주의적 배제의 논리를 벗어나게 하리라는 것이다. 새 인민주의에 대해 말하는 것은 필자의 논제가 아니다. 필자로서 말할 수 있는 것은 이 새로운 연대가 기대한 목표를 향해 나아가기 위해서는 '우리들'이기를 포기해야 할 것이라는 점이다.

상상된 품성의 공동체는 구성원 모두를 품성으로 환원시키려 한다. 그러나 과연 품성이란 무엇인가? 그것은 오직 '가상의 인격'을 통해서만 가시화될 수 있는 것이다. 가상의 인격은 감응과 그를 통한 추종을 요구하는 지배적 형상으로서 내가 누구인가라는 물음 묻기를 봉쇄하는 수단이기도 하다. 내가 누구인가를 묻지 않고 '나'가 있을 수 없다면 어떻게 또 '우리들'이 있을 수 있겠는가. 내가 없는 상황에서 도덕이 모두를 가두고 지배하는 집단적 광기가 되는 것은 불가피하다. 이름이 없이는

---

33) Gavin Kitching, *Development and Underdevelopment in Historical Perspective; Populism, Nationalism, and Industrialization*, Routledge, 1989, p.46.
34) Tom Brass, *Peasants, Populism and Postmodernism*, Frank Cass Publishers, 2000, pp.150~152.

누구에게도 책임이 있을 수 없기 때문이다. 도덕화라는 술어는 아무도 책임이 없는, 그렇기에 누구도 주체가 아닌 군중의 시대를 연출해 온 것이다. 도덕화를 통해 구획된 민중이 과연 군중의 정치학을 극복할 수 있었던 것인가 하는 물음은 심각하게 검토될 필요가 있다. 이런 관점에서 신동엽의 시도 다르게 읽힐 필요가 있다.

김승옥은 「서울 1964년 겨울」에서 누구도 서로에 대해서는 물론 자신에 대해서도 책임을 질 수 없는, 그렇기에 기이하고 황량한 익명의 시대를 신랄하게 풍자했다. 그의 소설에서 '우리들'은 없다. 포장마차에 모인 등장인물들이 자신만의 사실을 소유하는 말장난을 벌이는 것은 지워진 자신을 확인하려는 안간힘일 터이다.[35] 그들의 우스꽝스런 저항은 상상과 유인에 휩쓸리지만 이미 고립무원의 익명적 존재들이기에 서로 간에 어떤 소통도 불가능한 상태를 증언한 것이었다.

> 우리들의 적(敵)은 늠름하지 않다
> 우리들의 적은 카크 다글라스나 리챠드 위드마크 모양으로 사나웁지
> 도 않다
> 그들은 조금도 사나운 악한이 아니다
> 그들은 선량하기까지도 하다
> 그들은 민주주의자를 가장하고
> 자기들이 양민(良民)이라고도 하고
> 자기들이 선량(選良)이라고도 하고
> 자기들이 회사원이라고도 하고

---

35) 진영복, 「한국자본주의 형성과 60년대 소설」, 『1960년대 문학연구』, 깊은샘, 1998, 81면 참조.

전차를 타고 자동차를 타고
요리집에 들어가고
(…중략…)
그들은 말하자면 우리 곁에 있다

—김수영의 「하…… 그림자가 없다」의 부분

　김수영에게 '우리들'은 알맹이도 품성의 공동체도 아니었다. '우리들'
은 바로 '우리들'의 적이었다. '우리들'에의 귀속이 거부되는 순간 내가
누구인가라는 물음은 불가피해진다. 필자는 김수영이 그 물음을 던졌다
고 본다.

　극단적인 절멸을 경험케 한 전쟁의 기억 속에서 스스로를 지움으로써
살아가야 하는 이른바 '소시민'의 자조 속에 빠져 있던 한국인들에게
신동엽의 민중은 새로운 정체성을 부여하는 하나의 화두일 수 있었을
것이다. 그러나 존재하지 않는 '우리들'이 역사의 주체가 되는 방법을
필자는 알지 못한다. 신동엽은 아름다운 꿈을 제시했지만 부재한 '우리
들'의 꿈은 동시에 환멸일 따름이다. 꿈과 환멸 사이에 신동엽이 서 있
었다.

5. 맺음말

　서울을 갈아엎어 보리밭을 만드는 꿈은 환멸의 꿈이다. 환멸은 도덕
이 부도덕을 밀어낼 것이라는 믿음, 혹은 기대가 흔들리는 절망적 의혹

의 순간에 엄습하는 감정일 것이다. 신동엽이 애써 감춘 의혹의 마음과 환멸의 감정은 오늘날 더 분명하고 더 보편적인 것이 되어버린 듯하다.

반외세와 주체성의 견지를 외침으로써 경제적 예속을 극복할 수 있고, 문화적 종속이 품성의 우위를 강변함으로써 해결될 것이라고 믿는 사람은 이제 많지 않을 것이다. 근본주의적 입장에서 한국인의 특별성을 말하는 갖가지 사상적 고안들은 해괴한 모조품과 협잡물로 가득 찬 문화진열장을 어지럽히는 또 하나의 조악한 상품이 되어버렸다. 한 때 북한은 '식민지' 남한과 달리 민족적 순결을 지켜 온, 그런 만큼 도덕적 정당성을 갖는 곳으로 막연히 기대되기도 했다. 하지만 모든 사람들이 한 목소리로 한 이야기를 해야 하는 사회란 아마도 가장 부도덕할 수 있는 사회일 것이다. 누구든 일상적으로 끔찍한 부도덕에 노출되어야 하는 남한사회의 현실 역시 도덕적 힘의 가능성을 부정케 하는 것이 아닐 수 없다. 사실 '우리들'이 품성의 공동체였던 적이 있었던가? 혹자는 한국사회 전반을 뒤덮고 있는 부도덕을 식민지배의 결과라 하기도 하고, 자본주의의 병폐로 진단하기도 한다. 그것이 일편 타당한 지적이라 하더라도 분명한 것은 그 원인이 '우리들' 밖에 있다고 말하는 것이 옳지 않다는 점이다. 부도덕이 도덕화의 결과라면 그것은 익명화의 결과, 즉 누구든지 자신과 남에 대해 끝없이 무책임할 수 있고 무책임해도 되는 데서 빚어진 것이다.

필자는 이 글에서 '민족시인' 신동엽이 제시한 '우리들'의 상상 역시 자신을 지우는, 그럼으로써 책임에 대한 성찰을 불가능하게 하는 익명화—도덕화를 문제로 보는 관점에서 읽을 필요가 있음을 지적했다. 나아가 도덕화가 군중의 정치학을 가능케 하는 술어일 수 있다는 견해를 피력했다. 군중의 정치학은 서로에 대해, 그리고 자신에 대해 무책임할 수 있는 군중들 속에서 그것의 공간을 넓혀 온 것이다. 그것은 서구나 외세를 배격한다는 정치적 선(善)을 목적으로 앞세워 '불가피한' 수단들을 정당화해 왔지만, '우리들'을 향한 기대와 바람이 감당하기 어려운 환멸과 혼란으로 뒤바뀐 지는 이미 오래다.

거룩한 사명을 수행한다는 공분(公憤)의 횡포라든가 목적이 정당한데 수단방법을 가릴 수 없다는 후안무치의 적극성, 그리고 그것들과 본질적으로 다른 것이 아닌 무책임한 무기력증과 같은 문제들이 다시 더 새로워진 '우리들'을 상상함으로써 해결될 것이라고 생각되지는 않는다. 이 군중의 시대를 거스르려는 것은 또 다른 환멸의 꿈일 수 있겠지만, '우리들'의 상상으로부터 벗어나려 하지 않는 한 환멸을 넘어서는 길은 없을 것이다.

출전 : 『당대비평』 16호, 2001 가을호.

신동엽과 아시아, 대지의 상상력

1. 문제제기—신동엽의 문학을 새롭게 보아야 하는 이유

21세기에 시인 신동엽(1930~1969)은 어떠한 모습으로 새롭게 만날 수 있을까요. 우리는 잘 알고 있습니다. 신동엽을 수식하는 '민족시인, 4·19 시대정신, 민족문학' 등은 신동엽 개인의 문학에 바쳐진 헌사가 아니라 20세기의 한국문학이 힘겹게 쟁취한 역사적 산물인바, 신동엽을 이 같은 수식어와 분리시켜 생각하는 것은 결코 쉬운 일이 아닙니다. 아직도 신동엽의 문학 전반을 횡단하고 있는 문제의식은 20세기 한국문학의 주요 화두인 민족문제를 해결하는 것과 밀접한 연관이 있습니다.

민족문제의 해결은 21세기에도 여전히 유효한 한국문학의 주요 과제

---

* 고명철 / 광운대학교 교양학부 부교수, 문학평론가

중 하나입니다. 여기서 중요한 것은 민족문제의 해결을 20세기의 한국문학, 특히 저항적 민족주의에 기반한 리얼리즘 계열의 민족문학의 문제틀로써 궁리하는 것으로부터 과감히 벗어날 필요가 있습니다. 새삼 강조할 필요가 없듯, 민족문학은 온전한 자주민주적 국민국가를 세우기 위해 분단극복과 민주회복의 과제를 해결하기 위해 혼신의 힘을 기울여 왔습니다. 여기서 쉽게 간과할 수 없는 것은 이러한 민족문학의 기저에는 일국적(一國的) 시각이 작동되고 있으며, 민중적 파토스가 자리하고 있다는 점입니다.[1]

그런데 최근 이러한 민족문학의 문제틀로는 복잡다변한 현실을 충분히 이해할 수 없습니다. 자본주의 세계체제는 국민국가의 경계를 넘어 새로운 문제적 현실을 야기하고 있는바, 종래 우리에게 낯익은 일국적 시계(視界)에 의해서는 새롭게 불거지는 현실의 문제들을 제대로 인식하고 해결할 수 없습니다.

이것은 신동엽의 문학을 새롭게 이해하는 데도 마찬가집니다. 신동엽의 문학을 우리에게 익숙한 20세기 민족문학의 관점으로 읽어내는 것은

---

1) 일제강점기 이후 리얼리즘 계열의 민족문학은 독립을 쟁취하고 분단을 극복하여 민주주의를 정착하기 위한 국가를 세우기 위한 문학적 과제에 복무했다 해도 지나친 말이 아닐 것입니다. 즉 민주적 자주독립국가를 세우고, 그 기틀을 다지는 데 민족문학은 혼신의 힘을 쏟아왔습니다. 물론, 제3세계문학에 대한 지속적 관심을 통해 민족문학이 국민국가의 협소한 범주 안에 갇히지 않는 노력을 다한 것 또한 사실입니다. 그런데 민족문학의 제3세계에 대한 관심은 민족문학에서 주류적 문제의식으로 자리 잡지는 못했습니다. 이보다 민족문학이 첨예하게 당면한 분단극복과 민주회복이란 두 과제의 해결이 절실했기 때문입니다. 이후 제3세계문학에 대한 관심은 2000년대 이후 아시아·아프리카·라틴아메리카 문학과의 국제교류 활성화로 그 명맥이 이어지고 있습니다.

지양되어야 합니다. 신동엽의 문학이야말로 20세기의 민족문학을 갱신한, 일국적 시계 안에 갇혀 있지 않은 보다 지평이 확대된 시계로 새롭게 인식되어야 하기 때문입니다.

그리하여 저는 신동엽의 문학을 아시아와 연관시켜 생각해보고자 합니다. 종래 신동엽의 문학에 관한 심도 있는 논의가 진행되었으나, 그 논의들은 앞서 제가 언급한 바처럼 민중적 파토스에 기반한 리얼리즘 계열의 민족문학의 문제의식에 초점을 맞춘 게 대부분이었지, 아시아와 연관시킨 집중적 논의는 좀처럼 찾아볼 수 없었습니다. 최근 서구중심주의가 낳은 심각한 폐단인, 서구가 창안해낸 근대만이 곧 세계 전체의 근대라는 '단수(單數)의 근대'[2]에 대한 발본적 비판이 제기되면서, 아시아에 대한 관심이 고조되고 있음을 주목해볼 때, 신동엽과 아시아의 관계를 탐구하는 것은 이 같은 서구중심주의 '단수의 근대'가 갖는 문제를 성찰하고, 더 나아가 아시아가 지닌 서구와 다른 근대에 대한 새로운 발견의 가능성을 탐구하는 차원에서 흥미로운 문제를 제기한다고 저는 생각합니다. 특히 신동엽과 아시아의 관계를 통해 신동엽의 문학사상을 보다 심층적으로 논의할 수 있는데, 신동엽 문학의 핵심인 대지의 상상력이 지닌 비의성을 아시아와 관련시켜 해석해보고자 합니다.

---

2) 월러스틴에 의하면 서구 중심의 자본주의 세계 체제를 유지 강화하기 위한 서구의 문명을 '단수의 문명'으로 파악합니다. 그렇다면, 서구 중심의 자본주의적 근대야말로 '단수의 근대'로 이해할 수 있으며, 서구는 비서구를 대상으로 하여 서구의 자본주의적 질서에 토대를 둔 문명과 문화, 즉 '단수의 근대'를 전파함으로써 비서구 지역의 특수한 가치를 서구의 보편주의적 가치보다 열등한 것으로 치부합니다. 이에 대해서는 월러스틴, 김시완 역, 『탈아메리카와 문화이동』, 백의, 1995 참조.

이러한 논의를 통해 신동엽의 문학은 일국적 시야를 넘어 아시아의 현실과 부딪치는 가운데 서구중심주의의 '단수의 근대'를 극복하는 선진적 문제의식을 보이고, 그에 대한 문학적 실천을 다 하고 있다는 것을 살펴볼 수 있을 겁니다.

2. 신동엽과 아시아의 만남

2.1. 아시아의 '식민지 근대'에 대한 역사 인식

신동엽에게 아시아는 문명이라는 이름 아래 제국주의의 식민지로서 역사적 고통을 감내해야만 하는 삶의 현실입니다. 아시아는 서구의 문명을 지탱하기 위한 자원 착취의 현장입니다. 서구 문명의 건강한 성장을 위해 서구에게 쉼 없이 피를 수혈해야 할 고달픈 처지입니다.

쉬고 있을 것이다.// 아시아와 유럽/ 이곳 저곳에서/ 탱크 부대는 지금/ 쉬고 있을 것이다.// 일요일 아침, 화창한/ 도오꾜 교외 논 뚝 길을/ 한국 하늘, 어제 날아간/ 異國 병사는 걷고.// 히말라야 山麓,/ 土幕가 서성거리는 哨兵은/ 흙 묻은 생 고구말 벗겨 넘기면서/ 하루삔 땅 두고 온 눈동자를/ 회상코 있을 것이다.// 순이가 빨아 준 와이샤쯔를 입고/ 어제 의정부 떠난 백인 병사는/ 오늘 밤, 死海가의/ 이스라엘 선술집서,/ 주인 집 가난한 처녀에게/ 팁을 주고.// 아시아와 유럽/ 이곳 저곳에서/ 탱크 부대는 지금/ 밥을 짓고 있을 것이다.// 해바라기 핀,/ 지중해 바닷가의/ 촌 아가씨 마을엔,/ 온 종일, 上陸用 보오트가/ 나자빠져 딩굴고,// 흰 구름, 하늘/ 젯트 수송편대가/ 해협을 건느면,/ 빨래 널린 마을/ 맨발 벗은 아해들은/ 쏟아져 나와 구경을 하고.// 동방으로 가는/ 부우연 수송로 가엔,/ 깡통 주막집이 문을 열고/ 대낮, 말 같은 촌색시들을/ 팔고 있을 것이다.// 어제도 오늘,/ 동방대륙에서/ 서방대륙에로/ 산과 사막을 뚫어/ 굵은 송유관은/ 달리고 있다.// 노오란 무꽃 핀/ 지리산 마을./ 무너진 헛간엔/ 할멈이 쓰러져 조올고// 평야의 가슴 너머로/ 高原의 하늘 바다로/ 원생의 油田지대로/ 모여 간 탱크부대는/ 지금, 궁리하며/ 고비 砂漠,/ 빠알간 꽃 핀 黑人村./ 해 저문 순이네 대륙/ 부우연 수송로 가엔,/ 예나 이제나/ 가난한 촌 아가씨들이/ 빨래하며,/ 아심 아심 살고/ 있을 것이다.

—「풍경」 전문3)

신동엽이 보는 아시아 전역에는 탱크부대가 있습니다. 지금은 전쟁을 하고 있지 않으나, 언제 또 다시 지축을 울리는 캐터필러의 굉음을 낼지 아무도 알 수 없습니다. 다만, 탱크부대의 막중한 역할이 무엇인지 알 뿐입니다. 탱크부대는 "원생의 유전지대로" 집결하여, "동방대륙에서 / 서방대륙에로" 가는 송유관을 지키고 있습니다. 그 탱크부대의 근처에는 아시아의 "예나 이제나/ 가난한 촌 아가씨들이/ 빨래하며,/ 아심 아심 살고/ 있"습니다. 다시 말해 탱크부대는 서구 문명의 번영을 위해 공급되는 송유관을 지키기 위한 목적으로 아시아를 점령하고 있습니다. 애달프고 서글픈 것은 아시아의 자원이 속수무책으로 빼앗기는 그곳에서 삶을 연명해가야 하는(탱크부대에 기생해야 하는) 아시아의 가난한 민중들입니다. 신동엽은 이 풍경을 뚜렷이 목도하며 풍경들 사이에서 빚어지는 정치경제적 맥락을 인식하고 있습니다. 아시아의 자원이 누구를 위

---

3) 신동엽, 『신동엽전집』(증보판), 창작과비평사, 1980, 12~15면. 이하 이 책에 수록된 시를 본문에서 인용할 때는 별도의 각주를 표기하지 않습니다.

해 약탈당하고 있는지, 그 석유 자원은 아시아의 가난을 더욱 부채질할
것이고, 아시아의 약소자를 효과적으로 지배하는 서구중심주의의 '단수
의 근대'를 전횡(專橫)하는 데 중요한 역할을 다할 것이라는 점을 알고
있습니다.

돌이켜보면, 20세기 전반기 서구 열강과 일본의 식민지 침탈로 아시
아의 민중은 제국주의의 지배를 받으면서 '아시아=야만(혹은 미개)'라는
제국주의의 일방적 이데올로기의 억압 속에 아시아의 근대적 주체성을
정립하지 못했습니다. 아시아는 제국주의의 문명적 혜택을 입음으로써
근대를 추구할 수 있다는, 이른바 식민지 근대론에 강하게 포획되었습
니다. 더군다나 우리의 경우 아시아에 대한 인식은 일제에 의해 주도면
밀히 기획된 만주국(1932)의 민족협화(民族協和) 아래 왕도낙토(王道樂土) 및
선만일여(鮮滿一如)와 대동(大同)의 이데올로기의 비현실 속에서 온갖 민족
적 계급적 수난을 겪어온 것을 간과할 수 없습니다. 가령, 다음과 같은
시로부터 환기되는 '아시아-만주'의 심상은 아시아의 제국주의 침탈에
대한 신동엽의 시적 인식을 엿볼 수 있는 대목입니다.

松花江 끝에서도 왔다/ 구름같은 흙먼지,/ 아세아 대륙 누우런 벌판을
/ 軍靴 묶고 행진하던 발과 다리,/ 지금은 어데 갔을까.

—「발」 부분

옛날 같으면 北間島라도 갔지./ 기껏해야 뻐스길 삼백리 서울로 왔지./
고층건물 침대 속 누워 肥料廣告만 뿌리는 그머리 마을,/ 또 무슨 넉살
꾸미기 위해 짓는지도 모를 빌딩 공사장,/ 도시락 차고 왔지.

—「鐘路五街」 부분

일제강점기 시절 '만주특수(滿洲特需)'에 혹하여 많은 사람들이 만주로 이주해갔습니다. 만주로 가면 가난을 탈피할 수 있을 듯 했습니다. 비록 황무지라 하더라도 피와 땀을 흘리며 황무지를 개척하여 일제의 위협 없이 생계를 유지할 수 있을 듯 했습니다. 그곳은 일제의 강압적 지배가 덜하여 다른 민족들과 어울려 사는 세상을 살 수 있는 꿈을 실현시켜주는 듯 했습니다. 그래서 조선의 민중은 만주의 끝(북간도)도 멀다 하지 않았습니다. 여기서 20세기 전반기 만주의 근대적 삶을 동경하던 식민지 민중이 그렇듯, 1960년대에 고향을 떠난 한 소년은 서울의 근대적 매혹 속에서 고단한 꿈을 키워나갑니다.[4] 소년에게 서울의 근대는 만주의 근대처럼 소년의 기대를 저버리는 것 투성입니다. 따라서 흥미로운 것은 신동엽에게 1960년대의 현실(4·19와 5·16의 근대 기획)에 대한 인식은 20세기 전반기 만주의 근대로부터 비롯한 아시아에 대한 상념과 무관하지 않은 채 신동엽의 역사인식의 지평 속에서 똬리를 틀고 있다는 점입니다.

이처럼 아시아는 신동엽에게 제국주의의 식민화의 상처를 간직하고 있는 것으로 인식되고 있음을 간과해서 안 된다고 저는 생각합니다.

---

4) 우리는 알고 있습니다. 「종로오가」에 나오는 이 소년은 5·16군사쿠데타 이후 '관주도 민족주의'에 의해 일사천리로 추진된 내포적 공업화의 기획에 따른 서울의 근대적 매혹에 포획된 채 고된 노동에 시달리다가 그것을 명확히 인식하고, 노동 해방을 일궈내는 근대다운 근대를 추구하기 위해 마침내 전태일로 거듭나는 것을.

2.2. 아시아의 대지로부터 뻗쳐온 산맥, 그 생명의 율동

신동엽과 아시아의 관계를 살펴볼 때 유념해야 할 것은 신동엽에게 아시아는 관념의 사유 대상이 결코 아니라는 점입니다. 아시아는 신동엽의 문학에서 산맥의 구체적 심상으로 드러나고 있습니다. 그리고 산맥은 아시아의 대지로부터 힘차게 뻗어 나와 한반도를 가로질러 바다 건너 제주에까지 이르는 심상지리(心象地理)를 구축하고 있습니다.

> 잔잔한 바다와 준험한 산맥과 들으라/ 나의 벗들이요/ 마즈막 하는 내 생명의 율동을
>
> —「만약 내가 죽게 된다면」 부분5)

> 구름이 가고 새 봄이 와도 허기진 平野, 낙지뿌리 와 닿은 선친들의 움집뜰에 王朝ㅅ적 투가리 떼는 쏟아져 江을 이루고, 바다 밑 용트림 휘 올라 어제 우리들의 역사밭을 얼음 꽃 피운 億千萬 돌창 떼 뿌리 세워 하늘로 反亂한다.
>
> —「阿斯女의 울리는 祝鼓」 부분

> 四月十九日, 그것은 우리들의 祖上이 우랄高原에서 풀을 뜯으며 陽달진 東南亞 하늘 고흔 半島에 移住오던 그날부터 三韓으로 百濟로 高麗로 흐르던 江물, 아름다운 치마자락 매듭 고흔 흰 허리들의 줄기가 三·一의 하늘로 솟았다가 또 다시 오늘 우리들의 눈앞에 솟구쳐 오른 阿斯達 阿斯女의 몸부림, 빛나는 앙가슴과 물구비의 燦爛한 反抗이었다.
>
> —「阿斯女」 부분

---

5) 신동엽, 『꽃 같이 그대 쓰러진』(미발표 시집), 실천문학사, 1988, 50면.

아시아의 고원에서 뻗쳐 나오는 산맥은 신동엽에게 "생명의 율동을" 실감하도록 합니다. 산맥은 평야와 계곡을 만들고, 강을 흐르게 하며, "역사밭을" 일궈냅니다. 신동엽은 "바다 밑 용트림 휘 올라" 솟구치는 동적인 심상을 통해 바다로 그리고 한반도로 내달리는 산맥으로부터 역사의 활력을 발견하고 있습니다. 솟구치고 내달리는 험준한 산맥의 역동성에 '3·1운동−4·19혁명'에 깃든 역사의 활력을 포개놓습니다. 무엇보다 인상적인 것은 그러한 산맥이 "하늘로 반란"하는 "찬란한 반항"의 시적 의미로 포착되고 있다는 겁니다. 다시 말해 신동엽에게 산맥은 새로운 대지를 생성하는 생명의 힘이며, 낡고 구태의연한 것을 제거하는 역사적 의지로 충만된 '반항'의 시적 메타포입니다. 여기서 이러한 산맥이 신동엽에게 아시아 대륙에 그 시원(始原)을 두고 있다는 점을 가볍게 지나쳐서 안 될 터입니다. 말하자면 신동엽 시에서 중요한 역사적 상상력은 아시아 대륙에 시원을 둔 산맥의 역동적인 심상과 밀접한 연관이 있다고 생각합니다.

이러한 것을 좀 더 설득력 있게 뒷받침해주는 것으로, 신동엽의 제주 기행은 매우 흥미롭습니다.

신동엽은 1964년 7월 31일부터 8월 7일까지 약 일주일 간 제주를 여행하는데, 여행의 목적은 한라산을 등반하는 데 있습니다. 그런데 한라산을 등반하기까지 신동엽이 방문한 곳에 대한 그의 기록은, 신동엽이 이와 같은 심상지리를 지니고 있었다는 사실을 말해줍니다.

우선, 주목되는 기록은 8월 1일자 기록입니다. 신동엽은 제주의 동쪽에 위치한 세화 마을을 지나면서 "시커멓게 탄 석탄똥 같은, 일푼의 여우도 주지 않는, 강하디강한 쇠끝 같은 돌덩어리들"[6]인 현무암을 봅니다. 신동엽에게 특별히 눈에 띈 것은 이 현무암에 새겨진 "열녀사비국묘지문(烈女私婢國墓之門) 등등. 집의 수효보다도 많은 비석들"[7]인데, 이 비석들을 보자 메스꺼움을 느끼면서 급기야 식중독 증상을 보이며 "대륙의 황토흙이 그립다."[8]고 합니다. 그렇다면, 신동엽은 왜 느닷없이 대륙의 황토흙이 그립다고 할까요. 그것은 바로 현무암에 새겨진 '열녀사비국묘지문' 때문입니다. 이 비문은 조선조 유가(儒家)의 완고한 세계관이 반영된 것으로, "李朝 5백년의/ 王族,/ 그건 中央에 도사리고 있는/ 큰 마리 낙지."(『금강』)의 폐습을 단적으로 응축하고 있는, 신동엽이 제거해야 할 봉건적 유산입니다. 이 봉건적 폐습 아래 억압당한 제주 민중의 삶을 신동엽은 묵과할 수 없었습니다. 그래서 신동엽이 그리워하는 '대륙의 황토흙'은 이 같은 낡고 부패한 세계관이 반영된 대지의 기운이 아닌, 이런 부정한 것들을 모조리 일소해버리는 대지의 역동성을 간직하고 있습니다. 그것은 '대륙의 황토흙=산맥'의 기운, 즉 역사의 활력과 다를 바 없습니다.

제주에 대한 이 같은 역사적 인식은 그 당시 금기시된 4·3사건으로 이어지고 있습니다.

> 관덕정(觀德停) 앞에서, 산(山)사람 우두머리 정(鄭)이라는 사나이의 처형이 대낮 시민이 보는 앞에서 집행되었다고. 그리고 그 머리는 사흘인가를 그 앞에 매달아 두었었다 한다. 그의 큰딸은 출가했고 작은딸과 처가 기름[輕油] 장사로 생계를 잇는다.

---

6) 신동엽, 『젊은 시인의 사랑』(미발표 에세이집), 실천문학사, 1988, 215면.
7) 신동엽, 위의 책, 215면.
8) 신동엽, 위의 책, 215면.

4·3사건 후, 주둔군이 들어와 처녀, 유부녀 겁탈사건.

일렬로 세워놓고 총 쏘면, 그 총소리에 수업하던 초등학교 어린이들 귀를 막고 엎드렸다.

하오 2시, 제주시에 내리다.

태풍 헬렌 11호 광란 절정에 이르다. 초속 40미터.

대낮인데도 거리엔 사람의 그림자가 없다. 광란하는 바람과 비뿐. 이 따금, 흠씬 젖어 바람에 인도되며 끌려가는 여인네들. 그들의 몸뚱이. 자연의 위력 앞에 얼마나 초라한 짐승들인가(1964년 8월 2일자 일기).[9]

갑자기 불어닥친 태풍으로 인해 한라산 등반이 미뤄진 후 신동엽은 관덕정을 들렀습니다. 놀랍게도, 신동엽이 관덕정에서 환기해내고 있는 장면은 제주인도 함부로 말할 수 없는, 국가로부터 침묵을 강요당해온 4·3사건이었습니다. 비록 신동엽은 제주인이 아닌 타지인이지만, 4·3 사건의 역사적 진실을 매우 간명하게 포착하고 있습니다. 주둔군이 들어왔고, 제주인들은 억울하게 주둔군에 의해 온갖 비참한 굴욕과 죽임을 당했고, 제주인은 아직도 그 끔찍한 언어절(言語絶)의 참상으로부터 벗어나지 못하고 있음을, 때마침 공교롭게 제주를 엄습한 초속 40미터 태풍의 광풍과 연결시켜 기록하고 있습니다. 저는 이 기록의 행간에 숨어 있는 신동엽의 전언을 짐작해봅니다. 기록에는 분명히 '주둔군'과 '겁탈사건'이란 표현이 있습니다. 신동엽은 제주를 대륙에서 떨어진, 다시 말해 한반도에서 격절된 변방에서 일어난 역사적 비극으로 보지 않습니다. 간명한 사실적 진술과 태풍의 위력을 서술하고 있는 문장들의 묘한 어울림을 통해 4·3사건은 신동엽이 경험했듯, 한반도에서 온전한

9) 신동엽, 앞의 책, 218면.

국민국가를 세우는 과정에서 일어난 민중을 학살한 국가폭력이라는 것을 은연중에 암시하고 있습니다.

이후 신동엽은 태풍이 멎자 한라산을 등반합니다. 신동엽이 굳이 태풍과 같은 악조건 아래서도 한라산을 등반하고자 한 데에는, 아시아 대륙에 시원을 둔 산맥이 한반도로 내달렸고, 바다 밑을 통해 한라산으로 솟구쳤듯, 백두에서 한라까지 한반도 전역을 그의 시적 영토로 다루고자 하는 것과 분리시켜 생각할 수 없을 듯합니다. 특히 한라산의 등반 과정에서 신동엽은 산맥의 융기를 관념적 사유 대상으로 간주하지 않고, 자신이 직접 온몸을 통해 체험하고 있다는 점에서 제주 기행은 아시아의 대륙과 연관된 심상지리로서 신동엽 문학을 이해하는 데 매우 중요한 부분입니다.

3. 신동엽과 대지의 상상력

3.1. '중립'의 정치성과 '무정부 마을'

신동엽의 문학에 대한 '중립'과 관련한 논의는 그의 문학사상을 해명하는 데 매우 중요한 것이었습니다.[10] 저는 신동엽의 문학에서 보이는 '중립'을, 신동엽 특유의 대지의 상상력과 연관시켜 이해하고자 합니다.

---

10) 이와 관련한 주요 논의들은 다음과 같다. 김종철, 「신동엽론—민족·민중시와 도가적 상상력」, 『창작과비평』, 1989 봄호 ; 조태일, 「신동엽론」, 구중서 편, 『신동엽』, 온누리, 1992 ; 박지영, 「유기체적 세계관과 유토피아 의식」, 민족문학사 연구소 현대문학 분과 편, 『1960년대 문학 연구』, 깊은샘, 1998 ; 김윤태, 「신동엽 문학과 '중립'의 사상」, 구중서·강형철 편, 『민족시인 신동엽』, 소명출판, 1999.

여기에는 신동엽의 '중립'을 자칫 국제정치학의 개념적 사유로 국한시
켜 논의할 수 있는 것을 경계하기 위해서입니다.

　그러면, 신동엽에게 '중립'은 어떠한 시적 표현으로 드러나고 있을까
요. 가령, 다음과 같은 대표적 시구에서 읽을 수 있듯,

> 꽃피는 반도는/ 남에서 북쪽 끝까지/ 완충지대,/ 그 모오든 쇠붙이는
> 말끔이 씻겨가고/ 사랑 뜨는 반도,/ 황금이삭 타작하는 순이네 마을 돌
> 이네 마을마다/ 높이높이 중립의 분수는/ 나부끼데.
>
> —「술을 많이 마시고 잔 어제밤은」 부분

> 피다순 쭉지 잡고/ 너의 눈동자 嶺넘으면/ 停戰地區는/ 바심하기 좋은
> 이슬젖은 안마당.
>
> —「새로 열리는 땅」 부분

> 그리하여, 다시/ 껍데기는 가라./ 이곳에선, 두 가슴과 그곳까지 내논/
> 아사달 아사녀가/ 중립의 초례청 앞에 서서/ 부끄럼 빛내며/ 맞절할지니
>
> —「껍데기는 가라」 부분

　'중립'과 연관된 시적 표현들(완충지대, 정전지구, 중립의 초례청)은 모두
시인이 추구하는 어떤 정치적 공간이면서 유토피아적 충동을 내포하고
있습니다. 그렇다면 이 '중립'의 공간은 구체적으로 어떠한 곳일까요.
신동엽의 시적 주체들인 아사달과 아사녀가 부끄럼 없이 알몸으로 맞절
할 수 있는 '중립의 초례청'은 어떠한 정치적 성격을 띤 곳일까요.

　황량한 大地 위에 우리의 터전을 마련하고 우리의 우리스런 精神을

영위하기 위해선 모든 이미 이뤄진 왕국·성주·문명탑 등의 쏘아붓는 습속적인 화살밭을 벗어나 우리의 어제까지의 의상·선입견·인습을 훌훌이 벗어던진 새빨간 알몸으로 돌아와 있을 수 있어야 하는 것이다.[11]

반전(反戰), 반폭력, 반정(反政) 데모들이 세계 여러나라에서 잇따라 터지고 있다. 데모하는 사람들의 성분, 그들의 구호야 어떻든간에 그 데모를 충격주고 있는 핵심적인 힘은, 인간 속에 잠재하고 있는 '무정부'에의 의지이다.

인간의 순수성은, 인간의 머리 위에 어떠한 형태의 지배자를 허용할 것을 원하지 않는다.

(…중략…)

민주주의의 본뜻은 무정부주의다. 인민에 의한, 인민을 위한, 인민의 정부, 이것은 사실상 정부가 따로 존재하지 않는다는 것을 뜻한다. 인민만이 있는 것이다. 인민만이 세계의 주인인 것이다.[12]

신동엽에게 '중립'은 "황량한 대지 위에" 새로운 삶의 터전을 마련하는 것인바, 그것은 기존 그 어떠한 정치체(政治體)에 구속되지 않는 민주주의, 즉 '무정부주의'임을 표방합니다. 신동엽이 추구하는 '중립'의 정치성은 "인민만이 세계의 주인인 것"입니다. 민중 위에 그 누구도 군림해서 안 되는, 그 어떠한 형식의 정치적 이념도 민중을 강제할 수 없는, 그 어떠한 정치경제적 권력도 민중을 지배할 수 없는 것이 바로 신동엽이 꿈꾸는 '중립'의 정치성이며 이것이야말로 '민주주의의 본뜻'이라고 그는 생각합니다. 신동엽의 이러한 '중립'의 정치성은 "廣漠한 原始林"

---

11) 신동엽, 「신저항시운동의 가능성」, 『신동엽전집』(증보판), 397면.
12) 신동엽, 『젊은 시인의 사랑』, 165면.

(「이야기하는 쟁기꾼의 대지」), "이슬 열린 아직 새벽 벌판"(「힘이 있거든 그리로 가세요」), "내ㅅ물 구비치는 싱싱한 마음밭"(「좋아」)이란 대지의 상상력을 자극하는 시적 표현으로 드러나고 있습니다.

여기서 우리는 「산문시 1」에서 보이는 신동엽의 '중립'의 정치성을 향한 강렬한 시적 욕망을 외면할 수 없습니다.

스칸디나비아라든가 뭐라구 하는 고장에서는 아름다운 석양 대통령이라고 하는 직업을 가진 아저씨가 꽃리본 단 딸아이의 손 이끌고 백화점 거리 칫솔 사러 나오신단다. 탄광 퇴근하는 鑛夫들의 작업복 뒷주머니마다엔 기름묻은 책 하이덱거 럿셀 헤밍웨이 莊子 휴가여행 떠는 국무총리 서울역 삼등대합실 매표구 앞을 뙤약볕 흡쓰며 줄지어 서 있을 때 그걸 본 서울역장 기쁘시겠오라는 인사 한마디 남길 뿐 평화스러이 자기 사무실문 열고 들어가더란다. 남해에서 북강까지 넘실대는 물결 동해에서 서해까지 팔랑대는 꽃밭 땅에서 하늘로 치솟는 무지개 빛 분수 이름은 잊었지만 뭐라군가 불리우는 그 중립국에선 하나에서 백까지 다 대학 나온 농민들 추럭을 두 대씩이나 가지고 대리석 별장에서 산다지만 대통령 이름은 잘 몰라도 새이름 꽃이름 지휘자이름 극작가이름은 훤하더란다 애당초 어느쪽 패거리에도 총쏘는 야만엔 가담치 않기로 작정한 그 知性 그래서 어린이들은 사람 죽이는 시늉을 아니하고도 아름다운 놀이 꽃동산처럼 풍요로운 나라, 억만금을 준대도 싫었다 자기네 포도밭은 사람 상처내는 미사일기지도 땡크기지도 들어올 수 없소 끝끝내 사나이나라 배짱 지킨 국민들, 반도의 달밤 무너진 성터가의 입맞춤이며 푸짐한 타작소리 춤 思索뿐 하늘로 가는 길가엔 황토빛 노을 물든 석양 大統領이라고 하는 직함을 가진 신사가 자전거 꽁무니에 막걸리병을 싣고 삼십리 시골길 시인의 집을 놀로 가더란다.

—「산문시 1」 전문

기실, 「산문시 1」과 같은 '중립'의 정치성은 현재 지구상 그 어느 곳에서도 완벽히 구현되고 있지는 않습니다. 민중의 무한한 자기긍정, 그리고 '석양 대통령'이란 최고 권력자의 별칭에서 떠올려지는 한없이 친숙하고 겸허한 모습, 전쟁 없는 평화로운 일상, 문화적 충만감으로 가득 찬 민중 등, 이 모든 것들은 지금까지 세계에서 실현되지 않아 신동엽이 간절히 추구하는, 신동엽의 문학에서 '중립'이 갖는 정치성입니다. 신동엽은 이 같은 '중립'의 정치성을 민주주의의 평등과 분배의 측면으로 시적으로 구체화시키며[13] 이러한 정치체를 시적 득의(得意)의 표현인 "無政府 마을"(『금강』)로 호명하고 있습니다. 다시 말해 신동엽이 꿈꾸는 '중립', 즉 '무정부주의'의 정치성은 무질서와 혼동을 일으키는 "비현실적인 상상의 시대를 불러오자는 게 아니라, 일상의 삶에 책임을 지는 가운데 복잡한 현대 사회에 맞는 참여적이고 민주적인 형태의 정부를 만들어가는 과제를 짊어지자는 것"[14]입니다.

3.2. 서구중심의 '단수의 근대'를 지양하는 전경인적 귀수성세계

그러면, 이제 이러한 '무정부 마을'은 어떠한 문학적 실천으로 가능할까요. 신동엽이 간절히 욕망하는 '무정부 마을'은 모든 부정한 것들을 일소할 뿐만 아니라 그것에 멈추지 않고, 부정한 것들을 대지의 힘으로 삭혀내 신생의 삶을 창출해내는 데 있습니다.

---

13) "半島는,/ 평등한 勞動과 평등한 分配/ 능력에 따라 일하고/ 필요에 따라 分配,/ 그 위에 百姓들의/ 祝祭가 자라났다.// 늙으면 마을사람들에 싸여/ 웃으며 눈감고/ 양지바른 뒷동산에 누워서, 후손들에게/ 이야기를 남겼다."(「금강」, 6장 부분)
14) 숀 쉬한, 조준상 역, 『우리 시대의 아나키즘』, 필맥, 2003, 30면.

여보세요 阿斯女. 당신이나 나나 사랑할 수 있는 길은 가차운데 가리
워져 있었어요./ 말해 볼까요. 걷어치우는 거야요. 우리들의 포등 흰 알
살을 덮은 두드러기며 딱지며 면사포며 낙지발들을 面刀질해 버리는 거
야요. 땅을 갈라놓고 색칠하고 있은 건 전혀 그 吸盤族들뿐의 탓이에요.
面刀질해 버리는 거야요. 하고 濟州에서 豆滿까질 땅과 百姓의 웃음으로
채워버리면 되요./ 누가 말리겠어요. 젊은 阿斯達의 아름다운 피꽃으로
채워버리는데요.

—「주린 땅의 指導原理」 부분

江山을 덮어, 화창한/ 진달래는 피어나는데,/ 출렁이는 네 가슴만 남겨
놓고, 갈아엎었으면/ 이 균스러운 부패와 享樂의 不夜城 갈아엎었으면/갈
아엎은 漢江沿岸에다/ 보리를 뿌리면/ 비단처럼 물결칠, 아 푸른 보리밭.

—「4月은 갈아엎는 달」 부분

여름철의 장구한 세월을 살아온 우리 인류, 차수성 세계 문명수 가지
나무 위에 피어난 난만한 백화를 충분히 거름으로 썩히울 수 있는 우리
가을철의 지성은 우리대로의 인생인식과 사회인식과 우주인식과 우리
들의 정신과 우리들의 이야기를 우리스런 몸짓으로 창조해 내야 할 것
이다. 산간과 들녘과 도시와 중세와 고대와 문명과 연구실 속에 흩어져
저대로의 실험을 체득했던 뭇 기능, 정치, 과학, 철학, 예술, 전쟁 등, 이
인류의 손과 발들이었던 분과들을 우리들은 우리의 정신 속으로 불러들
여 하나의 全耕人的인 歸數的인 知性으로서 합일시켜야 한다.[15]

신동엽이 추구하는 '무정부 마을'은 그의 탁월한 문제적 평론 「시인
정신론」(『자유문학』, 1961. 2)에 상세히 드러나듯, 차수성 세계(次數性世界)로

---

15) 신동엽, 「시인정신론」, 『신동엽전집』, 371면.

부터 빚어진 온갖 부정한 것들을 묵인하는 게 아니라, 그것을 과감히 제거하거나 우주의 만유적(萬有的) 본성을 복원하는 각고의 노력을 통해서 가능한 것입니다. 여기서 주목해야 할 것은 신동엽에게 차수성 세계는 인류의 문명과 연관된 것으로, "분업문화의 성과"[16]를 기반으로 하여 "정치는 정치가에게, 문명비평은 비평가에게, 사상은 철학교수에게, 대중과의 회화는 산문 전문가에게 내어 맡기고 (…중략…) 시인의 임무는 언어의 순화에 있을 뿐"[17]인 현실을 통렬히 비판합니다. 왜냐하면 이 같은 차수성 세계는 "맹목기능자의 천지"[18]인바, 신동엽이 그토록 염원하는 전경인적 귀수성세계로의 합일은 요원하기만 하기 때문입니다.

이 같은 신동엽의 비판적 인식의 기저에는 서구중심 일변도의 '단수의 근대'에 대한 강렬한 부정의식이 자리하고 있습니다. 신동엽도 비판한 것처럼 서구의 근대화를 앞당겼고, 서구 문명의 골격을 이루고 있는 것은 '분업문화'에 있는데, 분업이 가져다 준 생산의 효율성으로 인한 생산력 증가는 서구의 근대의 속도를 가속화시켰습니다. 합리성을 추구한다는 명분 아래 '분업문화'의 사회 전 분야에 대한 파장은 자못 큰 것이었습니다. 이렇듯 합리적 효율성은 서구 문명을 지탱시키는 제도로 안착되면서, 이것을 잘 따르기만 하면 근대적 성취를 앞당길 수 있다는 근대 문명인의 행동양태를 구조화하였습니다. 바꿔 말해 분업과 합리적 효율성 추구는 근대적 삶을 살아가는 근대인의 삶을 구조화하고, 그 구조 자체가 지속적으로 재생산되는, 그리하여 구조를 구조화하는 습속이

---

16) 신동엽, 앞의 책, 364면.
17) 신동엽, 위의 책, 369면.
18) 신동엽, 위의 책, 366면.

서구 문명의 '단수의 근대'를 전 세계로 퍼뜨렸던 겁니다.

그래서 신동엽은 이 '단수의 근대'야말로 차수성 세계를 전횡하는 것이며, '단수의 근대'를 무조건 폐기처분하는 게 아니라 대지의 힘으로 충분히 삭혀서 귀수성세계(歸數性世界)와 합일하는 또 다른 근대, 즉 '복수(複數)의 근대'를 추구한다고 저는 생각합니다.[19] 그렇기 때문에 신동엽에게 시인이란, 한갓 언어의 미의식을 탐구해서는 안 됩니다. 시인은 차수성 세계를 넘어 귀수성세계를 추구해야 하고, 이것은 달리 말해 서구중심의 '단수의 근대'를 지양한 '복수의 근대'를 추구하는 것입니다.

> 우리들은 정신을 찾아 각고의 길을 헤매야 한다.
> 詩에서의 피나는 노력과 고심이란 흔히 잘못 알고 있는 것처럼 技巧나 修辭法을 두고 이르는 말이 아니다. 그것은 높은 경지에 이르려는 精神人의 求道的 자세를 말하는 것이다.
> 水雲이 삼천리를 10여년간 걸으면서 農奴의 땅, 노예의 조국을 본 것처럼, 석가가 인도의 땅을 헤매면서 영원의 연민을 본 것처럼, 그리스도가, 그리고 聖書를 쓴 그의 제자들이 地中海 연안을 헤매면서 인간이 구원을 祈求한 것처럼 오늘의 시인들은 오늘의 江山을 헤매면서 오늘의 內面을 直觀해야 한다.
> 자기에의 內察, 이웃에의 연민, 共同言語를 쓰고 있는 조국에의 大乘

---

19) 신동엽의 이와 같은 문제의식은 한국전쟁 이후 새롭게 추구해야 할 전후의 근대에 대한 다음과 같은 문제의식의 행간에 숨어 있습니다. "22년간의 원조물자와 言語細工業者들의 맹목적인 노력의 퇴비를 밑바닥에 충분히 썩혀서 자양분으로 흡수할 수 있는 者만이 다음날 위대한 精神人의 영광을 차지할 수 있으리라."(「8월의 문단」, 『신동엽전집』(증보판), 384면) 즉, 광복 이후 이 글이 씌어질 1967년까지 22년간 서구의 원조경제를 막무가내로 부정할 게 아니라, 그동안 원조경제에 수반된 차수성세계를 충분히 삭혀서 그것을 넘어서는 또 다른 근대를 추구해야 한다는 전망을 보이고 있습니다.

的 관심, 나아가서 태양의 아들로서의 인류에의 연민을 실감해 봄이 없이 詩人의 나무는 자라지 않는다.[20]

신동엽은 동학, 불교, 크리스트교에서 공유하고 있는 범인류적 구원을 실천하는 데 매진하는 '정신인－시인－종합인－철인(哲人)'을 애타게 기다립니다. 서구 일방의 근대가 아닌 비서구가 지닌 또 다른 근대가 시인에 의해 구현되어질 것을 희구하기 때문입니다.

4. 맺음말－아시아의 미적 질서를 탐구하는

신동엽의 문학은 늘 새롭게 확장될 수 있는 대지의 힘을 지니고 있습니다. 지금까지 읽어보았듯이, 신동엽의 문학은 일국적 시계의 협소함을 벗어나 있습니다. 신동엽의 문학은 국민국가의 경계에 갇히지 않은 문명적 감각의 지평을 넓고 깊게 하는 시적 진실이 용해돼 있습니다. 신동엽의 문학에는 "지배자의 용모를 준거로 편성된 미학적 질서가 아니라 자연의 질서가 빚어낸 미학적 질서"[21]가 곳곳에서 그 생명의 활기를 띠고 있습니다. 그리하여 신동엽의 문학에는 아시아의 창조적 상상력이 꿈틀대고 있습니다. "양자강변에 살고 있는 한 소녀와 나와는 한 살[肉]이다."[22]에 배어 있는 아시아의 대지를 삶의 터전으로 공유하고 있는 아시아적 연대의 상상력은 신동엽의 문학을 이해하는 데 과소평가할 수

---

20) 신동엽, 「7월의 문단」, 『신동엽전집』(증보판), 382면.
21) 방현석, 「레인보 아시아」, 『아시아』, 2006 여름호, 18면.
22) 신동엽, 『젊은 시인의 사랑』, 195면.

없는 대목입니다. 신동엽의 시에서 곧잘 마주치는 '중립'의 시적 변주인 벌판, 고원, 황무지, 미개지 등은 서구중심주의에 기원을 둔 자본주의와 사회주의의 정치경제적 이념의 대립과 무관한 '무정부 마을'의 정치성을 띠고 있는 것인바, 이것은 아시아의 창조적 상상력이 꿈꾸는 민주주의와 밀접한 연관이 있습니다. 이 '무정부 마을'은 차수성 세계를 지양한 귀수성세계로 합일된 곳이며, 서구중심주의의 '단수의 근대'가 더 이상 전횡하지 않는 '복수의 근대'를 다각도로 추구할 수 있는 곳으로, "아침 저녁/ 네 머리 위 쇠항아릴 찢고/ 티 없이 맑은 久遠의 하늘"(「누가 하늘을 보았다 하는가」)을 만끽할 수 있는 곳입니다. 신동엽은 이러한 '무정부 마을'이 반도에서 성급히 구현되기를 재촉하지 않습니다. 그가 꿈꾸는 세계가 이뤄질 때까지 그는, "내 일생을 詩로 장식해 봤으면./ 내 일생을 사랑으로 채워 봤으면./ 내 일생을 革命으로 불질러 봤으면./ 세월은 흐른다. 그렇다고 서둘고 싶진 않다."[23]고 자기인식을 정갈히 갈무리하면서 '좋은 언어'로 세상을 채워놓을 준비를 하고 있습니다.

> 외치지 마세요/ 바람만 재티처럼 날려가 버려요.// 조용히 될수록 당신의 자리를/ 아래로 낮추세요.// 그리구 기다려 보세요/ 모여들 와도// 하거든 바닥에서부터/ 가슴으로 머리로/ 속속들이 구비돌아 적셔 보세요.// 허잘 것 없는 일로 지난 날/ 言語들을 고되게/ 부려만 먹었군요.// 때는 와요./ 우리들이 조용히 눈으로만/ 이야기할 때.// 허지만/ 그때까진/ 좋은 言語로 이 세상을 채워야 해요.

—「좋은 言語」 부분

---

23) 신동엽, 「서둘고 싶지 않다」, 앞의 책, 343면.

신동엽은 아주 단출히 명명합니다. 신동엽이 꿈꾸는 세계를 가득 채우는 언어는 바로 '좋은 언어'입니다. 더 이상 차수성 세계를 표징하는 온갖 쇠붙이 투성의 날선 언어들이 아닌, 아시아의 창조적 상상력이 충만한 대지의 역동성을 듬뿍 담고 있는 신생의 언어들입니다.

이후 신동엽의 문학에서 새롭게 발견된 아시아와 대지의 상상력을 보다 정교히 탐구하여, 신동엽의 문학사상은 물론 신동엽의 시적 미의식을 규명함으로써 서구중심의 미적 질서를 극복하고 아시아의 미적 질서마저 해명하는 과제를 남겨둡니다.

출전 : 신동엽 학회, 『전경인 어문연구』 창간호, 2010. 12

민족과 전통의 발견술
-신동엽 시를 읽는 하나의 관점

1.

'민족시인' 혹은 '국민시인'이란 칭호는 어쩌면 한 시인이 받을 수 있는 최고의 영예일지도 모른다. 왜냐하면 민족(국가)공동체의 현실과 정서를 정확히, 그리고 모두가 공감할 수 있게 표현해낸 위대한 시혼(詩魂)에게만 허락되는 예외적 명칭이기 때문이다. 그러나 지금의 우리 현실에서 그것은 불행히도 어떤 편향과 결여의 표지이기도 하다. 여기서 편향과 결여라 함은 무엇보다 이데올로기적인 그것을 뜻한다.

당사자들의 죽음이 공통분모로 놓여있는 신동엽과 서정주에 대한 최

* 최현식 / 인하대학교 국어교육학과 교수

근의 담론들은 이에 대한 적절한 예 가운데 하나이다. 가령 1999년 신동엽(1930~1969)의 30주기를 맞아 출간된 한 책은 '민족시인 신동엽'이란 제목을 달고 있다. 그의 시에 일관된 민족자주 의식과 근대 극복을 통한 참 공동체의 실현 의지, 그리고 1970년대 이래로 우리 시사에 끼친 영향 등을 두루 고려한 헌배(獻杯)인 셈이다. 한편 "괜, 찬, 타, ……"라는 그 질기디 질긴 육성 한마디로 시대와 개인의 영욕을 한꺼번에 타넘어온 미당(1915~2000)의 죽음은 '국민시인'이란 명칭의 전파적·문자적 확산을 통해 애도되었고, 또한 오랜 기간 역사화될 것이다. 곰곰이 생각해보면, 이런 추모의 형식들은 이른바 '민족'이란 지고(?)의 이름을 둘러싸고 벌어졌던 근대문학사의 숱한 쟁론과 그 잠정적인 결론의 산물이 아닐까 하는 생각이 든다. 거칠게 보아 핏줄, 언어, 정서, 민족혼 등의 공통성과 영속성을 중시해온 흐름이 '국민시인' 쪽으로, 민족·민중의 위기적 현실에 대한 올바른 문학적 대응을 강조해온 흐름이 '민족시인' 쪽으로 귀착된 형국인 것이다.1)

근대문학의 한 세기를 마감하는 시점에서 우연히 마주친 이런 풍경을 앞에 두고, 다음과 같은 생각을 떠올려본다. 우선 우리 문학에서 '민족'은 보편타당한 실체라기보다는 이념적 지향에 따라 다르게 상상되고 재구성되어온 가상물일지도 모른다는 것이다. 이런 시각에서 본다면, '민족시인'이니 '국민시인'이니 하는 명칭은 해당 시인의 위대성보다는 약

---

1) 솔직히 말해, '민족시인 서정주'가 아닌 '국민시인 서정주'란 호칭은 저으기 수세적인 느낌을 준다. 이것은 물론 그의 시의 순문학적 성격이나 대중적 영향력 등을 더욱 부각시키려는 의도로 이해된다. 그러나 다른 한편으로는 곧잘 비판되는 미당의 몇몇 행보를 의식한 고육지책이란 인상이 짙다.

점, 특히 이데올로기적 편협성과 경직성을 널리 알리는 표지판이나 다름없게 된다. 신동엽과 서정주는 해방이후의 우리 시단에서 각각 진보적, 보수적 민족서사의 꼴과 내용을 실질적으로 기초했고, 전범(典範)의 자리에까지 오른 존재들이다. 따라서 이들은 한 개인이 아닌 집단의 대표로 너와 나를 가리는 전짓불 세례를 받거나, 시 자체의 성과와 한계 역시 공정히 평가받지 못한 채 의도적인 과장과 곡해에 시달리게 될 가능성이 크다. 그 조심성 없는 심문이 지난 세기 우리 문학에 끼친 폐해를 생각한다면, 이들을 그저 '시인'으로 부르는 것이야말로 더욱 간곡한 추모의 정이 될 지도 모르겠다.

물론 이런 생각은 이들의 문학에서 민족에 관련된 이러저러한 논의를 모두 배제한 채 형식미학적 측면만을 주목해야한다는 것은 결코 아니다. 그것을 빼놓고는 이들의 시와 사상이 성립하지 않는다는 것은 하나의 상식이다. 오히려 또 다른 오해와 편견이 아직 쌓이지 않은 지금이야말로 이들이 심혈을 기울여 구성했던 '민족'의 실체를 객관적으로 재점검할 필요가 있는 것이다. 단 그것의 성립과 전개 과정, 목적 등을 그들의 시 내부로부터 이끌어낸다는 전제 아래서 말이다. 이 글은 줄곧 그런 점을 염두에 두면서 우선은 신동엽 시에서의 그것을 간략하게 살펴보고자 한다.[2]

---

2) 서정주 시에 대한 나의 논의는, 졸저, 『말 속의 침묵』, 문학과지성사, 2002에 실린 「민족, 전통 그리고 미−서정주의 중기문학」 참조.

2.

신동엽 시에 대해 조금 전 제시한 관심을 해명하기 위해서 다음과 같은 사실을 먼저 기억해두는 편이 유용할지도 모르겠다. 우선 모든 민족주의는, 제국주의적인 것이든 아니면 그것에 저항하는 것이든, 어떤 형이상적인 국면을 갖는다는 사실이다. 왜냐하면 그것들은 모두 민족고유의 본질을 어떤 특수하고도 실감나는 형태로 인식하려는 야심에 의해추동되기 때문이다. 그러나 양자는 전혀 상반된 목적을 상정한다는 점에서 분명히 구별될 필요가 있다. 전자는 자신이 품고 있는 민족 이미지를 누구라도 신봉하지 않으면 안 될 이상적인 모델로 간주하고 강요한다. 그에 반해 후자는 단지 스스로를 위해 자신의 본질이 언제나 명확히 드러나는 '역사의 견본(a version of history)'을 창조하려고 한다. 이 작업은 보통 그것이 탈환하려고 하는 것만큼이나 탄탄한 구조를 가진 '과거의 읽을거리(readings of the past)'를 만들어냄으로써 이루어진다.3)

이런 지적은 물론 신동엽의 시가 숭고한 민족의 과거를 재발견하거나 재구성하는 작업을 통해 수행된 저항적 민족주의의 일환이었다는 평면적 사실을 강조하기 위한 것이 아니다. 오히려 그것을 특징짓는 주된 요소인 어떤 형이상적 국면의 본질과 성격, 그리고 그 기능을 알아보고자 함이다.

이와 관련하여 신동엽 시의 핵심어를 고른다면, 아마도 "생활의 세

---

3) 이상의 설명은 Seamus Deane, "Introduction", Terry Eagleton etc, *NATIONALISM, COLONIALISM, AND LITERATURE*, University of Minnesota Press, 1990, pp.8~9 참조.

계"가 될 것이다. 이것은, "평화한 두레와 평등한 分配의/ 無政府 마을"
(『금강』, 137~138)[4]이 환기하듯이, 그가 꿈꾸었던 유토피아상의 결정체이
자 일종의 공동환상으로서의 '역사의 견본'이기도 하다. 사실 신동엽의
민족서사는, 장시인 『금강』과 「이야기하는 쟁기꾼의 大地」는 물론, 많
은 단형 서정시에서조차 '생활의 세계'의 탄생과 성장, 파멸, 회복(의 의
지)이라는 전형적인 도식을 뒤풀이하는 특성을 지니고 있다. 이런 경향
은 흔히 말해지는 대로 민족으로 대표되는 인간생활과 문화의 원초적인
존재방식에 대한 그의 일관된 관심을 적절히 반영한다. 그러나 달리 생
각하면, '생활의 세계'를 민족고유의 '신성불가침한 전통'으로 확정하려
는 자기동일화 욕망의 발로임을 부정하기는 어렵다.

> 1) 좁아 허물어질가 두렵노라 얼굴 생김새 맞지 않는 발돋움의 흉낼
> 랑 그만 내자
>   들菊花처럼 소박한 목숨을 가꾸기 위하여 맨발을 벗고 콩바심하던
> 차라리 그 未開地에로가자 달이 뜨는 명절밤 비단치마를 나부끼며
> 떼지어 춤추던 전설같은 풍속으로 돌아가자 내ㅅ물 구부치는 싱싱한
> 마음밭으로 돌아가자.
>
> —「좁아」(10) 부분
>
> 2) 대낮처럼 조용한 꽃다운 마을
> 다시 가시줄 늘이고 가는 소리 보이면
> 나비들은 구태여 건너 마을 꽃 핀 傳說 속의
> 머리채로 사무치게 노래 불러 江山 채울 것이며.

---

4) 모든 시는『증보판 신동엽 전집』, 창작과비평사, 1975에서 인용한다. 제목 옆에
   병기한 숫자는 인용면을 뜻한다.

햇빛 퍼붓는 木花밭, 西海가의 무논에서
젖이 흐르는 주먹 팔 봄 포도밭에서
손 고운 흰 허리를 잃어버렸을 때
後三國의 遺民은 歷史를 건너 뛸 것이다.

—「蠻地의 音樂」(100) 부분

「향(香)아」는 신동엽이 등단한 해인 1959년 12월에,「만지(蠻地)의 음악 (音樂)」은 그의 사후인 1970년에 유작으로 발표되었다. 두 시는 10여 년 의 세월이 무색하리만큼 내용과 형식에서 거의 변화가 없다. 이런 연속 성은 신동엽의 역사의식, 자세히는 민족의 과거를 다루는 태도와 방법 을 시사한다는 점에서 주목할 만하다.

이 시들은 우리의 "오래지 않은 옛날"(「향아」)의 한 단면을 눈앞의 현 실인양 즉물적이고 감각적인 이미지로 그려내고 있다. 질박한 인정과 평화가 넘쳐흘렀던 그곳에 실감나는 현장성을 부여하려는 미적 장치인 것이다. 그리고 더욱 중요하게는 그 세계를 아무도 부정하거나 파괴할 수 없는 '시초와 절정의 세계'에 속하도록 규범화하는 시간의 잠금 장 치이기도 하다. 이 시들의 풍성한 '옛날'은 "전설(傳說)같은 풍속(風俗)" "미개지(未開地)" "꽃 핀 전설(傳說)" "만지(蠻地)의 음악(音樂)"과 같은 추상 적인 시·공간 속으로 빨려 들어가고 있다. '전설', '미개지', '만지'는 말의 이미지만으로도 그곳이 현실적인 측정과 감촉이 전혀 불가능한 전 인미답의 세계, 곧 절대과거임을 충분히 환기시킨다. 그러니까 실제 시 간 '옛날'은 이들 세계로의 지속적인 치환을 통해 절대과거로 고양되는 것이다. 물론 이때 '옛날'이란 말의 의미도 "하나의 사실, 하나의 개념, 하나의 가치로서 이미 완성되고 완결된 불변의 것"으로 가치가 증여된다.5) 이러한 시간과 가치의 절대화를 통해 '옛날'은 영원히 기억해야 할 민족의 전통으로 확정되며, 현재와 미래를 기획하는 전범 혹은 기준점이 되는 것이다. 신동엽 시의 한 특징으로서 이 시들에도 보이는 시간의 건너뜀 혹은 무매개적 연결, 이를테면 과거로의 복귀가 미래가 되고(「향아」), 과거의 현재화가 미래가 되는(「만지의 음악」) 현상도 이런 관점에서 이해될 수 있을 것이다.

그런데 정작 흥미로운 것은 민족의 시초와 절정을 이루는 '옛날'이 삼국통일 이전의 상고시대 혹은 후삼국 시대 등으로 철저하게 제한되어 있다는 사실이다. 즉 통일신라, 고려, 조선 등 하나의 나라, 하나의 지배계급이 모든 패권을 행사했던 사회는 모두 배제되고 있는 것이다. 우리는 그 전형적인 본보기로 「만지의 음악」, 『금강』 6장을 들 수 있겠는데, 이러한 선택은 무엇을 의미할까.

주지하다시피, 우리 역사에서 신동엽이 '옛날'의 범주에 집어넣고 있는 세계들은 특히 기록의 측면에서 일종의 공백지대를 이루고 있다. 그러니까 정치적 패배가 시간의 패배로 귀결되어 있는 셈이다. 이런 사정은 실증이 중시되는 역사가에게는 불행이겠으나, 기와조각에 새겨진 글자 한자를 실마리로 당대의 삶을 되사는 문학가에게는 별달리 문제될 것도 없고 어떤 경우는 복이기조차 하다. 사실 위의 시들에 그려진 '옛날'의 풍경 자체는 상고시대는커녕 30~40여 년 전의 농촌에서도 흔히

---

5) 미하일 바흐찐, 전승희 외 옮김, 『장편소설과 민중언어』, 창작과비평사, 1988, 34면. "병들지 않는 젊음", "싱싱한 마음밭"(「향아」), "세상 없는 새벽 길"(「蠻地의 音樂」)과 같은 비유를 통해 '옛날'이 지고의 정신적인 가치로 승화되어 있음을 잘 알 수 있다.

접할 수 있던 것이다. 그러나 시인은 진보적 역사의식과 현실주의적 상상력을 적극 결합시켜 그것을 평등하고 조화로웠던 '생활의 세계'의 한 풍경으로 증폭시킨 것이다.[6] 그렇다면 그것의 주역으로 승리자가 아닌 패배자의 이름들을 등재할 때 어떤 효과가 생겨날까.

우선 구체적인 시대 혹은 나라가 계속 명기됨으로써 '옛날'들이 역사적 실재라는 인상이 강화된다. 그런데 신동엽 시에서 '옛날'들은 대개 시대적 순서에 따라 배열되어 있다. 이것은 자주적이고 평등한 '옛날'들의 면면한 지속과, 외세를 등에 업은 반민족적인 집단에 의한 그것들의 반복적 파괴를 함께 아우름으로써 역사의 타락을 선명히 부각시킨다. 이와 같은 선과 악의 전도는 패배한 '옛날'들을 오히려 기억할만한 민족의 진정한 과거로, 더 나아가서는 되찾지 않으면 안 될 숭고한 역사와 전통으로 상상하게끔 한다.[7] 물론 이것은, 위의 시들의 숨은 문면이 보여주듯이, 그 역사적 불행이 오늘날의 현실이기도 하다는 사실에 의

---

6) 이러한 주관성과 낭만성은 신동엽의 과거의식의 한 특징으로 보인다. 쉴즈의 다음 지적은 이런 경향에 대한 적절한 참조를 제공한다. 한 개인의 "과거를 알고자 하는 욕망은 개인과 선조의 기억, 그리고 잊혀져 왔던 것이나 결코 알려지지 않은 것들이 사료편찬학에 의해 발견됨으로써 실현된다. 이는 또한 상상의 도움을 받는데, 기억을 해내지 못했을 때에는 상상이 기억을 보충하거나 기억 대신 자리를 점한다(에드워즈 쉴즈, 김병서 외 옮김, 『전통』, 민음사, 1992, 74면)."

7) 신동엽이 시를 서술하는 방식 역시 여기에 큰 영향을 미치는 것으로 보인다. 신동엽은, 그것이 과거이든 현재이든 민족서사를 담은 시들의 경우, 서사의 모든 전모를 장악하고 있는 이야기꾼 성격의 화자를 설정할 때가 많다. 이를 통해 얻어지는 가장 큰 효과는 다음 두 가지가 아닐까 한다. 첫째, 시·공간의 제약 없이 사건이나 대상에 개입할 수 있으며, 둘째, 그것들에 대한 가치판단을 자유롭게 조정할 수 있다. 특히『금강』에 두드러지는 바이지만, 서로 다른 시대에 속한 민족 이미지를 동시적인 것으로 상상할 수 있는 것도 화자에 부여된 이와 같은 자유 때문일 것이다.

해 결정적으로 현실화된다.

이렇게 재구성된 민족의 이미지, 곧 평등주의와 평화주의로 요약되는 '생활의 세계'는 그러나 그 세계 자체의 비현실성과 그것을 대하는 시인의 비역사적 태도로 인해 여러 불만을 사왔다. 모르긴 몰라도, 퇴행적 복고주의 이상의 것, 즉 배타적 민족주의까지 떠올리는 사람도 있을 것이다. 우리는 이를테면 주변국에 대한 적대적 시각을 통해 강조되는 자국 역사의 지나친 미화라든지, 그 안 어딘가에 숨어있을 미래에 있어서 자국의 세계사적 기여에 대한 무조건적 신뢰와 같은 쇼비니즘적 태도를 전혀 모른 체할 수는 없을 것이다.[8] 최근의 민족담론을 향한 거센 비판이 주로 이런 점에 초점을 맞추고 있다는 것을 떠올리면, 신동엽 시에 둘러쳐진 휘황한 신화는 하루아침에 악몽으로 변할지도 모른다. 그러나 이런 사실만을 들어 그의 시를 무로 돌려버린다면, 그것만큼 비역사적이고 무분별한 행위는 없을 것이다. 그보다는 약점은 약점대로 인정하면서 그가 그런 방식의 민족 이미지를 왜 끌어들였을까 하는 이유를 따져보는 것이 훨씬 유익할 것이다.

신동엽의 경우도 이에 해당되지만, 근대 이후 모든 민족주의 서사는 '축복의 상태에서 소외라는 특히 현대적인 상황으로 현대 인류가 추락해 가는 이야기'를 다루는 한편, 자기 민족의 찬란했던 과거에서 위안을 구하는 특징을 갖고 있다.[9] 그러나 앞에서도 말했듯이 제국주의적 민족

---

8) 이런 우려를 처음 내비친 사람은 잘 아다시피 김수영이다. "그의 작품에서 전반적으로 느끼는 어떤 위구감(危懼感)이 있다면, 그것은 그가 쇼비니즘으로 흐르게 되지 않을까 하는 것이다. 그런 면에서 보면 그는 50년대에 모더니즘의 해독을 너무 안 받은 사람 중의 한 사람이다."(「참여시의 정리」, 『창작과비평』, 1967 겨울, 636면)

주의와 저항적 민족주의가 그것을 이야기하는 방법과 목적은 정반대이다. 전자는 타자에게 그것을 보편적인 것으로 강제하기 위해 이야기하지만, 후자는 '자신을 위해서' 그럴 뿐이다. 이 점을 다시 한 번 강조해두지 않을 수 없는 이유는, 저항적 민족서사 역시 민족주의라는 '동일한 언어게임 내부'에서야 가능하기 때문에 필연적으로 제국주의의 그것을 닮아갈 수밖에 없다는 양가적인 평가가 그 '저항'의 논리를 약화시키거나 심지어는 왜곡시킬 수도 있기 때문이다. 이후 좀더 자세히 논하겠지만, 저항적 민족주의는 이런 점에서 네이티비즘(nativism)적 민족의식을 초월하고 극복할 수 있는 어떤 해방의식이 절실히 요구되는 것이다.

식민지의 경험을 갖고 있거나 현재도 여전히 강대국의 그늘 아래 놓여 있는 나라들의 경우, 정치, 경제, 문화는 물론 물리적인 영토에 이르기까지 제국주의의 필요에 따라 왜곡되고 파괴되어 있기 십상이다. 따라서 피식민 민족들이 진정으로 제국주의의 지배로부터 해방되기 위해서는 그것들을 회복하는 일이 가장 시급한 과제가 된다. 사이드는 이 작업에서 가장 기본적인 과제를 모든 유형 무형의 지리적 지배의 해소로 보았다. 왜냐하면 새로운 영토권(領土權)은 물론이고, "진정성의 추구, 식민지의 역사에 의해 주어진 것보다 훨씬 본질적인 민족의 기원의 추구, 영웅들, 신화들, 그리고 종교들의 새로운 신전의 추구, 이것들도 역시 땅에 의해 가능하"기 때문이다. 그러나 '현재의 땅(제2의 자연-원문)'은 이미 제국주의의 목적에 맞게 형질 변경되어 있다. 그러므로 반제국주의적 상상력은 그 빼앗긴 것들을 다시 채울 수 있는 '새로운 땅(제3의

---

9) Seamus Deane, op.cit., p.9.

자연-원문)'을 "찾아내고, 지도에 그리고, 발명하고 혹은 발견할 필요가
있"는 것이다.10)

　사이드의 이런 견해는 신동엽의 민족서사를 이해하는 데에 적절한 참
조가 된다. 그의 '생활의 세계'가 절대과거의 공상적 복원이 아닌 현실
역사의 한 '순간'을 극대화한 것이란 사실은 이미 밝혔다. 그러면서도
그것은 홀로 떨어진 이상세계로 놓여있지 않고, 늘 타락한 현실의 한가
운데에 위태롭게 서있다. 이런 점에서 '생활의 세계'의 상상은, 벤야민
의 말을 빌린다면 '짓밟히고 억눌린 선조들에 대한 기억'의 형식이자,
있어야 할 '새로운 땅'을 그려 넣는 '지도 만들기'이기도 한 것이다.

　　　五月의 숲속과 뻐꾸기 목메인 보리꺼럭 傳說밭으로
　　　黃眞伊 마당 가 살구나무 무르익은 高麗땅 놋거울 속에
　　　아침 저녁 비쳐들었을 아름다운 新羅 佳人들.
　　　지금도 飛行機를 바라보며
　　　하늘로 가는 길 가에
　　　고개마다 나날이 봇짐 都市로 쏟아져 간
　　　흰 젖가슴의 물결치는 아우성을 들어 보아라.

　　　해가 가고 새 봄이 와도 여전히 허기진 平野

10) 이상의 설명 및 인용은 Edward W. Said, "YEATS AND DECOLONIZATION",
Terry Eagleton etc., *NATIONALISM, COLONIALISM, AND LITERATURE*, pp.7
6~79 여기저기 참조. 사이드는 이런 작업을 훌륭히 해낸 예로서 아일랜드의
시인 예이츠를 들고 있다. 왜냐하면 그의 경우, 지나친 신비주의 경향이나 후기
의 파시즘에의 경사 등으로 인해 자주 비판받지만, 그러나 본질적으로는 영국의
지배 아래 고통을 겪고 있는 아일랜드인의 역사적 경험, 희망, 그리고 미래의
비전을 명확히 표현해냈기 때문이다.

나무뿌리 와 닿은 祖上들의 酒幕 가에
줄줄이 太古적 투가리들이 쏟아져 오고
바다 밑에서 다시 용트림하여 휘올라
어제 우리들의 이랑밭에 들꽃피운 망울들은
일제히 돌창을 세워 하늘을 反亂한다.

—「불바다」(114) 부분

신동엽이 왜 살아 생전 늘 "너는 모르리라/ 文明된 하늘아래 손넣고 광화문 뒷거리 걸으며/ 내 왜 역사 없다/ 벌레 삥……니까렸는가를"(「너는 모르리라」, 30) 명쾌하게 보여주는 대목이다. 그는 넓고도 촘촘한 겹눈으로 보리 패인 '오월'의 한 순간 속에서 그들만의 '생활의 세계'를 살았던 지배자들의 아름다운(?) 역사[11]와, 지금의 그들이 강요하는 "생김새 맞지 않는 발돋움의 흉내"(「향아」)가 불러들인 재앙을 동시에 포착한다. 새로운 지도는 기존 지도에서 잘못 그려지고 색칠된 오솔길, 실개천까지도 찾아내어 수정하지 않으면 아무런 쓸모가 없다. 곧 새로 지도를 그리는 일이란, 시간이 가져온 지형의 변화를 더하는 일이기도 하지만, 원래의 지형을 회복하는 일이기도 한 것이다.[12] 이로써 그 연약하디 연약한 '들꽃피운 망울들의 반란'이 왜 과거로부터 용솟음쳐 올 수밖에 없는가가 희미하게나마 드러난 셈이다.

---

11) 이 부분은 과거의 충만한 생활을 상징하는 것으로 흔히 해석되는 경향이 있는데, 시의 흐름과 맥락상 오히려 피지배계급의 고통스런 생활을 부각시키기 위한 역설적 비유로 보는 것이 타당하지 않을까 한다.
12) 신동엽이 이러한 실지(失地) 회복의 가능성을 가장 가까운 과거인 동학농민전쟁과 기미년 독립운동, 그리고 몸소 겪은 4·19 혁명을 통해 확인했음은 의심의 여지가 없을 것이다.

그러나 과거를 현재로 불러들이는 반란은, 줄줄이 쏟아져 나오는 "太古적 투가리"를 박물관에 전시해놓은 채 '세계 최초의', '세계 유일의' 등과 같은 온갖 찬사를 들이붓거나, 그것을 재현하는 일이 마치 우리 고유의 미를 되찾는 것처럼 호들갑을 떠는 일을 경계하는 것으로부터 시작되지 않으면 안 된다. 이러한 네이티비즘적 시선에 기초해서 '본질의 형이상학'을 좇는 것은 역사적 현실을 방기하고 더 나아가서는 제국주의적 사유와 행동방식을 내면화하는 행위에 지나지 않는 것이다. 그것이 진정한 '반란'의 의미를 갖기 위해서는 사이드의 말대로 '민족적 의식을 뛰어넘는 사회적 의식의 변용'을 동반하는 어떤 것이지 않으면 안 된다.

껍데기는 가라.
4월도 알맹이만 남고
껍데기는 가라.

껍데기는 가라.
東學年 곰나루의, 그 아우성만 살고
껍데기는 가라.

그리하여, 다시
껍데기는 가라.
이곳에선, 두 가슴과 그곳까지 내논
아사달 아사녀가
中立의 초례청 앞에 서서
부끄럼 빛내며
맞절할지니

껍데기는 가라.

漢拏에서 白頭까지
향그러운 흙가슴만 남고
그, 모오든 쇠붙이는 가라.

—「껍데기는 가라」(67) 전문

이 시의 탁월함에 대해서는 굳이 되풀이할 필요가 없을 것이다. 그 대신 '새로운 땅'을 상상하고 창조하는 시인의 태도와 방법에 잠깐이나마 눈길을 보내고 싶다. 여기서 '새로운 땅'이라 함은 말할 것도 없이 아사달과 아사녀가 "부끄럼 빛내며 맞절할" 미래의 "중립의 초례청"이다. 이것은 시간 혹은 역사의 결을 거슬러 올라가는 키질을 통해 '껍데기'는 까부르고 '알맹이'만을 남김으로써 만들어질 수 있는 것이다. "껍데기는 가라"는 정언적 명령이 '4·19'에서 '동학년'으로, 그리고 궁극적으로는 상고시대를 향하고 있기 때문이다. 이러한 '뒤돌아보는 예언자'의 시선은 벤야민의 「역사철학테제」 가운데 다음과 같은 구절을 떠올리게 한다.

그(역사적 유물론자—인용자)는, 사건의 메시아적 정지의 표식, 달리 말해 억압된 과거를 위한 투쟁에서 나타나는 혁명적 기회의 신호를 인식한다. ①그는 동질적이고 공허한 역사의 진행 과정을 폭파시켜 그로부터 하나의 특정한 시기를 끄집어내기 위해서 과거를 인지한다. 이런 식으로 해서 그는 시대로부터 하나의 특정한 삶을, 일생의 사업으로부터는 하나의 특정한 사업을 획득하게 되는 것이다. ②이러한 방법론으로부터 얻게 되는 수확은 한 작품 속에 필생의 업적이, 필생의 업적 속에는 한 시대가, 그리고 한 시대 속에는 전체 역사의 진행과정이 보존되고 지양되는 것이다. 역사적으로 파악되어진 것의 영양이

풍부한 열매는, 귀중하지만 맛이 없는 씨앗으로서의 시간을 그 내부에
간직하고 있다13) (괄호숫자 및 강조-인용자)

우리는 신동엽이 역사적 유물론자였는지 아니면 아나키스트였는지
하는 신원의 문제에는 별 관심이 없다. 다만 위의 인용으로부터 그의
역사의식, 더 자세히는 과거의식이 벤야민의 그것으로부터 그리 벗어나
있지 않다는 사실(①), 그리고 「껍데기는 가라」가 신동엽의 대표작일 수
있는 이유(②)를 조금이나마 확인할 따름인 것이다. 신동엽의 "중립의 초
례청"('귀수성의 세계')에 대한 구상이 "동질적이고 공허한 역사"('차수성의
세계')의 폭력, 즉 "인생에의 구심력(求心力)을 상실한 채 제각기 천 만개
의 맹목기능자로 화하여 사방팔방 목적 없는 허공(虛空) 속을 흩어져 달
아나"(「시인정신론」, 362)게 하는 '분업문화'에 대한 거부에서 비롯되었음
은 주지의 사실이다. 그는 야만화된 문명을 극복하기 위해서는 무엇보
다 현대인류가 조화롭고 통합된 인격체인 '전경인(全耕人)'으로 거듭나지
않으면 안 된다고 주장했다. 그러면서 그 원형이 될만한 것을 '생활의
세계'('원수성의 세계')에 대한 역사적 기억과 상상적 재구성을 통해 더듬
어 보고자 했던 것이다. "생활의 세계"의 유일한, 그리고 영원한 가치를
인용문의 마지막 문장으로 대변할 수 있다면, 이와 같은 더 나은 미래
에 대한 의지 때문이라고 해도 과언은 아닐 것이다.
  그런데 그곳을 찾아가는 시인의 발걸음은 결코 맹목적이지 않다. 거
듭되는 이야기 같지만, 그는 이미 그 가치가 결정되어 있는 역사적 사

---

13) 발터 벤야민, 반성완 편역, 「역사철학테제」, 『발터 벤야민의 문예이론』, 민음사,
  1983, 354~356면.

실 혹은 진실에 대해서도 반성의 키질을 멈추지 않는다. 몇 번이고 반복되는 "껍데기는 가라"는 외침은 자신이 기억하고 꿈꾸는 세계를 역동하는 현실의 지평에 늘 위치시키려는 의지의 표현이며, 더 나아가서는 그 세계를 짓는 시인으로서의 자기에 대한 반성이기도 하다. 그는 언젠가 "하잘 것 없는 일로 지난 날/ 言語들을 고되게 부려만 먹었"다고 하면서, 새로운 "그때"가 올 때까지는 "좋은 言語로 이 세상을/ 채워야 해요"(「좋은 言語」, 92)라고 쓴 적이 있다. 그에게 "좋은 언어"는 엄혹한 현실을 도외시한 채 자족적인 미의 세계를 읊조릴 때가 아니라, 끊임없이 자기 자리를 낮추면서 기다릴 때야 찾아오는 그런 것이다. 신동엽이 문학적 생애를 다 바쳐 찾아낸 새로운 땅 '중립지대'가 단순히 정치적 의미에 머무르지 않고, 새로운 역사적·문화사적 의미를 끊임없이 싹틔우고 열매맺는 그야말로 "향그러운 흙가슴"으로 남을 수 있는 것도 어쩌면 이와 같은 언어의 자기 반성적 성격 때문인지도 모른다.[14]

3.

우리는 『금강』의 「後話1」과 그것이 독립되어 하나의 시편을 이룬 「종로오가(鐘路五街)」에 등장하는 "무거운 멜빵 새끼줄로 얽어맨 少年"(『금강』,

14) '중립'을 해석하는 스펙트럼은 매우 넓고도 다양하다. 가령 조태일은 '영원한 생명의 힘'과 '영원한 민중적인 힘'으로, 김종철은 저항적 성격이 강조된 도가(道家)의 '무위' 개념에 비추어 해석했다(조태일, 「신동엽론」, 구중서 외 편, 『민족시인 신동엽』, 소명출판, 1999, 110면 ; 김종철, 「신동엽의 도가적 상상력」, 앞의 책, 67면 참조).

300)을 인상 깊게 기억한다. 아마도 신동엽은, 임화가 '순이'와 '영남'에게 그랬던 것처럼 전봉준과 신하늬가 걸머졌던 혁명의 과업을 그 '소년'이 이어서 짊어지기를 기대했을 것이다. 실제로 그것은 어느 정도 현실화되어 '소년'은 1970년대의 전태일로, 1980년대의 '각성된 노동자'들로 끊임없이 자기 모습을 바꾸어 가며 더 나은 세계에의 희망을 차곡차곡 쌓아나갔다. 그러나 그 도도한 물살은 어느 순간 급속히 힘을 잃고 가뭄 때의 건천(乾川)을 흐르는 운명에 빠져들고 말았다. 그 원인이야 수없이 지적되어 왔으니만큼 다시 되풀이할 필요는 없을 것이다. 그 대신 '소년'의 '눈동자'와 그가 서있던 자리를 다시 한 번 떠올려봄으로써 신동엽 시가 건네는 또 다른 목소리에 귀 기울여 보는 편이 훨씬 유익할 것이다.

신동엽 시에서 '눈동자' 혹은 '눈빛'은 인물들의 성품을 암시하는 '창'인 동시에 인류가 궁극적으로 도달해야 할 이상적 인간형을 비추는 '거울'이기도 하다. 가령 그는 환시(幻視) 속에서 마주친 '너(필시 성재[聖者]일)'의 눈동자에서 "이승을 담아버린/ 그리고 이승을 뚫어 버린/ 오, 인간정신美의/ 至高한 빛"(「빛나는 눈동자」, 32 ;『금강』, 131)을 읽고, '소년'의 그것에서는 "죄 없이 크고 맑기만한"(「종로오가」, 71 ;『금강』, 300) 심성을 본다. 그런데 흥미롭게도 시인은 항상 이들을 폭우가 몰아치거나 이슬비 내리는 도심 한 가운데서 조우하며, "나는 잊을 수가 없다"(「빛나는 눈동자」, 32)고 말할 만큼 그들의 눈빛에 사로잡히고 만다. 이러한 '너'와 '소년'의 유사성은 신동엽이 꿈꾸었던 자아 및 이상적 인간상을 충실히 보여준다.

그런데 우리는 이들의 눈동자에서 그것만큼이나 중요한 어떤 것을 놓칠 수가 없다. 그들을 '거리'에서 영원히 살도록 하는 '연민'이 바로 그

것이다. 예컨대, 시인은 한 시에서 "비는 내리는데/ 宿命처럼/ 나는 널 생각하고/ 苦惱의 深淵에 빠져 버둥이는/ 내 눈을 너는/ 연민으로 내려다보고 있을 것이다"(「影」, 88)라고 적고 있다. 사물들에게 말을 겮음으로써 그것들의 꿈을 우리 것으로 되돌려주는 시인의 업(業) 자체가 연민의 산물일진대, 그는 그런 자신조차 연민의 대상으로 삼고 있는 것이다. 이것은 어쩌면 "혁명은 안되고 나는 방만 바꾸"(김수영, 「그 방을 생각하며」)게 하는 현실의 제 조건에 대한 분노와 안타까움의 우회적 표현인지도 모른다. 그러나 실제로는 "가로수에 잎이 트면/ 그리고 보리 이랑이/ 江과 마을을 물들이면/ 나는 떠나갈 것이다"(「影」, 88)에서 보듯이, '연민'이야말로 쉼 없이 세상의 지도를 새롭게 그리고자 했던 '시인' 신동엽을 지탱하고 이끌어간 원동력이었다.

그러나 지금 우리 현실에서 절실한 '연민'을 담은 그 '눈빛'들은 무덤덤한 어떤 것이 되어버리고 말았다. 우리 자신, 방향조차 가늠할 수 없는 거리의 어둠 속으로 내몰리는 '소년'들이면서도 어디로 가야할지조차 제대로 묻지 않는 정신의 게으름 때문인 것이다. 이러한 느슨한 정신에 신동엽이 평생 그랬던 있어야 할 곳과 떠나야할 때를 정확히 가늠하는 예지가 찾아들 수는 없을 것이다. 그저 하루하루를 버겁게 견디는 것이 눈앞의 과제가 될 뿐. 이 지리멸렬함이야말로 개인의 삶에서든 문학에서든 가장 경계하지 않으면 안 될 독소란 것은 두말할 나위 없을 것이다. 신동엽의 "닦아라, 사람들아/ 네 마음속 구름/ 찢어라, 사람들아,/ 네 머리 덮은 쇠 항아리."(「누가 하늘을 보았다 하는가」, 84)라는 권유가 그 어느 때보다 큰 울림을 갖고 다가오는 것은 아마도 이런 쓸쓸함 때문일 터이다.

출천 : 『말 속의 침묵』, 문학과지성사, 2002.

'국가'를 통해 본 김수영과 신동엽의 시

1. 1960년대와 '국가'라는 방법론

1960년대의 한국 사회는 자본에 의해 증폭된 성장·발전주의가 국가주의 또는 민족주의와 맞물리면서 지배 담론으로 떠오른 사회이다. 성장·발전주의의 본격적인 도입은 대개 식민지 권력을 통해서 이루어지는데 식민지 시기에는 성장·발전주의가 민족적 차별정책으로 인해 온전히 관철되지 못하고, 오히려 독립에 대한 열망을 가진 '저항적 민족주의'를 강화하게 된다. 성장·발전주의가 강력한 지배담론으로 자리 잡게 되는 것은 탈식민지 이후 국가 형성이 본격적으로 진행되면서부터였다. 2차 세계대전 이후 성장·발전주의는 국민국가를 매개로 중요한 전

---

* 이경수 / 중앙대학교 국어국문학과 교수

환점을 맞이하면서 미·소 냉전의 와중에서 확산된 '근대화론'을 통해 세련되어진다. 한국 사회의 경우에도 대체로 이러한 흐름을 따라 마침내 성장·발전주의를 '우리들의 목표'로 오인하는 결과를 초래하기에 이른다. 이승만 정권까지만 하더라도 반일주의가 대외지향적인 성장·발전주의와 상충하고 있었지만, 대미종속경제의 타파와 자립경제에 대한 요구를 포함하고 있었던 4·19 혁명이 5·16 쿠데타에 의해 붕괴됨으로써, 한국 사회에서 성장·발전주의는 핵심적인 지배 담론으로 부상하게 된다.[1]

1960년대는 남북한 모두 전후 복구라는 공통된 목표를 가지고 있던 시기로, 남한에서는 근대화라는 가치를 둘러싸고 국가에 의한 강요와 강압이 행해지고 있었다. 지배담론인 성장·발전주의 담론도 국가주의나 민족주의와 손쉽게 결탁했으며, 저항 담론 역시 민족주의라는 이름을 내걸고 나타났을 만큼 '민족', '국가'라는 가치가 부상한 시기였다. 문학사적으로도 1960년대는 1950년대의 전통론의 연장선 위에 있으면서 그것이 순수·참여문학론을 거쳐 민족문학론으로 이어지는 단계적 변화가 일어난 시기였다.[2] 식민지 이후의 한국 사회에서 1960년대는 식민지와의 유착관계가 유지되면서 성장·발전주의와 근대화론으로 사회의 지배 담론이 변형되기 시작하는 복잡하고 이중적인 시대라는 데 이 글은 기본적으로 동의한다.

---

1) 조희연 편, 『한국의 정치사회적 지배담론과 민주주의 동학』, 함께읽는책, 2003, 201~217면.
2) 이에 대해서는 이경수, 「순수문학의 구축과정과 배제의 논리-1950~1960년대 전통론을 중심으로」, 문학과비평연구회 편, 『한국문학권력의 계보』, 출판마케팅 연구소, 2004, 78~97면 참조.

이 글에서 1960년대의 대표적 시인이라고 할 수 있는 김수영과 신동엽의 시를 '국가'를 소재로 하거나 국가관을 엿볼 수 있는 시를 중심으로 비교 분석해 보고자 하는 이유는 1960년대에 대한 이러한 인식과 관련되어 있다. 더구나 1960년대 시인으로서 김수영과 신동엽이 보여 준 국가 및 민족에 대한 인식은 당대적인 한계에 갇히지 않고 '지금, 여기'의 탈식민적 문제의식을 끊임없이 상기시킨다는 점에서 여전히 현재적이라고 할 수 있다. '국가'에 대한 인식을 드러낸 이들의 시는 진보적이라고 할 수 있는 근대 지식인의 태도와 지향점을 대표적으로 보여 줄 뿐만 아니라, '지금, 여기'의 우리를 돌아보게 하는 반성적 인식을 제공한다는 점에서도 비교해 볼 만하다고 판단하였다.

김수영과 신동엽은 1960년대를 대표하는 시인이지만, 이들의 활동 시기는 정확하게 일치하지는 않는다. 신동엽은 1959년에 등단해서 1969년에 작고할 때까지 시를 썼으니 온전히 1960년대의 시인이라고 할 수 있지만, 김수영은 신동엽과 달리 1950년대에도 활발하게 시작활동을 한 시인이다. 다만 김수영 시인의 활동 기간이 길었어도 그의 본령은 1960년대의 시에 있다는 판단에 따라, 이 글에서는 신동엽의 시와의 원활한 비교를 위해 김수영의 1960년대의 작품에 주로 주목하도록 하겠다. 1950년대의 시는, 60년대 시에 대한 일종의 전사(前史)로서 필요에 따라 일부만 활용하기로 한다.

2. 탈식민 지식인의 국가관과 시적 주체의 시선

복합적이고 혼종적인 1960년대라는 사회에 대한 비교적 정확한 역사의식을 지니고 있었던 두 시인의 경우에 '국가', '민족'을 소재로 한 시에서 국가관이나 당대의 사회 현실에 대한 태도가 나타나는 것은 자연스러운 일이다. 『무정』의 이형식이나 「만세전」의 이인화에게서 단적으로 드러났듯이, 식민지 지식인이라는 특수한 처지에서 체험해야 하는 근대에 대해서 식민지 지식인들은 출발부터 선망과 경멸이라는 이중적 태도를 보이고 있었다. 1960년대는 겉으로는 식민지에서 벗어난 탈식민의 시대처럼 보였지만, 여전히 미소 열강으로부터 자유롭지 못한 데다 성장·발전주의와 결합한 근대화 논리가 부국강병의 논리로 이어지면서 국민국가의 수립을 지향하고 있었다는 점에서 근저에서는 식민주의의 논리로부터 전혀 자유롭지 못한 모습을 지니고 있었다. 겉으로는 개인의 자유를 존중하는 민주주의 사회를 지향하는 것처럼 보였지만, 그 내부에서 작동하는 것은 개인의 자유를 억압하는 국민국가의 논리에 가까웠다고 할 수 있다. 4·19와 함께 타올랐던 자유의 불꽃은 순식간에 사그라졌고, 국민국가의 완성이라는 하나의 목표를 향해 발맞춰 나아갈 것이 국가적 차원에서 요구되었다.

물론 이미 자유의 맛을 본 당대의 지식인들과 문학인들에게 국가 사회적 차원에서 요구되는 이러한 강압이 저항 없이 받아들여지지는 않았다. 지배 담론으로서 뿐만 아니라 저항 담론으로서도 민족주의가 부활하게 되는 까닭은 여기에 있었다. 1960년대는 문단의 차원에서만 보더라도 '순수-참여' 문학론이 대립하던 시기였다. 굳이 나누자면 김수영과 신동엽은 참여 문학론 진영에 비교적 가까운 시인들이었다.[3] 적어도 비정치적인 순수한 문학이라는 환상을 가지고 있지 않았던 두 시인은 동시대에 대한 비교적 정확한 역사인식을 가지고 있었을 것이다.

그러나 1960년대라는 시기는 식민지 시대처럼 눈앞의 적이 선명한 시기는 아니었다. 복잡다기하게 얽혀 있는 시대였던 만큼 두 시인이 보여 준 시대와 역사에 대한 인식 역시 단순하지는 않았을 것이라는 가정을 해 볼 수 있다. 이 장에서는 국가를 소재로 한 두 시인의 시를 중심으로 모순되고 대립적인 상황에 처한 이들의 인식을 살펴보고자 한다. 이러한 인식은 김수영과 신동엽의 시에서 대립적 어휘 및 시선의 배치와 충돌을 통해 발생하는 시적 주체의 시선으로 드러난다. 따라서 이 장에서는 대립적 어휘 및 시선의 배치를 통해 두 시인의 시에 나타난 이중성에 주목해 보았다.

2.1. 이중적 흔들림과 양가적 윤리의 시선 – 김수영의 시

제국주의에 대한 인식의 단초를 보이는 김수영의 시는 1955년에 쓴 「헬리콥터」이다. "너무나 오랫동안 자기의 말을 잊고/ 남의 말을 하여왔으며/ 그것도 간신히 떠듬는 목소리로밖에는 못해"온 사람들의 설움은 다름 아닌 식민지 치하에서 우리가 겪은 설움을 떠올리게 한다. 1950년 한국전쟁의 발발과 함께 이 땅에 자태를 드러내게 된 헬리콥터를 보면

---

3) 김수영의 경우는 엄밀하게 말하면 참여문학론의 입장과도 거리를 유지하려 했지만, 그렇다 해도 그가 심정적으로 참여문학론의 입장에 좀더 가까웠음을 부인할 수는 없을 것이다.

서 시의 화자가 "동양(東洋)의 풍자(諷刺)"를 느끼는 까닭은 그것이 이 땅에서는 온전한 자유의 상징이 될 수 없음을 일찌감치 알았기 때문일 것이다. 그것은 "대서양(大西洋)을 횡단(橫斷)"한 찰스 린드버그의 비행기와는 근본적으로 다르다. 이 시의 화자는 헬리콥터로부터 '자유(自由)'와 '비애(悲哀)'를 동시에 발견한다. 헬리콥터의 가벼운 상승을 선망하면서도 그것을 "설운 동물(動物)"이라고 명명할 수밖에 없는 모순 속에서 김수영의 시는 출발하고 있었다.

1956년 작 「바뀌어진 지평선(地平線)」에 오면 김수영은 그러한 모순을 안고 살아갈 수밖에 없는 자기 자신의 처지를 좀더 분명하게 인식하기 시작한다. "클락 게이블/ 그리고 너절한 대중잡지"야말로 신문기자로 일하는 화자가 매일같이 접하는 눈앞의 현실이다. 그것이 아무리 못마땅하더라도 "타락한 오늘을 위하여서는/ 내가 '오늘'보다 더 깊이 떨어져야 할 것"임을 그는 알고 있다. "지평선"이 바뀐 시대를 견디기 위해서는 "약간의 경박성(輕薄性)이 필요"함을 그는 누구보다도 잘 알고 있었던 것이다.

자기 안의 이중성을 들여다보는 데 철저했던 김수영의 시에서 자기 환멸이나 냉소가 발견되는 것은 어쩌면 당연한 일이다. 이미 1950년대 중반 경에 쓰여진 시에서부터 나타나던 냉소적 태도는 1960년대의 시에 이르러서는 좀더 전면적이 된다. 1960년대는 전후의 경제 복구가 지상 과제가 된 탈식민의 시대였지만, 총칼 대신 초콜릿과 코카콜라와 할리우드 스타들을 앞세워 우리의 혀와 눈과 귀를 현혹시키는 문화제국주의의 위력이 본격화된 시대이기도 했다. 눈앞의 적이 선명한 시대에는 문학의 선택도 분명할 수 있었지만 김수영의 시대는 이미 그렇지 않았다.

그의 시에서 이중적인 세상을 향한 냉소와 자기 자신을 향한 환멸의 시선이 종종 발견되는 까닭은 바로 여기에 있다.

> 우리들의 戰線은 눈에 보이지 않는다
> 그것이 우리들의 싸움을 이다지도 어려운 것으로 만든다
> 우리들의 戰線은 당게르크도 놀만디도 延禧高地도 아니다
> 우리들의 戰線은 地圖冊 속에는 없다
> 그것은 우리들의 집안 안인 경우도 있고
> 우리들의 職場인 경우도 있고
> 우리들의 洞里인 경우도 있지만……
> 보이지는 않는다
>
> [……]
>
> 우리들의 싸움은 하늘과 땅 사이에 가득차있다
> 民主主義의 싸움이니까 싸우는 방법도 民主主義式으로 싸워야 한다
> 하늘에 그림자가 없듯이 民主主義의 싸움에도 그림자가 없다
> 하…… 그림자가 없다
>
> — 김수영, 「하…… 그림자가 없다」(『김수영전집 1 詩』, 민음사, 1981, 136~138면)[4] 부분

눈앞에 분명한 적이 있는 시대에는 적에 맞서는 방식 역시 분명하게 나누어질 것이다. 적에 맞서 싸우는 일에 모든 것을 걸든 비겁하게 굴복하든 아니면 상황을 회피하든 적어도 모호하지 않은 분명한 선택이 가능할 것이다. 알면서도 속거나 속으면서도 그것을 모르거나 속이면서

---

4) 이하 인용하는 시는 '(『김수영전집 1 詩』, 면수)'의 형태로 인용하겠다.

도 자기 안의 허위성을 알아채지 못하는 일 따위는 벌어지지 않을 것이다. 그러나 김수영이 인식하기에 그의 시대는 달랐다. 눈앞에 선명한 적이 없을 뿐만 아니라 적이라고 해서 사나운 악한의 모습을 하고 있는 것도 아니다. 그들의 일상은 때로는 너무 평범해서 시적 주체를 긴장시키지도 않는다. 아주 가까이 우리들의 곁에 있으면서 언제든지 우리들을 무장 해제시킬 수 있는 평범함을 지니고 있기 때문에, 도처에 널려 있는 적은 무섭고 속수무책이다. 이런 적이라면 적과의 싸움 역시 항상 진행 중일 수밖에 없을 것이다. 그의 표현대로 전선(戰線)이 따로 있는 것이 아니며, 또한 적이라고 해서 바깥에만 있는 것도 아니다. 이미 자기 안에 도사리고 있을지도 모르며, 자신의 꿈을 장악해 버렸을지도 모른다. 그것이 적과의 싸움을 더욱 어렵게 만든다. 김수영 시의 시적 주체가 자기 자신을 들여다보는 데 그토록 철저한 이유는 바로 그 때문이다. 언제 어디서든 출몰 가능한 적이므로 잠시라도 방심할 수는 없다. 지독하다 싶을 만큼 스스로를 들여다보며 자기 안의 허위성을 고발하지 않고는 적에게 잠식당하고 말 것이다. 그림자가 없다는 건 빛이 없다는 뜻이기도 하다. 적과 나[我]는 결코 선명하게 나뉘지 않는다. 이 시를 쓸 당시부터 김수영 시인은 그가 늘 하고 있는 일상의 싸움이라는 것이 얼마나 모호하고 위험한 것인지 깨닫고 있었던 듯하다.

앞의 문장을 부연해 가면서 의미의 차이를 발생시키는 김수영 특유의 반복 기법5)이 집중적으로 쓰인 이 시는 '일반적인 적―화자가 대면하고

---

5) 이러한 반복 기법의 특성은 1930년대 후반기의 백석의 시에서 자주 활용되던 것이었다. 백석과 김수영은 시기적으로나 기질적으로나 상이한 시인인 것처럼 보이지만, 의미의 차이를 발생시키는 부연적 반복 기법을 적극 활용함으로써 내면의

있는 적', '눈앞의 적이 분명한 싸움—도처에 적이 널려 있는 일상의 싸움'의 대립적 배치를 통해 의미를 생성해 간다. 표면에 주로 드러나 있는 것은 도처에 널려 있는 적에 대한 진술과 그에 대한 싸움의 방식이지만, 그 뒤에는 늠름하고 사나운 적에 대한 진술이 항상 전제되어 있다. 1~3행에서 부정적 정의(A는 B가 아니다)의 방식으로 진술되던 적이 4행 이후부터는 긍정적 진술로 바뀌게 되지만, 그 배후에는 일반적인 의미의 적이 도사리고 있다. 일반적인 의미의 적을 바라보는 시선이 일상적이고 비시적(非詩的)인 시선이라면, 도처에 널려 있는 새로운 형태의 적을 바라보는 시선은 일상 너머를 꿰뚫어 보는 시적인 시선이다. 대립적 시선의 배치를 통해 이 시의 시적 주체는 "하…… 그림자가 없다"는 깨달음에 이르게 된다. 이 시를 지탱하고 있는 한 축인 대립적 구조를 통해 우리는 그림자가 없다는 진술을 빛이 없다는 진술과 겹쳐서 읽게 된다. 빛이 있어 실체와 그림자가 선명히 구분되는 세상과는 달리 그림자가 없는 곳에서는 실체 역시 분명하지 않다. 결국 그림자가 없다는 진술은 모호함에 대한 깨달음을 담고 있는 진술이다. 도처에 널려 있고, 내 안에도 어느 틈에 들어와 도사리고 있는 적을 나와 완전히 분리하기란 쉽지 않다. 적의 속성이 바뀌었다는 것은 결국 나와 적이 이루는 관계가 바뀌었음을 의미한다. 마지막 연에서 말줄임표와 함께 혼잣말처럼 되풀이되는 긍정의 언술은 모호함에 대한 깨달음을 나타낸 것이다. 이후 김수영의 시는 모호한 세상에 맞서 모호함으로 대응하기 시작한다. 그것은 이중적인 세상에서 비판적 거리를 유지하는 길이기도 하다.

침잠을 통해 새로운 발견으로 나아간 시인이라는 점에서 유사점을 지니고 있다.

傳統은 아무리 더러운 傳統이라도 좋다 나는 光化門
네거리에서 시구문의 진창을 연상하고 寅煥네
처갓집 옆의 지금은 埋立한 개울에서 아낙네들이
양잿물 솥에 불을 지피며 빨래하던 시절을 생각하고
이 우울한 시대를 패러다이스처럼 생각한다

버드 비숍女史를 안 뒤부터는 썩어빠진 대한민국이
괴롭지 않다 오히려 황송하다 歷史는 아무리
더러운 歷史라도 좋다
진창은 아무리 더러운 진창이라도 좋다
나에게 놋주발보다도 더 쨍쨍 울리는 追憶이
있는 한 人間은 영원하고 사랑도 그렇다

비숍女史와 연애를 하고 있는 동안에는 進步主義者와
社會主義者는 네에미 씹이다 統一도 中立도 개좆이다
隱密도 深奧도 學究도 體面도 因習도 治安局
으로 가라 東洋拓殖會社, 日本領事館, 大韓民國官吏,
아이스크림은 미국놈 좆대강이나 빨아라 그러나
요강, 망건, 장죽, 種苗商, 장전, 구리개, 약방, 신전,
피혁점, 곰보, 애꾸, 애 못 낳는 여자, 無識쟁이,
이 모든 無數한 反動이 좋다
이 땅에 발을 붙이기 위해서는
—第三人道橋의 물 속에 박은 鐵筋기둥도 내가 내 땅에
박는 거대한 뿌리에 비하면 좀벌레의 솜털
내가 내 땅에 박는 거대한 뿌리에 비하면

—김수영, 「巨大한 뿌리」(『김수영전집 1 詩』, 225~226면) 부분

김수영은 누구보다도 정확하게 자신의 시대를 꿰뚫어보고 더 나아가 한국 사회의 존재방식을 꿰뚫어본 시인이다. 그런 점에서 그는 현대성에 육박하고 현대성을 체현한 시인이라고 할 수 있다.[6] 그의 시가 적지 않게 자기 환멸의 시선을 노출하거나 냉소적 태도를 드러내는 것은 그가 정확하게 '아는 자'였기 때문이다. 속고 속이는 문제에 그가 그토록 예민했던 까닭도 그 때문일 것이다.[7]

인용한 시에서 우리는 시인의 자기 고백을 통해 그가 국가와 역사에 대해 환멸에 가까운 시선을 지니고 있었음을 짐작할 수 있다. 물론 서술 시점인 지금도 "썩어빠진 대한민국"과 "더러운 전통"과 "더러운 역사"라는 기본적인 관점이 바뀐 것은 아니지만, 썩어빠짐과 더러움마저 우리가 껴안아야 하는, 부정할 수 없는 거대한 뿌리임을 인정하고 있다.

흥미로운 것은 이사벨 버드 비숍 여사를 안 뒤부터 시적 주체가 "썩어빠진 대한민국"과 "더러운 역사"와 "더러운 전통"을 인정하기 시작했다고 고백하고 있다는 점이다. 그는 오히려 진보주의자와 사회주의자, 통일, 중립, 은밀, 심오, 학구, 체면, 인습, 동양척식회사, 일본영사관, 대한민국관리, 아이스크림 등을 부정하고, "요강, 망건, 장죽, 種苗商, 장전, 구리개, 약방, 신전, 피혁점, 곰보, 애꾸, 애 못 낳는 여자, 無識쟁이"

---

6) 현대성의 지속적인 추구가 김수영의 문학에서 지니는 의미를 추적한 선행 연구로 김명인의 『김수영, 근대를 향한 모험』, 소명출판, 2002가 있다.

7) 「性」 같은 시가 대표적이다. 「詩人의 精神은 未知」라는 산문에 등장하는 다음과 같은 구절도 눈여겨볼 만하다. "시인은 영원한 배반자다. 寸秒의 배반자다. 그 자신을 배반하고, 그 자신을 배반한 그 자신을 배반하고, 그 자신을 배반한 그 자신을 배반한 그 자신을 배반하고…… 이렇게 무한히 배반하는 배반자. 배반을 배반하는 배반자…… 이렇게 무한히 배반하는 배반자다."(김수영, 「詩人의 精神은 未知」, 『김수영전집 2 산문』, 민음사, 1981, 189면)

등 그동안 그가 반동(反動)이라고 생각해 온 가치들을 끌어안고자 한다. 이러한 진술을 어떻게 받아들여야 할까? 그가 부정하는 것 속에는 체면, 인습, 동양척식회사, 대한민국관리 등과 같이 그가 원래부터 부정적으로 생각해 왔던 것들도 포함되어 있지만, 진보주의자와 사회주의자처럼 부정보다는 긍정 쪽에 더 가까웠을 것으로 보이는 가치들도 포함되어 있다. "무수한 반동"이라고 그가 하나로 묶은 데 포함되는 항목들 역시 혼종적이기는 마찬가지이다.[8] 망건이나 장죽 등이 고리타분함을 연상시키기는 하지만, "곰보, 애꾸, 애 못 낳는 여자, 無識쟁이"는 오히려 핍박받아온 민중들이나 밑바닥의 삶을 연상시킨다. 그러고 보면 그의 분류는 명쾌하지도 선명하지도 않다. 얼마간의 모호함을 인정하면서 두 부류의 면면을 다시 살펴보면, 전자가 새로움을 지향하는 가치를, 후자가 낡은 것을 고수하는 가치를 가리킨다는 결론에 이를 수 있다. 김수영의 시는 낡은 것보다는 새로운 것의 가치를 옹호하는 편에 서 있었다. 그것은 모더니즘 시에 이끌리던 시절부터 그에게 형성된 기질 같은 것이었을 것이다. 그가 자유를 말할 때도, 전위 문학의 불온한 정신을 말할 때도 그의 시는 분명 새로움을 향해 나아가고 있었다.

이제 시인은 새로움을 향해서도 의심과 회의의 눈길을 던지고 있다. 이사벨 버드 비숍의 『한국과 그 이웃나라들』을 만난 독서 체험은 "썩어빠진 대한민국"의 시인으로서 시적 주체의 눈을 뜨게 했을 것이다. 타자라는 거울을 통해 봤을 때 비로소 주체의 각성은 이루어지는 법이다.

---

8) 김승희는 그가 나열하고 있는 "무수한 반동들은 카니발적 전복의 시공간 안에서나 존재의 의미를 획득할 수 있는 버림받은" 존재들이라고 보았다(김승희, 「김수영 시와 탈식민주의적 반언술」, 『김수영 다시 읽기』, 프레스21, 2000, 389면).

이 시를 쓸 무렵 김수영은 새로움이 궁극적으로 향하는 곳에 대해 의문을 품기 시작했던 것 같다. 우리는 일본이 될 수도 미국이 될 수도 서구가 될 수도 없음을, 못난 모습일망정 "거대한 뿌리"를 인정하고 끌어안는 자세가 필요함을 비로소 깨달았을지도 모르겠다. 사실 그것은 식민지 지식인의 후예로서 그가 물려받은 이중성이라고 할 수 있다. 선망과 경멸이라는 상반된 태도 사이에서 김수영 역시 끊임없이 흔들리지 않을 수 없었을 것이다. 식민지와 함께 시작된 근대화는 탈식민의 시대인 1960년대에도 새로운 지배담론과 가치들과 영합하면서 여전히 그늘을 드리우고 있었던 것이다. 새로운 가치를 추구하다 보면 낡은 가치와 함께 전통적인 가치도 자연스럽게 소홀히 하게 되고 끝내는 그것을 부정하게 되는 지점에 도달하기도 한다. 반대의 경우도 물론 마찬가지이다. 근대 이후 우리에게는 그러한 전쟁의 역사가 되풀이되어 왔다. 김수영 역시 그런 깨달음에 도달했을 것이다. 그렇다고 해서 그가 어느 하나의 가치를 버리고 다른 하나를 취하는 이분법적 선택을 감행하는 것은 아니다. 각각의 부류가 혼종적인 항목들로 이루어져 있는 데서도 짐작해 볼 수 있듯이, 그에게 좀더 중요한 것은 "인간은 영원하고 사랑도 그렇다"는 깨달음이었던 것으로 보인다. 여기서 발견된 '사랑'의 단초는 이후 「사랑의 변주곡(變奏曲)」을 통해 좀더 구체화된다.

김수영 시의 시적 주체는 자기반성을 게을리 하지 않는 윤리적 주체이다.[9] 그의 비판 정신은 자기 자신은 물론 자신이 몸담고 있는 사회와

---

9) 김수영 시의 윤리성에 주목한 선행 연구 중에서 '주체의 자기 형성과 윤리의 미학화'라는 관점에서 '온몸의 시론'을 분석적으로 살펴본 강웅식의 「주체의 자기 형성과 윤리의 미학화」, 『김수영 신화의 이면』, 웅동, 2004를 주목할 만하다.

국가와 역사를 향해 있었지만, 또한 항상 비판의 화살은 자기 자신에게로 되돌아왔다. 그는 "시는 문화를 염두에 두지 않고, 민족을 염두에 두지 않고, 인류를 염두에 두지 않는다. 그러면서도 그것은 문화와 민족과 인류에 공헌하고 평화에 공헌한다."[10]고 하였다. 여기서 '그러면서도'라는 접속어는 앞의 말을 인정하면서도 또한 부정하는 것이다. 이것은 김수영의 윤리적 주체가 지닌 양가성을 단적으로 보여 주는 말이다. 그는 긍정을 통한 부정, 또는 부정을 통한 긍정을 실현한다. 그가 말한 모호성은 바로 이 지점을 가리키는 말이다. 김수영 시의 윤리적 주체가 도덕적 이분법으로 빠져들지 않고 흔들리면서도 비판적 거리를 유지하는 힘은 양가적 태도에서 발생하는 모호성과 관련되어 있다.

2.2. 이분법적 완강함과 도덕적 윤리의 시선 – 신동엽의 시

1960년대는 미국을 비롯한 서구의 문화제국주의가 초콜릿과 서부영화라는 자극적인 문화 상품과 고급예술의 품격으로 포장한 서구 유럽의 문화를 앞세워 이 땅을 잠식해 온 시기였다. 새로운 문화의 유혹을 신동엽은 단호하게 부인하고 거부한다. 그는 릴케, 엘리엇 등을 척도로 삼고 외국시인·외국비평가들의 이름을 신주처럼 모시는 1960년대 시단의 풍경에 대해 지속적으로 비판했으며,[11] "자기에의 內察"이나 "조국에의 大乘的 관심"이 없이 "손끝과 앞이마로 시를 조작하고 있는 사람들"에 대해서도 각성을 촉구하기를 잊지 않았다.[12] 그는 새로운 것, 서

---

10) 김수영, 「詩여, 침을 뱉어라」, 『金洙暎 全集 2 散文』, 민음사, 1981, 253~254면.
11) 신동엽, 「詩와 思想性－技巧批評에의 忠言」, 『동아일보』, 1963. 12. 11.

구적인 것을 향해 비판 없이 이끌리는 시단의 분위기에 맞서 우리의 것에 대한 자각을 촉구하고자 지속적으로 노력했다.

신동엽의 시는 일본에서 미국으로 이어지는 제국주의의 속성에 대한 분명한 역사적 인식을 가지고 있었다. 무력에서 문화상품으로의 변화만 있었을 뿐 본질은 같은 것임을 꿰뚫어보고 있었던 것이다. 동학사상으로 요약되는 그의 '반봉건 반제국주의'의 정신은 미 제국주의에 대한 비판적 인식으로 이어진다. 그가 외국이론이나 외국시인에 경도된 비평가들에게 "무자각한 事大的 批評家"13)라는 발언을 서슴지 않았던 이유도 이러한 역사 인식 때문이었다. 그의 시에는 '서양↔동양', '도시↔자연', '문명↔흙', '군대↔민간인'의 대립 구도가 선명하게 드러나 있다. 그는 제국주의에 대해 반제국주의, 더 나아가서 민족주의로 맞설 것을 분명히 한다. 민족주의는 그의 시에서 저항 담론으로서의 성격을 부여받는다. 신동엽의 시에서 '제국주의↔반제국주의' 또는 '제국주의↔민족주의'의 대립은 완강하게 드러남으로써 선악이라는 도덕적 판단이 개입하게 된다.

> 순이가 빨아 준 와이샤쯔를 입고
> 어제 의정부 떠난 백인 병사는
> 오늘 밤, 死海가의
> 이스라엘 선술집서,
> 주인집 가난한 처녀에게
> 팁을 주고.

---

12) 신동엽, 「7月의 文壇－工藝品같은 現代詩」, 『중앙일보』, 1967. 7. 19.
13) 신동엽, 「詩와 思想性－技巧批評에의 忠言」, 『동아일보』, 1963. 12. 11.

[……]

어제도 오늘,
동방대륙에서
서방대륙에로
산과 사막을 뚫어
굵은 송유관은
달리고 있다.

— 신동엽, 「風景」(『신동엽 전집』 증보판, 창작과비평사, 1975, 12〜15면)[14] 부분

인용한 시에는 '탱크 부대-민간인', '지배자-피지배자', '서방대륙-동방대륙', '백인 병사-순이' 등의 대립 구도가 선명하게 드러나 있다. 제목처럼 이 시는 풍경만을 스케치하듯 담담하게 그려 보여주고 있지만, 이러한 대립 구도는 담담한 풍경 뒤에 작용하고 있는 '제국-식민'의 힘의 논리를 알아차리게 해 준다. 백인 병사는 '순이'가 빨아 준 와이셔츠를 입고 의정부를 떠났지만, 그들에게 '순이'는 주둔지의 여자, 즉 피지배자일 뿐이다. "死海가의 이스라엘 선술집"에도, "지중해" 가난한 "바닷가의 촌 아가씨 마을"에도 '순이'와 같은 아가씨들은 널려 있다. 식민지, 또는 주둔지에 대해 제국주의가 행한 수탈의 역사는 이 시에서 "동방대륙에서 서방대륙에로" 달리는 "굵은 송유관"으로 표상되어 있다. 그러나 송유관을 통해 빼앗기는 것이 비단 석유라는 자원에 그치지 않는다는 것쯤은 어렵지 않게 짐작할 수 있다. 수많은 '순이'들의 진심이 고갈된 석유처럼 짓밟히고 훼손되었을 것이다. 대개 그렇듯이 힘의 논

14) 이하 '(『신동엽 전집』, 면수)'의 형태로 인용하겠다.

리에 의해 짓밟히는 것은 결국 힘없는 민중들의 삶이다. 사람다운 삶, '인간정신'을 훼손당하고 채굴 당한 그들의 모습은 너무도 낯익은 우리의 풍경인 것이다.

여보세요 阿斯女. 당신이나 나나 사랑할 수 있는 길은 가차운데 가리워져 있었어요.

말해볼까요. 걷어치우는 거야요 우리들의 포동 흰 알살을 덮은 두드러기며 딱지며 낙지발들을 面刀질해 버리는 거야요. 땅을 갈라놓고 색칠하고 있은 건 전혀 그 吸盤族들뿐의 탓이에요. 面刀질해 버리는 거야요. 하고 濟州에서 豆滿까질 땅과 百姓의 웃음으로 채워버리면 되요

누가 말리겠어요 젊은 阿斯達들의 아름다운 피꽃으로 채워버리는데요

그래서 과녁을 낮추자 얘기해 왔던 거야요. 四月에 맞은 건 帽子, 帽子뿐 날라갔어요. 心臟이, 허지만 등치가 성성하군요 보세요 다시 떠들기 시작하는 저 소리들. 五百年 붙어살던 宮殿은 그대로 무슨 청인가로 살아있어요. 잇달은 벼슬아치들의 中央塔에의 行列이 곤두 서 볼만큰요. 겨냥을 낮추자는 얘기에요. 帽子가 아니라 겨드랑이 아니라 아랫도리를 뻴어야 되겠다는 거야요.

비로소, 허면 두 코리아의 主人은 우리가 될 거야요. 미워할 사람은 아무데도 없었어요. 그들끼리 실컷 미워하면 되는 거야요 아사녀와 아사달은 사랑하고 있었어요. 무슨 터도 무슨 堡壘도 掃除해 버리세요. 창칼은 구워서 호미나 만들고요. 담은 헐어서 土肥로나 뿌리세요.

비로소, 우리들은 萬邦에 宣言하려는 거야요 阿斯達 阿斯女의 나란 緩衝, 緩衝이노라고.

— 신동엽, 「주린 땅의 指導原理」(『신동엽 전집』, 46~48면) 부분

1960년대를 가리켜 어느 누구도 식민지라 부를 리는 없다. 비록 위에서부터 내려온 것이기는 했지만 국민국가를 향한 열망이 가득했던 그 시대는, 성장·발전주의라는 '근대화'의 논리에 시달리며 의존적 경제와 의존적 국방을 토대로 미국과의 우방 관계를 공고히 한 시대였다. 그런데 신동엽 시인이 보기에 '제국─식민'의 양상만 달라졌을 뿐, 민족의 자주성과 주체성이 바로서지 못했다는 점에서 힘의 논리에 지배당해 왔던 과거의 역사와 당대의 역사가 다를 것도 없었을 것이다. 이러한 문제의식은 과거의 역사에 대한 관심, 역사와 민족의 기원에 대한 탐색으로 그의 시를 나아가게 한다.

위의 시에서 시인은 늘 가난에 허덕이고 강대국에 조공을 바치며 목숨을 부지해 온 '주린 땅'의 생존 법칙을 꿰뚫어본다. 분단의 역사에 대한 책임을, 둘로 대립하여 싸우는 '주린 땅'의 생존 원리와 "등덜미 붙어사는 寄生族들의 귀족습성"에 돌리는 것도 그 때문이다. 이 시에도 '제국─식민'의 대립 구도는 여전히 드러나지만, 시적 주체는 대립 구도를 허무는 화해를 모색한다. 분단의 시대를 지나 화해와 통일의 시대를 맞이해야 하는 것은 역사적 당위이다. 그러므로 그는 "억울하게 체념만 하고 살아가는 나의 땅 조국"에게 이제 떨쳐 일어나야 할 때라고 목소리를 높인다. 이 땅의 피를 빨아먹는 흡반족들과 그들과 결탁한 지배층들을 몰아내버리면, 남과 북의 아사녀와 아사달들은 쉽게 화합할 수 있을 거라고 본 것이다. 대립은, 지배층이 세뇌한 것과는 달리, 남과 북 사이에 형성된 것이 아니라 지배자와 피지배자, 권력층과 민중 사이에 형성된 것임을 그는 날카롭게 꿰뚫어본다. 따라서 권력층과 그들이 결탁한 외세를 몰아내기만 하면, 적대 논리를 벗어나 "창칼은 구워서 호미나 만들고" "담은 헐어서 土肥로나 뿌리"는 일이 가능해질 거라고 본 것이다. '아사달 아사녀의 나라'는 완충지대라고 만방에 선언하는 것이 야말로 신동엽이 도달하고자 한 현실적 대안이었을 수도 있다. 그는 대립적 지점들의 변증법적 통합으로서의 사랑을 새로운 대안으로 제시한다. 아사녀와 아사달의 사랑은 완충지대의 평화를 동반하는 사랑이다.

그러나 힘의 논리가 지배하는 '제국-식민'의 대립 구도 속에서 평화를 선언하고 완충지대를 구축하는 일이 생각처럼 쉬울 리 없다. 신동엽의 시도 마침내 김수영의 시처럼 대립을 허무는 통합의 원리로서 '사랑'의 의미를 발견하는 데 이르지만, 완강한 이분법적 대립 구도에 기반한 그의 시가 대립을 허무는 '사랑'으로 나아가기 위해서는 '아사녀와 아사달'이라는 신화가 필요했다. 바로 여기서 김수영과 신동엽의 시는 결정적으로 갈라진다.

신동엽의 시에서 백제의 석공 부부 아사달과 아사녀는 민중의 상징으로 새롭게 떠오르고, 전봉준·신하늬 등은 수많은 이름 모를 동학군을 대표해 새롭게 호명된다. 당대의 억압받는 민중은 아사달과 아사녀, 그리고 이름 모를 동학군의 얼굴로 환생한다. 조선시대를 거쳐 멀리 삼국시대까지 거슬러 올라가는 과거로의 귀환을 통해 신동엽 시인은 우리의 것에 대한 우월감과 자존심을 회복하고자 한다. 그는 아사달, 아사녀, 동학 농민군 등 과거 역사 속의 민중들을 소환해 온다. 시인이 그리는 민족의 뿌리가 백제와 닿아 있다는 점에서 그의 민족주의는 다분히 과거 회귀적인 성향을 지니고 있었다. 다만, 그 뿌리가 아무 것도 가진 것 없는 백성들의 역사, '역사' 바깥으로 내몰렸던 민중들의 역사와 맞닿아 있다는 점에서 신동엽의 시는 민족문학으로서의 의의를 지닌다. 또한

'신라'가 아닌 '백제'의 역사로 거슬러 올라갔다는 점에서도 외세 의존적이지 않은 주체적인 역사를 향한 시인의 바람을 엿볼 수 있다. '민족국가'의 이상은 주체적인 역사로부터 실현 가능한 것이었다.

선악의 이분법은 신동엽의 시에서 다양하게 변주된다. 그의 시를 구축하고 있는 도시↔고향, 문명↔자연, 빠름↔느림의 이항 대립은 결국 '제국—식민'의 이분법이 낳은 것들이다.15) 그는 전자보다 후자를 예찬하는 방식을 선택함으로써 성장·발전주의라는 지배 담론에 의해 악으로 둔갑한 후자의 가치를 복원하려고 시도한다.

> 왜 쏘아.
> 그들이 설혹
> 철조망이 아니라
> 그대들의 침대밑까지 기어들어갔었다 해도,
> 그들이 맨손인 이상
> 총은 못 쏜다.
>
> [······]
>
> 罰 주기도 싫다
> 머피 일등병이며 누구며 너희 고향으로
> 그냥 돌아가 주는 것이 좋겠어.
>
> 솔직히 얘기지만

---

15) 이러한 이분법에 대해서는 이경수, 「아사녀의 행방」, 『불온한 상상의 축제』, 소명, 2004, 141~145면에서 자세히 논하였다.

이곳은 우리들이
백년 오백년 천년을 살아 온
아름다운 땅이다.

— 「왜 쏘아」(『신동엽 전집』, 111~112면) 부분

　자력으로 쟁취하지 못한 반쪽짜리 해방은 예상했던 대로 해방 이후의
이 땅의 역사에 어두운 그늘을 드리운다. 이 땅에서 남의 나라 군대가
함부로 총질을 하고 명분 없는 전쟁에 우리를 끌어들여도 당당하게 거
부할 수도 없는 의존적인 역사가 되풀이된다. 해방 이후 15년이 넘는
세월이 지난 1960년대에 여전히 국민국가 형성의 꿈이 왜곡된 형태로나
마 지속되고, 민족·민족주의·민족문학이 이 땅에서 각별하게 통용된
원인을 그로부터도 찾을 수 있을 것이다. 과거 친일의 세력과 뿌리 깊
은 곳에서 유착 관계로 얽혀 있는 미국은 '제국-식민'의 대립을 동등
한 우방의 관계로 위장하며 이 땅에 들어왔다는 점에서 더욱 은밀하고
위험한 존재였던 셈이다. 이 땅에 주둔하는 제국의 군대에 의한 희생양
은 그들이 이 땅에 주둔한 이래 줄곧 있어 왔음을 신동엽은 일찌감치
주목했다. 그런 점에서 그의 시는 가히 선구적이었다.

　신동엽의 시는 문화제국주의라는 가면의 정체를 정확하게 파악하고
있었다. 그는 일제에서 미제로 이어지는 제국주의의 본질을 간파하고
있었고, 미군정이 친일의 잔존 세력을 어떻게 이용했으며, 1960년대를
지배한 속도와 개발의 논리가 그들과 얼마나 긴밀히 관련을 맺고 있었
는지 알고 있었다. '적과 아의 대립'을 통해 신동엽의 시는 새로운 선악
의 이분법을 구축하기에 이른다. 그는 제국주의에 의한 착취와 수탈의

욕망이 인류의 운명을 파괴할 거라는 위기의식을 분명히 가지고 있었다. 따라서 문명이 빚어낸 위기를 극복하기 위해 그가 선택하는 것은 문명 이전의 세계였다. 폭주하는 도시 문명과 인류의 운명을 구원할 길을 그는 자연과 고향이 지닌 안온함과 생명력이 살아있는 신화의 세계에서 찾고자 한다. 아사달과 아사녀의 사랑은 그 구체적인 표상이었다.

> 사실 全耕人的으로 생활을 영위하고 全耕人的으로 체계를 인식하려는 全耕人이란 우리 세기에서 찾아볼 수가 없다. 우리들은 백만인을 주워 모아야 한 사람의 全耕人的으로 세계를 표현하며 全耕人的인 실천생활을 대지와 태양 아래서 버젓이 영위하는 全耕人, 밭 갈고 길쌈하고 아들딸 낳고, 육체의 중량에 합당한 量의 발언, 세계의 철인적·시인적·종합적 인식, 온건한 대지에의 향수적 귀의, 이러한 실천생활의 통일을 조화적으로 이루었던 완전한 의미에서의 全耕人이 있었다면 그는 바로 歸數性世界속의 인간, 아울러 原數性 세계 속의 체험과 겹쳐지는 인간이었으리라.16)

귀수성의 세계에 속한 이상적인 인간, '전경인(全耕人)'은 그의 시에서 '아사녀'와 '아사달'로 구체화된다. 동시대의 인류 문명에 대해 신동엽은, 정치가와 이발사와 작자와 같은 기술자들은 있어도 "대지 위에 뿌리박은 全耕人的인 詩人과 哲人"은 없는 '차수성(次數性)'의 세계에 접어들었다고 부정적으로 평가한다. 대지에 뿌리박은 정신의 깊이와 건강함을 회복하기 위해서는 '귀수성(歸數性)'의 세계로 돌아가야 함을 그는 역설한다.17) 신동엽 시의 윤리적 주체는 김수영의 경우보다 훨씬 완강

---

16) 신동엽, 「詩人精神論」, 『신동엽 전집』 증보판, 창작과비평사, 1975, 367~368면.

한 도덕적 기율을 가지고 있었다. 선악의 이분법의 새로운 변형이라고 할 만한 '제국-식민'의 대립 구도로 역사와 사회를 파악했던 신동엽 시인에게 도덕적이고 당위적인 윤리의 시선이 나타나는 것은 당연한 귀결이었다. 인류 문명의 천박함으로 인해 잃어버린 것을 회복하는 길을 그가 선택한 것 역시 그러한 맥락에서였다.

3. '민족-국가'에 대한 태도의 수사학

냉전체제와 반공주의 이데올로기의 영향 아래 있었던 1960년대의 한국 사회에서 '민족'이나 '국가'는 모든 것에 우선되거나 통용되는 가치였다고 해도 과언이 아니다. 국민국가 혹은 민족국가의 꿈은, 식민지를 체험하고 반쪽짜리 해방으로 예고된 분단을 맞이하고 동족끼리 총칼을 겨누어야 했던 한국전쟁을 겪은 한국 사회에서는 오랫동안 지속되어 온 꿈이었다. 그러나 식민지의 체험은 식민지로부터 벗어난 이후에도 악몽처럼 우리 역사에 흔적을 드리우게 된다. 식민지의 흔적을 지우려는 열망은 민족이라든가 국가에 비정상적으로 집착하게 함으로써, 식민지의 흔적을 내면화하는 결과를 초래한다. 더구나 해방과 한국전쟁은 가면만 바꾸어 쓴 또 다른 제국주의를 가까이 불러들이고 말았다. '민족'은 이후 한국 사회에서 지배담론과 저항담론의 이름으로 동시에 소환되기에 이른다. 그것은 때로는 국민국가의 꿈으로, 때로는 단일민족이라는 신화로 몸을 바꾸며 질긴 생명력을 자랑하게 된다.

17) 신동엽, 앞의 글, 364~369면.

앞서 살펴본 바와 같이 김수영과 신동엽은 국민국가의 허위성에 대한 기본적인 인식을 가지고 있었고, 제국주의의 위협에 대해서도 비교적 정확하게 직시하고 있었다. 이 장에서는 이렇듯 복잡하고 모순적인 '민족-국가'에 대해서 김수영과 신동엽이 대응한 시적 전략, 그 중에서도 수사적 전략에 대해 살펴보고자 한다.[18] 특히 김수영과 신동엽의 시에는 명령법이 중요한 수사적 전략으로 공통적으로 쓰였는데, 국가에 의한 통제와 명령이 지배적이었던 1960년대를 대표하는 두 시인이 이러한 수사적 전략을 활용한 점은 의미심장하다고 판단하였다.

3.1. 명령법과 반복의 수사학-김수영의 시

김수영의 시에 대한 수사학적 연구는 초창기부터 지속적으로 이루어져 최근에는 수사학적 방법론에 입각한 학위논문들이 연달아 나올 만큼 연구 성과가 축적되었다.[19] 많은 논자들이 지적해 왔듯이, 김수영의 시

---

18) 지면의 제약으로 인해 이 글에서는 김수영과 신동엽의 시에 나타난 수사학을 전면적으로 다룰 수는 없었다. 두 시인의 시에 공통적으로 나타나는 명령법과 각각 좀더 두드러지게 쓰인 반복과 제유의 수사학이 '국가-민족'에 대한 태도의 수사학을 보여 주는 데 유용하다는 판단에 따라 한정적으로 두 시인의 시에 쓰인 수사적 전략을 살펴볼 것이다. 수사학은 현대로 올수록 의미가 축소되어 발생 당시의 혁명적 의미는 사라지고 형식적 기법의 차원에 한정된 의미로 받아들여져 왔으나, 이 글에서는 수사학의 본래적 의미를 따라 마음 및 행동의 변화를 유발하는 힘을 지닌 것으로 수사학의 의미를 확장해서 이해했다.
19) 비교적 최근에 나온 학위논문으로, 김수영 시의 비유 구조를 분석한 권혁웅, 「한국 현대시의 시작방법 연구」, 문학박사 학위논문, 고려대학교, 2000과 모더니즘 시의 수사라는 관점에서 김수영 시의 아이러니를 분석한 엄성원, 「한국 모더니즘 시의 근대성과 비유 연구」, 문학박사 학위논문, 서강대학교, 2001, 김수영 시의 명령법에 주목한 김영희, 「김수영 시의 언술 특성 연구」, 문학석사 학위논문,

는 명령법과 반복 기법을 특징적인 수사적 전략으로 활용하고 있다. 명령법은 청자를 상정한 적극적인 발화의 형식인데, 김수영의 시에서는 청자뿐만 아니라 내포 독자, 텍스트 바깥으로 확장된 독자에게까지도 적극적으로 행동을 촉구한다는 점에서 특징적이라는 관점이 최근에 제기되기도 했다.[20] 이 글 역시 이러한 관점에 기본적으로 동의하지만, 명령법이라는 수사적 전략이 김수영의 시에서 채택된 맥락에 좀더 주목하고자 하였다. 김수영이 시를 쓴 1960년대는 상명하달식의 일방적인 명령이 국가적 차원에서 제기되고 일방통행으로 시행되던 시기였다. 그런 시대에 김수영이 명령법이라는 수사적 전략을 활용해서 말했다는 것은 시사하는 바가 있을 거라는 짐작을 해 볼 수 있다.

> 이유는 없다—
> 나가다오 너희들 다 나가다오
> 너희들 美國人과 蘇聯人은 하루바삐 나가다오
> 말갛게 행주질한 비어홀의 카운터에
> 돈을 거둬들인 카운터 위에
> 寂寞이 오듯이
> 革命이 끝나고 또 시작되고
> 革命이 끝나고 또 시작되는 것은
> 돈을 내면 또 거둬들이고
> 돈을 내면 또 거둬들이고 돈을 내면
> 또 거둬들이는

고려대학교, 2003, 명령법, 환유, 리듬 등 김수영 시의 수사학을 전면적으로 분석한 장석원, 「김수영 시의 수사적 특성 연구」, 문학박사 학위논문, 고려대학교, 2004. 6 등을 주목할 만하다.
20) 장석원, 위의 글, 138면.

夕陽에 비쳐 눈부신 카운터같기도 한 것이니

[……]

지금 명수할버이가 멍석 위에 넘어져 자고 있는 동안에
가다오 가다오
명수할버이
잿님이할아버지
경복이할아버지
두붓집할아버지는
너희들이 피지島를 침략했을 당시에는
그의 아버지들은 아직 젖도 떨어지기 전이었다니까
명수할버이가 불쌍하지 않으냐
잿님이할아버지가 불쌍하지 않으냐
두붓집할아버지가 불쌍하지 않으냐
가다오 가다오

선잠이 들어서
그가 모르는 동안에
조용히 가다오 나가다오
서푼어치값도 안되는 美·蘇人은
초콜렛, 커피, 페치코오트, 軍服, 手榴彈
따발총……을 가지고
寂寞이 오듯이
寂寞이 오듯이
소리없이 가다오 나가다오
다녀오는 사람처럼 아주 가다오!

　　　　　　─김수영, 「가다오 나가다오」(『김수영전집 1 詩』, 153~155면) 부분

1960년 8월 4일에 탈고한 위의 시에는 명령법과 반복 기법이 집중적으로 활용되었다. 문장 종결법은 화자가 청자에게 무언가를 요구하는지의 여부와 행동의 수행을 요구하는지의 여부에 따라 서술법, 의문법, 명령법, 청유법으로 나뉘는데, 명령법과 청유법은 화자가 청자에게 무언가를 요구하고 동시에 행동 수행도 요구한다는 점에서 같은 성격을 지니는 종결법으로 분류된다.21) 명령형 어미 '-다오'는 이 시에서 '가다', '나가다'와 주로 결합되어, 청자로 상정된 "너희들 미국인과 소련인"에게 이 땅에서 나가 달라는 요구를 하면서 청자의 행동 수행을 촉구하는 역할을 한다. '가다오 나가다오'라는 명령형 문장이 시 전체에 걸쳐서 반복되면서 정보를 첨가해 부연하는 방식은 이 시에 격정적인 분위기를 자아내고 있다. 1연에서 "이유는 없다"고 단언하고 있지만, 부연적 반복 기법의 다양한 활용을 통해 이 땅에서 나가 달라는 화자의 요구는 점점 더 설득력을 갖게 된다. 청자의 행동을 촉구하는 시지만, 이 시를 읽는 독자에게도 수동적인 태도에서 벗어나 "가다오 나가다오"라는 외침에 동참할 것을 촉구하는 힘을 발휘하는 데 김수영 시의 명령법이 갖는 특징이 있다. 4·19 직후에 쓰여진 김수영의 시에는 명령법과 반복 기법을 활용한 격정적 어조가 자주 출현하는데, 반복 기법은 "미국인과 소련인도 똑같은 놈들"이라는 제국주의에 대한 시적 주체의 정확한 역사 인식을 확장하는 역할을 하고, 확장된 역사 인식은 명령법을 통해 독자들에게로 전이되는 힘을 발휘하게 된다.

---

21) 이관규, 『개정판 학교 문법론』, 월인, 2002, 266면.

욕망이여 입을 열어라 그 속에서
사랑을 발견하겠다 都市의 끝에
사그러져가는 라디오의 재갈거리는 소리가
사랑처럼 들리고 그 소리가 지워지는
강이 흐르고 그 강건너에 사랑하는
암흑이 있고 三月을 바라보는 마른나무들이
사랑의 봉오리를 준비하고 그 봉오리의
속삭임이 안개처럼 이는 저쪽에 쪽빛
산이

[……]

아들아 너에게 狂信을 가르치기 위한 것이 아니다
사랑을 알 때까지 자라라
人類의 종언의 날에
너의 술을 다 마시고 난 날에
美大陸에서 石油가 고갈되는 날에
그렇게 먼 날까지 가기 전에 너의 가슴에
새겨둘 말을 너는 都市의 疲勞에서
배울 거다
이 단단한 고요함을 배울 거다
복사씨가 사랑으로 만들어진 것이 아닌가 하고
의심할 거다!
복사씨와 살구씨가
한번은 이렇게
사랑에 미쳐 날뛸 날이 올 거다!
그리고 그것은 아버지같은 잘못된 시간의
그릇된 瞑想이 아닐 거다

— 김수영, 「사랑의 變奏曲」(『김수영전집 1 詩』, 271~273면) 부분

「거대한 뿌리」에서 단초를 보인 '사랑'의 의미는 이 시에 와서 변주되고 확장된다. "욕망이여 입을 열어라 그 속에서/ 사랑을 발견하겠다"라는 선언은, 김수영이 마침내 도달한 사랑의 의미, 즉 부정을 통해서 긍정에 이르는 '사랑'을 실현하겠다는 선언이다. '사랑'의 의미는 텍스트 안에서 완성되지 않고 아들의 시간, 즉 독자들이 열어가는 미래로 열린 시간으로 확장된다. 명령법과 반복 기법과 시행 엇붙임이 형성하는 유장한 리듬이, 부정적인 것과 상반된 가치를 포함한 모든 것을 끌어안는 사랑의 의미를 발견하게 하고, 그것을 텍스트 바깥으로 확장하게 한다. 이 시에서 명령법은 겨우 두 문장, "욕망이여 입을 열어라"와 "사랑을 알 때까지 자라라"에 쓰였을 뿐이지만, 의문문과 돈호법을 통해 '너'라는 청자를 끊임없이 환기함으로써 청자에게 무언가를 요구하고 더 나아가 행동을 촉구하는 분위기를 형성하게 된다. 김수영 시의 명령법이 완성되는 것은 청자, 더 나아가서는 독자에 의해서이다. 김수영의 시에 쓰인 명령법은 청자는 물론 텍스트 바깥의 독자를 강하게 환기한다. 그의 시에서 명령법은 일방적인 방향으로 하달되는 형식이 아니라, 상호 소통과 상호 대화를 전제로 한다. 그 때문에 명령법이 쓰인 그의 시는 현실에서의 행동의 촉구로 나아가는 힘을 발휘하게 된다.[22]

명령법은 국가에 의한 명령과 통제가 지배적으로 행해지던 시대에 김수영이 의도적으로 선택한 수사적 전략이었다. 그는 명령법의 수사학을 채택하면서도 국가에 의해 행해지는 일방적이고 하향적인 명령이 아닌 상호 소통적이고 대화적인 명령이라는 새로운 의미에 도달함으로써 지배

---

22) 김수영 시의 명령법이 지니는 이러한 특징에 대해 장석원은 '나'와 '타인'의 경계를 넘나드는 명령법이라고 지칭하였다(장석원, 앞의 글, 138면).

담론에 맞서는 저항적 언술을 구성하기에 이른다. 그는 직접 행동하기보다는 시를 통해 다수의 행동을 촉구하고자 한 시인이었다. '문화와 민족과 인류를 염두에 두지 않으면서도 문화와 민족과 인류에 공헌하는 시'를 그는 명령법이라는 새로운 언술의 실현을 통해 구축하려고 했을 것이다.

김수영 시의 명령법은 기본 문장을 부연하면서 의미의 차이를 발생하게 하는 반복의 기법이라든가 이질적인 언술을 늘어놓음으로써 새로운 의미로 나아가게 하는 반복의 기법과 어우러져, 텍스트의 의미를 텍스트 바깥으로 확장하는 역할을 한다. 명령법과 반복 기법의 결합이 이루는 수사학은 김수영의 시에서 일방적인 명령을 벗어나 행동의 수행을 가져오는 상호 소통적인 명령으로 나아가게 하고, 마침내 냉소적이고 자기 환멸적인 태도를 보이던 김수영의 시는 '사랑'의 의미를 발견하고 '적과 아'를 포괄하는 민족의 역사를 끌어안으려는 태도로 나아가게 된다.

3.2. 명령법과 제유[23]의 수사학 – 신동엽의 시

신동엽의 시에는 명령법에 의해 수행되는 선언적인 어조가 자주 등장

---

23) 일반적으로 제유(synecdoche)는 환유의 한 유형으로 부분이 전체를 대신하거나 전체가 부분을 대신하는 경우에 한정해서 쓰였다. 그러나 은유, 환유, 제유 등의 수사학을 비유의 한 종류를 가리키는 것으로 축소해서 보는 데서 나아가 그런 비유를 산출하는 사유의 방식 및 세계관을 의미하는 것으로까지 확장해서 보는 최근의 견해를 받아들일 때, 제유는 유비적 상상력에 기반을 둔 비유의 하나이자 유비적 세계관의 표출 방식으로 확장해서 볼 수 있다. 구모룡은 「생명시학과 제유의 수사학」, 『2002 봄 학술대회 발표논문집』, 문학과 환경학회, 2002 봄 학술대회 발표논문집, 2002. 6. 8에서 제유의 이러한 속성이 차이를 동일화하는 은유의 한계와 파편화된 현대 세계를 닮은 환유의 한계를 극복하고 생명시학을 열 수 있는 가능성을 내포하고 있다고 보았다.

한다. 명령이 청자에게 어떤 행위나 반응을 요구하는 적극적인 발화 형식이라는 점을 기억할 때, 명령법이 쓰인 신동엽의 시가 청자를 의식하고 있었음은 자명하다. 명령법을 사용함으로써 시인은 청자와 독자에게 무언가를 촉구하고 있는 것이다.

아스란 말일세. 平和한 남의 무덤을 파면 어떡해, 田園으로 가게, 田園 모자라면 저 숱한 山脈 파 내리게나.

고요로운 바다 나비도 날으잖는 봄날 노오란 共同墓地에 소시랑 곤두 세우고 占領旗 디밀어 오면 고요로운 바다 나비도 날으잖는 꽃살 이부 자리가 禮儀가 되겠는가 말일세.

아스란 말일세. 잠자는 남의 등허릴 파면 어떡해. 논밭으로 가게 논밭 모자라면 저 숱한 山脈, 太白 티벧 파밀高原으로 기어 오르게나. 하늘 千萬개의 삽으로 퍽퍽 파헤쳐 보란 말일세.

아스란 말일세. 흰 젖가슴의 물결치는 거리, 소시랑 씨근대고 다니면, 불쌍한 機械야 景致가 되겠는가 말일세.
간밤 평화한 나의 조국에 기어들어와 사보뎅 심거놓고 간 자 나의 어깨 위에서 사보뎅 뽑아가란 말일세.

— 신동엽, 「機械야」(『신동엽 전집』, 49∼50면) 부분

타이르듯 만류하는 명령형의 어조를 띠고 있는 "아스란 말일세"라는 표현을 여러 번 반복함으로써 인용한 시의 어조는 점점 강화된다. 1연에서 "전원으로 가"라고 타이르던 어조는 마지막 연에 가면 "다시는 그런 버르장머리, 다시는 분즐어놓고 말겠다"는 협박으로 바뀐다. 이러한

협박을 가능하게 한 것은 "아스란 말일세"라는 명령법의 반복이다. 기계가 작동하는 논리는 제국에 의해 자행되는 침략의 논리와 유사하다. 공동묘지에 소스랑 곤두세우고 함부로 들어와 평화로운 남의 무덤을 파헤치는 기계의 작동 방식은, "간밤"에 평화로운 "나의 조국에 기어들어와 사보뎅" 심어놓고 간 자의 침략의 논리와 흡사하다. 무단 침입에 의해 이 땅은 생명력이 고갈된 사막 같은 공간이 되어 버린다. 침략의 논리가 궁극적으로 우리의 생명력을 고갈시킨다는 이러한 인식은 신동엽 시인에게 자연의 생명력을 회복하는 방향으로 해결책을 제시하게 한다. 여기서 시인은 사막 같은 공간을 제유하는 '사보뎅'이라는 시어를 통해 남의 땅에 무단 침입해 생명력을 갈취하는 침략자의 논리를 효과적으로 보여 주고 있다. '기계' 역시 근대 기계 문명에 대한 익숙한 제유이다. 제유의 수사학은 신동엽의 시에서 '제국-식민', '지배-피지배', '문명-자연', '반(反)생명-생명' 등의 이분법적 대립을 효율적으로 보여 줄 뿐만 아니라 당위적 윤리를 누가 가지고 있는지까지 선명하게 보여 준다. '전경인(全耕人)'을 이상적인 인간으로 파악한 그의 시는 마침내 '아사달'과 '아사녀'라는 상징을 통해 자연이나 신화로 귀의하게 된다. 신동엽 시인이 기계가 작동하는 근대화의 방식, 즉 문명의 움직임에 대해 비판적인 이유는 근대화·문명화라는 것이 본질적으로 권력에 의해 움직이는 침략의 속성을 지니고 있음을 누구보다도 잘 알고 있기 때문이다.

껍데기는 가라.
四月도 알맹이만 남고

껍데기는 가라.

껍데기는 가라.
東學年 곰나루의, 그 아우성만 살고
껍데기는 가라.

그리하여, 다시
껍데기는 가라.
이곳에선, 두 가슴과 그곳까지 내논
아사달 아사녀가
中立의 초례청 앞에 서서
부끄럼 빛내며
맞절할지니

껍데기는 가라.
漢拏에서 白頭까지
향그러운 흙가슴만 남고
그, 모오든 쇠붙이는 가라.

—신동엽, 「껍데기는 가라」(『신동엽 전집』, 67면)

이 시의 화자는 "껍데기는 가라"라는 타협의 여지가 없는 명령을 반복함으로써 모든 허위의식을 벗어 던질 것을 청자에게 강력하게 요구한다. 그것은 독자에 대한 시인의 요구로 자연스럽게 확장된다. 독자의 행동을 촉구한다는 점에서 신동엽의 시는 김수영 시의 어조를 닮았다. 다만 김수영의 시가 상호소통을 향해 열려 있는 명령법을 실현했다면 신동엽의 시는 일방향적인 성향을 좀더 강하게 지니는 명령법을 활용하였다.

기승전결의 구성을 따르는 이 시는 "껍데기는 가라"라는 핵심 문장을 여섯 번 반복하고 있다. '껍데기-알맹이'의 대립이 이 시의 기본 구조를 형성하는데, 시에서 껍데기와 대체될 수 있는 유사한 계열의 어휘는 "쇠붙이"이다. 그리고 시에 직접적으로 드러나 있지는 않아도 아사달 아사녀가 입고 있었던 옷도 '껍데기'의 계열에 속한다. 반면에 '알맹이' 계열에 속하는 것으로는 "동학년 곰나루의, 그 아우성"과 벌거벗은 "아사달 아사녀"와 "향그러운 흙가슴"이 있다. 그것은 모든 가식과 허위의 옷을 벗어버린 원시의 상태를 제유한다. 원시의 상태는 신동엽이 회복하고자 한 귀수성의 세계를 연상시킨다. 원시의 반대편에 서는 것은 "쇠붙이"로 제유된 문명이다. 시인은 허위와 가식으로 치장한 문명의 껍데기를 내몰고, 타자의 자리에 소외되어 있었던 알맹이들을 주체로 소환한다. 그것은 민중을 역사의 주체로 중심에 세우려는 시도와 관련된다.

"껍데기는 가라"고 여러 번 단호하게 외침으로써 신동엽의 시도 허위의식을 포착하는 데 이른다. 그러나 김수영과는 달리 신동엽의 시는 허위를 폭로하는 방식도 훨씬 단호하고 단순했다. 제유의 수사학을 적극 활용함으로써 신동엽의 시는 '제국-식민'의 변형인 '문명-자연'의 대립적 이분법의 구조를 구축하게 된다. 원시와 문명의 이분법적 대립에서 시인은 한 치의 흔들림도 없이 '아사달 아사녀'가 이루는 원시의 세계를 선택한다. 그것은 유비적 상상력에 기반한 제유의 수사학이 이끄는 세계이기도 했다.

4. 탈식민성의 한 척도—신념과 모호성

성장·발전주의에 이끌려 서구화·근대화의 논리에 매혹 당했던 1960년대를 반성적 시선으로 돌아볼 때, 김수영과 신동엽이 이룩한 공과(功過)는 '지금, 여기'의 우리들에게도 여전히 의미심장하다. 성장·발전주의 담론이 '국가주의' 담론과 결합하여 지배담론을 형성하던 시기에, 두 시인은 적어도 제국주의의 논리에 포획 당하지 않으며 민족의 정체성에 대해 사유하고자 했다. 저항 담론으로서도 민족주의 담론이 분화되어 가던 시기의 표정을 이들의 시로부터 읽을 수 있었다. 김수영과 신동엽의 시는 식민지 지식인의 후예로서 살기를 거부하는 몸짓을 보여 주었으며, 새로운 제국주의와 국가주의의 위협에 맞서 윤리적 주체를 회복하고자 했다. 김수영 시에 나타나는 명령법과 반복의 수사학, 신동엽 시에 쓰인 명령법과 제유의 수사학은 성장·발전주의와 결합한 '국가주의' 지배담론에 맞서는 저항적 언술로서 기능한다. 그러나 이러한 공통된 인식에도 불구하고 두 시인의 시가 향한 지점은 분명히 달랐다. 김수영은 이중적 상황 앞에 흔들리면서도 자기를 들여다보는 데 철저함으로써 모든 것을 끌어안는 '사랑'의 의미를 발견하는 데로 나아간다. 반면 유혹의 힘을 인정하지 않으려는 단호함을 지니고 있었던 신동엽은 대립을 허무는 '사랑'으로 나아가기 위해 신화를 필요로 하게 된다. 이러한 차이 때문에 신동엽은 김수영을 매우 높이 평가했으면서도 그를 역사와 사회에 대해 수동적인 자세를 취한 "시민 시인"의 자리에 귀속시켰다.[24]

완강한 신념은 신동엽의 시에 한계로서 작용하기도 했다. '침략자—

수탈자', '지배자-피지배자', '제국-식민'의 이분법적 담론이 지닌 한계로부터 벗어나지 못했다는 점에서 그의 시는 근대적이었다. 이분법적 대립 구조를 띠고 있는 그의 시에서는 대개 단호하고 확신에 찬 어조와 완강한 윤리의 시선이 느껴진다. 신념에 찬 신동엽 시의 어조는 역사학도로서 그가 가지고 있었던 미래와 역사에 대한 낙관적 전망과도 관련되어 있을 것이다. 바로 이런 특징이 신동엽을 민족 시인으로 추앙받게 했지만, 역설적으로 말하면 민족 시인이라는 한계에 그의 시를 가둬 두기도 했다.

김수영의 시가 신동엽의 시보다 더 나아간 지점은 모호성에서 찾을 수 있다. 그는 모호성이야말로 자신의 시에서 첨단을 이뤄 왔다고 고백하기도 했다.25) 모호성은 그의 시에서 윤리적 주체의 양가적 시선으로 구현된다. '적과 아'의 이분법으로는 파악되지 않는 복잡하고 혼종적인 시대에 김수영이 시적 방법론이자 태도로서 밀고 나아간 모호성은 결국 '지금, 여기'에서도 그의 시를 여전히 새롭게 읽을 수 있는 이유이자 힘으로 작용하고 있다.

출전 :『한국근대문학연구』제6권 1호, 한국근대문학회, 2005. 4.

---

24) 신동엽,「六十年代의 詩壇 分布圖」,『신동엽 전집』증보판, 창작과비평사, 1975, 378면.
25) 김수영,「詩여, 침을 뱉어라」,『김수영 전집 2 산문』, 민음사, 1981, 249면.

시적 상상력, 근대체제를 겨누다

―신동엽과 비체제적 상상력

1. 종교와 예술 그리고 법열(法悅)

한 기이한 죽음이 신동엽(申東曄, 1930~1969)의 산문 「금강잡기(錦江雜記)」 (1963)에 담겨 있다. 이 산문은 인간과 자연 그리고 종교가 역사적 공간 인 금강(錦江)과 어우러져 설화적 상상력을 자극한다. 글의 전개방식에도 사건의 결과를 미리 제시한 후 그 원인을 하나하나 밝혀나가는 미스터 리 기법을 활용했다.

「금강잡기」가 품고 있는 사건의 대강은 이렇다. 1960년 즈음의 어느 새벽, 백제의 고도 B읍(부여)에 천지를 울리는 천둥과 번개가 내리쳤다.

---

* 오창은 / 중앙대학교 교양학부대학 강의전담 교수

어제저녁까지 맑았던 하늘이 갑작스런 뇌성벽력으로 조화를 부린 것이다. 새벽잠을 설친 사람들은 아침에 놀라운 소식을 접하게 된다. 천둥번개가 있기 바로 전에 세 여승(女僧)이 나란히 금강으로 걸어들어가 스스로 죽음을 선택했다는 것이다.

여승들은 경주의 절에서 재강습(再講習)을 받고 자신들이 소속된 무량사로 향하다, B읍의 유서 깊은 고찰에서 여독을 풀던 중이었다. 그들은 관광객을 상대하는 사진사, 사탕장사와 어울려 농담도 주고받으며, 강가에서 조약돌을 주워 자신들의 바랑에 가득 채웠다. 마지막 날에는 절의 주지와 사진사를 청해놓고 과자와 호콩을 나누며 '내일 새벽 일찍 첫 버스로 떠날 예정이니 없으면 간 줄 알아달라'고 작별인사까지 했다.

다음날 새벽, 여승들은 "조약돌들이 가득 담긴 무거운 그 바랑 주머니들을 어깨에 걸머져 허리에 꽉 졸라매고 귀신도 모르게 조용히 일렬로 늘어서서 강의 중심을 향하여 서쪽으로 서쪽으로 걸어 들어갔"다(348면, 이하 인용면수는 『신동엽 전집』, 창비 1989). 그런데 이 장면을 마을의 사공이 발견했고, 이들을 구하려 소리를 지르자 무서운 뇌성벽력과 함께 소나기가 십여분 동안 몰아쳤다.

이 기이한 동반자살(혹은 동반열반)을 바라보는 신동엽의 태도는 경건하다. 그는 "이승 저켠 피안의 세계에 무엇을 보았길래 세 사람이 동시에 서쪽 하늘을 향해 합장하고 행렬지어 한가닥 미련 없이 점점 깊어지는 물 속으로 걸어 들어갈 수 있었을까"라는 질문을 던졌다. 그러면서 "극적인 죽음 앞에 위대한 예술에서와 같은 법열(法悅)"(349면)을 느꼈다고 토로했다. 신동엽은 이 사건에 압도당한 듯하다. 그것은 이성의 영역을 뛰어넘은 경이로운 체험이고, 상상을 뛰어넘는 상황전개로 인한 심리적 충격이었다.

신동엽이 "나는 요새도 가끔 그 세 여승의 죽음을 생각하면 종교·예술이 지니는 어떤 지상의 자세 같은 것을 그들의 마지막 행렬에서 느끼게 된다"(같은 면)고 말한 부분에 주목할 필요가 있다. 그는 종교와 예술을 동일한 맥락에 놓고 예술을 고민한 시인이었다. 신동엽은 '시는 세속에 몸을 섞고 있는 사람들에 대한 따스한 감성을 언어로 표현함으로써 인생과 세계의 본질을 통찰한다'는 생각을 갖고 있었다. 이런 그였기에 "멀고 먼 그 겨냥을 향해 아무 잡(雜)티 없이 달려가는 빠른 화살"(같은 면)처럼 피안의 세계로 떠난 세 사람을 바라보는 태도는 양가적일 수밖에 없었다. 한편으로는 세 여승에게 겸허한 마음으로 고개를 숙이고 싶으면서도, 다른 한편으로는 '세상사에 초연한 그들의 행동'에 의구심을 가졌다. 이 팽팽한 긴장 속에서 신동엽은 종교와 예술 사이를 견디며 시의 길을 걸어갔다. 마치 세 여승이 합장하고 행렬을 지어 물속으로 걸어갔듯, 1960년대의 험한 세파 속으로 몸을 밀고 나아갔다.

신동엽은 한 글에서 시인이란 모름지기 "민중 속에서 흙탕물을 마시고, 민중 속에서 서러움을 숨쉬고 민중 속에서 민중의 정열과 지성을 조직(組織)"해야 한다고 주장했다(「六十年代의 詩壇 分布圖」, 379면). 그는 시와 종교를 같은 높이의 단상 위에 놓으면서도, 시정(市井)의 감각을 강조해 현실에 몸을 바짝 붙이려고 했다. 그렇기에, 1960년대와 불화하면서도 그 극복을 위해 체제에 갇히지 않는 시적 상상력의 날개를 넓게 펼쳤던 것이다. 이 글에서 필자는 신동엽이 꿈꾼 '다른 세상'과 '민주주의적 열망'을 현대적으로 재해석해 보고자 한다.

2. 반체제를 넘는 비체제적 상상력

등단작 「이야기하는 쟁기꾼의 대지」(1959)는 신동엽의 시인정신이 농축되p어 있는 원형질의 시다. 이 시에는 자연과 소통하는 인간을 향한 시인의 염원이 주제의식으로 구현되어 있다. 그것은 근대화된 세계 혹은 대지의 힘을 망각한 세계에 대한 강한 질타를 포함한다.

「이야기하는 쟁기꾼의 대지」는 1950년대 한국시의 주류적 흐름에서 멀찍이 떨어져 있는 듯한 작품이다. 한국 시사(詩史)에서 어느 시인의 등단작이 이토록 긴 호흡을 감당하며 대지와 우주를 오가는 낙차를 견뎌냈던가? 우주를 이야기하는 듯하면서도 세속의 아픔을 감싸안은 이 시는 읽는이의 감성을 묵직한 시혼(詩魂)으로 뒤흔들어 놓는다. 결코 쉽게 읽히지 않는 시임에도 시 전체를 관통하는 통렬한 기운은 도도하다. 「이야기하는 쟁기꾼의 대지」는 신동엽 시정신의 원석이 갈무리되어 있는 시로 평가할 수 있다.

서화(序話)와 후화(後話)를 포함해 모두 8장으로 구성된 이 시의 화자는 전쟁의 화신이었던 강한 남성, 모든 기운을 흡수해 새로운 생명의 탄생을 염원하는 여성, 그리고 삶의 원초적 원리 속에서 발화하는 시적 화자로 설정되어 있다. 이들은 대지와 교접하며 벌거벗은 인간의 본질을 발견하고, 인간 삶의 토대인 자연의 에너지에 자신을 의탁해간다. 특히 제5화에서 기존의 현실에 대한 전복적 태도가 압축적 언어로 표현되었다.

가리워진 안개를 걷게 하라,
국경이며 탑이며 어용학(御用學)의 울타리며

죽 가래 밀어 바다로 몰아 넣라.

하여 하늘을 흐르는 날개처럼
한 세상 한 바람 한 햇빛 속에,
만 가지와 만 노래를 한 가지로 흐르게 하라.

보다 큰 집단은 보다 큰 체계를 건축하고,
보다 큰 체계는 보다 큰 악을 양조(釀造)한다.

조직은 형식을 강요하고
형식은 위조품을 모집한다.

하여, 전통은 궁궐안의 상전(上典)이 되고
조작된 권위는 주위를 침식한다.

국경이며 탑이며 일만년 울타리며
죽 가래 밀어 바다로 몰아 넣라.

—「이야기하는 쟁기꾼의 대지」 제5화 전문

가까운 곳만 볼 수 있는 사람은 아무리 자유롭게 움직일 수 있다 해
도 갇힌 존재일 뿐이다. 가까운 곳과 먼 곳을 함께 볼 수 있는 사람만
이 자신의 위치를 파악할 수 있다. 자신의 위치를 알아야 어디로 향할
지 가늠이 된다. 그렇다면 이 시의 화자는 어떠한가? 그는 가까운 곳만
볼 수 있는 사람도, 가까운 곳과 먼 곳을 함께 볼 수 있는 사람도 모두
'안개 속에 갇혀 있다'고 당당하게 선언한다. 그는 안개 밖에 있는 것이
다. 안개를 걷어내지 않으면, 모두들 금기(禁忌)의 국경에 갇혀 있고, 위

로만 솟은 탑 속의 수인(囚人)들이며, 기존의 체계를 고수하려는 이데올로기적 학문에 시야가 막힌 존재들일 뿐이다.

시적 화자는 하늘의 뜻과 닿아 있는 '하나의 도(道)'를 염원한다. 그것은 "한 세상 한 바람 한 햇빛 속에, 만 가지와 만 노래를 한 가지로 흐르게 하"는 것이다. 그 도(道)는 지배계급이 위계적으로 만들어낸 모든 집단, 조직, 체계를 거부한다. 더불어 동의에 기반하지 않은 권위와 전통도 거부한다. 이러한 지배질서는 "죽 가래 밀어 바다로 몰아 넣"어야 하는 급진적 전복의 대상이다. 과연 시적 화자가 궁구하는 '하나의 도'는 무엇일까? 그것은 '왕궁(王宮)과 통치권'에도 아랑곳없이 자연과 밀착한 자립적 삶을 의미하리라. 경쟁으로 이루어진 체계가 아니라, 상호 부조와 협력에 의해 유지되는 공동체사회가 '하나의 도, 하늘의 도'에 근접한 삶일 것이다.

신동엽은 경쟁의 논리에 기반을 둔 자본주의체제 밖에 자신을 위치시킴으로써 엄존하는 현실에 균열을 내려 했다. 존재하는 현실을 그대로 받아들이지 않는 불편한 태도를 취함으로써, 그는 현실을 정당화하는 모든 이데올로기를 전복했다. 자본주의에 반대하여 사회주의 등을 상상한 것이 '반체제'라면, 신동엽의 태도는 기존의 체제 바깥을 지향한 '비체제적 상상력'이라 일컬을 수 있으리라. 그렇기에 그는 자유롭기 위해 시인이 되었고, 시인이 되어 "우주 밖 창을 여는 맑은 신명"과 "태양빛 거느리는 맑은 서사의 강"(「이야기하는 쟁기꾼의 대지」 후화)을 열망했다.

신동엽은 분단체제하에서 가해지는 이데올로기적 폭력에도 당당한 태도를 취했다. 그는 체제 안에 있으면서도 체제 밖을 상상했기에 끊임없이 제도와 충돌할 수밖에 없었다. 어쩌면 신동엽이 동시대의 분단체제와 반공주의 이데올로기 그리고 자본주의적 근대와 갈등했던 것은 당연한 것이었는지도 모른다. 시 「진달래 산천」(1959)은 그 대표적인 예다.

길가엔 진달래 몇 뿌리
꽃 펴 있고,
바위 모서리엔
이름 모를 나비 하나
머물고 있었어요

잔디밭에 장총(長銃)을 버려 던진 채
당신은
잠이 들었죠

햇빛 맑은 그 옛날
후고렷적 장수들이
의형제를 묻던,
거기가 바로
그 바위라 하더군요.

기다림에 지친 사람들은
산으로 갔어요
뼛섬은 썩어 꽃죽 널리도록.

—「진달래 산천」 부분

이 작품은 신동엽이 벗 구상회와 함께 부소산 장군바위에 올라 우연히 보게 된 시신(屍身)에서 착상했다고 한다. 봄날의 진달래가 예사롭지 않은 것은 그 붉은 빛에 이름 없이 스러져간 이들의 아픔이 서려 있기 때문이다. 신동엽은 그 누구도 거두지 못한 시신에서 역사의 폭력을 상기하고 진혼곡을 읊었다. 그는 죽은 이의 그리움을 되받아 '불 붙는 꽃죽'으로 소생시켰다. 그의 진혼은 이데올로기를 아우르는 것이었고, 남과 북의 체제로 소환되지 않는 경건함을 간직하고 있었다. 하지만 1950년대 후반의 엄혹한 반공주의 서슬에 그의 시는 날카롭게 베여 상처를 입었다. 문제가 된 구절은 "기다림에 지친 사람들은/ 산으로 갔어요"였다. 이 구절에서 빨치산의 형상을 읽은 반공주의 문인들이 신동엽을 용공으로 내몬 것이다.

시인이 두려워하는 것은 육신의 구속이 아니다. 시인이 두려워하는 것은 검열이고, 진정으로 두려워하는 것은 검열이 파생시키는 내적 검열이다. 체제 바깥을 상상하며 문학 언어로 '다른 삶'을 구상하는 시인에게 '내적 검열'은 치명적 억압이다. 그의 작품에 가해진 삭제나 용공시비는 '내적 검열'을 강요한 수난이었다. 그 어려운 시기에 신동엽은 4·19혁명을 맞이했다. 신동엽이 '4월의 시인'으로 불리는 이유는 그가 「4월은 갈아엎는 달」, 「껍데기는 가라」 같은 시를 창작했기 때문이 아니라, 4월 혁명의 감격을 자신의 것으로 승화해 세계와 당당하게 맞서는 시인의 의지를 고양시켰기 때문이다.

시인의 견결한 대결의식은 1960년대 분단의 억압 아래서는 감히 쓸 수 없었던 다음과 같은 시구도 가능하게 했다.

> 반도는,
> 평등한 노동과 평등한 분배,
> 능력에 따라 일하고

필요에 따라 분배,
그 위에 백성들의
축제가 자라났다.

늙으면 마을사람들에 싸여
웃으며 눈감고
양지바른 뒷동산에 누워선, 후손들에게
이야기를 남겼다.

반도는
평화한 두레와 평등한 분배의
무정부 마을
능력에 따라 일하고
필요에 따라 분배,
그 위에 청춘들의
축제가 자라났다.
우리들에게도 생활의 시대는 있었다.

―『금강』 137~138면

　모든 체제는 그 바깥을 공포의 이미지로 덧칠한다. 체제 밖으로 배제
되는 것이 얼마나 고통스러운지 보여줌으로써 체제의 정당성을 웅변하
려 한다. '배제와 포섭'은 합법화된 체제의 작동 메커니즘이다. 남북 분
단 상황에서 체제 바깥은 바로 이적(利敵)이었다. 반공 이데올로기와 국
가보안법의 막강한 위력도 '체제 바깥을 금기시'하려는 정치권력의 의
도와 관련이 있다. 신동엽의 시는 남과 북의 체제를 동시에 넘어서는
'이상세계'를 상상함으로써 체제를 뛰어넘고 있다. 그는 자유로운 시인

으로서 발화하고 있으며, 아나키스트적 상상으로 '다른 세상'을 꿈꾸었
다. 억압적 체제 아래에서 의로운 사람은 수난자의 길로 내몰릴 수밖에
없다. 그렇기에 신동엽은 체제 바깥에 자리 잡은 고집스런 선지자의 이
미지를 감당해야 했다. 그는 '비체제적 상상력'으로 문학 활동을 시작했
기에, 이단자이며 수난자였고, 가끔은 선지자로 호명되었다.

　신동엽은 어떻게 '비체제적 상상력'에 기반을 둔 시적 울림을 창조해
낼 수 있었을까? 몇 가지 단서들은 있다. 그는 문단제도 바깥에서 문학
질서로 진입해온 이방인이었다. 그는 지방 출신이었고, 체계적인 문학수
련을 한 문인지망생도 아니었다. 게다가 그의 삶도 신산하기 그지없었
다. 수재들만 진학한다는 전주사범에서 동맹휴업에 가담해 퇴학처분을
받았고, 한국전쟁 시기에는 인공(人共) 치하에서 민주청년동맹 선전부장
을 맡아 좌익노선에 가담하기도 했다. 그런가 하면 국민방위군으로 징
집되어 죽을 고비를 넘기기도 했다. 그는 시대의 격랑 속에서 좌와 우
를 넘나들며 분단의 폭력을 몸으로 견뎌야 했다. 여기에다 전주사범 재
학 시절 그가 읽었던 아나키즘 사상도 세계관 형성에 영향을 미쳤다.
러시아의 아나키즘 사상가 끄로뽀뜨낀(P. Kropotkin)의 『상호부조론』은 그
의 세계관에 깊이 개입한 듯하다.

3. 민주주의와 농민 공동체

　그렇다면 신동엽이 상상한 '다른 세상'은 어떤 것이었을까? 1960년대
한국사회는 '민생고 해결'과 경제성장이 지배담론으로 자리잡아가기 시

작했다. 이 성장·발전 이데올로기를 강화하기 위해 '조국근대화론'이 당면과제로 제시되었다. 박정희정권은 자본주의적 경쟁을 숙명화해 적자생존 방식의 사회시스템을 재구축하는 데 전력을 다했다. 억압적이고 폭력적인 방식으로 근대적 경제성장이 추진되는 것에 반대하는 지식인들은 많았다. 하지만 근본주의적 태도를 취하며 근대화 자체에 문제제기를 하는 지식인들은 좀처럼 찾아보기 힘들었다.

경쟁의 원리에 기반한 근대 산업화의 논리를 편 근대주의자들은 '상호부조'라는 윤리적 가치를 통해 농민공동체를 옹호하는 이들을 '시대에 뒤떨어진 전통주의자'로 매도했다. 근대주의자들은 윤리·생명의 가치보다는 경쟁의 원리에 입각한 경제성장을 최우선과제로 간주하였다. 이러한 지배담론의 흐름 속에서 신동엽은 정면으로 체제를 거스르는 시적 발언들을 토해냈다.

그는 "앞마을 뒷마을은/ 한 식구,/ 두레로 노동을 교환하고/ 쌀과 떡, 무명과 꽃밭/ 아침 저녁 나누었다"는 역사 속 '생활의 시대'를 예찬했다. 그 시대에는 "왕은,/ 백성들의 가슴에 단/ 꽃"이었고, "군대는,/ 백성의 고용한/ 문지기"였다(『금강』 136면). 이상적인 세계로 역사 속의 과거를 낭만적으로 제시하고 있지만, 그 삶의 원리는 상호부조를 버팀목으로 삼고 있다. 반면 근대는 자본에 대한 인간의 예속이며, 민중에 대한 착취를 합법화하는 것이었다.

누구였던가, 무엇에 당선만 되면
다음날 당장 미국에 건너가
더많은 동냥, 얻어올 수 있다고 장담했던

정치 거지는,

내 진실로 묻노니 그대들이 구걸해 온
동냥돈이, 단 한번만이라도 농민들의
밥사발에, 쌀밥으로 담겨져본 적이 있었는가.

—『금강』141면

　　자본주의체제에서 민주주의는 대의민주주의로 고착화되어 있다. 대의
민주주의는 정당이나 대리인에게 권력을 위임함으로써 운영되는 원리
다. 문제는 위임받은 권력이 임의로 행사되고 있지는 않은가와 민중이
직접 '대의제'를 통제할 수 있는 가다. 견고한 지배체제 속에서 대의민
주주의는 지속적으로 지배계급을 옹호하는 방식으로 제도화되어왔고,
피지배계층에게는 폭력적인 양상을 띠고 있다. 이제, 민주주의의 기반이
라고 할 수 있는 소규모 자치·자립 공동체는 고사 직전에 이르렀다.
시민사회의 자발적 연대도 자본주의가 재생산하는 소비주의적 욕망에
대항해 간신히 위태로운 균열을 견디고 있다. 신자유주의 아래서 자유
는 개인의 자유가 아니라, 자본이 자유롭게 개인을 착취할 수 있는 자
유일 뿐이었다. 국가기구도 자본의 자유를 위해 동원되는 상황을 한미
FTA와 금융자본의 횡포 속에서 확인할 수 있다. 문제는 자본에 의해 농
락당하고 있는 생태와 생명, 그리고 정의로운 먹을거리를 어떻게 보호
할 것인가이다. 생명의 근간을 돌보지 않는 권력은 그것이 비록 합법적
이라 하더라도 폭력일 뿐이다. 그런 의미에서 인간의 생명을 영위할 수
있는 근본적 토대인 농촌사회를 새롭게 성찰하는 것, 이를 위해 민주주
의의 근간인 자주적 개체들의 공동체적 연대를 복원하는 것이 현대사회

의 과제이기도 하다.

　신동엽은 대의민주주의가 어떻게 민중의 생명권을 위협했는가를 폭로하며 그 제도 자체를 거부한다. 더 나아가 지배질서의 구조적 폭력에 대항하는 방법으로 비폭력이 아닌 대항폭력을 적극적으로 의미화하고 있다. 그 대항폭력을 위한 거대한 서사가 바로 『금강』이다. 신동엽은 농촌에 대한 경멸, 농민에 대한 무시가 어떤 파국을 불러올지에 대해 이야기한다. 동학농민전쟁을 다룬 『금강』은 단지 역사적 사건의 서사화가 아니다. 『금강』은 '생명의 근간을 다루는 농민을 멸시'한 권력의 파국에 관한 이야기이고, 생태위기에 처한 지구의 미래에 대한 은유일 수도 있다.

　근대 산업화에 대한 적극적 거부의 감성은 「서울」(1969)이라는 시에 더욱 직접적으로 표현되어 있다.

　　　초가을, 머리에 손가락 빗질하며
　　　남산에 올랐다.
　　　팔각정에서 장안을 굽어보다가
　　　갑자기 보리씨가 뿌리고 싶어졌다.
　　　저 고층 건물들을 갈아엎고 그 광활한 땅에
　　　보리를 심으면 이 이랑이랑마다 얼마나 싱싱한
　　　곡식들이 사시사철 물결칠 것이랴.

　　　서울 사람들은
　　　벼락이 무서워
　　　피뢰탑을 높이 올리고 산다.

내일이라도 한강 다리만 끊어 놓으면
열흘도 못가 굶어죽을
특별시민들은
과연 맹목기능자(盲目技能者)이어선가
도열병약(稻熱病藥) 광고며, 비료 광고를
신문에 내놓고 점잖다.

—「서울」부분

    대부분의 사람들이 근대화의 성과에 매혹되어 있을 때, 신동엽은 근대가 아닌 인간의 역사에 눈길을 던졌다. 그 역사 속에는 '비천하다고 간주되었던 삶'들이 있었고, 어둠 속에서도 움트는 생명의 의지가 약동하고 있었다. 다시 말해 '민중이라는 이름의 우리'가 면면히 삶을 이어오고 있었던 것이다.

    「서울」은 농민의 감성으로 도시를 바라보며 도시화를 풍자한 작품이다. 신동엽은 국가나 시장의 지배로부터 자유로운 농민적 자치 공동체를 구상했다. 그의 관점을 단지 전통적 세계관을 고수하는 고집스런 관점으로만 볼 수는 없다. 쌀을 제외한 곡물의 자급비율이 25%밖에 되지 않는 지금의 한국사회가 어떻게 민주주의적이고 자주적인 의사결정을 할 수 있겠는가? 공동체의 먹을거리를 공동체 내부에서 해결하지 못하면, 어떤 식으로든 외부세계에 종속될 수밖에 없다. 그런 의미에서 농업은 자연과 더불어, 자연의 힘을 빌려 인간의 생명을 유지하는 기본 조건이다. 그래서 남산 팔각정에 올라 서울을 굽어보다 서울에 보리씨를 뿌리고자 하는 화자의 태도는 도시와 근대에 대한 대결자적 의식을 표현한다. 반면 도시민들은 자연과 대결하려는 태도를 가지는데, '벼락이

무서워 피뢰탑'을 세우는 것이 그 예다. 농촌과 자연이 생명의 근원임을
애써 무시하는 서울특별시민들은 '벼락을 무서워할 뿐 농민 무서운 줄'
은 모른다. 시적 화자는 그 무감각이 도시에서는 필요도 없는 '도열병약
광고며 비료 광고'가 신문에 등장하는 것에 빗대 풍자하고 있다.

그렇다면 비판을 넘어 다른 미래를 상상했을 때, 신동엽의 시는 어떤
구체성을 띠고 있을까? 「산문시 1」(1968)이 이에 대한 적절한 예가 될 것
이다.

> 스칸디나비아라든가 뭐라구 하는 고장에서는 아름다운 석양 대통령
> 이라고 하는 직업을 가진 아저씨가 꽃리본 단 딸아이의 손 이끌고 백화
> 점 거리 칫솔 사러 나오신단다. 탄광 퇴근하는 광부들의 작업복 뒷주머
> 니마다엔 기름묻은 책 하이덱거 럿셀 헤밍웨이 장자 휴가여행 떠나는
> 국무총리 서울역 삼등대합실 매표구 앞을 뙤약볕 흠쓰며 줄지어 서 있
> 을 때 그걸 본 서울역장 기쁘시겠오라는 인사 한마디 남길 뿐 평화스러
> 이 자기 사무실문 열고 들어가더란다. 남해에서 북강까지 넘실대는 물
> 결 동해에서 서해까지 팔랑대는 꽃밭 땅에서 하늘로 치솟는 무지개빛
> 분수 이름은 잊었지만 뭐라군가 불리우는 그 중립국에선 하나에서 백까
> 지가 다 대학 나온 농민들 추럭을 두대씩이나 가지고 대리석 별장에서
> 산다지만 대통령 이름은 잘 몰라도 새이름 꽃이름 지휘자이름 극작가이
> 름은 훤하더란다 애당초 어느쪽 패거리에도 총쏘는 야만엔 가담치 않기
> 로 작정한 그 지성(知性) 그래서 어린이들은 사람 죽이는 시늉을 아니하
> 고도 아름다운 놀이 꽃동산처럼 풍요로운 나라, 억만금을 준대도 싫었
> 다 자기네 포도밭은 사람 상처내는 미사일기지도 땡크기지도 들어올 수
> 없소 끝끝내 사나이나라 배짱 지킨 국민들, 반도의 달밤 무너진 성터가
> 의 입맞춤이며 푸짐한 타작소리 춤 사색뿐 하늘로 가는 길가엔 황토빛
> 노을 물든 석양 대통령이라고 하는 직함을 가진 신사가 자전거 꽁무니

에 막걸리병을 싣고 삼십리 시골길 시인의 집을 놀러 가더란다.

—「산문시(散文詩) 1」 전문

이 시는 「술을 많이 마시고 잔 어제밤은」(1968)과 더불어 통쾌하고 흐뭇한 상상력을 자극한다. 유토피아적 상상으로 출렁이는 이 시에는 일체의 억압적 권위를 거부하는 시인의 정신이 곳곳에 스며 있다. 딸과 백화점에 칫솔을 사러 나온 대통령, 삼등열차를 타고 휴가여행 떠나는 국무총리, 그 어떤 신분적 위계도 없이 사람을 대하는 서울역장의 모습이 이채롭다. 이들은, 각자의 역할은 있지만 그 어떤 억압적 권력도 소유하지 않은 봉사직(奉仕職) 정치인의 모습을 하고 있다. 이러한 유토피아적 세계가 가능하기 위해서는 하이데거와 러쎌, 헤밍웨이와 장자를 읽는 노동자들이 필요하다. 더불어 대통령의 이름은 몰라도 새 이름, 꽃이름, 지휘자 이름, 극작가 이름은 훤히 꿰고 있는 농민들의 문화적 역량도 필요하다. 무엇보다 힘에 굴종하지 않고 그 어떤 폭력전쟁도 용납하지 않으려는 '배짱 든든한 국민들'의 결연함도 요구된다.

한나 아렌트(H. Arendt)는 정의로운 권력은 민중의 역량(puissance)에서 나온다고 역설한 바 있다. 그 역량은 제도화된 권력의 산물이 아니라 권력의 이면에서 권력을 움직이는 민중의 자발적 힘이기도 하다. 제도화된 권력은 너무도 쉽게 폭력으로 변질되지만, 민중의 역량에 기반을 둔 권력은 지속적인 재생 가능성을 갖고 있다. 신동엽이 꿈꾼 세계도 민중의 역량에 기반을 두고 도달하는 이상사회였을 것이다. 이러한 이상사회가 한국사회에서 구현되기를 간절히 염원하며 시인은 시 속에 '서울역 삼등대합실 매표구', '서울역장', '반도의 달밤' 같은 시구를 새겨놓았다.

일각에서는 신동엽의 시가 민족주의적이기에 1960년대적 상황에서만 의미가 있었다는 의견이 제시되기도 한다. 그러나 자신이 발 딛고 있는 뿌리에 대한 애정 없이 나의 존재감을 유지할 수 있을까? 내 존재에게 베풀어진 가족, 내 땅, 내 이웃에 대해 충실하고자 하는 것은 인간적 미덕이다. 대부분의 사랑은 이러한 미덕을 통해 유지된다. 신동엽의 시에 '조국'이라는 시어가 빈번하게 등장한다고 해서, 그것을 바로 '애국주의 (쇼비니즘)'로 보는 것도 문제다. 신동엽은 어떤 조국, 어떤 국가여야 하는가에 대해 끊임없이 질문하면서, 풀뿌리 민중들의 자립과 자치에 기반한 평화로운 공동체의 구성을 염원했다. 이러한 자립과 자치의 원칙에서 신동엽은 '외세의 침략과 간섭'에 대해 그토록 비판적 입장을 취했던 것이다. 동의에 기반해 민주적이고, 평등하게 운영되면서도, 평화주의적인 공동체는 '경쟁이 아닌 상호 보살핌과 베풂을 향한 윤리적 노력'을 통해 이뤄질 수 있다. 인간의 삶 자체가 서로간의 보살핌 속에서 가능하다면, '그 베풂에 대한 보답'은 삶에 부과된 의무이기도 하다. 문제는 이러한 인간적 미덕과 삶의 의무에 충실하고자 하는 감성을 갈취하는 '국가기구'의 허구적 이데올로기다. 정치권력의 편파적 이익은 은폐한 채 민족주의·애국주의를 선동하는 것이 문제일 뿐이다. 자신이 발 딛고 있는 뿌리에 대한 진지한 애정 없이 민주주의는 없다. 그런 의미에서 민주주의는 어떤 방식으로든 '풀뿌리 민중들의 자치와 자립'에 기반을 두지 않고는 구현될 수 없고, 진정한 자치와 자립은 평화와 공존을 위한 세계적 연대와 연결될 수밖에 없다. 신동엽이 시 「아사녀」 (1960)에서 4·19를 노래할 때 '알제리아 흑인촌' '카스피해 바닷가 촌아가씨 마을'을 호명한 것도 이러한 민중적 연대를 상상했기에 가능한 것이었다. 그렇기에 신동엽은 "자기에의 내찰(內察), 이웃에의 연민, 공동언어(共同言語)를 쓰고 있는 조국에의 대승적(大乘的) 관심, 나아가서 태양의 아들로서의 인류에의 연민을 실감해 봄이 없이 시인(詩人)의 나무는 자라지 않는다(「7월의 문단」, 384면)"라고 강조해서 말했던 것이리라.

4. 불가능한 것을 꿈꾼 '진정한 시적 지성'

신동엽은 세상을 떠나기 직전에 「선우휘(鮮于煇)씨의 홍두깨」(1969)라는 산문을 써서 체제에 갇힌 어리석은 이들의 편견을 질타한 바 있다. 이 글은 자신이 김수영(金洙暎)을 추모하며 쓴 「지맥(地脈) 속의 분수(噴水)」(1968)에 대하여 선우휘가 비판을 하자, 그에 대해 반박하기 위해 쓴 것이기도 하다. 선우휘는 「현실과 지식인 — 증언적 지식인 비판」(『아세아』, 1969. 4)에서 신동엽의 글이 '혁명을 선동하는 사회주의자의 태도'를 취하고 있는 듯이 내몰았다. 신동엽은 그에 대해 반박하는 글을 '석가와 시인'이 등장하는 일화로부터 시작했다. 마치 이 산문은 「진달래 산천」의 '빨치산 논란'과 선우휘의 공격을 동시에 상대하려는 의도로 씌어진 듯 읽힌다. 더불어 이 산문은 신동엽이 남긴 마지막 산문이기에 그 의미가 예사롭지 않다.

> 석가와 한 사람의 시인이 세상을 주유하고 있었다.
> 어느 날, 월남땅을 지나다, 얼굴이 앳된 한 미국병사의 주검과 그리고 그 옆에 나란히 누워 있는 한 여자 베트콩의 주검을 보았다.

석가와 시인은 가던 길을 멈추고 서서 그 자리에 무릎을 꿇었다. 그리고 두 손을 합장하고 앉아 그 두 주검의 이마 위에 명복의 기도와 눈물을 쏟았다. 그리고 그들은 일어나 길을 떠났다.

국민학교 학생과 수사관이 지나가다 이 광경을 보았다. 그리고 그들은 제가끔 자기 선생님과 자기 상관에게로 달려간 것이다. 빨리 일러야 한다고 생각하며.

"선생님, 저기 베트콩의 주검을 보고 눈물을 흘리는 사람이 있어요, 수상해요." 또는 "상관님, 저기 미국 병사의 주검을 보고 서럽게 우는 놈이 있어요. 틀림없이 백색(白色)인 것 같아요!"

—「선우휘씨의 홍두깨」, 394면

문학(시인)과 종교(석가)를 동반자로 등장시켜, 세상의 고통을 위로하려는 풍경이 이채롭다. 신동엽은 시인의 역할에 대한 소명의식이 남달랐다. 그는 "성서나 불경, 수운(水雲)의 『동경대전(東經大典)』(…)을 시라고 믿고 있다"고 했으며, 그것들이 "민중에게 짙은 구원의 그림자를 던져주고 있다"고 주장했다(「詩人·歌人·詩業家」, 393면). 그 구원의 그림자를 가늠하기 위해 근대의 폭력성을 비판하고, 인간의 원초성을 발굴하기 위해 역사를 유영했다. 그에게 시는 "궁극에 가서 종교가 될 것"이며, "철학, 종교, 시는 궁극에 가서 하나가 되어 있을 것"이었다(「시인정신론」, 372면). 그렇기에 속세가 이념적으로 구분한 미군 병사와 여자 베트콩 사이에는 차이가 없다. 그들은 모두 체제의 폭력이 낳은 상잔(相殘)의 희생양이고, 죽었기에 구원받을 여지가 생긴 피안의 존재들이다. 그런데 여전히 체제는 미숙한 국민학생과 수사관으로 하여금 현세의 잣대로 문학과 종교마저 억압하려 했다. 혹시나 1960년대 신동엽의 시세계를 현대적 관점에서 재해석하려는 노력이 자칫 '국민학생과 수사관'의 태도를 닮아 있는 것은 아닌지 우려스럽다.

신동엽이 세상을 떠난 이후 40년이 흘렀다. 그는 고절한 옛 언어를 시어로 다루어 「아사녀」, 「진이의 체온」, 「수운이 말하기를」 등의 시에서는 역사와 현실을 대비시키는 상상력을 자극했고, 민중주의적 시각에 기반을 두어 창작한 「주린 땅의 지도원리」, 「4월은 갈아엎는 달」, 「껍데기는 가라」, 「종로오가」 등에서 곧고 단단한 지식인의 면모를 발산했다. 그런가 하면 「별 밭에」, 「산에 언덕에」, 「원추리」, 「담배 연기처럼」 같은 시를 통해 가슴 적시는 서정의 세계를 그리기도 했다. 그의 시정신은 갑오농민전쟁을 그린 장편 서사시 『금강』(1967)에서 절정에 도달했다. 신동엽은 역사 속에 몸을 깊숙이 적셔 민중의 간절한 염원을 서사화한 한국 시인지성의 한 전범이었다. 이러한 면모 덕분에 1960년대라는 시대상황에 비추어 '민족시인'·'저항시인'으로 의미화 되어 왔다.

역사적 평가는 '현재'의 맥락에서 다시 가늠되고 기술되어지곤 한다. 그래서 역사기술은 이데올로기적이다. 문학사도 마찬가지일 것이다. 특정 정치적 맥락이 개입되면, 역사서술 자체가 투쟁의 영역이 되곤 한다. 실제로 신동엽은 1970년대 이후 민족문학담론의 전형 역할을 감당한 시인이었다. '민족시인'이라는 호칭은 그의 시에 바친 문학사적 헌사였음에도 불구하고, 그의 시는 1990년대 즈음부터 '민족주의를 둘러싼 논란의 표적'이 되었다. 때로는 폐쇄적 민족주의의 주창자로, 때로는 상상된 민족 이야기의 시적 구현자로 간주되었다. 이념의 잣대로 평가된 시인의 시세계는 축복일 수도 있지만, 특정 시기에는 재앙이 되는 경우도 있다. 최근 신동엽에 대한 문학사적 평가가 논자들 사이에서 심각하게 요동치고 있는 이유도 여기에서 찾을 수 있다. 일각에서는 그의 시세계가 '우리'를 강조함으로써 타자를 배제하는 배타적 면모를 보인다고도 하고, 민족주의에 갇혀 있어 폐쇄적이라는 비판도 심심치 않게 들린다. 이는 1990년대 이후 광범위한 영역에서 세계화의 영향으로 '민족주의'에 대한 성찰이 요구되었고, 일상생활의 영역에서도 이주노동자, 결혼이주 여성의 증가로 '다문화적 감성'이 중시되는 시대적 분위기와도 연관되어 있다. 게다가 신동엽의 시는 농민적 감수성을 근간으로 하고 있어, 도시화율이 81.5%(2005년 기준)에 이른 현 상황에서 전통적 세계관에 얽혀 있는 듯 읽히기도 한다.

신동엽의 문학사적 위상 변화는 김수영에 대한 문학사적 고평과 대비할 때 더 명료해진다. 모더니스트에서 출발해 현실주의자로서 번뇌했던 김수영은 경계에 선 시인이었다. 그는 1990년대 이후 모더니스트들에 의해 문학주의적 성취로 고평되었고, 리얼리스트들 사이에서는 현실인식의 치열성으로 인해 열렬한 환호를 받기도 했다. 김수영은 1990년 이후에도 너무 자주 소환되는 '리얼-모더니스트'인 반면, 신동엽은 점점 누추해져가는 '민족주의 리얼리스트'로 간주되는 실정이다. 과연 신동엽의 시세계를 둘러싼 이러한 문학사적 평가는 온당한가? 시인의 시세계는 역사적 맥락에서 다양하게 해석될 수 있다. 그러나 특정 논점에 따라 임의로 마름질하고, 특정 부분만 부각해 박음질해서는 안된다. 신동엽 40주기를 맞이하여, 그의 문학세계에 대한 현대적 재해석 작업이 요구되는 이유가 여기에 있다.

신동엽은 체제 바깥에서 체제를 낯설게 바라본 시인이었다. 분단이데올로기와 반공주의가 옥죄던 1960년대에, 그는 현실을 체제의 대립으로 바라보지 않고 풀뿌리 민중의 입장에서 '다른 세계'를 상상했다. 그 세계는 자립과 자치를 기반으로 한 민주주의 공동체였고, 생명에 대한 성찰을 통해 도달한 삶의 근원으로서의 농민 공동체, 자주적 공동체였다. 폐쇄적 민족주의라는 틀 속에서 '민족시인으로 호명되었던 신동엽'은 이제 "시란 생명의 발현이다"라고 주장한 '시인 신동엽'으로 다시 읽혀져야 한다. 그는 "가로 막힌 장벽이 없"(383면)고, 행여 있더라도 그것을 "넘어서서 다른 차원으로 진입"(378면)할 수 있는 선지자가 바로 시인이라고 했다. 모두가 근대화를 한국사회의 미래로 규정하던 시기에, 신동엽은 비체제적 상상력으로 경쟁의 논리를 넘어선 사회를 그려냈다. 불가능한 것을 꿈꾼 시인 신동엽이야말로 '진정한 시적 지성(知性)'이라고 할 수 있다.

출전 : 『창작과비평』 제37권 제1호(통권 143호), 2009. 3.

민중 서사시의 미학과 침묵의 언어
－『금강』과 『우리 모두의 노래』를 중심으로

신동엽의 『금강』과 칠레의 시인 파블로 네루다의 『우리 모두의 노래
Canto general』[1]는 각각 우리나라와 라틴아메리카의 민중 서사시를 대표
하는 작품들이다. 이 두 서사시는 개인의 입을 통하여 서술된 한 국가
의 이야기라는 20세기 장편 서사시의 주요 특성을 드러내고 있는 작품
들이지만, 이 두 작품들의 시적 효과는 국가적 차원을 뛰어넘어 인간에
대한 보편적인 사랑을 추구하는 서사시임을 보여주고 있다. 그리고 호
메로스나 베르길리우스 등의 전통 서사시가 지배계급의 단일한 목소리
를 표현하고 있는 것과는 달리, 이제 더 이상 그런 것이 용납되지 않는
사회에서 작가 자신들이 실제적으로 체험했거나 느낀 '민중'을 서술하

---

* 송병선 / 울산대학교 스페인·중남미학과 교수
1) 이 글에서는 신동엽의 『금강』과 네루다의 『우리 모두의 노래』의 텍스트는 본문
　중에 각각 『금강』과 『노래』로 표기된다.

고 있다. 그리고 두 시인들은 지배계층에 의해 날조된 공식역사에서 탈피하여 공식문화 밑에 자리 잡고 있는 상이한 여러 목소리를 종합하고 또한 그런 목소리와 시인 자신을 동일시하면서, 지배 문화 밑에서 연연히 이어져 내려오고 있는 민중의 감정과 사상을 드러내고자 시도하는 현대 장편 서사시의 성격을 대변하고 있다.

일반적으로 신동엽의 『금강』은 민중의식에 기초를 둔 장편 서사시라는 점이 부각됨과 동시에, 이 시에 등장하는 허구적이자 상상적인 인물인 신하늬로 인해 이 시의 진실성이 감소된다는 비판을 받아 왔다. 또한 압박-피압박 등으로 이분화 되어 있는 그의 시적 주제 역시 역사적 사고가 미흡하고 복잡한 현실을 지나치게 단순화시켰다는 평을 받고 있다. 그리고 이런 주제와 시 구성의 문제에, 대부분의 비평가들이 동의하고 있는 듯하다.

반면에 라틴아메리카 민중의 총체적 서사시로 평가받고 있으며, 1971년에 파블로 네루다에게 노벨상을 안겨주는데 결정적인 기여를 했던 『우리 모두의 노래』는 출판 초기에 많은 공산주의자들과 사회주의 비평가들에게서 혹평을 받았으나, 현재는 대다수의 라틴아메리카 비평가들과 구미 비평가들에 의해 시의 주제와 구성적인 면에서 매우 치밀하다는 평을 받고 있다. 하지만 두 시를 비교하여 보면 신동엽의 시와 네루다의 시가 시적 언어와 전체 구성상에 있어 매우 흡사한 점을 보이고 있음을 알 수 있다. 즉, 이 두 시들은 실제적인 것의 다양함 속에서 시인의 관점을 일관성 있게 구현하고 있으며, 이러한 일관성을 실제로 있었던 객관적인 역사적 사실을 시의 서정성이라는 주관성을 통해 표출하고 있다.

이러한 유사성에도 불구하고[2] 『금강』과 『우리 모두의 노래』가 미학적 문제에 있어서 서로 다른 평가를 받고 있다는 것은 매우 주목할 만한 사실이며, 이것은 아직도 우리나라 민중 서사시의 대표작이라 손꼽히는 『금강』에 관한 새로운 평가를 시도할 여지가 있음을 시사한다. 1970년대와 1980년대에 들어 김주연, 김우창, 구중서, 채광석, 김종철 등의 평론가들이 신동엽에 관한 글을 쓰면서 『금강』에 관해 많은 문학사적 의미를 부여했지만, 공교롭게도 네루다의 『우리 모두의 노래』에 관한 초기 평론과 마찬가지로 이들 대부분의 연구가 『금강』의 텍스트 분석이라기보다는 오히려 텍스트를 벗어난 민족운동사와 사회주의 성향에 의거한 평론이라는 점에서 더욱 그렇다. 따라서 이 글에서는 『금강』과 『우리 모두의 노래』에 나타나는 형식상의 차이점보다는 유사성을 중심으로 텍스트의 구성에 나타나는 대표적인 특징을 분석하고자 한다. 즉, 라틴아메리카의 민중 서사시를 통해 신동엽의 시가 어떻게 재조명될 수 있으며, 시의 형식과 내용이 어떻게 일치하는가를 파헤침으로써 신동엽 시의 미학을 밝혀보고자 한다.

1. 강과 바다, 그리고 돌―서정성과 역사의식의 조화

신동엽과 네루다는 특정한 역사적 장소에서 민중 서사시를 노래하기

---

[2] 이러한 유사성 이외에도 두 작품은 독재체제 아래에서 금서로 묶여 있었다는 공통점도 있다. 신동엽의 『금강』은 유신체제하에서 긴급조치 9호에 위반된다는 이유로 판매 금지 처분을 받았으며, 칠레 정부의 박해를 받으며 비밀리에 저술했던 네루다의 『우리 모두의 노래』도 상당기간 칠레군부에 의해 금서로 지정되었다.

위한 이미지를 포착한다. 신동엽은 동학농민전쟁의 본원지인 금강에서, 그리고 네루다는 돌의 도시이자 잉카문명의 대표적 유산인 마추픽추와 바다에서 영감을 받아 장편 서사시를 쓰게 된다.

어느 해
여름 금강변을 소요하다
나는 하늘을 봤다.

—『금강』, 127

그때 나는 흙 계단으로,
지독히 얽혀있는 잃어버린 정글의 잡초사이로,
네가 있는 곳까지 올라왔노라, 마추픽추여.

—『노래』, 23

이러한 장소들은 두 시인들의 개인적인 경험을 종합하는 촉매 역할을 수행하고 있다. 이 장소들은 하나의 역사적 장소에 불과하지만, 그 장소를 통해 모든 역사의 순간을 한 순간에 보고 느낄 수 있는 그물코 혹은 알레프와 같다. 즉, 신동엽은 금강의 하늘을 보면서 "사람은 한울님이니라/ 노비도 농삿군도 천민도/ 사람은 한울님이니라"(『금강』, 133)라는 동학사상을 통해 끊이지 않고 지속된 민중 혁명을 노래한다. 한편 네루다는 마추픽추[3]를 보면서 "마추픽추여, 그대는 돌과 돌로 놓여 있다/ 하지

---

3) 『우리 모두의 노래』에 수록된 「마추픽추의 정상에서」는 네루다의 시적 믿음을 보여주는 대표작으로 평가되고 있는 작품이다. 이 시는 총 12편으로 구성되어 있는데, 처음의 다섯 편은 시인의 번민으로 출발하여 식민지 이전에 잉카세계의 중심지인 돌로 만들어진 마추픽추란 장소를 개인적으로 방문한 1943년 어느 날

만 그 바닥은 누더기가 아닐까?/ 수많은 석탄도 놓여있다, 하지만 그 속에는 눈물이?"(『노래』, 28)라고 간파하면서, 민중의 수난과 보이지 않는 질긴 힘을 바다를 통하여 간파한다. 이와 같이 두 장소는 두 시인에게 있어 민중의 영원성을 노래하는 민중 서사시의 기초적 이미지로 사용되고 있다.

하지만 이런 두 소재의 일치는 우연이 아니라, 두 시인들이 핍박받는 민중들을 노래하기 위해 느꼈던 의식의 산물이며, 이것은 그들이 사용하는 강과 바다의 이미지와 밀접한 관련을 맺고 있다. 다시 말하면, 두 시인들은 쉴 새 없이 파괴되고 형성되는 물의 움직임을 간파하고 있었던 것이다. 신동엽은 "알맹이는 여기/ 언제나 말없이 흐르는 錦江처럼/ 도시와 농촌 깊숙한 그늘에서/ 우리의 노래 우리끼리 부르며/ 누워 있어 니라"(『금강』, 141)라고 말하면서, 금강의 의미를 파악한다. 그리고 이러한 강물과 바닷물에 의해 쓰인 시는 민중의 실존적 시간과 역사적 시간에 대해 말하고 있다. 한편 네루다는 "나는 너희들의 죽은 입으로 말하기 위해 왔노라/ 이 대지를 통해/ 흩어진 채 침묵을 지키는 모든 입술을 한데 모아라/ 그리고 저 심연에서부터 이 기나긴 밤 내내 내게 이야기 하라/ 마치 내가 너희들과 함께 닻을 내린 것처럼"(『노래』, 30)이라고 말하면서, 죽어간 민중의 혼을 통해 그들의 역사적 시간과 실존적 시간을 회복하고 있다. 이때부터 물에의 '집착'은 역사실천을 추구하는 순수한

까지를 다루고 있다. 그리고 나머지 일곱 편에서 네루다는 마추픽추의 정상에 서서 묵묵히 있는 돌의 비밀을 발견할 뿐만 아니라, 뿌리 없는 여행자에 불과한 자신의 비밀을 알게 된다. 그러한 것을 표현하면서 네루다는 도시를 건설한 사람들과 공동의식을 형성하며, 자신의 진정한 뿌리가 있는 땅과 그 부족과 깊은 관계가 있음을 깨닫는다.

노동운동과 민중해방운동의 차원으로 변한다. 다시 말하면, 역사와 물의
흐름은 신동엽과 네루다의 사상에서 밀접한 관계를 형성하게 된다.

이 두 서사시의 역사성은 두 시인이 『금강』에서는 신하늬의 목소리
와, 그리고 『우리 모두의 노래』에서는 민중의 목소리와 시인 자신을 동
일시하면서 본격적으로 전개되기 시작한다. 이런 목소리를 통해 시인은
보잘 것 없이 비참하게 죽어간 형제들과의 일체감을 형성하며, 이것은
바로 시인의 소명의식으로 발전한다. 즉, 신하늬나 죽은 민중들의 목소
리를 통하여 두 시인들은 수 세기동안 자신들의 목소리를 내지 못한 채
침묵을 지켜왔던 우리나라와 라틴아메리카 사람들에 관해 말을 하는 것
이다. 그래서 네루다는 "나는 너희들의 죽은 입으로 말하기 위해 왔노
라"(『노래』, 30)라고 읊는 것이며, 신동엽은 '역사의 껍데기'를 벗어나 민
중들의 '알맹이'를 서술하기 시작하는 것이다. 이와 같이 정치적·사회
적 의미의 일체감뿐만 아니라, 시대적·역사적으로 상이한 서술 순간
속에서 두 사람은 시인의 목소리를 민중의 목소리로 변화시키면서 진정
한 시의 힘을 드러낸다.

강물이나 광활한 바다와 마찬가지로 역사도 고갈되지 않는다. 그것은
바로 역사의 영원한 순간이며, 그 영원은 바로 "우리들의 깊은 가슴"(『금
강』, 123)인 것이다. 강물과 마찬가지로 자유를 찾고자 하는 민중의 역사
는 역사 속으로 흘러가지만 결코 사라지지 않는 존재이다. 그것은 바로
물과 마찬가지로 부서졌다 다시 일어나는 영원한 운동이다. 이러한 강
물의 무한성은 끝없이 봉기했다가 결국 기성권력에 의해 좌절되어 역사
속으로 사라진 핍박받은 민중과 연결된다. 흔히들 시인들이 강과 바다
를 바라보면서 노래할 경우, 소재들의 서정성으로 인해 시는 역사에 등

을 돌리고 있는 것 같다. 하지만 이 두 시인들에게 있어서 강물과 바닷물은 반드시 필요하고 또 끊임없이 역사 속에서 메아리쳐 온 전쟁의 함성으로 이어진다. 이런 물의 역동성을 회상하면서, 네루다는 역사 실천과 바다의 바라봄 사이의 관계에 대해 이렇게 적는다.

> 나는 당신의 동시성적인 이마를 갖고 싶소.
> 내 가슴 속에서 그것을 열고서
> 해변에서 당신의 모든 것을 태어나게 하기위해,
> 그리고 지금 호흡한 모든 비밀을 가져가기위해
>
> —『노래』, 344

이런 강물과 바닷물의 움직임처럼 두 사람의 서사시도 더불어 움직인다. 즉, 앞으로 나아가기도 하고 뒤로 후퇴하기도 하며, 파도를 만들기도 하고 파도들이 서로 부딪혀 부서지게도 하며, 폭풍을 일으키고 가라앉히기도 하는 그런 물결처럼 움직인다. 이런 의미에서 이 두 서사시의 서술시점은 현재이지만 "근본적으로 과거는, 현재의 의식이 그 처해 있는 상황을 이해하는 데 원근법을 제공해"(김우창, 207) 주기 때문에, 현재적 서술시점은 지극히 당연한 일이라고 평가할 수 있다. 즉, 강물이나 바닷물 같은 시는 자신의 언어를 갖고 육지에 도달하여, 모래사장이나 갯벌에 보이지 않는 역사의 흔적을 남겨놓는 것이다. 그러면서 우리에게 알려지지 않는 세계로 침투하고, 그 근원을 찾으면서 현실을 위협하고 변혁하면서 부서진다. 그리고 그런 방식으로 물결 같은 시는 매일매일 삶을 살아가는 민중의 목소리에 정착하게 된다.

이러한 서사시 속에서 신동엽은 상고시대 이후의 고려·조선 시대의 지배계급을, 그리고 네루다는 라틴아메리카 정복과 독립 이후의 과정을 약탈과 파괴를 비롯하여 전통적인 공동체개념의 가치를 잔인하게 말살시킨 행위로 규정한다. 이런 과정 속에서 민중의 힘을 노래하기 위해 두 시의 화자는 바로 금강이나 마추픽추, 혹은 바다를 바라보면서 비판적인 눈으로 역사적인 장소를 되돌아본다. 그리고 이런 실제적이고 모든 역사적 사실들을 서술하면서, 강과 바다의 서정성은 사회적 목소리로 승화되어 민중의 서사시로 발전한다. 시인은 이러한 서사시 속에서 민중과 자기 자신을 동일시하며, 그들의 정치·경제적 조건을 함께 공유하려고 한다. 이와 같은 방법을 통해 화자는 특정한 역사적 사건 속에 위치하면서 그들의 서사시를 서술하는 것이다. 이러한 행위는 민중의 힘에 대한 새로운 눈뜸이며, 이것을 통해 시인들은 우리에게 새로운 세계를 향해 힘차게 나아갈 수 있는 희망을 제공한다.

2. '나'에서 '우리'로-공동체 의식을 향한 서사시

『금강』과 『우리 모두의 노래』에서 공통적으로 등장하는 '나'라는 서술주체는 억압받은 사람들의 상처와 고통을 대변하는 역할을 수행한다. 즉, '나'라는 화자는 한국의 쓰라렸던 과거현실을 그리기 위한 역사가로서, 혹은 아메리카 민중들의 역사의 대변자로서, 우리 모두가 관심을 보이고 또 관심을 보여야만 하는 역사를 서술하고 있다. 바로 그런 작업을 위해 '나'는 존재하며, 그런 '나'는 핍박받은 라틴아메리카 혹은 한국 땅에 와서 말없이 죽어간 농민과 노동자들에 관해 이야기한다.

내가 지금부터 이야기하려는
그 가슴 두근거리는 큰 역사를
몸으로 겪은 사람들이 그런
그 오포 부는 하늘 아래 더러 살고 있었단다.

—『금강』, 122

나는 여기에 역사를 말하려고 있는 것이다.
들소들이 노니는 평화로움부터
이 땅의 끝에 있는 두들겨 맞은
모래까지.

—『노래』, 3

　다시 말하면, 시인은 자신의 발자국 하나하나마다 민중의 탄생과정과
억압을 비롯하여 수탈상태를 서술하면서 민중의 이름으로 말하고 있으
며, 이런 과정을 통해 대통령, 독재자, 제국주의자, 침략자들을 고발한
다. 그 동안 침묵을 지켜야만 했던 민중들은 이런 시인의 입을 통하여
비로소 되살아나며, 시인은 민중들의 피를 위대한 영웅들 －가령 신동
엽에게 있어서는 동학 지도자들, 그리고 네루다에 있어서는 독립투사와
식민통치에 대항한 투사들－과 일체감을 형성하거나, 아니면 미지의 가
상적인 인물과 자신을 동일시하면서 민중 서사시를 전개한다. 가령 『금
강』은 "어느 해/ 여름 금강변을 소요하다/ 나는 하늘을 봤다"(127)라는
화자의 첫 이미지가 "하늬는 하늘을 봤다/ 영원의 하늘./ 내 것도/ 네 것
도 없이/ 거기 영원의 하늘이/ 흘러가고 있었다."(152)처럼 이야기의 주인
공으로 옮겨지고, 그렇게 시인은 투쟁 용사와 동일시된다.
　『금강』과 『우리 모두의 노래』에서 화자인 '나'는 현재에서 과거로 거

슬러 올라가면서 죽어있던 역사를 서술함과 동시에, 서정시의 기초를 이루는 화자의 내면을 드러내는 표현자로서의 '나'라는 두 가지 역할을 수행한다. 『금강』의 화자는 상고시대부터 수탈적인 고려와 조선시대를 거쳐 현대에 이르는 한국 상황을 서술하고 있으며, 『우리 모두의 노래』의 화자는 라틴아메리카의 기원부터 현재에 이르는 역사의 산 증인이다. 그리고 이런 역사를 서술하면서 두 화자들은 인류 초기의 조화로운 삶, 이민족의 침입, 영웅적인 투쟁, 식민치하에서 독립을 쟁취하기 위한 힘들고 아름다운 행동, 독재와 계급투쟁에 관해 잘 알고 있는 화자이다.

이들은 이런 지식을 바탕으로 시간과 공간을 오가면서 강물 같은 형식을 통해 역사를 서술하는 시를 쓰는 사람들이다. 다시 말하면, 끊임없이 부침(浮沈)하는 역사적 상황을 오로지 객관적으로 공정하게 그리려는 공식역사의 증인이 아니라, 그 사건에 참여하면서 역사의식을 형성해가는 시인인 것이다. 그리고 이런 역사의식과 더불어 서정성을 고양함으로써, '나'라는 이야기시의 서술주체는 시의 서술대상으로 구현된다. 이런 시인은 조국을 수호하고, 사랑하는 연인에게 빛을 제공하며, 별을 보면서 시인으로서의 '책임'을 통감하면서, 역사의식이 결여된 채 항상 서정적 주체로서 '나'라고 개인적으로 말해왔던 옛 시인들을 조롱한다. 네루다는 "하지만/ 난 비웃는다, 그들은 항상 '나'라고 말해왔다/ 길을 걸을 때마다/ 그들에게는 항상 무슨 일인가가 일어났다/ 그것은 항상 '나'였다"(『노래』, 105)라고 말하면서 일인칭 서정시의 화자들을 비웃는다.

이런 서정적인 '나'와는 달리, 이 두 시의 경우에는 독자들의 관심을 끄는 현상이 발견된다. 이것은 현재의 상황을 과거와 접목시키면서 변화를 겪는 '나'라는 개념의 도입에서 찾아볼 수 있다. 즉, 개인주의적인

'나'는 역설적이게도 역사적이고 집합적인 '나'인 '우리'로 바뀌고 있는 것이다.

> 우리들은 하늘을 봤다
> 1960년 4월
> 歷史를 짓눌던, 검은 구름장을 찢고
> 永遠의 얼굴을 보았다. (『금강』, 123)

> 동포들, 죽은 형제들, 칠레의 죽은 이들,
> 노동자들, 형제들, 동지들이여
> 오늘 너희들은 침묵을 지키고 있다. 그래서 우리는
> 말하려고 하는 것이다. 너희들의 순교는
> 번영하며 죄지은 자에게 벌을 내릴 수 있는
> 엄정한 나라를 건설할 수 있도록 도와줄 것이다

—『노래』, 236

  이 두 시에서 집단적인 화자는 울음의 씨앗을 받아들였던 바로 그 화자이다. 하지만 이제는 울음을 멈추고 옛 시대의 고독에서 벗어나 기쁘고 활기차게 미래로 나아간다. 그리고 현재의 상황을 과거의 상황과 비교하면서 공동체 의식을 형성한다. 이런 집단적인 화자는 미사여구를 지양하고, 단순하고 직접적이며 피가 솟아오르는 뜨거운 언어로 바뀐다. 그리고 그 언어는 바로 노동자들, 광부들, 어부들, 농민들의 언어가 되며, 그들의 언어를 통해 두 시인들은 그들에 관해 말한다. 바로 이런 상황에서 '나'는 민중의 의미를 지닌 '우리'로 대체된다. 그리고 '우리'는 바로 민중의 언어이며, 그들의 목소리이고, 시인의 목소리를 통해 모습을 드러내는 민중들의 근원을 상징한다. 또한 이러한 민중의 언어는 두 시인들에게 있어 시적 경제의 기술로 연결된다. 시 속에서 의미와 생각을 고양하는 감정의 절제와 정돈된 민중의 언어는 그들의 시에 더욱 힘을 주고, 더욱 확신 있는 메시지를 전하기 위해 사용되며, 최소한의 왜곡을 통해 시인들의 의지를 최대한으로 실현하고, 시인들이 희생자들과 함께 있다는 인상을 줌으로써 독자들에게 충격을 야기하게 되는 것이다.

이러한 '나'와 '우리'의 문제는 '나'라는 서정적이며 주관적인 주체와 '우리'라는 역사적이고 객관적인 주체가 서로 공존할 수 있으며, 이는 서로 상이한 문학 장르의 경계를 없애면서 융합을 실현할 수 있다는 가능성을 제기한다. 현대 문학을 살펴보면 소설은 서정적이 되고자 하며, 서정시는 좀 더 서사적이 되고자 하는 경향[4]이 한국과 라틴아메리카 문학의 기본 축을 형성하고 있음을 발견할 수 있다. 이런 의미에서 신동엽과 네루다는 이 모든 것의 존재를 드러내는 시를 쓰고자 한 시인이라고 평가받을 수 있다. 즉, 그들의 작업은 그들의 눈으로 보고 느낀 것에 대한 모든 것을 증거로 남기는 일인 것이다.

사실 이야기하는 것과 시로 노래하는 것은 그들이 시를 쓸 당시만 해도 서로 상이한 문학 장르에 속하는 각각 다른 표현방법이었다. 시인들은 노래하지만, 소설가들은 이야기하고, 극작가들은 말하고 있었던 것이

---

4) 라틴아메리카의 경우를 볼 때 멕시코 혁명의 부패상을 명쾌하게 그린 서정적 소설의 대표작으로는 후안 룰포(Juan Rulfo)의 『페드로 파라모Pedro Páramo』를 들 수 있으며, 서사적 서정시는 니카라과의 시인인 에르네스토 카르데날(Ernesto Cardenal)의 『의심스런 해협El estrecho dudoso』을 대표작으로 꼽을 수 있다.

다. 신동엽과 네루다의 업적은 바로 이러한 상이한 표현 방법을 조화롭게 서로 융합하면서, 두 장르의 상이한 표현방법의 장점들을 선별하여 총체적인 표현방법을 발견했다는 점에 있다. 이와 같이 시인의 주관적 감정을 객관화 시킬 수 있는 소설기법을 사용하면서, 두 시인은 전통적인 문학 장르의 좁은 경계 안에 자리 잡으려고 한 것이 아니라, 문학 장르의 경계를 넘나들면서 실존적이고 역사적인 문제와 시적인 표현탐구를 의식 있게 진행한 시인이라고 평가될 수 있을 것이다.

3. 신화구조와 역사성

위에서 살펴본 바와 같이 신동엽의 『금강』과 네루다의 『우리 모두의 노래』는 서정성과 역사성, 주관성과 객관성 같은 모순적인 두 요소를 조화롭게 사용하고 있다. 이와 더불어 두 시인은 도저히 양립할 수 없는 두 가지의 시학을 융합시키고 있다는 점이 특이하다. 그 중 첫째는 신화적 구조인데, 이는 자궁으로의 회귀, 혹은 과거의 기원으로 되돌아가는 것이다. 이것은 다분히 향수적이며, 최초의 완전성을 회복하고자 하는 욕망이고, 또한 모든 것이 순환적이며, 과거를 거슬러 올라가 회복할 수 있고, 삶과 죽음이 상호 교환될 수 있으며, 따라서 발전이라는 것이 없는 '영원의 회귀'라는 개념과 밀접한 관련을 맺고 있다. 또 다른 하나의 미학은 계속적인 발전을 상정하면서 미래의 시간으로 나아가는 역사적인 관점이다. 이러한 관점에서 이상적인 시간은 인류최초에 존재하는 것이 아니라, 사회혁명이 수행된 후 마지막으로 이루어진다. 여기에서 역사는 바로 사회혁명에 필요한 장애를 제거하면서, 그 목표를 향해 추진하는 원동력이다.

신동엽의 『금강』과 네루다의 『우리 모두의 노래』에는 두 가지의 특징적인 주제가 등장한다. 우선 시의 대부분이 역사를 다루고 있으며, 형식에 있어서는 한국과 라틴아메리카의 역사적 운명을 다루는 이야기시라는 점이다. 그리고 또 다른 하나는 이 두 서사시가 순환적 구조를 띠면서 동시에 연대기적 성격을 보여주고 있다는 점이다. 그리고 서술을 시작하는 화자의 출발점은 마치 대홍수 이후에 야기된 혼란되고 타락한 세계를 재구성하는 노력으로 평가될 수 있다. 다시 말하면, 대지의 최초의 것들이 잊히고 매장되어 소실된 것을 인정하는 순간, 두 시인들은 그것들을 회복하려고 노력한다. 이 두 시는 모두 원시적 공동사회를 이상향으로 상정한다.

> 半島는
> 평화한 두레와 평등한 分配의
> 無政府 마을
> 능력에 따라 일하고
> 필요에 따라 분배,
> 그 위에 靑春들의
> 祝祭가 자라났다.
> 우리들에게도 생활의 시대는 있었다.
>
> —『금강』, 138

> 인간은 대지였으며, 부글부글 끓고 있는
> 진흙 그릇이었으며, 진흙 눈꺼풀이었다.

그리고 카리브인의 물 항아리였으며, 칩차 족의 돌이었다.

—『노래』, 3

　이들 서사시는 자연적인 삶과 어머니의 자궁인 우주와의 조화를 통해 서술되고 있다. 그리고 이런 관점은 추상과학이나 기술의 발전, 혹은 도시 문명을 과소평가하면서, 순진무구한 총제적인 관점을 보여주고 있다. 하지만 "꽃가루의 과학"과 "푸른 새의 비밀/ 별들의 언어"(『노래』, 38)처럼 인간과 자연이 하나였으며, 평등이 지배했던 이상향은 "큰 마리낙지"(『금강』, 138)들의 출현과 이민족의 침입으로 파괴되기 시작한다. 이런 구조를 통해 이들 서사시에는 이 지구상에 사는 민생의 장구한 역사가 담겨있다. 원래 유한도 착취도 없고, 두레 형식의 협동적 근로와 생산과 우애와 축제가 있던 땅이었다. 그런데 언제부턴가 큰 낙지, 작은 낙지, 거머리, 빈대 꼴인 부패한 벼슬아치들과, 모화관 숙소에 거드름을 피우며 들어오는 대국 상전들로 인해 이런 이상향은 모습을 감추게 된다(구중서, 373).

　　언제부터였을까, 산짐승, 有閑약탈자
　　쫓기 위해 백성들 문밖 세워뒀던 문지기들이,
　　안방 기어들어와 상전노릇 하기
　　시작한 것은,

—『금강』, 138

　　알바라도,5) 그는 발톱과 칼로

5) 페드로 데 알바라도(1485~1541). 스페인의 정복자이며 그의 잔인성으로 명성을

초가집위에 떨어졌으며,
금은세공의 유산을 휩쓸어버렸고,
부족의 결혼장미를 강간했으며……

—『노래』, 37

　이렇게 폭력에 의해 강탈되고 타락된 세계에서 벗어나 이 두 시의 화
자는 어머니의 자궁인 최초의 이상향으로 들어가 좀 더 생산적인 활동
을 벌이게 된다.

금강
옛부터 이곳은 모여
썩는 곳,
망하고, 대신
정신을 남기는 곳

—『금강』, 283

홀로, 이 고독 속에서
나는 강물처럼 울고 싶소, 나는
어두워지고 싶고, 또 잠자고 싶소
마치 당신의 옛 광산의 밤처럼.
난 당신의 뿌리로 만들어졌소.

—『노래』, 47

　이런 것은 바로 죽은 세계로의 하강이며, 밤과 지옥의 어둠으로의 회

떨쳤음.

귀이다. 하지만 이 요소들은 전통 서사시처럼 침잠하여 융해되어 출생하고 재생되는 세례처럼 정화의 요소로 사용되는 것이 아니라, 잊힌 사람들과 공동체 의식을 형성하고자 함이며, 그들의 꿈을 다시 실현시키려는 의도이다. 즉, 두 시의 화자들은 썩고 망하는 곳, 그리고 어두운 뿌리로부터 격렬하게 시인의 사명을 느낀다. 그들은 거름 속에서, 혹은 강물사이로 비밀스럽게 숨겨진 민중의 목소리를 듣고자 하며, 그럼으로써 원초적 삶에 뿌리박은 새로운 삶 속에서 생동감 있는 민중의 말을 그들의 죽은 입을 통하여 우리에게 전달하려고 한다.

이렇게 두 시인들은 언어를 통해 죽어있는 사람들을 자신들의 서사시 속에서 부활시키면서, 시간 속에서 잊히고 말을 잃은 사람들의 비밀에 참여한다. 다시 말하면 그들은 침묵 그 자체에서 침묵을 극복하려고 노력하며, 이는 혼미한 상태에서 그 당시까지 목소리를 제대로 드러내지 못했던 사람들을 표현하고자 하는 시인들의 욕망으로 드러난다. 이처럼 시인들은 그들의 노래 속에서 서술대상인 침묵하고 있는 민중들과의 교감을 형성하면서, 그들과의 동질감을 느끼는 시인의 목소리를 통해 죽어서 묻힌 목소리들로부터 이어받은 지식을 전달하고 있다. 그리고 봉건치하의 농민과 식민지 치하에서 죽어간 사람과 함께 일체감을 이루는 것은 공간적 차원에서의 동질감뿐만 아니라, 시간적 차원에서도 한국 혹은 라틴아메리카 전 대륙의 어둡고 암울했던 언어를 벗어나 희망적인 예언자적 사명을 수행하게 하는 주요 동기가 된다.

그러나
이제 오리라,

갈고 다듬은 우리들의
푸담한 슬기와 慈悲가
피 한 방울 흘리지 않고
우리 세상 쟁취해서
반도 하늘 높이 나부낄 평화,
낙지발에 빼앗김 없이,
우리 사랑밭에
우리 두렛마을 심을, 아
찬란한 혁명의 날은
오리라.

—『금강』, 302

그리고 이 말은 다시 탄생할 것이다.
아마도 고통이 없는 다른 시대에,
내 노래의 검은 초록에 붙어 있는
비순수한 나뭇결 없는 시대에.

—『노래』, 370

이런 영원한 회귀로의 시학은 우주창조의 원칙을 재확인하면서 그 원형을 반복하고 있다. 즉, 모든 탄생과 모든 인간의 기본적 생산은 이 세상의 탄생을 재확인하는 것이다. 시간적 전개로 볼 때 『금강』은 금강변의 하늘과 땅에 서린 민중의 혼으로부터 시작하여 동학농민혁명, 기미독립운동과 4·19혁명까지 민중의 정신사적 맥락을 구성하면서 "우리의 입김은 혹/ 해후할지도/ 몰라"(『금강』, 303)로 끝을 맺고 있으며, 네루다의 『우리 모두의 노래』는 대지의 창조로부터 시작하여 물의 창조로 끝을 맺고 있다. 이렇게 끊임없는 회귀를 상징하는 구조 속에서 두 서사시는 계속하여 민중의 평등이 존재했으며, 타인의 약탈이 없었던 시기를 회상하고 있다. 이러한 요소들의 반복으로 이루어진 구조는 원형구조에 입각한 신화적 관점을 드러낸다. 그리고 이런 구조 속에서 우리의 관심을 끄는 것은 바로 반복되고 영원히 남아있는 요소가 이 두 시들의 역사적 사상과 밀접하게 연결되어 있다는 점이다. 이러한 관점에서 볼 때, 기원으로 돌아가는 것은 바로 새로운 세계의 창조를 원하는 혁명을 노래하는 두 시에 있어서 당연한 일인지도 모른다.

신동엽의 독특한 화법에 의하면 이런 신화구조는 원시 공동체적 사회가 상정하는 생명의 대지는 '원수성(原數性) 세계'이고, 그의 시는 현대문명 속에서 분해 된 맹목적 기능자 사회의 '차수성(次數性) 세계'를 거부하고, 전경인적(全耕人的) 인간회복을 거쳐 대지에 돌아가고자 하는 가치관을 표명하는 '귀수성적(歸數性的)' 세계를 극명하게 드러내고 있는 구조이다. 그리고 이러한 전경인적 삶은 현실과 세계를 통합적 안목으로 보면서 공동체적인 삶을 유지하는 것이며, '껍데기'에 매몰되어 알맹이를 잃은 당대 현실을 극복하는 길이었던 것이다. 즉, 신동엽과 네루다는 삶의 공동체적 뿌리에 민중의 삶을 착근시켜 '알맹이'의 삶, 인간다운 삶을 다져나가는데 있다고 본 것이다. 이러한 것을 통해 두 시인은 정치, 경제, 문화, 종교, 철학, 과학의 인간성 회복을 부르짖는다.

이 두 서사시에서 자연은 주인공을 통해 역사로 변환되며, 동시에 이것은 민중의 목소리가 된다. 그리고 신화적 구조의 의미는 민중이 창세기적 모든 점을 지니는 자연의 연장선상에서 수용되고 있다. 주인공들의 근본적인 의식은 바로 민중 속에서 이루어지며, 이것이 사실상 이 작품들의 불변적인 요소로 작용하고 있음은 이미 살펴본 바와 같다. 따

라서 역사의 자연화에 있어서 신화적 관점이 주조를 이루고 있다는 것
은 매우 정당한 해석으로 보인다. 하지만 이러한 관점이 역사와 결별하
고 있다고 유추하는 것은 매우 위험한 일이다. 오히려 이와 반대로 자
연은 역사를 언급하고 있으며, 역사와의 관계 속에서 그 의미를 획득하
는 것이기 때문이다. 이런 점에서 민중의 역사적 삶을 은유적으로 시사
하고 있으며, 동시에 신화적 구조의 핵심인 '영원'에 관한 김종철의 의
견은 적확한 것으로 보인다.

> 잠시 『금강』을 통해, 우리는 '영원'의 개념이 신동엽에게는 역사적
> 투쟁에 직결되어 있는 개념임을 확인한다. 이 시에서 시인은, 동학농민
> 전쟁과 4·19의 경험을 한국 현대사에 '영원의 하늘'이 잠깐 열렸던 경
> 험으로 이야기한다. 그가 보는 방식으로는, 반봉건·반외세와 반독재
> 투쟁 사이에, 그것들이 본질적으로 민중의 자기해방운동의 표현인 한,
> 특별히 주목해야 할 차이는 없었다. 이 시의 중심적 줄거리를 이루는
> 동학농민전쟁은 결과적으로 성공하지 못한, 민중의 패배로 끝난 혁명운
> 동이었다. 그러나 시 『금강』이 암암리에 품고 있는 주제는, 그것이 비록
> 실패로 끝난 운동이라고 해도, 그것을 통해 '영원의 하늘'을 잠깐 동안
> 이나마 보는 집단적인 체험이 가능했고, 그 경험과 그 경험에의 기억은
> 우리의 비극적인 현대사에 다른 무엇을 대치될 수 없는 빛이 되어왔다
> 는 것이다. 실제로, 시인은 이 시의 말미에서 주인공 신하늬의 죽음 뒤
> 에 그의 아들의 출생을 이야기함으로써, 어떠한 좌절에도 불구하고 민중
> 속에서 끊어지지 않고 지속될 해방운동을 암시하고 있다. (김종철, 111)

이렇게 역사가 자연의 물처럼 흘러가면서 이루어지는 민중과 물질의
동일시를 통해 유물론적이자 역사적인 관점에서 살펴볼 때, 인간은 자
신들의 존재를 확인할 수 있는 생산과정 속에서 자연과 관계를 맺고 있

다고 정의내릴 수 있다. 즉, 신동엽과 네루다는 민중개념의 자연화를 인간의 생산 활동과 긴밀히 연결 지으면서 역사적 성격을 획득한다고 보고 있다. 인간 활동의 찬양은 이런 점에서 두 시인의 위대성이라고 볼 수 있다. 다시 말하면, 자연은 인간화되고, 인간은 자신의 의식을 통해 역사를 만들고 있는 것이다.

여기서 민중을 자연과 동일시하는 것은 두 시의 진정한 성격을 보여주는 또 다른 단면이다. 민중은 단지 대지-어머니로 흡수되어 버리는 것이 아니라, 이와 맞서서 그것을 소유하게 변화시키는 것이다. 대지의 나무와 같이 민중 속에 뿌리박으면서, 주인공은 바로 이런 창조적 존재의 핵심을 수용하고 있는 것이다. 이와 같이 『금강』과 『우리 모두의 노래』는 직접적이든 간접적이든 국가의 독립투쟁을 통해서나 아니면 노동자 혹은 농민들의 존재를 확인시킬 수 있는 행위를 조직함으로써 자연과 연결되어 있는 그들의 역사가 발전할 수 있도록 투쟁하는 것이다. 민중의 적들은 억압과 수탈을 일삼고 '반자연화'하고 인간과 자연과의 관계를 '비인간화' 시키는 사람들인 것이다.

두 시인이 서술하는 민중은 바로 프롤레타리아로 대변된다. 네루다가 '빵의 아버지'라고 부르는 민중들은 실질적으로 이 사회의 부(富)를 창출하는 사람들이지만, 역설적으로 아무 것도 소유하지 못한 사람들이다. 그들은 자신들이 생산한 산물로부터 소외되어 있는 사람들이다. 즉, 자신들의 산물로부터 타인이 된 사람들인 것이다. 그리고 그들은 역사의 망각 속에 침잠해 있는 사람들이다. 부르주아 사회의 발전은 프롤레타리아의 수탈과 소외를 가중시켰다. 그리고 변증법적으로 그들의 존재를 사멸시키는 조건들을 창출한다. 하지만 네루다와 신동엽은 역사의 망각

속에서 침묵을 지키고 모습을 감춘 사람들이 이제 전면으로 나설 시간
이라는 것을 말하고 있다.

4. 서사시와 역사실천의 시

우리가 다루는 두 서사시에 내려진 평가를 보면, 일반적으로 시사적
(詩史的) 관점에서는 기념비적 행위로 평가되고 있으나, 역사적·이데올
로기적 관점에서는 교조주의적이며 지나친 단순화라는 혹평을 받고 있
다. 이러한 관점에 의거해, 많은 비평가들은 이 서사시들 속에서 역사가
시의 대부분을 차지하고 있으며, 따라서 서사시적 요소가 많이 침투되
어 있다고 말한다. 다시 말하면, 그들은 역사적 요소에 주안점을 두면서
시속에서 역사를 정의하고 있으며, 이를 근거로 역사가 시의 근본요소
임을 지적한다. 그리고 선-악, 지배-피지배, 억압-피억압 등의 이분
법에 의거한 이데올로기가 시와 혼합되면서 민중의 변증법적 역사발전
이 잘 드러나지 않는 결점을 지니고 있다고 밝힌다. 하지만 텍스트에
바탕을 두지 않은 이런 외적인 이론에 의해 이들 서사시의 역사성을 분
석하는 것보다, 이들 시 뒤에 숨어있는 행동적 언어의 비순수성 속에서
우리는 시의 핵심을 발견해야 한다.

이런 분석방법은 신동엽과 네루다가 역사를 시의 근본 소재로 사용하
여 시화(詩化)하는 과정에서 시 의식이 불충분했다는 기존의 이론에 대
한 반성의 기초를 이룰 뿐만 아니라, 그들이 쓴 시의 핵심을 포착하는
데 매우 중대한 문제가 된다. 가령 조태일, 채광석을 비롯한 대부분의

비평가들이 『금강』에 있어서 신하늬라는 상상적 인물의 출현을 "이 시는 현재의 역사적 진실의 해석에 있는데, 가공적인 단역인물의 소설적인 구성은 이 해석에서 진실성을 감소시킨다."(김우창, 215)라는 의견에 대부분 동조하는 듯이 보인다. 하지만 이런 경우에 역사는 시가 보여주는 사건과 인물에 관한 문제로 정의될 성질이 아니라, 시가 추출하는 인간과 사물의 심오한 운동을 통해 그의 힘과 가치를 표현하는 것으로 설명되어야 한다는 점을 간과하고 있다. 즉, 신동엽과 네루다의 시는 역사적·사회적 현실의 충실한 재현이 아니라, 오히려 시인이 이러한 현실을 감지하고 느낀 것을 통해 형성되는 상상적 현실이며, 이런 상상적 일체감을 통해 두 서사시는 사회적 현상으로써의 이데올로기를 재현할 뿐만 아니라, 과거의 역사를 새로운 방식으로 감지하고 느끼는 사회적 상상력 속에서 재현하고 있는 것이다.

다시 말하면, 서사시라는 전통적인 개념을 통해 시인과 역사와의 문제를 단순히 형식적이고 피상적인 관계로 축소하여 전개시킬 것이 아니라, 이런 상상적 인물의 등장이 역사적 차원에서 볼 때는 반제국주의적 투쟁을 전개하고 있으며, 이데올로기적 차원에서는 역사적 유물론의 토대를 보여주기 위한 것이라는 사실을 염두에 두어야 한다. 이런 점에서 신동엽의 신하늬는 네루다의 레카바렌과 마찬가지로 민중의 대변자로서의 역할을 충실히 수행하는 익명의 인물로 해석되어야 한다. 이와 같은 가공의 이름은 수많은 민중들의 이름이며, 바로 이런 익명성으로 인해 두 시인은 인류형제뿐만 아니라 그 자신을 원상태로 복구한 인간으로의 역할을 수행하고 있는 것이다.

한편 위에서 살펴본 바와 같이 김종철 씨는 '영원'의 개념을 지속적으로 민중사에 존재해 온 것이라고 파악하고 있지만, 이러한 신동엽의 역사관을 신화와 같이 다분히 반복적이며 순환적이라고 지적하면서, 그의 시는 동학의 시대와 4·19를 한 평면에서 시차를 두고 되풀이되어 일어난 것으로 파악할 뿐, 두 사건이 일어난 백년간의 시간사이에 경험된 변증법적 발전과정을 전혀 고려되어 있지 않다고 비판한다. 즉, 그의 상상력의 중심은 거의 언제나 '영원의 세계'와 현실 세계와의 단순한 대비에 불과하며, "역사를 움직이는 것은 민중이라고 할 때 민중의 주체성은 억압체제하에서 어떻게 성장하는가"(김종철, 112)에 관한 문제 같은 것이 충분히 동태적으로 탐구되어 있지 않다는 것이다.

하지만 이런 사회과학적 입장은 분명 시라는 서정적인 매체와는 구별되어야 한다. 네루다는 "비순수시는 마치 옷이나 육체, 그리고 영양결핍으로 인해 생긴 반점이나 창피한 행위처럼, 주름져 있거나 꿈을 꾸고, 밤을 새거나, 아니면 예언을 하고, 사랑과 미움에 대해 말하고, 동물, 천재지변, 자연, 정치적 믿음, 부정, 의문, 확신, 강요된 것들을 포함하는 일체의 것들이다"(Neruda 1991, 485~486면)라고 말하고 있다. 네루다의 이 말은 이 세상에는 현실 고발을 주안점으로 삼고 있는 마르크스주의자들의 정치적 이데올로기보다 더욱 강한 믿음이 있다는 것을 의미한다. 가령 지구는 둥글다는 것은 변증법적 유물론보다 가장 급진적이고 혁신적인 입장을 대변하는 것이며, 그것을 말하는 행위는 매우 실천적인 것이다. 이와 마찬가지로 이 세상의 사물은 각각 제 위치에 놓여야 한다는 사실은 두 시인들의 의식의 기반을 형성하고 있다. 이런 의미에서 두 시인들은 자신이 시 속에서 이데올로기의 이론가가 될 수 없다는 사실을 잘 알고 있었다고 평가될 수 있다. 즉, 이들은 인간 공동체의 문제를 이데올로기에 얽매인 공동체와 혼동하여서는 안 된다는 의식이 분명한 실천가들이었다.

의심할 여지없이 신동엽의 『금강』과 네루다의 『우리 모두의 노래』는 장편 서사시 혹은 현대에 들어 '이야기 시'로 분류되는 문학개념과 일치한다. 그리고 이 두 시 모두 역사적 사건과 그 사건이 후대들에게 불러일으키는 힘을 모아 서술함으로써 분명한 역사의식을 보여주고 있다. 물론 이런 시 의식이 '역사의 객관적 지식'이라는 용어와 일치하지는 않더라도, 그와 아주 다른 것도 아님을 알아야한다. 즉, 시인의 열정과 그의 특정 사실에 대한 편애가 역사가의 차원과는 다른 시인의 언술 속에 스며들어 있더라도, 그것이 반드시 역사가들의 결론과 다른 것은 아니라는 점이다.

마르크스는 지금까지의 모든 역사를 '계급투쟁'으로 정의하면서, 노동자 계급을 모든 계급간의 갈등을 해소하는 표현인 동시에 모든 인류의 이익을 창출하는 계급으로 간주하면서 사회과학적인 근거 하에서 하나의 진실을 상정하고 있다. 하지만 동시에 그는 이런 이론이 계급투쟁의 과학적 진실로 추상화하기는 불가능하다는 것을 지적하고 있다. 다시 말하면, 과학적 진실은 바로 계급투쟁 속에 있으며, 그런 객관적 성격은 바로 역사적인 투쟁의 실천에 있다는 것이다. "객관적 사실을 인간 사상에 부여하는 문제는 이론적인 것이 아니라, 실천의 문제이다. 실천 속에서 인간은 진실을 보여줄 수 있다. 즉 현실과 인간 사상의 위력은 바로 이런 세상에 속해 있음을 보여주는 것이다. 실천적으로부터 유리된 사상의 현실성이나 비현실성에 관한 토론은 순전히 초등학생들 차원의 문제인 것이다"(Sicard, 285면에서 재인용)라고 마르크스는 지적하고 있다.

다시 말하면, 역사적 실천을 출발점으로 하나의 사실에 관한 새로운 정의를 내리는 마르크스의 이 말은 신동엽과 네루다의 『금강』과 『우리 모두의 노래』는 주관적인 것도 아니며 역사적 사고가 얕은 것도 아님을 보여준다. 이 작품들은 현명하게 객관적 운동을 시속에서 채택하고 있으며, 이를 통해 "고통의 보편성으로 보편성을 획득"(Sicard, 303면)하고 있는 것이다.

5. 맺음말

신동엽의 『금강』과 네루다의 『우리 모두의 노래』는 1973년에 신경림이 제안한 '민중의 문학, 민중을 위한 문학'의 범주에 속하는 민중 서사시이다. 그리고 이 두 시는 객관적인 역사와 주관적인 서정성의 조화를 통해 민중의 감정 및 사상을 집약하고 승화시킴으로써 민중의 생활 감정에 뿌리박은 문학을 실현하고 있는 구체적 성과물이라는 공통점을 지닌다. 이러한 공통점은 바로 서정적 미학을 지닌 민중 서사시는 인간적 현실이 단순히 민족주의적이고 국가주의적 의미를 지니는 것이 아니라, 국경을 초월한 모든 제3세계의 민중의식이라는 것을 보여준다.

하지만 우리 문학사에 하나의 획을 그을 정도로 중요한 신동엽의 『금강』을 평가한 많은 비평가들은 이 작품의 민족주의적·이데올로기적인 요인의 역할을 과대평가한 나머지 민중 서사시가 지니는 형식과 내적 긴밀성을 극소화시키려 해왔다. 다시 말하면, 이 두 작품은 체계적인 구성요소에 의해 민중사상을 전달하는 자체의 미학을 형성하고 있음에도,

종래의 비평들은 문학작품이 사회적·역사적 조건들에 의해 결정된다는 명제 아래서 이 작품에 드러난 민중사상을 단순히 이데올로기의 구성요소들로 압축시키고 있었던 것이다.

하지만 네루다의 『우리 모두의 노래』를 통해 재조명해 본 신동엽의 『금강』은 현대의 민중 시인이 예리한 통찰력과 적절한 구조를 사용하면서 역사적 객관적 요소들을 서정적으로 변환시키고 있으며, 또한 이러한 서정성을 민중적인 요소로 재변형하고 있음을 보여준다. 다시 말하면, 서사시에 내재하는 민중성은 예술의 변증법적 차원에서 서정성과 현실성을 고차원적으로 종합하고 승화시켰다고 말할 수 있으며, 이러한 시 창작 태도는 단순히 사회·고발적 사상에 기초를 둔 리얼리즘 계열의 민중문학의 차원을 뛰어넘고 있는 것으로 평가될 수 있다. 이것은 시가 단순한 현실 재현이 아니라, 시인의 주관에 의한 변형을 통해 현실의 문제가 인간의 차원으로 변해짐을 의미한다.

지금까지 살펴본 신동엽의 『금강』과 네루다의 『우리 모두의 노래』는 재현된 외적현실을 예술작품 속에서 시적으로 재창조함으로써 한국과 라틴아메리카의 민중의 현실을 반영하고 표현하는 작품이다. 그리고 미학적인 관점에서 살펴볼 때, 이 두 작품은 단순히 이데올로기에 의해 지배되고 있는 것이 아니며, 또한 그동안 착취당해 온 민중들의 현실을 단순히 반영하고 있는 것도 아니라, 시가 지닌 서정성 속에서 형식과 내용의 조화를 통해 민중의 문제가 예술적으로 해결되었음을 보여주고 있다. 이런 점에서 두 작품들은 현재까지 민중 서사시의 토대를 마련해 준 것에 그치는 것이 아니라, 참다운 침묵의 언어인 민중의 숨겨진 말을 대변하고 그에 대한 사랑을 서술함으로써 현대의 포스트모더니즘이

주창하고 있는 '차연'을 이루고 있으며, 또한 공식역사의 이름으로 배제된 참다운 민중의 사랑을 구현할 수 있는 새로운 가능성을 제시하고 있다고 평가될 수 있다.

출전 :『세계문학비교연구』제9집, 세계문학비교학회, 2003. 10.

제 4 부

부　록

생애 연보

1930. 8. 18 충청남도 부여군 부여읍 동남리 269번지 초가에서 신연순의 장
　　　　　　남으로 태어난다.

1939(9세) 부여 공립 진죠소학교에 입학한다.

1942(12세) '내지 성지 참배단'으로 뽑혀 학생 5백여 명과 함께 보름 동안
　　　　　　일본을 다녀온다.

1944(14세) 부여 초등학교를 졸업한다.

1945(15세) 3월에 전주사범학교의 까다로운 입학시험에 합격한 동엽은 4월부
　　　　　　터 이 학교에서 공부한다. 그러나 일본의 전쟁 승리를 위한 노력
　　　　　　봉사에 강제로 동원되는 바람에 제대로 공부하지 못한다. 낮에는
　　　　　　일하고, 밤에는 기숙사에서 배고픔과 추위에 시달리면서도 틈틈
　　　　　　이 많은 책을 읽는다.

1949(19세) 7월 23일 공주사범대학교 국문과에 합격하지만 다니지는 않는
　　　　　　다. 9월 단국대학교 사학과에 입학한다.

1950(20세) 6월 25일 한국전쟁이 일어나고, 7월초부터 9월말까지 인민군 치
　　　　　　하의 부여에서 민청 선전부장을 한다. 12월말에 '국민 방위군'

에 소집된다.

1951(21세) 국민 방위군이 되어 전쟁터로 끌려갔다가 죽을 고생 끝에 병든 몸으로 집에 돌아온다. 몸을 회복한 뒤 부여를 떠나 대전으로 간다. 대전 전시연합대학에서 계속 공부한다. 이해 가을부터 다음해 가을까지 친구 구상회와 함께 사적지를 찾아다닌다.

1952(22세) 전시연합대학 학생증(6월 1일)을 보면 4학년으로 기록되어 있다.

1953(23세) 3월 17일 군간부 후보생이 된다. 대전에서 전시연합대학 중의 하나인 단국대학교 사학과를 졸업한다.

졸업과 동시에 제1차 공군 학도간부 후보생으로 임명되나 발령 받지 못한다. 이해 초봄, 서울에 가서, 시청에 다니던 친구가 돈암동 사거리에 차린 헌책방에서 숙식하며 책방 일을 본다. 이해 가을 인병선을 만난다.

1955(25세) 4년 만에 고향 땅 부여로 돌아온다. 고향에서 여름을 보낸 뒤, 온양의 구상회를 찾아 함께 상경하며 동두천에서 현지 입대한다. 6군단 공보실에서 근무하다가 구상회와 함께 서울 육군본부로 전속된다.

1956(26세) 인병선의 노력으로 초가을 의가사 제대한다. 겨울 구상회, 노문, 이상비, 유옥준 등과 문학적 교류를 가진다. 가제 '야화'(野火)로 동인지를 내려고 준비하면서, 주로 노문의 하숙집에서 열띤 문학토론을 벌인다. 신춘문예 시 부문에 응모하나 낙선한다.

1957(27세) 농촌경제학자 인정식 선생의 외동딸인 인병선과 부여에서 전통 혼례를 올린다. 그해 맏딸 정섭이 태어난다.

1958(28세) 충청남도 보령에 있는 주산 농업고등학교에서 학생들을 가르치기 시작한다. 부여읍 동남리 501-3에 틀어박혀 시작에 몰두, 석림(石林)이라는 필명으로 조선일보에 장시 「이야기하는 쟁기꾼의 대지」를 응모, 한국일보 신춘문예에 평론 「추수기」를 응모한다.

1959(29세) 장시 「이야기하는 쟁기꾼의 대지」가 조선일보 신춘문예에 입선
한다. 평론은 결선에서 탈락한다. 봄에 상경하여 돈암동에서 단
칸 전세방을 얻고 서울 살림을 시작한다. 맏아들 좌섭이 태어난
다. 시 「진달래 산천」(조선일보), 「새로 열리는 땅」(세계일보) 등
발표한다.

1960(30세) 월간 교육평론사에 입사, 4·19가 일어나자 『학생혁명시집』을 만
들어 출판한다. 여기에 시 「싱싱한 동자를 위하여」를 수록한다.

1961(31세) 명성 여자고등학교에서 학생들을 가르친다. 그의 시를 이해하는
데 중요한 토대가 되는 시론 「시인정신론」(『자유문학』) 등을 이
시기에 발표한다.

1962(32세) 둘째 아들 우섭이 태어난다. 장모 노미석의 도움으로 서울 동선
동 5가 45번지에 한옥을 마련한다. 이후 타계할 때까지 이 집에
서 산다.

1963(33세) 3월, 첫 시집 『아사녀』가 나오고 나서 얼마 뒤 서울 시청 근처
의 중국음식점에서 시집 출판 기념회를 한다. 『아사녀』에는 「진
달래 산천」 등 발표작 10편, 신작, 8편이 수록되어 있다.

1964(34세) 3월, 건국대학교 대학원 국문과에 입학한다. 그러나 한 학기만
공부하고 10월에 미등록으로 학교를 그만둔다.

1965(35세) 한일협정 비준반대 문인서명운동에 참여한다. 「삼월」(『현대문학』),
「초가을」(『사상계』) 등을 발표한다.

1966(36세) 6월, 시극 「그 입술에 패인 그늘」이 최일수 연출로 국립극장에서
상연된다. 「4월은 갈아엎은 달」(조선일보), 「담배연기처럼」(『한글
문학』) 등을 발표한다. 이후 『신동엽 전집』(1980)을 출간하는 창
작과비평사가 설립된다.

1967(37세) 1월, 그의 작품 가운데 가장 잘 알려진 시 「껍데기는 가라」(『52인
시집』)를 발표한다. 이 시집에는 「원추리」, 「그 가을」, 「아니오」
등 7편이 수록되어 있다. 6월부터 8월까지 중앙일보에 시월평을

집필한다.

1967(37세) 12월 25일, 펜클럽 작가기금으로 장편 서사시 『금강』을 『한국 현대 신작 전집』(을유문화사)에 발표한다.

1968(38세) 장편 서사시 「임진강」 집필을 계획하고 임진강변이며 문산일대를 답사하기도 했으나 마무리하지 못한다. 그가 발표한 오페레타 「석가탑」이 백병동 씨 작곡으로 5월 드라마 센터에서 상연된다. 6월 16일 시인 김수영이 타계하자, 그를 추모하는 조시 「지맥 속의 분수」(한국일보)를 발표한다. 「보리밭」, 「술을 많이 마시고 잔 어제밤은」 등 5편을 『창작과 비평』(여름호)에 발표한다.

1969(39세) 시론 「시인·가인·사업가」(대학신문), 「선우휘 시의 홍두깨」(월간문학) 등을 발표한다. 3월 간암 진단을 받아 세브란스 병원에 며칠 입원한다. 4월 7일, 서울 동선동 집에서 간암으로 세상을 떠난다. 4월 9일 경기도 파주군 금촌읍 월롱산 기슭에 묻혔다.

1975 6월, 『신동엽 시 전집』이 출간된다. 곧이어 7월 박정희 군사정권은 이 책을 긴급조치 9호 위반이라는 이유로 판매를 금지한다.

1979 3월, 시집 『누가 하늘을 보았다 하는가』가 창작과비평사에서 간행된다.
4월, 서울YMCA에서 출판기념회를 겸한 10주기 행사를 연다.
7월, 일본에서 시집이 번역되어 나온다.

1980 4월, 『신동엽 전집』이 다시 출판된다.

1982 12월, 유족과 창작과비평사(지금의 창비)가 공동으로 '신동엽 창작기금'을 만들어 그 해에 활동이 뛰어난 작가에게 기금을 주기 시작한다. 지금까지 훌륭한 작가들이 이 기금을 받고 있다.

1985 신동엽이 자라고 신혼생활을 한 생가가 복원된다.

1989 중학교 3학년 국정 교과서에 신동엽의 시 「산에 언덕에」가 실린다. 그의 시는 이제 우리 문학사에서 빼놓을 수 없는 명작으로 누구나 즐겨 읽게 된다.

1990 단국대학교 서울캠퍼스 교정에 신동엽 시비가 세워진다. 신동엽의 아

버지 신연순 옹 사망.

1993 11월, 경기도 파주군 월동산에 있던 묘지를, 부여군 부여읍 능산리 백제 왕릉 앞산으로 이전한다.

1994 8월, 동학농민전쟁 100주년 기념으로, 세종문화회관 대극장에서 가극 <금강>(문호근 연출)이 초연된다.

2003 2월 19일, 유족은 생가를 부여군에 기증한다.

10월 20일, 신동엽 시인이 대한민국 은관문화훈장 서훈 대상자로 선정된다.

2005 대한민국 문화관광부가 제정한 '4월의 문화인물'로 선정된다.

연구 목록*

강계숙, 신동엽 시에 나타난 전통과 혁명의 의미, 『한국근대문학연구』 제5권 제2호(통권 제10호), 한국근대문학회, 2004. 10.

강상대, 서사시 『금강』의 문화콘텐츠 개발에 관한 연구, 『한국콘텐츠학회논문지』 제6권 제7호, 한국콘텐츠학회, 2006. 7.

고명철, 신동엽과 아시아, 대지의 상상력, 『전경인 어문연구』 창간호, 신동엽 학회, 2010. 12. 30.

권혁웅, 신동엽 시의 환유와 제유, 『한국근대문학연구』 제1권 제2호(통권 제2호), 한국근대문학회, 2000. 12.

김남석, 기다림의 시학, 『월간-문학과 창작』, 2003. 12월호. 문학아카데미.

김석영, 신동엽의 근대문명 비판과 생태주의적 상상력, 『어문학』 71집, 한국어문학회, 2000. 10.

김석영, 아나키즘의 시정신과 탈식민성-신동엽의 작품을 중심으로, 『어문학』 81집, 한국어문학회, 2003.

김응교, 申東曄の詩 「鐘路五街」 「脫殼は立ち去れ」 と日本語譯 : 韓國現代詩人(2), 『語研

---

* 신동엽 시인이 서거하고 30주기였던 1999년에 구중서·강형철 편 『민족시인 신동엽』(소명출판)이 출판되어 나왔다. 이 책에 1999년까지 중요 논문 목록이 모두 수록되어 있다. 이번 책은 2000년 이후 연구 목록만 싣기로 했다.

フォーラム』, 早稻田大學語學敎育硏究所, 2001. 3. (한글 번역은 김응교, 「신동
엽 시 「종로5가」, 「껍데기는 가라」와 일본어역」, 『사회적 상상력과 한국시』, 소
명출판, 2002)

김응교, 히라야마 야키치, 신동엽과 회상의 시학-시인 신동엽 연구(4), 『민족문학사연
구』, 소명출판, 2006. 4.

김응교, 시집 『아사녀』와 '낙지발'-시인 신동엽 연구(5), 『민족문화논총』 제43집, 영남
대학교 민족문화연구소, 2009. 12. 30.

김응교, 새롭게 확장되는 신동엽-시인 신동엽 연구(6), 『전경인 어문연구』 창간호, 신동
엽 학회, 2010. 12. 30.

김응교 글, 인병선 고증, 『시인 신동엽』, 현암사, 2005. 12.

김홍수, 신동엽 시에서 지시사의 한정 지시와 강조 기능, 『국어문학』 제47집, 국어문학
회, 2009. 8.

남기택, 신동엽 시의 '지역'과 '저항', 『비평문학』, 제18호. 2004.

노용무, 신동엽의 「좋아」 연구, 『한국문학이론과 비평』, 한국문학이론과 비평학회, 제13
집 2001. 12.

노지영, 전경인의 역사와 불발탄 세대론-신동엽 시에 나타난 '들사람' 정신을 중심으
로, 『전경인 어문연구』 창간호, 신동엽 학회, 2010. 12. 30.

박경옥, 신동엽 시의 신화성과 사회성, 『연민학지』 제14집, 연민학회, 금오공과대학교
선주문화연구소, 2000.

박수연, 신동엽의 문학과 형이상학, 『어문연구』 제38집, 어문연구학회, 2002. 4.

서유상, 인병선 여사 인터뷰: "남쪽에는 '미제국주의' 문화만 있는 줄 알았는데"-<금
강> 공연 후 기립박수, 『민족21』 통권 제53호, 2005. 8.

송병선, 민중 서사시의 미학과 침묵의 언어, 『세계문학비교연구』, 제9집, 세계문학비교
학회, 2003. 10.

신형기, 신동엽과 도덕화의 문제, 『당대비평』 통권 제16호, 2001. 9.

양은창, 신동엽 시의 서정 양상, 『어문연구』 제45집, 어문연구학회, 2004. 8.

오창은, 시적 상상력, 근대체제를 겨누다, 『창작과비평』 제37권 제1호(통권 143호),
2009. 3.

유종호, 뒤돌아보는 예언자, 『서정적 진실을 찾아서』, 민음사, 2001.

이경수, 아사녀의 행방, 『불온한 상상의 축제』, 소명출판, 2004.

이경수, '국가'를 통해 본 김수영과 신동엽의 시, 『한국근대문학연구』 제6권 1호, 한국
근대문학회, 2005. 4.

이명희, 신동엽의 시에 드러난 신화적 상상력 연구, 『인문과학논총』 제38집, 건국대학교

인문과학연구소, 2002.

이민호, 한국 리얼리즘시에 나타난 강(江)의 역사성과 시적 주체의 민중성 연구, 『국제어문』 제35집, 국제어문학회, 2005. 12.

이민호, 신동엽의 '생명공동체'와 영화 '아바타', 『전경인 어문연구』 창간호, 신동엽 학회, 2010. 12. 30.

이현원, 신동엽의 오페레타-「석가탑」에 나타난 시의 주제와 표현양식에 대한 연구, 『한국학논집』 제38집, 계명대학교 한국학연구원, 2009. 6

임태훈, '국가의 사운드스케이프'와 소음 속의 시인, 신동엽 학회 학술대회 자료집 『새롭게 확장되는 신동엽 : 아시아・산문・소리』, 2010. 11. 12.

최두석, 신동엽의 시세계와 민족주의, 『한국시학연구』 제4호, 한국시학회, 2001. 5.

최현식, 「민족과 전통의 발견술」, 『말 속의 침묵』, 문학과지성사, 2002. 12. 15.

하상일, 신동엽의 문학사상과 비평의식, 『전경인 어문연구』 창간호, 신동엽 학회, 2010. 12. 30.

필자(가나다순)

고명철 광운대학교 교양학부 부교수, 문학평론가

권혁웅 한양여자대학교 문예창작과 교수

김응교 숙명여자대학교 교양교육원 교수

남기택 강원대학교 교양학부 교수

송병선 울산대학교 스페인·중남미학과 교수

신형기 연세대학교 국어국문학과 교수

양은창 단국대학교 한국어문학과 부교수

오창은 중앙대학교 교양학부대학 강의전담 교수

이경수 중앙대학교 국어국문학과 교수

이민호 서강대학교 국어국문학과 교수

이현원 계명대학교 국어교육학과 교수

최두석 한신대학교 문예창작학과 교수

최현식 인하대학교 국어교육학과 교수

편자

김응교

시인이며 문학평론가인 엮은이는 연세대 국문과 박사학위를 받았다. 도쿄외국어대학을 거쳐, 도쿄대학에서 비교문학 비교문화를 연구했고, 1998년부터 와세다대학 객원교수로 10년 동안 강의하다가 현재 숙명여자대학교 교양교육원 교수로 있다. 석사논문 「신동엽 시 연구−장르론을 중심으로」(1988)를 낸 이후, 인물전 『신동엽』(사계절), 신동엽 평전 『시인 신동엽』(현암사)을 냈다.

이외에 시집 『씨앗/통조림』, 연구서 『한국시와 사회적 상상력』, 『박두진의 상상력 연구』, 『이찬과 한국근대문학』, 『韓國現代詩の魅惑』(東京 : 新幹社, 2007), 『한일쿨투라−인문학 토론을 위한 와세다대학 강의록』, 장편실명소설 『조국』을 냈고, 번역서 양석일 장편소설 『어둠의 아이들』, 다니카와 슌타로 『이십억 광년의 고독』, 일본어로 번역한 고은 시선집 『いま、君に詩が來たのか : 高銀詩選集』(공역, 東京 ; 藤原書店, 2007) 등을 냈다.

글누림 작가총서

신동엽

초판1쇄 인쇄 2011년 10월 28일 │ **초판1쇄 발행** 2011년 11월 7일
엮은이 김응교
펴낸이 최종숙
책임편집 임애정
편집 이태곤·전희성 │ **디자인** 안혜진·이홍주 │ **마케팅** 박태훈·안현진 │ **관리** 이덕성
펴낸곳 글누림출판사
등록 제303-2005-000038호(등록일 2005년 10월 5일)
주소 서울 서초구 반포4동 577-25 문창빌딩 2층(우137-807)
전화 02-3409-2055 │ **FAX** 02-3409-2059 │ **이메일** nurim3888@hanmail.net
홈페이지 http://www.geulnurim.co.kr
ISBN 978-89-6327-141-5 93810
　　　 978-89-6327-084-5(세트)

정가 23,000원

* 잘못된 책은 교환해 드립니다.